EDGAR ALLAN POE,
ALEXANDER PUSCHKIN UVM.

GRUSEL KLASSIKER

EDGAR ALLAN POE,
ALEXANDER PUSCHKIN UVM.

GRUSEL KLASSIKER

PETERSBERG

PETERSBERG
ist ein Imprint der

HEEL Verlag GmbH
Gut Pottscheidt
53639 Königswinter
Tel.: 02223 9230-0
Fax: 02223 9230-13
E-Mail: info@petersberg-verlag.de
www.petersberg-verlag.de

Petersberg Verlag ist ein Imprint der HEEL Verlag GmbH

Herausgeber: Johannes Rougnon
Umschlaggestaltung: HEEL Verlag GmbH, Christine Mertens
Umschlagmotiv: © Bridgeman Images Berlin, Ausschnitt aus „Die Jäger im Schnee“ von Pieter Bruegel der Ältere
Illustrationen: © Adobe Stock: LHF Graphics (Rabe, S. 8), robin_ph (Silhouette Aufkleber)
Satz: HEEL Verlag GmbH, Stefan Witterhold

Printed in Czech Republic

ISBN 978-3-7553-0056-4

INHALT

VORWORT

Schon seit Jahrhunderten erfreuen sich Leserinnen und Leser nicht nur an einfachen Liebesromanen, sondern lassen sich ganz bewusst in Schrecken versetzen oder genießen den Blick in eine unbekannte, teils magische, teils beängstigend dunkle Welt. Die menschlichen Abgründe werden ebenso genüsslich seziert wie die Folgen unbedachten oder schändlichen Verhaltens.
Zu den großen Autoren mysteriöser Geschichten und dunkler Gedichte gehört Edgar Allan Poe, der das Genre in der Zeit der schwarzen Romantik mitprägte.
Aber auch andere Autoren finden sich in dieser einzigartigen Zusammenstellung wieder, namhafte Literaten wie Puschkin, Gogol oder Irving und Hauff sind ebenso vertreten wie unbekanntere Autoren.

EINLEITUNG

Klassische Horrorliteratur und Schauergeschichten sind ein Genre der Literatur, das sich auf die Erzeugung von Angst, Schrecken und Entsetzen konzentriert. Diese Art von Geschichten erstreckt sich oft auf übernatürliche oder fantastische Elemente wie Geister, Dämonen, Monster und andere unheimliche Phänomene.
Einige der bekanntesten Autoren der klassischen Horrorliteratur sind Edgar Allan Poe, H.P. Lovecraft, Mary Shelley und Bram Stoker. Zu den bekanntesten Werken innerhalb des Genres zählen die Romane „Frankenstein" von Mary Shelley, „Dracula" von Bram Stoker oder das Gedicht „Der Rabe" von Edgar Allan Poe sowie Kurzgeschichten wie „Sleepy Hollow" von Washington Irving.
Viele klassische Horror- und Schauergeschichten haben ihre Wurzeln in der Literatur der „schwarzen Romantik", die im 18. Jahrhundert entstanden ist. Als Untergattung der Romantik grenzt sie sich vom Rationalen, Vernunftgetriebenen ab und öffnet sich den Emotionen, insbesondere den Abgründen der Seele und dem Unerklärlichen. Das Genre hat sich seitdem ständig weiterentwickelt und enthält heute eine breite Palette von Themen und Untergenres wie Geschichten über unheimliche Gemäuer und Spukhäuser, Vampir- und Zombie-Geschichten und viele andere, die vor allem den eindeutigen Gewaltexzess feiern.
In der klassischen Horrorliteratur und in den Schauergeschichten werden jedoch Symbolik und Elemente wie Dunkelheit, Stille und Isolation

intensiv eingesetzt, um eine gruselige und bedrohliche Stimmung zu erzeugen. Im Gegensatz zum heutigen offensichtlichen Grauen, setzten viele Schriftsteller auch auf die menschliche Vorstellungskraft, um den Schrecken des Unbekannten zu betonen und um die Fantasie des Lesers anzuregen.
Die klassische Horrorliteratur hat seit jeher einen Einfluss auf andere Autoren ausgeübt, ebenso auf Medien wie Filme, Fernsehshows und Videospiele, wo das Genre nach wie vor erfolgreich ist.
Dieser Band versammelt 17 sehr unterschiedliche Kurzgeschichten verschiedenster Autoren, die mit ihren Werken die Anfänge des Genres mitbestimmt und nachfolgende Autoren maßgeblich beeinflusst haben.

Johannes Rougnon

EDGAR ALLAN POE

DER RABE

Eines Nachts, aus gelben Blättern mit verblichnen Runenlettern
Tote Mären suchend, sammelnd von des Zeitenmeers Gestaden,
Müde in die Zeilen blickend und zuletzt im Schlafe nickend,
Hört' ich plötzlich leise klopfen, leise, doch vernehmlich klopfen
Und fuhr auf, erschreckend stammelnd: »Einer von den Kameraden«,
»Einer von den Kameraden«.

In dem letzten Mond des Jahres, um die zwölfte Stunde war es,
Und ein wunderlich Rumoren klang mir fort und fort im Ohre,
Sehnlichst harrte ich des Tages, jedes neuen Glockenschlages;
In das Buch vor mir versenken wollt' ich all mein Schmerzgedenken,
Meine Träume von Leonoren, meinen Gram um Leonore,
Um die tote Leonore.

Seltsame, fantastisch wilde, unerklärliche Gebilde,
Schwarz und dicht gleich undurchsicht'gen, nächtig dunklen
Nebelschwaden
Huschten aus den Zimmerecken, füllten mich mit tausend Schrecken,
So dass ich nun bleich und schlotternd, immer wieder angstvoll
stotternd,
Murmelte, mich zu beschwicht'gen: »Einer von den Kameraden«,
»Einer von den Kameraden!«

Alsbald aber mich ermannend, fragt' ich, jede Scheu verbannend,
Wen der Weg noch zu mir führe: »Mit wem habe ich die Ehre?«
Hub ich an, weltmännisch höflich: »Sie verzeihen, ich bin sträflich,
Dass ich Sie nicht gleich vernommen; seien Sie mir hochwillkommen!«
Und ich öffnete die Türe – nichts als schaudervolle Leere,
Schwarze, schaudervolle Leere.

Lang in dieses Dunkel starrend, stand ich fürchtend, stand ich harrend,
Fürchtend, harrend, zweifelnd, staunend, meine Seele ganz im Ohre –
Doch die Nacht blieb ungelichtet, tiefes Schwarz auf Schwarz
geschichtet,
Und das Schweigen ungebrochen, und nichts weiter wurde gesprochen,
Als das eine, flüsternd, raunend, das gehauchte Wort »Lenore«,
Das ich flüsterte: »Lenore!«

In mein Zimmer wiederkehrend und zum Sessel flüchtend, während
Schatten meinen Blick umflorten, hörte ich von neuem klopfen,
Diesmal aber etwas lauter, gleichsam kecker und vertrauter.
An dem Laden ist es, sagt' ich, und mich zu erheben wagt' ich,
Sprach mir Mut zu mit den Worten: »Sicher sind es Regentropfen,
Weiter nichts als Regentropfen«.

Und ich öffnete: Bedächtig schritt ein Rabe, groß und nächtig,
Mit verwildertem Gefieder ins Gemach und gravitätisch
Mit dem ernsten Kopfe nickend, flüchtig durch das Zimmer blickend,
Flog er auf das Türgerüste, und auf einer Pallasbüste
Ließ er sich gemächlich nieder, saß dort stolz und majestätisch,
Selbstbewusst und majestätisch.

Ob des herrischen Verfahrens und des würdige'n Gebarens
Dieses wunderlichen Gastes schier belustigt, sprach ich; »Grimmer
Unglücksbote des Gestades an dem Flussgebiet des Hades
Du bist sicher hochgeboren, kommst du gradwegs von den Toren
Des plutonischen Palastes? Sag, wie nennt man dich dort?« –
»Nimmer!«
Hört' ich da vernehmlich: »Nimmer!«

Wahrlich, ich muss eingestehen, dass mich eigene Ideen
Bei dem dunklen Wort durchschwirrten, ja, dass mir Gedanken kamen,
Zweifel vom bizarrsten Schlage; und es ist auch keine Frage,
Dass dies seltsame Begebnis ein vereinzeltes Erlebnis:
Einen Raben zu bewirten mit solch ominösem Namen,
Solchem ominösen Namen.

Doch mein düsterer Gefährte sprach nichts weiter und gewährte
Mir kein Zeichen der Beachtung. Lautlos stille ward's im Zimmer,

Bis ich traumhaft, abgebrochen (halb gedacht und halb gesprochen)
Raunte: »Andre Freunde gingen, morgen hebt auch er die Schwingen,
Lässt dich wieder in Umnachtung.« Da vernahm ich deutlich
»Nimmer.«
Deutlich und verständlich: »Nimmer.«

Stutzig über die Repliken, maß ich ihn mit scheuen Blicken,
Sprechend: Dies ist zweifelsohne sein gesamter Schatz an Worten,
Einem Herren abgefangen, dem das Unglück nachgegangen,
Nachgegangen, nachgelaufen, bis er auf dem Trümmerhaufen
Seines Glücks dies monotone »Nimmer« seufzte allerorten,
Jederzeit und allerorten.

Doch der Rabe lieb possierlich würdevoll, und unwillkürlich
Musst' ich lächeln ob des Wichtes: Alsdann mitten in das Zimmer
Einen samtnen Sessel rückend und mich in die Polster drückend,
Sann ich angesichts des grimmen, dürren, ominösen, schlimmen
Künders göttlichen Gerichtes, über dieses dunkle »Nimmer«,
Dieses rätselhafte »Nimmer.«

Dies und anderes erwog ich, in die Traumeslande flog ich,
Losgelöst von jeder Fessel. Von der Lampe fiel ein Schimmer
Auf die violetten Stühle, und auf meinem samtnen Pfühle
Lag ich lange, traumverloren, schwang mich auf zu Leonoren,
Die in diesen samtnen Sessel nimmermehr sich lehnet, nimmer,
Nimmer, nimmer, nimmer, nimmer.

Plötzlich wurde es in mir lichter und die Luft im Zimmer dichter,
Als ob Weihrauch sie durchwehte. Und an diesem Hoffnungsschimmer
Mich erwärmend, rief ich: »Manna, Manna, schickst du Gott,
Hosianna;
Lob ihm, der die Gnade spendet, der dir seine Engel sendet!
Trink, o trink aus dieser Lethe und vergiss Lenore! –»Nimmer!«
Krächzte da der Rabe. »Nimmer!«

»Nachtprophet, erzeugt vom Zweifel, seist du Vogel oder Teufel,
Triumphierend ob der Sünder Zähneklappern und Gewimmer
Hier, aus dieser dürren Wüste, dieser Stätte geiler Lüste,
Hoffnungslos, doch ungebrochen, und noch rein und unbestochen,

Frag' ich dich, du Schicksalskünder: Ist in Gilead Balsam?« –
»Nimmer«,
Krächzte da der Rabe, »nimmer!«

»Nachtprophet, erzeugt vom Zweifel, seist du Vogel oder Teufel –
Bei dem göttlichen Erbarmen, lösch nicht diesen letzten Schimmer!
Sag' mir, find ich nach dem trüben Erdenwallen einst dort drüben
Sie, die von dem Engelschore wird geheißen Leonore?
Werd' ich sie dort einst umarmen, meine Leonore?« – »Nimmer«,
Krächzte da der Rabe, »nimmer!«
»Feind, du lügst, heb› dich von hinnen«, schrie ich auf, beinah von
Sinnen,
»Dorthin zieh, wo Schatten wallen unter Winseln und Gewimmer,
Kehr' zurück zum dunklen Strande, lass kein Federchen zum Pfande
Dessen, was du prophezeitest, dass du diesen Ort entweihtest,
Nimm aus meiner Brust die Krallen, hebe dich von hinnen«! –
»Nimmer«,
Krächzte da der Rabe, »nimmer!«

Und auf meinem Türgerüste, auf der bleichen Pallasbüste,
Unverdrossen, ohn' Ermatten, sitzt mein dunkler Gast noch immer.
Sein Dämonenauge funkelt und sein Schattenriss verdunkelt
Das Gemach, schwillt immer mächt'ger und wird immer
grabesnächt'ger –
Und aus diesen schweren Schatten hebt sich meine Seele nimmer,
Nimmer, nimmer, nimmer, nimmer –.

EDGAR ALLAN POE

MORELLA

Αυτο καθ, αυτο μεθ, αυτου, μονο ειδες αιει ον.
Platon, Symposion

Ein Gefühl tiefer, *jedoch* höchst seltsamer Zuneigung verband mich mit meiner Freundin Morella. Ein Zufall war's, der mich vor vielen Jahren mit ihr zusammenführte, aber seit unserer ersten Begegnung brannte meine Seele in fremder, entfesselter Glut. Das war nicht die Flamme des

Eros, das war ein seltsam wilder Seelenbrand, und bitter und qualvoll war meinem Geist die wachsende Überzeugung, dass ich das rätselhafte Wesen dieser Gluten auf keine Weise zu ergründen noch ihr Aufflammen und Niedersinken zu beherrschen vermochte.
Und das Schicksal, das uns zueinander geführt hatte, band uns am Altar zusammen. Doch sprach ich nie ein Wort, das Leidenschaft gewesen wäre, dachte nie einen Gedanken, der Liebe bedeutet hätte. Morella aber entfloh jeder Geselligkeit und schloss sich innig an mich an und machte mich glücklich – denn Staunen und Träumen ist Glück.
Morellas Gelehrsamkeit war unergründlich. Bei meinem Leben! Ihre vielseitige Begabung war geradezu übernatürlich – ihre Verstandeskräfte waren gigantisch! Ich wusste das und wurde in vielen Dingen ihr Schüler. Es begann damit, dass sie mir eine Anzahl jener mystischen Schriften vorlegte, die man gemeinhin nur als den Abschaum der frühen deutschen Literatur ansieht. Das Studium dieser Werke – aus mir unverständlichen Gründen – bildete ihre liebste und andauerndste Beschäftigung, und dass es auch die meine wurde, ist einfach dem unwiderstehlichen Einfluss von Beispiel und Gewohnheit zuzuschreiben.
Mit alledem hatte, wenn ich nicht irre, mein Verstand wenig zu schaffen. Soviel ich weiß, stimmte meine Weltanschauung durchaus nicht mit den Idealen dieser Leute überein, und auch in meinem Tun und Denken war keine Spur von ihrem Mystizismus zu entdecken. Ich wenigstens hatte diese Überzeugung und überließ mich daher ruhig und blindlings der Führung meiner Frau, der ich unerschrocken in allen ihren Studien folgte. Und dann – dann, wenn ich, über geächtete, verderbliche Blätter gebeugt, fühlte, wie ein verderblicher Geist sein Feuer in mir entzündete, kam Morella und legte ihre kalte Hand auf meine heiße Hand und entfachte aus der Asche einer toten Philosophie irgendwelche fast bedeutungslosen, doch eigentümlichen Worte, deren seltsamer Sinn sich flammend in mein Gedächtnis grub. Und dann – dann ging ich Stunde um Stunde nicht von ihrer Seite und berauschte mich am Wohlklang ihrer Stimme, bis diese mir zum Überdruss und schließlich zum Entsetzen wurde und sich schwarze Schatten auf meine Seele lagerten und bis ich erbleichte und tief im Innern vor den fast überirdischen Lauten schauderte. Und so wurden plötzlich Glück und Freude zu Entsetzen und namenloser Abscheu, und Schönheit weckte Grauen, so wie einst aus dem Tal Hinnom das Gehenna geworden war.
Es ist unnötig, über die einzelnen Probleme, die jene alten Bücher in uns anregten und die lange, lange Zeit fast das einzige Thema unserer

Gespräche bildeten, viel zu sagen. Alle die, die etwas von »theologischer Moral« verstehen, kennen diese Fragen sehr gut, und jene, die darin unerfahren sind, würden mich sicherlich kaum verstehen. Der wilde Pantheismus Fichtes, die gemäßigtere Lehre der Pythagoräer von der Wiederkunft und vor allem die Identitätsdoktrinen, wie Schelling sie aufstellte, bildeten den hauptsächlichen Stoff für unsere Diskussionen und schienen die fantasievolle Morella am tiefsten und schönsten anzuregen. Jene sogenannte persönliche Identität definiert Locke, wie ich glaube, als das dauernde Bestehen eines jeden vernunftbegabten Daseins. Und da wir unter »Person« ein intelligenz- und vernunftbegabtes Wesen verstehen und da alles Denken stets von Bewusstsein begleitet ist, so formt dieses beides gemeinsam unser »Ich« und unterscheidet uns durch Verleihung unserer »persönlichen Identität« von anderen denkenden Wesen. Doch das »principium individuationis«, der Begriff dieser Identität, die mit dem Tode verloren oder nicht verloren geht, war mir stets ein Problem von außerordentlicher Bedeutung, nicht allein wegen seiner verwirrenden und aufregenden Konsequenzen, sondern auch wegen der sonderbaren und eifrigen Art und Weise, in der Morella es behandelte.

Doch die Zeit war gekommen, in der das Geheimnisvolle im Wesen meines Weibes mich wie ein Alp, ein Zauber bedrückte. Ich konnte die Berührung ihrer bleichen Finger nicht ertragen, ich konnte den sanften Klang ihrer tönenden Sprache, den Glanz ihrer melancholischen Augen nicht ertragen. Und sie wusste all dies und hielt es mir doch niemals vor. Sie schien meine Schwäche, meine Manie zu kennen und nannte es lächelnd »Schicksal«. Selbst die mir unbekannte Ursache für meine sich steigernde Abneigung schien sie zu kennen, doch machte sie nie eine Andeutung, die mir auf die Spur geholfen hätte. Aber sie war Weib und härmte sich und schwand hin und welkte von Tag zu Tag. Mit der Zeit erschien und blieb auf ihren Wangen eine bedeutungsvolle Röte, und die blauen Adern auf ihrer bleichen hohen Stirn schwollen an. Und wenn mein Wesen für einen Augenblick in Mitleid schmolz, so traf mich im nächsten das Aufleuchten ihrer bedeutsamen Augen – und meine Seele entsetzte sich und wurde von einem Schwindel ergriffen, wie er uns befällt, wenn wir hinab in einen grausig düsteren, unergründlichen Abgrund spähen.

Muss ich noch sagen, dass ich mit tiefem, aufreibendem Verlangen die Stunde von Morellas Ableben herbeiwünschte? Ich tat es. Aber der schwache Geist klammerte sich noch Tage, Wochen, Monate an seine zerbrechliche Hülle; und es kam so weit, dass meine gemarterten Nerven Herrschaft über mich gewannen. Dies Hinzögern machte mich rasend, und mein teuflisches Herz verfluchte die Tage und die Stunden und die bitteren Minuten, die länger und länger zu werden schienen, je mehr ihr zartes Leben dahinschmolz, wie Schatten länger und länger werden im sterbenden Tag.

Aber eines Herbstabends, als alle Winde im Himmelsraum schliefen, rief mich Morella an ihr Bett. Ein trüber Nebel lagerte über der Erde und ein warmer Glanz auf den Wassern, und die Farben des herbstlichen Waldes glühten so bunt, als sei ein Regenbogen vom Firmament herabgefallen und in Millionen bunte Scherben zersplittert.

»Dies ist der Tag der Tage«, sagte sie, als ich zu ihr trat. »Der Tag der Tage – sei es zum Leben oder Sterben. Ein schöner Tag für die Söhne der Erde und des Lebens – ah, schöner noch für die Töchter des Himmels und des Todes!«

Ich küsste sie auf die Stirn, und sie fuhr fort:

»Ich sterbe, dennoch werde ich leben!«

»Morella!«

»Die Tage, da du mich lieben konntest, sind nie gekommen – doch sie, die du im Leben verabscheutest – im Tode sollst du sie anbeten.«

»Morella!«

»Ich wiederhole es: – ich sterbe. Doch in mir lebt ein Unterpfand der Neigung, die du – ach wie gering! – für mich, Morella, fühltest. Und wenn mein Geist entflieht, wird das Kind leben – dein Kind und meines, Morellas! Doch deine Tage werden Tage der Sorge sein – der Sorge, die beständiger ist als alles andere, gleichwie die Zypresse ausdauernder ist als alle anderen Bäume. Denn die Stunden deines Glückes sind vorüber, und Freude erblüht nicht zweimal im Leben, nicht zweimal, wie die Rosen von Paestum zweimal blühen im Jahr. Rebe und Myrte werden dir unbekannt sein, und du wirst, gleich den Muslimen in Mekka, auf Erden schon dein Leichentuch mit dir herumtragen.«

»Morella!« schrie ich auf, »Morella! Wie kannst du das wissen?«

Aber sie wendete das Gesicht ab, und ein leises Zittern überlief ihre Glieder. Sie starb, und ihre herrliche, ihre entsetzliche Stimme war tot.

Doch wie sie es vorausgesagt hatte, geschah es. Ihr Kind, das sie sterbend geboren hatte und das den ersten Atemzug tat, als seine Mutter den letzten tat, dies Kind, ein Mädchen, lebte. Und es entwickelte sich geistig und körperlich außerordentlich schnell, war das vollkommene Ebenbild von ihr, die jetzt dahingeschieden war, und ich liebte es mit einer Liebe, deren Glut und Innigkeit mir oft wie eine Kraft aus einer anderen Welt erschien.

Doch nicht lange, da verdunkelte sich der Himmel dieser reinen Zuneigung, denn Grausen und Kummer jagten wie ungeheure verderbenbringende Wolken darüber hin. Ich sagte schon, das Kind entwickelte sich außerordentlich früh an Körper und Geist. Und in der Tat, sein schnelles leibliches Wachstum war geradezu befremdend. Aber schrecklich, o schrecklich waren die tobenden Gedanken, die mich überstürzten, wenn ich des Kindes geistiger Entwicklung folgte. Wie konnte es anders sein? Entdeckte ich doch täglich in den Vorstellungen der kindlichen Seele die abnorme Begabung und das ausgereifte Wissen des Weibes, vernahm aus dem kindlichen Mund die genialsten Erfahrungssätze, die Menschen jemals aufgestellt haben, und sah im Auge des Kindes die Weisheit und Leidenschaftlichkeit vollkommener Reife glühen.

Als alle diese Erscheinungen meinen erschreckten Sinnen offenbar wurden, als meine Seele sie in sich aufgenommen hatte – war es da verwunderlich, dass ein entsetzlicher Argwohn mich befiel in der quälenden Erinnerung an die grausigen Fantasien und unerhörten Theorien der verstorbenen Morella?

Und ich verbarg dies junge Wesen, das ich anbetete, vor den Blicken und Einflüssen der Welt, und in der vollständigen Abgeschlossenheit meines Heims wachte ich mit aufreibender Sorge über alles, was dieses geliebte Wesen betraf.

Und wie die Jahre dahinflossen und ich Tag um Tag in ihr heiliges und mildes und beredtes Antlitz spähte und Tag um Tag ihr Wachsen und Reifen bemerkte, geschah es, dass ich Tag um Tag neue Dinge fand, in denen die Tochter vollständig ihrer Mutter – der schwermütigen und toten – glich. Und stündlich verdichteten sich diese Schatten einer unnatürlichen Ähnlichkeit und wurden immer tiefer und immer bestimmter und immer beängstigender – und immer grauenvoller anzusehen. Dass ihr Lächeln dem Lächeln ihrer Mutter vollkommen glich, das hätte ich ertragen können; aber dann, plötzlich, schauderte ich, denn ihr Lächeln war nicht nur dem Morellas gleich – es war mit ihm identisch! Dass ihre Augen den Augen Morellas glichen, konnte ich hinnehmen, aber manchmal, oft, drang der Tochter Blick in die Tiefen meiner Seele mit einer verwirrenden Eindringlichkeit, wie sie eben nur Morella eigen sein konnte. Und in den Umrissen der hohen Stirn und in den seidigen Locken ihres Haares, in den bleichen Fingern, die mit diesen Locken spielten, und in der klagenden Musik ihrer Stimme und vor allem – O!

Vor allem in den Redewendungen der Toten, die von den Lippen der Lebenden und Geliebten flossen, fand ich Nahrung für die aufreibendste Gedankenarbeit und für das rastloseste Entsetzen – für den Wurm, der niemals sterben wollte!
So vergingen die ersten zehn Jahre ihres Lebens, und noch immer hatte meine Tochter keinen Taufnamen. »Mein Kind« und »mein Liebling« sind ja übliche Benennungen, wie Vaterliebe sie findet, und die strenge Abgeschlossenheit, in der sie lebte, schloss jeden weiteren Verkehr aus und machte daher einen anderen Namen überflüssig. Morellas Name war mit ihr gestorben. Ich hatte mit der Tochter niemals über die Mutter gesprochen; es war unmöglich, von ihr zu sprechen. Tatsächlich hatte also das Kind in seinem jungen Leben keine anderen Eindrücke empfangen als diejenigen, die sich ihm in den engen Grenzen unserer Zurückgezogenheit bieten konnten.
Doch schließlich vermeinte mein abgehetzter Geist durch die Zeremonie der Taufe Erlösung zu finden. So führte ich also das Kind zur Taufe. Und als ich vor dem Taufbecken stand, suchte ich nach einem Namen. Viele Namen voll Weisheit und Schönheit, aus alter und neuer Zeit, aus meiner Heimat und aus fremden Ländern, drängten sich mir auf die Lippen, und viele, viele Namen für Sanftes und Frohes und Gutes. Was trieb mich nur dazu an, die Ruhe der Toten und Begrabenen zu stören? Welcher Dämon veranlasste mich, jenen Namen zu flüstern, bei dessen Erinnerung schon das Blut mir stürmend zum Herzen schoss? Welcher Unhold sprach aus den Tiefen meiner Seele, als ich in schweigender Nacht mitten im düsteren Kreuzgang in das Ohr des heiligen Mannes die Silben flüsterte: »Morella!« Und wer anders als Satan selbst veranlasste mein Kind, bei diesem kaum vernehmbaren Laut zusammenzuschrecken, die verglasten Blicke gen Himmel zu heben und mit zuckendem Gesicht, auf dem die Schatten des Todes kämpften, auf die schwarze Marmorplatte unserer Familiengruft niederzusinken und zu antworten: »Hier bin ich!«
Klar, kalt und vollkommen deutlich trafen diese einfachen Worte mein Ohr und rollten von da wie geschmolzenes Blei zischend in mein Gehirn. Jahr um Jahr kann dahingehen, doch niemals die Erinnerung an diesen Augenblick! Wahrlich, noch wusste ich nichts von Blumen und Reben – doch Zypresse und Schierling bedrohten mich Tag und Nacht. Und ich wusste nichts mehr vom Wandel der Zeit, und der Stern meines Schicksals losch aus am Firmament, und die Erde verlor ihr Licht, und die Gestalten, die sie belebten, glitten an mir vorbei wie Schatten,

und mitten unter ihnen sah ich nur – Morella! Die himmlischen Winde atmeten nur einen Laut, und die rieselnden Wellen der ewigen Wasser murmelten immerfort – Morella! Aber sie starb; und mit meinen eigenen Händen trug ich sie zu Grab. Und ich lachte ein langes, bitteres Lachen, als in der Gruft, in die ich die zweite bettete, nicht eine Spur zu finden war von der ersten – Morella.

EDGAR ALLAN POE

DIE MASKE DES ROTEN TODES

Der rote Tod hatte schon lange Zeit das Land verwüstet. Noch nie war eine Seuche so verhängnisvoll oder so entsetzlich gewesen. Blut war ihre Essenz und ihr Siegel – rotes und schreckliches Blut. Die Krankheit begann mit scharfen Schmerzen und plötzlichem Schwindel, dann folgte eine Blutung aus allen Poren und schließlich der Tod. Die roten Flecken auf dem Körper und besonders auf dem Gesicht des Opfers waren das Pestbanner, das die Befallenen von jeder Hilfe und sogar vom Mitgefühl ihrer Mitmenschen ausschloss. Und der ganze Verlauf von den ersten Symptomen bis zum Ende dauerte nicht mehr als eine halbe Stunde.

Aber der Fürst Prospero war eine glückliche, furchtlose und lebenskluge Natur. Als seine Gebiete schon halb entvölkert waren, lud er tausend gesunde und lustige Edelleute und Hofdamen ein und zog mit ihnen in die tiefe Abgeschlossenheit eines seiner burgartigen Herrensitze. Es war ein riesiges und prächtiges Gebäude, das der Fürst ganz nach seinem eigenen, etwas seltsamen, aber großartigen Geschmack errichtet hatte. Ringsherum lief eine feste und hohe Mauer mit eisernen Toren. Als die Hofgesellschaft eingezogen war, brachte man Schmelzöfen und schwere Hämmer und schweißte die Riegel zu. Auf diese Weise wollte man sowohl das plötzliche Eindringen Verzweifelter wie das Hinausdrängen Übermütiger verhindern. Das Schloss war reichlich mit Vorräten versehen, und die Hofgesellschaft brauchte so vorbereitet keine Ansteckung zu fürchten. Mochte draußen die Welt für sich selbst sorgen, inzwischen war es töricht, sich trübe Gedanken zu machen. Der Fürst hatte für alle Mittel zerstreuender Vergnügungen gesorgt. Es gab Komödianten und Bänkelsänger, es gab Tänzer und Musiker, es gab Schönheit und Wein. Alles dieses und völlige Sicherheit herrschten im Schloss. Draußen aber herrschte der rote Tod.

Eines Tages, gegen Ende des fünften oder sechsten Monats seiner Abschottung, während im Lande die Pest noch aufs heftigste wütete, lud Fürst Prospero seine tausend Freunde zu einem Maskenball von unerhörtem Glanz ein.

Ein wundervolles Bild bot diese Maskerade, aber am seltsamsten wirkten doch die Räume, in denen sie abgehalten wurde. Es waren ihrer sieben – eine Zimmerflucht von kaiserlicher Pracht. In vielen Palästen formen solche Saalreihen eine lange gerade Linie, und die Schiebetüren gleiten rechts und links fast bis an die Wände zurück, so dass man ungehindert durch die ganze Länge hindurchblicken kann. Hier aber war alles anders, wie man es auch bei der Vorliebe des Herzogs für das Ungewöhnliche erwarten konnte. Die Räume standen so unregelmäßig gegeneinander, dass man auf einmal kaum mehr als einen überblicken konnte. Alle zwanzig oder dreißig Meter kam eine scharfe Ecke und damit ein ganz neuer Effekt. Aus jedem Zimmer sah man rechts und links in der Wand durch ein hohes und schmales gotisches Fenster auf einen engen Korridor, der den Biegungen der Zimmerflucht folgte. Diese Fenster waren aus buntem Glas, und ihre Farben passten sich der Ausstattung der zugehörigen Zimmer an. Das am weitesten nach Osten gelegene Zimmer war zum Beispiel in Blau gehalten, und in lebhaftem Blau schimmerten die Fenster. Das zweite Zimmer hatte purpurne Vorhänge und Tapeten, und hier waren die Scheiben purpurfarben. Das dritte glänzte ganz in Grün, ebenso die Fenster. Das vierte war in Orange ausgestattet und beleuchtet, das fünfte in Weiß, das sechste in Violett. Der siebente Raum war vollständig in schwarzem Samt ausgeschlagen, der die Decke verhüllte und in schweren Falten von den Wänden auf einen ebenfalls schwarzen Samtteppich herabhing. Dieses Zimmer war das einzige, in dem die Farbe der Fenster nicht mit der Ausstattung übereinstimmte. Die Scheiben glühten hier in einem tiefen, blutroten Scharlach. Nun befand sich in keinem der sieben Zimmer inmitten der Überfülle goldener Ornamente, die alle Winkel schmückten und von den Decken herabhingen, irgendeine Lampe oder ein Kandelaber. Nirgendwo gab es Lampen- oder Kerzenlicht. Aber in den Korridoren zur Seite der Zimmer stand hinter jedem Fenster ein schwerer Dreifuß mit loderndem Holzkohlenfeuer, das seinen Glanz durch das gefärbte Glas sandte und so die Zimmer blendend erleuchtete. Die buntesten und fantastischsten Effekte wurden auf diese Weise hervorgebracht, aber in dem nach Westen gelegenen schwarzen Saal wirkte das aus den blutroten Scheiben auf die dunklen Vorhänge strömende Licht einfach gespenstig.

Die Gesichtszüge der Eingetretenen erhielten einen so unheimlichen Ausdruck, dass nur wenige aus der Gesellschaft die Kühnheit besaßen, ihren Fuß über diese Schwelle zu setzen.
In diesem Gemach befand sich auch an der westlichen Wand eine riesengroße Standuhr aus Ebenholz. Ihr Pendel schwang mit dumpfem, schwerem und gleichförmigem Klang hin und her, und wenn der Minutenzeiger seinen Kreis vollendet hatte, und die Stunde schlug, dann kam aus dem metallenen Räderwerk der Uhr ein Klang, so klar und laut und tief, so wundervoll musikalisch und doch von so seltsamem Ausdruck, dass die Musiker des Orchesters jedes Mal mitten in ihrem Spiel einen Augenblick innehielten und gezwungen waren, diesem Ton zu lauschen. Natürlich machten auch die Tänzer eine kurze Pause, und die ganze fröhliche Gesellschaft geriet in Verwirrung. Man bemerkte, dass während der Glockenschläge selbst die Ausgelassensten erbleichten, und dass die Älteren und Ruhigeren sich mit der Hand über die Stirn fuhren, als seien sie von einem Traum befangen. Sobald aber der letzte Nachklang verweht war, ging ein leichtes Lachen mit einem Male durch die Gesellschaft. Die Musiker sahen sich gegenseitig an, als begriffen sie ihre vorherige Nervosität und Torheit nicht, und sie gelobten einander mit flüsternder Stimme, beim nächsten Glockenschlag nicht wieder einer solchen Schwäche nachzugeben. Aber sechzig Minuten später (dreitausendsechshundert Sekunden der fliehenden Zeit) schlug die Glocke von neuem, und wieder kam die gleiche Verwirrung, das gleiche Erzittern und Nachdenken wie vorher.
Trotzdem aber war es eine fröhliche und prächtige Lustbarkeit. Der Herzog besaß einen einzigartigen Geschmack. Er hatte ein Auge für Farben und Farbenwirkungen und verachtete das Herkömmliche und Gewohnte. Was er ersann, war kühn und glänzend, und seine Ideen grenzten manchmal an das Barbarische. Man hätte ihn mitunter sogar für wahnsinnig halten können, aber sein Gefolge wusste, dass er es nicht war. Man musste schon in unmittelbaren Kontakt mit ihm treten, um sicher zu sein, dass er geistig normal war.
Er hatte zum großen Teil selbst die Ausschmückung der sieben Zimmer für dieses Prunkfest geleitet und auch der Art der Maskierung seinen Geschmack gegeben. Diese Masken waren sicherlich grotesk. Alles war an ihnen ein Blitzen und Flittern, alles war pikant und fantastisch und erinnerte an das, was man später in der Oper »Hernani« gesehen hat. Es gab seltsame Figuren mit unmöglichen Gliedern und Verkleidungen – wirre Fantasien, wie sie ein Wahnsinniger träumt. Viel Schönes

sah man, viel Lustiges und Tolles, aber auch manches Schreckliche und einiges, das direkt Widerwillen erzeugen konnte. Wie ein Gewirr von tollen Träumen, so wandelte das hin und her durch die sieben Zimmer. Und diese verkörperten Traumbilder glitten von einem Raum in den anderen, nahmen jedes Mal eine andere Farbe an, und es war, als ob die ausgelassene Musik des Orchesters nur ein Echo ihrer Fußtritte sei. Bis dann plötzlich wieder einmal in dem samtüberzogenen Zimmer die Ebenholzuhr schlug, und alles stillstand, und nichts zu hören war, außer dem Glockenschlag. Dann blieben die Traummasken wie angefroren auf ihren Plätzen. Aber nur einen Augenblick währte diese Stille, der Nachklang der Uhr starb hinweg und ein leichtes, halbunterdrücktes Lachen folgte ihm nach. Und wieder schwoll die Musik, die Träume wurden lebendig und glitten so lustig wie je von einem Zimmer zum anderen, um durch die bunten Scheiben immer wieder mit anderem Licht überflutet zu werden. Aber in das Zimmer, das von den sieben am meisten westwärts lag, wagte sich allmählich keine Maske mehr hinein. Denn das schwarze Dunkel dort schien langsam zu schwinden, und ein immer roteres Licht strömte durch die buntgefärbten Scheiben. Die Schwärze des schwarzen Teppichs verblich, und wer es wagte, seinen Fuß daraufzusetzen, dem drang aus der Ebenholzglocke ein dumpfes Gedröhne ans Ohr, das viel schauerlicher war als alles, was die Ohren der in anderen Zimmern Herumtollenden erreichte.
Diese anderen Räume waren dicht von einem wogenden Menschenschwarm erfüllt, und ein heißes, fiebriges Leben herrschte hier. Immer toller wirbelte das festliche Treiben, bis schließlich auf der Uhr die Mitternacht zu schlagen begann. Und wie es vorher geschehen war, hielt die Musik mit Spielen an, die Tänzer standen bewegungslos da, und eine unbehagliche Erstarrung breitete sich über alle Dinge. Aber da diesmal zwölf Glockenschläge tönten, so geschah es vielleicht durch das Mehr an Zeit, dass jetzt ernsthaftere Gedanken in die Herzen auch der Lustigsten eindrangen. Und ehe der leise Nachklang des letzten Schlages in tiefes Schweigen versunken war, bemerkten einige in der Menge die Anwesenheit einer maskierten Figur, die bisher keinem Menschen aufgefallen war. Als sich das Gerücht von dieser neuen Erscheinung im Flüsterton verbreitet hatte, erhob sich in der ganzen Gesellschaft ein Tuscheln und Murmeln, das Missbilligung und Erstaunen ausdrückte und zu Worten der Angst, des Entsetzens und Abscheus anschwoll.
Unter den vielen fantastischen Verkleidungen hätte natürlich eine Erscheinung von mehr gewöhnlicher Art nicht eine solche Erregung her-

vorrufen können. Die Maskenfreiheit war tatsächlich fast unbegrenzt, aber diese Gestalt hatte sich weit über alle Grenzen, die des Fürsten Toleranz gezogen hatte, hinweggesetzt. Doch es gibt Stellen selbst in den Herzen der Gleichgültigsten, die sich nicht ohne Schmerzen berühren lassen, und auch die ganz Verdorbenen, denen Leben und Sterben nie Spott sind, haben Dinge, über die sie keinen Spott hören wollen. In der ganzen Gesellschaft schien nur ein einziges Gefühl über das Witzlose und Unschickliche im Kostüm des Unbekannten zu herrschen. Die Figur war schlank und sehr groß und vom Kopf bis zum Fuß in Leichentücher gehüllt. Die Maske, die das Gesicht verbarg, glich so genau den starren Zügen eines Toten, dass man auch beim schärfsten Hinsehen nicht die Täuschung erkennen konnte. Und doch hätten die tollen Festteilnehmer dies alles, wenn auch nicht gebilligt, so doch ertragen. Aber der Maskenträger war so weit gegangen, dass er das Bild des roten Todes darstellte. Die Leichentücher waren mit Blut bespritzt, und die breite Stirn zeigte wie das ganze Gesicht die entsetzlichen Scharlachflecke.
Langsam und feierlich, wie um die Rolle möglichst natürlich zu gestalten, schritt die geisterhafte Erscheinung zwischen den Tänzern auf und ab. Nun aber fielen die Augen des Fürsten Prospero darauf, und wenn er im ersten Augenblick, sei es vor Schreck oder vor Abscheu, stark zusammengezuckt war, so stieg ihm im nächsten der helle Zorn in die Stirn.
»Wer wagt es«, fragte er grimmig die in der Nähe befindlichen Höflinge, »uns mit diesem lästerlichen Spott zu beschimpfen? Ergreift ihn und reißt ihm die Maske vom Gesicht, damit wir wissen, wen wir morgen früh an den Festungszinnen aufzuhängen haben!«
Fürst Prospero stand in dem östlichen oder blauen Zimmer, als er diese Worte ausstieß. Er war ein starker und stolzer Mann, seine Stimme klang laut und klar durch alle sieben Räume, während er die Musik mit einer Handbewegung zum Schweigen gebracht hatte.
Inmitten einer Gruppe von bleichen Höflingen stand der Fürst in dem blauen Zimmer. Auf seine Worte hin machten auch einige von ihnen eine leichte Bewegung, um sich auf den Eindringling zu stürzen, der in diesem Augenblick gar nicht weit entfernt war und nun dem Sprecher mit ruhigem, festem Schritt noch nähertrat. Aber infolge eines namenlosen Grauens, das die wahnsinnige Anmaßung des Maskierten der ganzen Gesellschaft eingeflößt hatte, fand nicht einer den Mut, die Hand auszustrecken und ihn zu ergreifen, so dass er unbelästigt in kaum einem Meter Entfernung an dem Prinzen vorbeischritt. Und während die ganze Gesellschaft wie auf einen Impuls aus der Mitte des Zimmers zu

den Wänden zurückwich, wandelte er mit dem gleichen feierlichen und abgemessenen Schritt, der ihn vom ersten Augenblick an ausgezeichnet hatte, seinen Weg durch das blaue Zimmer zu dem purpurnen, durch das purpurne zu dem grünen, durch das grüne zu dem orangefarbenen und durch dieses dann zu dem weißen, so dass er schließlich bis zum violetten Zimmer kam, ehe eine entschiedene Bewegung gemacht wurde, ihn festzuhalten. Jetzt aber stürzte Fürst Prospero, wahnsinnig vor Wut und Scham über seine eigene vorübergehende Feigheit, durch alle sechs Zimmer, während die anderen von einer tödlichen Angst befallen waren, so dass ihm keiner zu folgen wagte. Er hielt seinen gezückten Dolch in der Hand und hatte sich in wuchtiger Schnelligkeit bis auf drei oder vier Fuß der zurückweichenden Gestalt genähert, die inzwischen am Ende des schwarzen Zimmers angelangt war und sich plötzlich zu ihrem Verfolger umwandte. Man hörte einen scharfen Schrei, und der Dolch fiel blitzend auf den samtenen Teppich, auf den gleich darauf auch Fürst Prospero tot zu Boden sank. Nun aber ergriff der wilde Mut der Verzweiflung eine Schar von Festteilnehmern. Gemeinsam stürzten sie in das schwarze Gemach, aber als sie die Maske ergriffen, die mit ihrer hohen Gestalt steif und bewegungslos im Schatten der Ebenholzglocke stand, da erstarrten sie in unaussprechbarem Grauen, denn hinter den Leichengewändern und der Totenmaske, nach denen sie so schnell und gewaltsam gegriffen hatten, fanden sie ein absolutes, leeres Nichts.
Und nun erkannten sie die Gegenwart des roten Todes. Wie der Dieb in der Nacht war er gekommen, und einer nach dem anderen sanken die Genossen des Maskenfestes in den blutbetauten Hallen nieder und starben verzweifelt, wo sie zu Boden gefallen waren. Mit dem Erlöschen des letzten Lebens blieb auch die Ebenholzuhr stehen. Die Flammen auf den Dreifüßen erloschen, und Dunkel, Verfall und der rote Tod herrschten über allem.

EDGAR ALLAN POE

DAS SYSTEM DES DR. PECH UND PROF. FEDER

Im Herbst des Jahres 18— führte mich eine Reise durch die südlichen Provinzen Frankreichs auch in die Nähe eines Maison de Santé, einer Privat-Irrenanstalt, von der einige mir bekannte Mediziner in Paris mir viel erzählt hatten. Da ich eine derartige Anstalt noch nie besichtigt hatte, wollte ich die günstige Gelegenheit nicht ungenutzt vorübergehen lassen; ich machte daher meinem Reisegefährten – einem Herrn, den ich kurz vorher kennen gelernt hatte – den Vorschlag, einen Abstecher von wenigen Stunden zu machen, um die Anstalt zu besichtigen. Er lehnte aber ab: erstens habe er Eile, weiterzukommen, und zweitens habe er ein ganz erklärliches Grauen vor dem Anblick Wahnsinniger. Indessen bat er mich, nicht etwa aus Rücksicht auf ihn, von meinem Vorhaben abzusehen. Er werde langsam weiterreiten, so dass ich ihn im Laufe des Tages, spätestens aber des darauffolgenden, einholen könne. Als er sich verabschiedete, fiel mir ein, man werde mir möglicherweise gar nicht die Erlaubnis zur Besichtigung der Anstalt erteilen, und ich machte eine diesbezügliche Bemerkung. Er erwiderte, falls ich keine persönlichen Beziehungen zu dem Direktor, Herrn Maillard, noch irgendeinen Ausweis, etwa ein Empfehlungsschreiben habe, so könne ich allerdings auf Schwierigkeiten stoßen, da bei solchen Privatanstalten der Zutritt nicht so leicht zu erlangen sei wie bei öffentlichen Instituten dieser Art. Er selbst, fügte er hinzu, habe vor einigen Jahren die Bekanntschaft Maillards gemacht und wolle mir gern den Gefallen tun, mich bis ans Tor zu begleiten und einzuführen, wenngleich seine Antipathie gegen den Anblick Wahnsinniger ihm den Eintritt in das Haus selbst unmöglich mache.

Ich dankte ihm, und wir verließen also die Landstraße und schlugen einen grasbewachsenen Seitenpfad ein, der sich nach einer halben Stunde in einem dichten Wald am Fuße eines Berges fast verlor. Durch diesen düsteren Wald waren wir an die zwei Meilen geritten, als wir das Maison de Santé vor uns sahen. Es war ein fantastisches, halb verfallenes Schloss, das durch Alter und Verwahrlosung kaum mehr bewohnbar schien. Sein Anblick erfüllte mich geradezu mit Grausen, ich hielt mein Pferd an und wollte umkehren. Dann schämte ich mich jedoch meiner Schwäche und ritt weiter.

Als wir ans Tor kamen, sah ich, dass es ein wenig offenstand und ein Mann durch den Spalt spähte. Einen Augenblick später trat er heraus, nannte meinen Begleiter bei Namen, schüttelte ihm freundschaftlich die Hand und bat ihn abzusteigen. Es war Herr Maillard selbst, ein würdiger, vornehmer älterer Herr mit ernster, überlegener Miene, die Eindruck auf mich machte.

Mein Freund stellte mich vor, sprach von meinem Wunsch, die Anstalt zu besichtigen, und erhielt von Herrn Maillard die Versicherung, dass

er meinem Verlangen bereitwillig Rechnung tragen werde. Hierauf verabschiedete er sich und ritt davon.
Als er fort war, nötigte mich der Direktor in ein kleines, sehr hübsches Empfangszimmer, das neben anderen Zeichen eines vornehmen Geschmacks viele Bücher, Zeichnungen, blumengefüllte Vasen und Musikinstrumente aufwies. Ein behagliches Feuer brannte im Kamin. Am Klavier saß eine schöne, junge Dame und sang eine Arie von Bellini; bei meinem Eintritt hielt sie inne und begrüßte mich mit anmutiger Höflichkeit. Sie hatte eine sanfte Stimme, und ihr ganzes Wesen war weich und schwermütig. Ich glaubte auch in ihrem Antlitz, das ungewöhnlich bleich war, einen Zug von Trauer zu finden. Sie war tiefschwarz gekleidet und erregte in meinem Herzen ein Gefühl von Respekt, Teilnahme und Bewunderung.
Ich hatte in Paris davon gehört, in dem Institut des Herrn Maillard werde das sogenannte »Besänftigungs-System« angewendet, d.h. Strafen wurden vermieden, und selbst Einzelhaft wurde nur selten verhängt – vielmehr ließ man den Patienten, die nur heimlich überwacht wurden, möglichst viel Freiheit; die meisten durften in Haus und Garten frei umhergehen, als seien sie bei voller Vernunft.
Dieser Information erinnerte ich mich jetzt und nahm mich daher in meinem Gespräch mit der jungen Dame in Acht; ich wusste nicht, ob sie nicht zu den Kranken zählte; und tatsächlich hatte ihr glänzendes Auge etwas Rastloses, Flackerndes, das mir verdächtig vorkam. Ich beschränkte meine Bemerkungen daher auf gleichgültige Dinge, von denen ich dachte, dass sie einem Irren weder missfallen noch ihn aufregen könnten. Sie antwortete auf alles, was ich sagte, vollkommen vernünftig, und sogar ihre selbständigen Äußerungen trugen den Stempel klarer Vernunft. Indessen hatte mich eingehende Kenntnis der Geisteskrankheiten und ihrer Wandlungen gelehrt, diesen scheinbaren Beweisen von Gesundheit nicht zu trauen, und ich setzte die Unterhaltung ebenso vorsichtig fort, wie ich sie begonnen hatte.
Ein Diener in hübscher Livree trat ein und brachte ein Tablett mit Obst, Wein und sonstigen Erfrischungen, die ich mir schmecken ließ; bald darauf verließ die Dame das Zimmer. Als sie gegangen war, blickte ich meinen Gastgeber fragend an.
»Nein,« sagte er, »o nein – die Dame ist ein Mitglied meiner Familie – meine Nichte, eine höchst gebildete Dame.«
»Ich bitte tausendmal um Verzeihung für den Verdacht,« erwiderte ich, »Sie werden aber gewiss eine Entschuldigung für mich finden. Das aus-

gezeichnete System, mit dem Sie Ihre Anstalt leiten, ist in Paris bekannt, und ich hielt es daher gut für möglich – Sie verstehen . . .«

»Ja, ja – es bedarf keiner Worte – oder vielmehr sollte ich Ihnen danken für die liebenswürdige Klugheit, mit der Sie vorgingen. Wir finden selten so viel Verständnis bei jungen Leuten, und mehr als einmal kam es infolge der Gedankenlosigkeit unserer Besucher zu unerquicklichen Szenen. Als mein früheres System noch ausgeübt wurde und meine Patienten die Erlaubnis hatten, frei umherzugehen, wurden sie oft durch unvernünftige Leute, die das Haus besichtigen wollten, zu gefährlicher Wut gereizt. Seitdem habe ich mich genötigt gesehen, für strenge Abgeschlossenheit zu sorgen, und keiner erhielt Einlass, auf dessen Bedachtsamkeit ich mich nicht verlassen konnte.«

»Als Ihr früheres System angewandt wurde?« wiederholte ich seine Worte. »Soll ich das dahingehend verstehen, dass das ›Besänftigungssystem‹, von dem ich schon so viel gehört habe, jetzt nicht mehr zur Anwendung kommt?«

»Seit einigen Wochen«, erwiderte er, »haben wir beschlossen, es endgültig aufzugeben.«

»In der Tat? – Sie setzen mich in Erstaunen!«

Er seufzte. »Es erwies sich leider als dringend nötig, mein Herr, zu den alten Gebräuchen zurückzukehren. Die Gefahren des Besänftigungs-Systems waren immer sehr große, und seine Vorteile sind entschieden überschätzt worden. Wenn je – so ist es gerade in diesem Hause reichlich zur Anwendung gekommen; wir haben alles getan, was vernunftgemäße Rücksichtnahme tun konnte. Es tut mir leid, dass Sie uns nicht schon früher einmal besucht haben, um sich selbst ein Urteil zu bilden. Ich vermute aber, Sie kennen das Besänftigungs-System – seine praktische Anwendung?«

»Nicht ganz. Was ich davon weiß, habe ich aus dritter, vierter Hand.«

»Das System lässt sich also gemeinhin als eines bezeichnen, das den Patienten rücksichtsvoll behandelt. Wir widersprachen den Einbildungen der Irren nicht. Im Gegenteil: wir duldeten sie nicht nur, sondern unterstützten sie sogar, und wir haben auf diese Weise unsere erfolgreichsten Kuren zustande gebracht. Kein Argument wirkt so nachhaltig auf die schwache Vernunft des Irren, wie das Ad-absurdum-geführt-werden. Zum Beispiel hatten wir Leute, die sich für Hühner hielten. Die Kur bestand nun darin, dies als Tatsache zu nehmen, den Patienten, der diese Tatsache nicht genügend anerkannte, für dumm zu erklären und ihm eine Woche lang jede andere Nahrung als die den Hühnern angemessene zu verweigern. Auf diese Weise konnte ein wenig Korn und Sand Wunder vollbringen.«

»Doch war diese Nachgiebigkeit alles?«

»Keineswegs. Wir hielten viel auf harmlose Zerstreuungen, wie Musik, Tanz, gemeinsame gymnastische Übungen, Kartenspiel, Lektüre usw. Wir behandelten einen jeden auf irgendein physisches Leiden hin, und das Wort ›Irrsinn‹ wurde nie gebraucht. Ein Hauptpunkt bestand darin, dass man jeden Irren anhielt, das Tun der anderen zu überwachen. Dies Vertrauen in das Verständnis und die Diskretion eines Wahnsinnigen ist es, womit man ihn ganz gewinnen kann. Auf diese Weise konnten wir das kostspielige Wächterpersonal beschränken.«

»Und Sie hatten keinerlei Strafen?«

»Keine.«

»Und Sie haben die Patienten nie isoliert?«

»Sehr selten. Hie und da, wenn es bei irgendeinem zu einer Unsicherheit oder einem Wutanfall kam, sperrten wir ihn in eine abgelegene Zelle, damit er die anderen nicht mitreiße, und hielten ihn dort so lange, bis wir ihn den anderen wieder zuführen konnten. Mit eigentlichen Tobsüchtigen haben wir nämlich nicht zu tun; die werden gewöhnlich den staatlichen Irrenanstalten zugeführt.«

»Und alles dies haben Sie nun geändert – und wie Sie meinen, zum Guten geändert?«

»Ganz entschieden. Das frühere System hatte seine Nachteile, ja sogar Gefahren. Man hat es nun glücklicherweise in allen Maisons de Santé Frankreichs fallen lassen.«

»Ich bin außerordentlich erstaunt über Ihre Mitteilung,« sagte ich, »da man mir versichert hat, dass es heutzutage im ganzen Land keine andere Methode der Behandlung Geisteskranker gebe.«

»Sie sind noch jung, mein Freund,« erwiderte mein Wirt, »Und die Zeit wird kommen, da Sie sich über das, was in der Welt vorgeht, ein eigenes Urteil bilden und das Gerede anderer nicht beachten werden. – Glauben Sie nichts von dem, was Sie hören, und nur die Hälfte von dem, was Sie sehen. Was unsere Irrenanstalten anbelangt, so ist es klar, dass irgendein Unwissender Ihnen etwas eingeredet hat. Ich werde mich aber freuen, Sie nach Tisch, wenn Sie sich genügend von Ihrem ermüdenden Ritt erholt haben werden, durch das Haus zu führen und Ihnen ein System zu weisen, das sowohl mir selbst als einem jeden, der es angewendet sah, als das bei weitem erfolgreichste erschienen ist.«

»Ihr eigenes System?« fragte ich – »Ihre eigene Erfindung?«

»Ich bin stolz,« erwiderte er, »Ihre Frage bejahen zu können – wenigstens in gewissem Maße.«

In dieser Weise unterhielt ich mich mit Herrn Maillard ein bis zwei Stunden, während er mich in Hof und Garten herumführte.

»Ich kann Ihnen gegenwärtig nicht meine Patienten zeigen«, sagte er. »Ein empfindliches Gemüt wird von solchem Anblick stets etwas erschüttert; und ich möchte Ihnen den Appetit vor Tisch nicht verderben. Lassen Sie uns zuerst speisen. Ich kann Ihnen Kalb à la Sainte Ménéhould mit Blumenkohl in Sauce velouté vorsetzen – dann ein Glas Clos Vougeot – das wird Ihre Nerven genügend stärken.«

Um sechs Uhr rief man zu Tisch, und mein Gastgeber führte mich in einen langen Speisesaal, wo ich eine große Gesellschaft versammelt fand – etwa fünfundzwanzig bis dreißig Personen. Es schienen Leute von Rang – wenigstens von guter Herkunft – wenngleich ihre Kleidung mir etwas überladen schien; sie hatte die aufdringliche Eleganz der Bourbonenzeit. Ich bemerkte, dass mindestens zwei Drittel der Gäste Damen waren, von denen einige sich keineswegs so betrugen, wie es heutigen Tages in Paris zum guten Ton gehört. Manche z. B., deren Alter kaum unter siebzig sein konnte, waren mit Juwelen, Ringen, Armbändern und Ohrschmuck geradezu überladen, und ihr Taillenausschnitt war von bedenklicher Tiefe. Ich sah ferner, dass nur wenige der Kleider einen guten Schnitt hatten – wenigstens kleideten sie ihre Trägerinnen nicht gut. Während ich mich umschaute, entdeckte ich das interessante junge Mädchen, mit dem Herr Maillard mich zuvor bekannt gemacht hatte; doch mein Erstaunen war groß, sie nun in Reifrock und Stöckelschuhen und einer Haube aus Brüsseler Spitzen zu sehen, einer Haube, die nicht nur unsauber, sondern so übertrieben groß war, dass sie das Gesicht lächerlich klein erscheinen ließ. Als ich die Dame zuerst gesehen hatte, trug sie ein geschmackvolles Trauerkleid. Kurzum, die Kleidung der ganzen Gesellschaft hatte etwas so Wunderliches, dass mir das »Besänftigungs-System« wieder einfiel und gleichzeitig der Gedanke kam, Herr Maillard habe mich bis nach Tisch im Unklaren lassen wollen, damit mich bei der Mahlzeit nicht etwa die Vorstellung störe, mit Geisteskranken zu speisen. Ich erinnerte mich aber auch, dass in Paris die Rede ging, welch ein exzentrisches Völkchen die Bewohner der südlichen Provinzen seien und welch veraltete Anschauungen sie hätten. Nachdem ich mit einigen aus der Gesellschaft nur eine kurze Weile geplaudert hatte, schwanden bald meine Zweifel gänzlich.

Das Speisezimmer war, obschon geräumig und praktisch eingerich-

tet, keineswegs elegant; so gab es z. B. keinen Teppich, was allerdings in Frankreich nicht selten ist. Die Fenster waren ohne Vorhänge. Die Schalter waren geschlossen und mit diagonalen Eisenstangen verriegelt, wie es bei uns die Kaufläden sind. Der ganze Raum bildete, wie ich nun sah, einen besonderen Flügel des Schlosses und hatte daher an drei Seiten Fenster, nicht weniger als zehn; an der vierten war die Tür.
Der Tisch war prächtig gedeckt. Er war mit Schüsseln überladen und mehr als überladen mit Delikatessen. Der Überfluss war geradezu geschmacklos. Nie in meinem Leben sah ich eine solche Verschwendung, ja Missachtung der köstlichsten Dinge. Die Anordnung des Ganzen war übrigens sehr wenig anmutig. Meine an sanftes Licht gewöhnten Augen mussten nun den Glanz zahlloser Wachskerzen ertragen, die in silbernen Armleuchtern überall im Zimmer verteilt waren. Mehrere Diener warteten auf; und auf einem großen Tisch in einer entfernten Ecke des Saals saßen sieben bis acht Leute mit Geigen, Pfeifen, Blasinstrumenten und einer Trommel. Diese Burschen quälten mich während der ganzen Mahlzeit mit ihrem andauernden Lärm, der wohl Musik sein sollte und alle Anwesenden mit Ausnahme von mir sehr zu unterhalten schien.
Alles in allem konnte ich nicht umhin, vieles von dem, was ich sah, recht bizarr zu finden – aber es gibt so vielerlei Menschen, mit so vielerlei Gedanken und so vielerlei Gewohnheiten! Auch war ich weit genug in der Welt herumgekommen, dass mir das »nil admirari« zur Selbstverständlichkeit geworden war. Ich nahm also gelassen an der rechten Seite meines Wirtes Platz und sprach mit viel Appetit den guten Speisen zu, die man mir reichte.
Die Unterhaltung war allgemein und angeregt; wie immer, sprachen besonders die Damen viel. Ich fand bald, dass fast alle Versammelten eine gute Erziehung genossen hatten; und mein Wirt selbst erzählte einen launigen Witz nach dem anderen. Er schien geneigt, von seiner Stellung als Leiter der Irrenanstalt zu reden, und überhaupt war das Thema »Wahnsinn« zu meiner Überraschung ein beliebter Gesprächsstoff. Man erzählte eine Menge lustiger Stückchen von der Tollheit einzelner Patienten.
»Wir hatten mal einen Menschen hier,« sagte ein dicker, kleiner Herr an meiner rechten Seite – »einen Menschen, der sich für einen Teekessel hielt. Nebenbei bemerkt, ist es nicht sonderbar, wie oft gerade diese Vorstellung bei Wahnsinnigen herrscht? Gibt es doch kaum eine Irrenanstalt in Frankreich, die nicht einen menschlichen Teekessel aufzuweisen

hätte. Unser Mann war ein Teekessel aus Britannia-Metall und war eifrig bemüht, sich jeden Morgen mit Putzkreide und einem Lederlappen zu polieren.«

»Und dann«, sagte ein langer Mensch mir gegenüber, »hatten wir vor einiger Zeit einen Mann hier, der es sich in den Kopf gesetzt hatte, ein Esel zu sein – was, wie Sie sagen werden, wohl seine Richtigkeit hatte. Er war ein beschwerlicher Kranker, und wir hatten viel zu tun, ihn zu überwachen. Lange Zeit wollte er nichts als Disteln essen; von diesem Gedanken brachten wir ihn aber dadurch ab, dass wir ihm auch keine andere Nahrung mehr gaben. Ferner schlug er immer mit den Füßen aus – so – so –«

»Herr de Kock! Bitte, benehmen Sie sich anständig!« unterbrach ihn hier eine alte Dame, die an seiner Seite saß. »Behalten Sie Ihre Füße, bitte, bei sich! Sie haben mir meinen Brokat beschmutzt. Ist es denn nötig, eine Bemerkung gleich auf solche Weise zu illustrieren? Unser Freund hier kann Sie sicher auch so begreifen. Mein Wort, Sie sind entschieden geradeso ein Esel, wie der arme Kranke zu sein wähnte. Sie benehmen sich durchaus unangemessen.«

»Mille pardons! Mamselle!« erwiderte Herr de Kock – »ich bitte tausendmal um Verzeihung! Ich wollte Sie nicht verletzen. Mamselle Laplace – Herr de Kock gibt sich die Ehre, mit Ihnen anzustoßen.«

Herr de Kock verbeugte sich tief, küsste der Dame zeremoniös die Hand und stieß mit ihr an.

»Erlauben Sie mir, mein Freund,« wandte sich jetzt Herr Maillard an mich – »erlauben Sie mir, Ihnen ein Stück Kalbsbraten à la St. Méné-hould anzubieten – Sie werden es sehr schmackhaft finden.«

Gerade war es drei kräftigen Dienern gelungen, eine ungeheure Platte auf den Tisch niederzustellen, die nach meiner Ansicht ein »monstrum horrendum, informe, ingens, cui lumen ademptum« enthielt. Näheres Zusehen zeigte mir allerdings, dass es nur ein im ganzen gebratenes kleines Kalb war, das man auf die Knie gesetzt und dem man einen Apfel ins Maul gesteckt hatte, ähnlich wie man in England einen Hasen serviert.

»Danke, nein,« erwiderte ich; »ich muss gestehen, ich bin eigentlich kein Liebhaber von Kalb à la Sainte – wie war's doch gleich? – Es ist nicht so recht nach meinem Geschmack. Ich möchte aber den Teller wechseln und ein Stück von dem Kaninchen dort versuchen.«

Einige kleinere Platten, die auf dem Tische standen, schienen mir nämlich Kaninchenbraten zu enthalten – ein ganz prächtiges Fleisch, das ich nur empfehlen kann.

»Pierre,« rief der Wirt, »gib dem Herrn einen anderen Teller und ein Mittelstück dieses Kaninchens au-chat.«
»Dieses was?«
»Dieses Kaninchens au-chat.«
»Ach, nein, danke – ich habe es mir überlegt. Ich will mir doch lieber etwas Schinken nehmen.«
Man weiß doch, nie, was man von diesen Provinzlern vorgesetzt bekommt, dachte ich bei mir selbst. Ich mag nichts von ihrem Kaninchen au-chat und ebenso wenig von ihrem Katzen-Kaninchen.
»Und dann,« nahm am unteren Ende der Tafel ein leichenblasser Mensch den Faden der Unterhaltung wieder auf, – »und dann hatten wir neben anderen Tollheiten auch einen Patienten, der eigensinnig dabei blieb, er sei ein Cordoba-Käse, und der mit einem Messer in der Hand herumlief und die anderen bat, eine schöne Scheibe aus der Mitte seines Beins zu versuchen.«
»Er war unbedingt ein großer Narr,« fiel irgendeiner ein, »immerhin aber nicht zu vergleichen mit einem gewissen Jemand, den wir alle kennen – mit Ausnahme dieses fremden Herrn natürlich. Ich meine den Mann, der sich für eine Sektflasche hielt und immer knallte und sprudelte, nämlich so ...«
Hier steckte der Sprecher höchst unziemlich den Daumen in den Mund, klemmte ihn gegen die rechte Backe und machte damit ein knallendes Geräusch, ähnlich dem eines springenden Pfropfens, dann ließ er die Zunge zwischen den Zähnen vibrieren, was einen zischenden, sprudelnden Laut hervorbrachte, wie eine aufschäumende Sektflasche.
Ich sah, dass dies Benehmen Herrn Maillard nicht sehr gefiel; er sagte aber nichts, und die Unterhaltung wurde durch ein kümmerliches Männchen mit einer großen Perücke weitergeführt.
»Da war auch ein Dummkopf,« sagte er, »der hielt sich für einen Frosch, dem er übrigens gar nicht so unähnlich war. Ich wollte, Sie hätten ihn sehen können, Herr,« – wandte sich der Sprecher an mich – »es hätte Sie wirklich erquickt, zu sehen, wie natürlich er sich benahm. Herr, wenn der Mensch kein Frosch war, so kann ich nur sagen, dass es zu bedauern ist, dass er keiner war. Sein Gequake – so: kroax ... kroax! – war das schönste von der Welt – B-Moll! Und wenn er ein oder zwei Glas Wein getrunken hatte und dann die Ellbogen auf den Tisch stützte – so – und den Mund aufriss – so – und mit den Augen rollte – so – und ganz schnell mit den Lidern zwinkerte – so – nun, mein Herr, ich stehe dafür ein, Sie wären voller Bewunderung für diesen Mann gewesen.«

»Ich zweifle nicht daran«, sagte ich.
»Und dann,« sagte jemand anders, »dann war da Petit Gaillard, der sich für eine Prise Schnupftabak hielt und ganz verzweifelt war, weil er sich nicht selbst zwischen Daumen und Zeigefinger nehmen konnte.«
»Und da war auch Jules Desoulières, wirklich ein eigenartiger Geist, der den verrückten Gedanken hatte, ein Kürbis zu sein. Er verfolgte den Koch mit dem Anliegen, einen Pudding aus ihm zu machen – was der Koch entrüstet ablehnte. Ich für meinen Teil zweifle keineswegs, dass ein Kürbispudding à la Desoulières ein vorzügliches Gericht gewesen wäre!«
»Sie setzen mich in Erstaunen!« sagte ich; und ich blickte fragend auf Herrn Maillard.
»Ha, ha, ha!« lachte dieser – »He, he, he! – Hi, hi, hi! – Ho, ho, ho! – Hu, hu, hu! – Sehr gut, sehr gut! Sie dürfen nicht erstaunt sein, mon ami! Unser Freund hier ist ein Witzbold – ein Spaßmacher – Sie dürfen ihn nicht wörtlich nehmen.«
»Und dann«, sagte ein anderer aus dem Kreis, »hatten wir Bouffon le Grand – in seiner Weise auch ein sehr origineller Mensch. Er war aus unglücklicher Liebe verrückt geworden und bildete sich nun ein, zwei Köpfe zu haben. Einen davon hielt er für den Kopf des Cicero; der andere war zusammengesetzt: von der Stirn bis zum Mund Demosthenes und vom Mund bis zum Kinn Lord Brougham. Vielleicht irrte er sich, aber er hätte Sie davon überzeugt, dass er im Recht sei; denn er war ein Mann von großer Rednergabe. Er hatte eine Leidenschaft für das Reden und stellte sich gern zur Schau. Er sprang zum Beispiel auf den Speisetisch – so – und ...«
Hier legte einer, der an seiner Seite saß, ihm die Hand auf die Schulter und flüsterte ihm etwas ins Ohr, worauf er ganz plötzlich schwieg und in seinen Stuhl zurücksank.
»Ferner,« sagte der, der geflüstert hatte, »war da Boullard, der Kreisel. Ich sage Kreisel, weil er die seltsame, aber gar nicht so unvernünftige Grille hatte, in einen Kreisel verwandelt worden zu sein. Sie hätten gebrüllt vor Lachen, wenn Sie ihm zugesehen hätten. Er drehte sich wohl eine Stunde lang auf einem Bein, in dieser Weise – so –«
Hier fiel ihm der, den er vorhin zurechtgewiesen hatte, im gleichen Flüsterton in die Rede.
»Ach,« kreischte eine alte Dame, »Ihr Herr Boullard war eben verrückt – dumm und verrückt! Denn bitte, wer hätte jemals von einem menschlichen Kreisel gehört? Das ist absurd. Da war Frau Joyeuse, wie Sie wis-

sen, eine vernünftigere Person. Sie hatte auch ihre Grille, aber es war eine sinnvolle Grille und unterhaltend für alle, die die Ehre hatten, mit ihr bekannt zu sein. Sie fand nach reiflicher Überlegung, dass sie durch irgendeinen Unfall in einen Hahn verwandelt worden war; und als solcher benahm sie sich mit Anstand. Es war bewunderungswürdig, wie sie mit den Flügeln schlug – so – so – so –, und ihr Krähen war einfach entzückend! Ki-ke-riki! – Ki-ke-ri-kiii! – Ki-ke-ri-ki-i-i-i!«

»Frau Joyeuse,« fiel unser Wirt hier ärgerlich ein, »benehmen Sie sich anständig, wie es einer Dame zukommt, oder Sie müssen vom Tisch fernbleiben. – Wählen Sie!«

Die Dame (wie erstaunte ich, dass sie anscheinend selbst die so launig beschriebene Frau Joyeuse war) errötete bis zu den Haarwurzeln und schien von der Zurechtweisung empfindlich getroffen. Sie ließ den Kopf hängen und entgegnete kein Wort. Aber eine andere, jüngere Dame setzte die Unterhaltung fort. Es war mein schönes Mädchen aus dem Sprechzimmer.

»Frau Joyeuse war wirklich eine Närrin,« rief sie aus; »da hatte der Spleen von Eugénie Salsafette mehr Sinn. Sie war ein sehr hübsches und zurückhaltendes junges Mädchen, dem die übliche Kleidertracht anstößig erschien; sie versuchte deshalb, statt in die Kleider hineinzuschlüpfen, aus ihnen herauszukommen. Das geht übrigens ganz leicht. Man braucht nur so – zu machen – und dann so – so – so – und dann so – und so – und so – und dann –«

»Mein Gott! Fräulein Salsafette!« riefen ein Dutzend Stimmen. »Was fällt Ihnen ein! – Gott bewahre! Genug, genug! – Wir sehen deutlich genug, wie es gemeint ist! – Halt, halt!« Und einige sprangen schon von ihren Sitzen, um Fräulein Salsafette davon abzuhalten, sich in das Kostüm der Mediceischen Venus zu werfen.

Da wurde die allgemeine Verwirrung noch durch laute, gellende Schreie gesteigert, die aus einem inneren Teil des Schlosses zu dringen schienen. Meine Nerven wurden von diesen Schreien nicht wenig erschüttert, für die anderen aber hatten sie geradezu eine bedauernswerte Wirkung. Nie in meinem Leben sah ich vernünftige Leute so fürchterlich erschrecken. Sie wurden alle leichenblass, sanken in ihrem Stuhl zusammen und lauschten, bebend vor Angst, auf eine Wiederholung jener Töne. Sie kamen – näher und lauter – und dann ein drittes Mal sehr laut, und dann ein viertes Mal mit anscheinend verminderter Heftigkeit. Bei diesem offenbaren Nachlassen des Lärmens gewann die Gesellschaft schnell ihre Fassung zurück, und wie vorher war alles voll Leben und Heiterkeit.

Ich wagte jetzt eine Frage nach der Ursache jener sonderbaren Störung.
»Nichts von Bedeutung,« sagte Herr Maillard. »Wir sind dergleichen gewohnt und kümmern uns nicht viel darum. Hie und da brechen die Irren in ein gemeinsames Geheul aus; einer steckt den anderen damit an, ähnlich wie Hunde des Nachts einander zum Bellen reizen. Es kommt jedoch gelegentlich vor, dass diesem Schreien ein allgemeiner Versuch auszubrechen folgt, was natürlich nicht ganz gefahrlos wäre.«
»Und wieviel Pfleglinge haben Sie?«
»Gegenwärtig nicht mehr als zehn.«
»Hauptsächlich Frauen, wie ich schätze?«
»O nein – lauter Männer, und kräftige dazu, kann ich Ihnen sagen.«
»Wirklich! Ich habe immer angenommen, die Mehrzahl der Irrsinnigen sei weiblichen Geschlechts.«
»Meistens ist es so, aber nicht immer. Vor einiger Zeit hatten wir hier siebenundzwanzig Patienten und darunter nicht weniger als achtzehn Frauen; in letzter Zeit hat sich aber, wie Sie sehen, vieles geändert.«
»Ja – vieles geändert, wie Sie sehen«, fiel der Herr ein, der vorhin Mamselle Laplace auf den Brokat getreten hatte.
»Ja – vieles geändert, wie Sie sehen!« brüllte die ganze Gesellschaft auf einmal.
»Haltet den Mund!« rief mein Gastgeber aufgebracht. Worauf minutenlang vollkommene Stille herrschte. Eine der Damen nahm Herrn Maillards Befehl wörtlich und hielt sich bis zum Ende des Gesprächs den großen Mund gehorsam mit beiden Händen zu.
»Und jene Dame,« sagte ich und beugte mich zu Herrn Maillard, »die gute alte Dame, die uns das Kikeriki vormachte – sie ist, wie ich annehme, harmlos – ganz harmlos, wie?«
»Harmlos?« sagte er mit unverhohlenem Staunen. »Wie – wie – wie meinen Sie das?«
»Nur ein leichter Fall«, sagte ich und tippte mit dem Finger an die Stirn. »Ich nehme an, es ist kein schwerer, kein gefährlicher Fall, wie?«
»Mein Gott! Was denken Sie denn! Diese Dame, meine liebe alte Freundin Frau Joyeuse, ist so gesund wie ich. Gewiss, sie hat ihre kleinen Eigenheiten – aber, Sie wissen ja: Alle alten Frauen – alle sehr alten Frauen sind mehr oder weniger sonderbar!«
»Gewiss,« sagte ich – »gewiss – und die anderen Herren und Damen hier –«
»Sind meine Freunde und Beamte,« fiel mir Maillard ins Wort und richtete sich abweisend in die Höhe – »meine besten Freunde und Gehilfen.«

»Wie, allesamt?« fragte ich, »die Frauen und alle die übrigen?«
»Allerdings,« sagte er – »wir könnten ohne die Frauen gar nicht auskommen; sie sind die besten Irrenwärterinnen, die es gibt; sie haben so ihre eigene Weise, wissen Sie; ihre strahlenden Blicke haben eine ganz besondere Wirkung – so ähnlich wie der Zauber der Schlange, verstehen Sie.«
»Gewiss,« sagte ich – »ganz gewiss! Aber sie benehmen sich ein wenig sonderbar, wie? – Sie sind nicht so ganz richtig, wie? – Meinen Sie nicht?«
»Sonderbar! – Nicht ganz richtig! – Ist das Ihr Ernst? Gewiss, wir hier im Süden sind nicht sehr zimperlich –, lassen uns ein wenig gehen – genießen das Leben, wissen Sie . . .«
»Gewiss,« sagte ich; »gewiss!«
»Und dann ist vielleicht der Wein, der Clos de Vougeot, ein wenig schwer, wissen Sie – ein wenig stark – verstehen Sie, eh?«
»Gewiss,« sagte ich; »gewiss! Beiläufig gesagt, mein Herr, ist meine Annahme richtig, dass Sie sagten, statt des berühmten Besänftigungs-Systems hätten Sie nun ein System rücksichtsloser Strenge eingeführt?«
»Keineswegs. Die Kranken befinden sich zwar in strengem Gewahrsam, aber die Behandlung – die ärztliche Behandlung, meine ich – ist geradezu eine angenehme.«
»Und das neue System ist Ihre eigene Erfindung?«
»Nicht ganz. Zum Teil geht es auf Dr. Pech zurück, von dem Sie sicher gehört haben; andererseits habe ich aber Modifikationen eingeführt, die, wie ich mit Vergnügen feststelle, von dem berühmten Professor Feder stammen, mit dem Sie, wenn ich mich recht erinnere, die Ehre haben, näher bekannt zu sein.«
»Ich muss leider bekennen,« erwiderte ich, »dass ich bisher nicht einmal den Namen eines der Herren gehört habe.«
»Gütiger Himmel!« rief mein Wirt, schob seinen Stuhl zurück und erhob die Arme zum Himmel. »Ich habe mich wohl verhört! Wie? Sie wollen doch nicht sagen, Sie hätten von dem bekannten Dr. Pech und dem berühmten Professor Feder nie gehört?«
»So ist es, wie ich beschämt gestehe«, entgegnete ich. »Aber Wahrheit ist die Hauptsache! Und ich bin tief unglücklich, mit den Werken dieser zweifellos hervorragenden Männer nicht vertraut zu sein. Ich werde das aber sogleich nachholen und ihre Schriften sorgsam durcharbeiten. Herr Maillard, Sie haben mich – ich muss es bekennen – Sie haben mich wirklich tief beschämt.«

Und das war Tatsache.
»Nichts mehr davon, lieber junger Freund,« sagte er liebenswürdig und drückte mir die Hand – »trinken wir ein Glas Sauterne miteinander.«
Wir tranken. Die Gesellschaft tat ein Gleiches: alle tranken maßlos. Sie schwatzten – scherzten – lachten – verübten tausend Tollheiten. Die Fiedeln kreischten, die Trommel dröhnte, die Blasinstrumente gellten und bellten – und die ganze, durch die Wirkung des Alkohols immer wüster werdende Szene artete aus in höllische Raserei. Herr Maillard und ich, einige Flaschen Sauterne und Clos Vougeot vor uns, setzten indessen mit aller Kraft unserer Lungen die Unterhaltung fort. Ein mit normaler Stimme gesprochenes Wort hatte nicht mehr Aussicht, vernommen zu werden, als die Stimme eines Fisches vom Grunde der Niagara-Fälle.
»Sie erwähnten vor Tisch«, brüllte ich ihm ins Ohr, »die Gefahren, welche das alte Besänftigungs-System mit sich brachte. Würden Sie mir darüber Aufschluss geben?«
»Ja«, erwiderte er. »Es hat gelegentlich große Gefahren. Die Launen Wahnsinniger sind unberechenbar, und sowohl ich als auch Dr. Pech und Professor Feder sind der Ansicht, dass es niemals ratsam ist, sie unbewacht herumgehen zu lassen. Ein Irrer mag für einige Zeit ›besänftigt‹ werden, wie man so sagt, im Grunde aber ist er immer geneigt, in Tobsucht auszubrechen. Seine Verschlagenheit ist groß, ja sprichwörtlich. Wenn er einen Plan hat, so verbirgt er seine Absicht mit bewunderungswürdiger Schlauheit, und die Gewandtheit, mit der er ein Geheiltsein vortäuscht, bietet den Psychiatern eines der seltsamsten Probleme. In der Tat: Wenn ein Geisteskranker vollkommen gesund erscheint, ist es höchste Zeit, ihn in die Zwangsjacke zu stecken.«
»Aber die Gefahr, mein lieber Herr – von der Sie sprachen, sie als Leiter der Anstalt aus eigener Erfahrung kennengelernt zu haben – war es irgendein praktischer Fall, der Sie dahin brachte, die Freiheit eines Geisteskranken für gefährlich zu halten?«
»Hier? – Aus eigener Erfahrung? – Ja, allerdings! Vor gar nicht langer Zeit ereignete sich hier im Hause ein eigentümlicher Fall. Das ›Besänftigungs-System‹ war damals noch in Anwendung, und die Kranken gingen frei umher. Sie betrugen sich gut, ausnehmend gut – ein kluger Mann hätte gerade daraus den Schluss ziehen müssen, dass irgendein teuflischer Anschlag geplant war. Und natürlich, eines schönen Morgens sahen sich die Wärter an Händen und Füßen gebunden und in die Zellen geworfen, wo sie von den Geisteskranken, die sich das Amt der Wärter angemaßt hatten, bewacht wurden, als seien sie die Kranken.«

»Nicht möglich! Nie im Leben hab› ich etwas so Tolles gehört!«
»Tatsache! – Alles war das Werk eines kühnen Dummkopfs – eines Wahnsinnigen –, der es sich irgendwie in den Kopf gesetzt hatte, ein besseres System zur Behandlung Geisteskranker gefunden zu haben, als je dagewesen war. Er wollte vermutlich einen Versuch damit machen und überredete die anderen Kranken zu einer Verschwörung gegen die herrschende Gewalt.«
»Und er hatte Erfolg?«
»Vollständig! Wärter und Kranke mussten ihre Rollen vertauschen. Das stimmt allerdings nicht ganz, denn die Irren waren frei gewesen, die Wärter aber wurden von nun ab in Zellen gesperrt und – leider, muss ich sagen – sehr unhöflich behandelt.«
»Doch ich vermute, dass bald eine Gegenrevolution eintrat? Jener Zustand kann nicht lange gedauert haben. Die Landleute aus der Nachbarschaft – Besucher der Anstalt – würden Alarm geschlagen haben.«
»Da irren Sie. Der Rädelsführer war viel zu schlau. Er ließ keine Besucher ein – mit Ausnahme eines einzigen, sehr einfältig aussehenden jungen Mannes, den er nicht zu fürchten brauchte. Er ließ ihn ein, sich die Anstalt zu besehen – ließ ihn ein, aus Spaß – der Abwechslung halber. Und als er ihm dann genug weisgemacht hatte, ließ er ihn wieder hinaus und schickte ihn weiter.«
»Und wie lange regierten die Irrsinnigen?«
»O, lange Zeit – wenigstens einen Monat –; wieviel länger, kann ich nicht genau sagen. Sie hatten eine gute Zeit, die Wahnsinnigen – das können Sie mir glauben! Sie legten ihre eigenen schäbigen Kleider ab und schmückten sich mit den Gewändern und Juwelen der Familie des Anstaltsleiters. In den Kellereien des Schlosses lag ein großer Weinvorrat; und diese Tollen sind gerade die Rechten zum Saufen. Sie lebten gut, sag' ich Ihnen!«
»Und die Behandlung – welcher Art war die Behandlung, die der Rädelsführer den Gefangenen angedeihen ließ?«
»Nun, was das anlangt – ein Geisteskranker ist nicht immer ein Narr, wie ich schon sagte; und es ist meine ehrliche Überzeugung, dass seine Behandlungsweise bei weitem besser war als die vorhergegangene. Ja wirklich – es war ein ganz prächtiges System – einfach – klar – ohne viel Umstände – kurzum, ein großartiges – – –«
Hier wurde meinem Gastgeber das Wort abgeschnitten durch eine Wiederholung jener wilden Schreie, wie sie sich schon einmal hatten hören lassen. Diesmal aber schienen sie von Leuten ausgestoßen zu werden, die eilig näherkamen.

»Herr des Himmels!« schrie ich auf, »die Wahnsinnigen sind ausgebrochen!«
»Ich fürchte sehr, dass es so ist«, sagte Herr Maillard, der furchtbar blass wurde. Er hatte kaum ausgesprochen, als man unter den Fenstern laute Rufe und Verwünschungen hörte; und gleich darauf stellte sich heraus, dass man von draußen versuchte, in den Saal einzudringen. Hammerschläge sausten gegen die Tür, und auch die Fensterladen wurden mit aller Kraft bearbeitet.
Eine entsetzliche Verwirrung war die Folge. Herr Maillard kroch zu meiner höchsten Verwunderung unter den Servierschrank. Ich hätte von ihm mehr Entschlossenheit erwartet. Die Mitglieder des Orchesters, die während der letzten Viertelstunde anscheinend zu betrunken gewesen waren, um ihren Pflichten nachzukommen, sprangen nun alle auf einmal zu ihren Instrumenten, kletterten auf ihren Tisch und brachen in den »Yankee Doodle« aus, den sie, wenn auch nicht ganz im Takt, doch mit übermenschlicher Energie während des ganzen Aufruhrs wieder und wieder spielten.
Den Speisetisch mit seinen zahllosen Flaschen und Gläsern hatte inzwischen jener Herr erklommen, den man vorher so schwer von diesem Tun zurückhalten konnte. Kaum hatte er oben Fuß gefasst, so begann er eine Rede, die zweifellos glänzend war, wenn man sie nur hätte verstehen können. Gleichzeitig begann der Mann mit der Kreiselmanie sich mit Kraft und Ausdauer durchs Zimmer zu drehen; seine Arme hatte er in rechtem Winkel von sich gestreckt, so dass er wirklich wie ein Kreisel aussah und jeden niederwarf, der ihm in den Weg kam. Plötzlich hörte ich ein seltsames Knallen und Sprudeln wie von einer Sektflasche und entdeckte schließlich, dass es von jenem Manne herrührte, der vorhin bei Tisch die Sektflasche nachgeahmt hatte; und der Froschmensch quakte, als hinge sein Seelenheil an jedem Ton, den er zum Besten gab. Und über das alles erhob sich das laute I-ah eines Esels. Was meine alte Freundin, Frau Joyeuse, anlangte, so hätte ich aus Mitgefühl fast Tränen vergossen, so furchtbar erschrocken schien sie. Alles, was sie jedoch tat, war, dass sie sich beim Kamin in einen Winkel stellte und ununterbrochen mit kreischender Stimme Ki-keri-ki-i rief.
Und nun kam der Höhepunkt, die Katastrophe des Dramas. Da den Leuten draußen kein anderer Widerstand als Schreien und Quaken und Krähen entgegengesetzt wurde, so waren die zehn Fenster sehr rasch und fast gleichzeitig eingeschlagen. Nie werde ich das Staunen und Entsetzen vergessen, mit dem ich diese Wesen anstarrte, die da durch die

Fenster sprangen und sich stampfend und heulend und schlagend und kratzend unter uns stürzten. Sie glichen einem Heer von Schimpansen, Orang-Utans oder schwarzen Pavianen vom Kap der guten Hoffnung.
Ich bekam einen furchtbaren Hieb, der mich unter das Sofa beförderte. Dort lag ich wohl fünfzehn Minuten und horchte angespannt auf die Vorgänge im Saal und fand schließlich die Lösung der Tragödie. Herr Maillard, der mir die Geschichte von dem Wahnsinnigen erzählte, der seine Genossen zur Rebellion verleitete, hatte nichts als seine eigenen Taten berichtet. Dieser Herr war tatsächlich vor zwei oder drei Jahren Leiter der Anstalt gewesen, wurde aber selbst verrückt und daher den Kranken zugeführt. Diese Tatsache war meinem Reisegefährten, der mich hier einführte, unbekannt gewesen. Die Wärter, zehn an der Zahl, waren plötzlich überwältigt worden; dann hatte man sie mit Pech bestrichen, in Federn gewälzt und in unterirdische Zellen eingesperrt.
Mehr als einen Monat waren sie so gefangen gehalten worden, während welcher Zeit Herr Maillard ihnen großmütig nicht nur Pech und Federn (die sein »System« ausmachten), sondern auch etwas Brot und viel Wasser zukommen ließ. Mit letzterem wurden sie täglich übergossen. Einer von ihnen, der durch einen Abzugskanal entkommen war, befreite dann die anderen.
Das »Besänftigungs-System« ist, mit bedeutenden Einschränkungen, im Schloss wieder aufgenommen worden; dennoch muss ich Herrn Maillard zustimmen, dass seine eigene »Behandlungsmethode« in ihrer Art ganz hervorragend war. Wie er richtig bemerkte, war sie »einfach und klar und machte gar keine Umstände – durchaus keine«.
Ich habe nur hinzuzufügen, dass ich alle Buchhandlungen Europas nach den Werken des Dr. Pech und des Prof. Feder abgesucht habe, dass aber bis auf den heutigen Tag meine Bemühungen vergeblich waren.

EDGAR ALLAN POE

METZENGERSTEIN

Grauen und Verhängnis hat es zu allen Zeiten gegeben. Wozu also die Zeit bestimmen, in der sich diese Erzählung ereignet hat? Es genügt, wenn ich sage, dass zu jener Zeit im Inneren Ungarns ein fester, wenn auch selten ausgesprochener Glaube an die Seelenwanderung herrschte. Über diese Lehre, ihre Falschheit oder Wahrscheinlichkeit, will ich mich nicht ausbreiten, aber eine Seite des ungarischen Aberglaubens muss ich doch erwähnen, weil sie hart an das Unvernünftige streift. Die Ungarn glaubten nämlich im Gegensatz zu den asiatischen Völkern, dass die Seele nur einmal in einem Menschenkörper leben könne, dann aber in ein Tier, ein Pferd oder einen Hund, übergehen müsse.

Seit Jahrhunderten hatten die Familien der Berlifitzing und Metzengerstein in Streit miteinander gelebt, nie zuvor war zwischen zwei so berühmten Geschlechtern eine so tödliche Feindschaft gewesen. Der Ursprung dieser Feindschaft aber lag, wie es schien, in einer alten Prophezeiung. »Ein hoher Name«, so lautete sie, »wird in eine furchtbare Tiefe stürzen, wenn, wie der Reiter über sein Pferd, die Sterblichkeit Metzengersteins über die Unsterblichkeit Berlifitzings triumphiert.«

Natürlich machten diese Worte wenig oder gar keinen Sinn, aber schon oft sind aus ebenso geringfügigen Ursachen ebenso ernste Folgen entstanden. Außerdem lagen ihre Güter dicht beieinander, und bei den vielen wechselvollen Regierungskämpfen waren sie immer einflussreiche Rivalen gewesen. Nahe Nachbarn sind selten Freunde, und die Bewohner des Schlosses Berlifitzing konnten von ihrem schlanken Türmchen direkt in die Fenster des Palastes Metzengerstein blicken. Die feudale Pracht dieses Palastes aber musste die weniger alten und weniger wohlhabenden Berlifitzings schwer kränken. War es daher verwunderlich, wenn die Worte der Prophezeiung, so töricht sie auch klangen, zwei Familien, die sowieso schon bei jeder Gelegenheit in Streit geraten konnten, in eine so heftige Feindschaft versetzten? In der Prophezeiung schien, wenn sie überhaupt einen Sinn enthielt, der Triumph der an und für sich schon mächtigeren Familie ausgesprochen zu sein, was die schwächere und weniger einflussreiche Familie natürlich in hellen Hass versetzte.

Wilhelm, Graf Berlifitzing, war beim Beginn dieser Erzählung trotz seiner hohen Abkunft nur noch ein gebrechlicher, kindisch gewordener Greis, der nichts Bemerkenswertes an sich hatte als einen zügellosen und hartnäckigen Hass gegen die rivalisierende Familie und eine so leidenschaftliche Liebe zu Pferden und zur Jagd, dass ihn weder körperliche Gebrechlichkeit noch hohes Alter und das Nachlassen der Geisteskräfte hindern konnten, sich täglich den Gefahren des Jagens auszusetzen.

Friedrich, Baron Metzengerstein, war im Gegensatz dazu noch jung. Sein Vater, der Minister G., starb in frühen Jahren, und seine Mutter, die Baronin Maria, folgte ihm bald. Friedrich stand damals erst im achtzehnten Jahre. In einer Stadt gelten achtzehn Jahre nicht für viel, aber in

einer Wildnis, in einer so herrlichen Wildnis wie in jenem alten Fürstentum, hat der Pendelschlag der Zeit einen tieferen Sinn.
Infolge der Testamentsbestimmungen seines Vaters bekam der junge Baron sofort die Herrschaft über die ganzen Besitztümer. Selten hatte ein ungarischer Edelmann bisher einen solchen Reichtum besessen. Die Anzahl seiner Schlösser war kaum zu zählen, aber das glanzvollste und größte war doch der Palast Metzengerstein. Wie weit die Grundrechte dieses Palastes gingen, war niemals genau festgelegt worden, aber der Park allein umfasste einen Umkreis von fünfzig Meilen.
Natürlich war sich alle Welt darüber einig, welch ein Leben ein so junger Herr, dessen Charakter hinlänglich bekannt war, führen werde. In der Tat übertraf schon in den ersten drei Tagen das Benehmen des jungen Erben die kühnsten Erwartungen seiner begeistertsten Bewunderer. Tolle Gelage – offenbare Schandtaten – unerhörte Rohheiten gaben seinen zitternden Dienern schnell zu verstehen, dass keine sklavische Unterwürfigkeit von ihrer Seite, kein Ehrgefühl von seiner Seite in Zukunft irgendeine Sicherheit gegen die gewissenlosen Gewalttaten dieses kleinen Caligula bieten konnten. In der Nacht nach dem vierten Tage entdeckte man, dass die Pferdeställe des Schlosses Berlifitzing in Flammen standen, und die einmütige Ansicht der ganzen Nachbarschaft schrieb das Verbrechen der Brandstiftung der schon entsetzlichen Liste der Schandtaten des Barons hinzu. Aber während des hierdurch verursachten Lärms saß der junge Edelmann offenbar in Nachdenken vertieft in einem weiten und öden Saal des Familienpalastes der Metzengerstein. Die kostbaren, wenn auch verblassten Teppichvorhänge, die düster an den Wänden hingen, stellten die schattenhaften und majestätischen Gestalten von tausend berühmten Vorfahren dar. Hier saßen Priester und kirchliche Würdenträger in reichen Hermelingewändern in vertrautem Zusammensein mit Königen und Fürsten und schleuderten den Wünschen eines weltlichen Herrschers ihr Veto entgegen oder entrissen kraft der päpstlichen Oberherrschaft dem Erzfeind sein rebellisches Zepter. Dort erschreckten die finsteren, schlanken Gestalten der Fürsten Metzengerstein, deren muskulöse Schlachtrosse über die Harnische gefallener Feinde schritten, mit ihrem kraftvollen Blick auch die ruhigsten Nerven. Und hier wieder glitten die üppigen und stolzen Figuren der Damen vergangener Zeiten zu den Klängen einer geträumten Melodie durch die Gärten unwirklicher Tänze. Aber während der Baron dem langsam anschwellenden Aufruhr in den Ställen der Berlifitzing lauschte – oder vielleicht auch an eine neue, noch verwegenere Tat dachte –,

wandten sich seine Augen unbewusst zu dem Bild eines riesenhaften und unnatürlich gefärbten Pferdes hin, das auf einem Wandteppich als Eigentum eines Sarazenenahnherrn der Familie seines Rivalen abgebildet war. Das Pferd selbst stand bewegungslos wie eine Statue im Vordergrund des Bildes, während weiter zurück sein unglücklicher Reiter durch den Stich eines Metzengersteins umkam.

Auf Friedrichs Lippen trat ein teuflischer Ausdruck, als er gewahr wurde, wohin sich sein Blick unbewusster Weise gelenkt hatte. Aber er wandte ihn nicht zur Seite. Im Gegenteil, er konnte sich durchaus nicht erklären, was für ein überwältigendes Angstgefühl wie ein Leichentuch über sein Bewusstsein gefallen war. Nur mit Mühe beschwichtigte er sein traumhaft verwirrtes Gefühl mit der Gewissheit, dass er ja wach sei. Aber je länger er hinstarrte, desto stärker wurde der Bann, desto unmöglicher erschien es ihm, seinen Blick von dem Zauber dieses Wandvorhanges zu lösen. Da sich aber draußen der Lärm plötzlich verstärkte, gelang es ihm endlich mit krampfhafter Anstrengung, seine Aufmerksamkeit auf den Glanz des rötlichen Lichtes zu werfen, das die brennenden Ställe durch die Fenster des Saales warfen.

Doch dauerte diese Bewegung nur einen Augenblick, und mechanisch starrte er wieder auf die Wand. Zu seinem äußersten Schrecken und Staunen bemerkte er jetzt, dass der Kopf des riesigen Pferdes inzwischen eine andere Haltung angenommen hatte. War der Hals des Tieres vorher wie in Mitleid über den hingestreckten Leichnam seines Herrn gebeugt, so reckte er sich jetzt in voller Länge zu dem Baron hinüber. Die vorher unsichtbaren Augen hatten jetzt einen bestimmten und fast menschlichen Ausdruck angenommen und glühten in einem feurigen und fast seltsamen Rot. Die aufgeworfenen Lippen des offenbar wütenden Pferdes aber zeigten die ganzen leichenhaft bleichen und abscheulichen Zähne.

Besinnungslos vor Schrecken taumelte der junge Edelmann zu der Tür. Als er sie aufstieß, strömte eine Flut roten Lichts weit in das Zimmer und warf den Schatten des Barons in scharfen Umrissen auf die zitternde Tapete. Und mit Entsetzen sah er, während er, sich mühsam aufrecht haltend, auf der Schwelle stand, wie der Schatten genau die Stelle und die Figur des unbarmherzigen, triumphierenden Mörders des Sarazenen Berlifitzing einnahm.

Um sich von seiner quälenden Stimmung zu befreien, eilte der Baron ins Freie. Am Haupteingang des Palastes traf er drei Stallknechte, die mit großer Mühe und offenbarer unter Lebensgefahr ein wild ausschlagendes, riesiges und feuerfarbenes Pferd festhielten.

»Wem gehört das Pferd? Wo habt ihr es her?« fragte der junge Herr rau und übel gelaunt, denn er sah sofort, dass das geheimnisvolle Pferd auf dem alten Wandvorhang das genaue Abbild dieses vor seinen Augen sich aufbäumenden Tieres war.
»Es gehört Ihnen, Herr«, antwortete einer der Stallknechte, »wenigstens erhebt sonst niemand ein Eigentumsrecht darauf. Wir fingen es, als es dampfend und schäumend vor Wut aus den brennenden Ställen des Schlosses Berlifitzing floh. Da wir annahmen, es gehörte zu dem Gestüt ausländischer Pferde, das der alte Graf besaß, führten wir es zurück. Aber die Stalldiener wollen von dem Tier nichts wissen, was eigentlich seltsam ist, denn man sieht an verschiedenen Anzeichen, dass es mit großer Not den Flammen entronnen ist.«
»Auf seiner Stirn sind deutlich die Buchstaben W.V.B. eingebrannt«, unterbrach ein anderer Stallknecht. »Ich dachte natürlich, das seien die Initialen des Namens Wilhelm von Berlifitzing – aber das ganze Schloss leugnet, das Tier je gesehen zu haben.«
»Sehr sonderbar!« sagte der junge Baron mit zerstreutem Blick und offenbar, ohne den Sinn seiner Worte zu fassen. »Es ist wirklich ein merkwürdiges Pferd, ein wunderbares Pferd! Und wenn es auch einen verdächtigen und unbändigen Charakter hat, ich will es doch nehmen, denn –«, so fügte er nach einer Pause hinzu, »ein Reiter wie Friedrich von Metzengerstein wird selbst den Teufel aus den Ställen der Berlifitzing zähmen.«
»Der Herr Baron irren sich. Das Pferd stammt wirklich nicht aus den Ställen des Grafen. Wir kennen unsere Pflicht zu gut, um es in einem solchen Fall einem Herrn aus Ihrer Familie zuzuführen!«
»Schon gut!« sagte der Baron trocken. In diesem Augenblick näherte sich mit erregtem Gesicht und eiligen Schritten ein Kammerdiener. Leise flüsternd teilte er seinem Herrn mit, dass aus einem der oberen Zimmer plötzlich ein kleiner Teil eines Wandvorhangs verschwunden sei. Er beschrieb offenbar die genauen Einzelheiten, aber nichts drang an die Ohren der neugierig gewordenen Stallknechte.
Der junge Herr Friedrich schien während der Besprechung eine Beute der verschiedenartigsten Erregungen zu sein. Dann aber gewann er seine Fassung wieder und mit einem Ausdruck boshafter Entschlossenheit befahl er, dass der betreffende Saal sofort abgeschlossen und ihm der Schlüssel übergeben werden solle.
»Haben Sie schon die Nachricht von dem elenden Tod des Jägers Berlifitzing erhalten?« fragte einer der Lehnsmänner den Baron, als nach

dem Weggang des Kammerdieners das riesige, jetzt doppelt wütende und ausschlagende Pferd die lange Straße hinuntergeführt wurde, die vom Palast zu den Ställen der Metzengersteins führte.
»Nein!« sagte der Baron und wandte sich jäh dem Sprecher zu. »Er ist tot, sagten Sie?«
»Es ist wirklich so, Herr Baron. Und das wird für einen Herrn Ihrer Familie keine unwillkommene Nachricht sein.«
Ein schnelles Lächeln schoss über das Gesicht des Zuhörers.
»Wie starb er?«
»Bei einem übereilten Versuch, einige Lieblinge seines wertvollen Jagdgestüts zu retten, ist er elend in den Flammen umgekommen.«
»Wirklich!« rief der Baron, als ob er langsam, aber bestimmt die Wahrheit einer aufregenden Idee erfasst habe.
»Es ist wirklich so«, antwortete der Lehnsmann.
»Entsetzlich!« sagte der junge Herr und schritt ruhig und langsam in den Palast zurück.
Von diesem Augenblick an trat eine auffällige Veränderung in der äußerlichen Lebensführung des liederlichen Baron Friedrich von Metzengerstein ein. Sein Benehmen enttäuschte wirklich alle Erwartungen und passte wenig zu den Hoffnungen, die sich manche Mutter von heiratsfähigen Töchtern gemacht hatte. Er entschlug sich aller gesellschaftlichen Standesverpflichtungen, verließ nie die Grenzen seiner Besitztümer und blieb in diesem eigenen, ihm gehörigen Gebiet gänzlich ohne Gefährten – höchstens, dass das unnatürliche, wilde und feuerfarbige Pferd, auf dem er von da ab immer ritt, mit einigem Recht sein Freund genannt werden konnte.
Trotzdem versuchte die Nachbarschaft noch eine lange Zeit hindurch, ihn einzuladen. »Würden der Herr Baron unser Fest mit seiner Anwesenheit beehren?« – »Möchten der Herr Baron nicht an einer Bärenjagd teilnehmen?« – Aber die Antworten lauteten kurz und hochmütig: »Metzengerstein geht nicht zur Jagd« – »Metzengerstein kommt nicht hin.«
Diese beleidigenden Antworten waren dem vornehmen Adel auf die Dauer unerträglich. Seltener und weniger freundlich wurden die Einladungen, schließlich blieben sie gänzlich aus. Trotzdem gab es freundliche Nachbarn, die das veränderte Benehmen des jungen Edelmanns der natürlichen Trauer über den jähen Verlust seiner Eltern zuschrieben, wobei sie aber sein rohes und ausschweifendes Benehmen unmittelbar nach der Beerdigung ganz vergaßen. Andere sahen darin den Ausfluss

stolzen Selbstbewusstseins, und wieder andere (zu denen der Familienarzt gehörte) sprachen von einer krankhaften, vererbten Melancholie, oder sie machten Andeutungen sehr zweideutiger Natur.

In der Tat erschien des Barons unnatürliche Anhänglichkeit an sein neu erworbenes Leibpferd in den Augen aller vernünftigen Leute immer abstoßender und seltsamer, besonders da diese Anhänglichkeit mit jedem frischen Beispiel von den wilden und dämonischen Eigenschaften des Tieres nur noch wuchs. In der Glut des Mittags, im Dunkel der tiefsten Nacht, in Krankheit und Gesundheit, in schönem Wetter und im Sturm – stets schien der junge Metzengerstein wie verwachsen zu sein mit dem Sattel dieses riesigen Pferdes, dessen unbändige Wildheit so sehr mit seinem eigenen Wesen übereinstimmte.

Einzelne Umstände gaben übrigens der Leidenschaft des Reiters und den Fähigkeiten des Pferdes einen über das Natürliche hinausgehenden unheimlichen Charakter. Es gelang, einzelne Sprünge, die es gemacht hatte, genau abzumessen, und ihre Länge übertraf um ein Erstaunliches alles, was auch die ausschweifendsten Erwartungen sich vorgestellt hatten. Der Baron hatte auch für das Tier, im Gegensatz zu allen anderen seines Besitzes, keinen besonderen Namen. Es war in einem Stall ganz für sich untergebracht, der Eigentümer pflegte es selbst, und kein Stallknecht oder sonst jemand hätte auch nur gewagt, in seine Nähe zu kommen. Man beobachtete ferner, dass die drei Stallknechte zwar das Pferd, als es aus dem Brand der Berlifitzingschen Ställe floh, mit Hilfe eines Kettenzaums und eines Lassos festgehalten hatten, dass es aber keinem von ihnen während des gefährlichen Kampfes oder später gelungen war, seine Hand auf den Körper des Tieres zu legen. Anzeichen von besonderer Intelligenz im Benehmen eines edlen und stolzen Pferdes sind wenig geeignet, ein ungewöhnliches Erstaunen hervorzurufen, aber hier gab es Umstände, die sich auch dem Ungläubigsten und Gleichgültigsten aufdrängten. Man erzählte, dass es Augenblicke gab, in denen die Zuschauer, von Grauen gefasst, das ausdrucksvolle Mienenspiel dieses schrecklichen Wesens betrachteten – Augenblicke, wo der junge Metzengerstein erbleichte und vor dem schnellen und forschenden Ausdruck seiner menschlich blickenden Augen zurückwich.

Unter dem ganzen Gefolge des Barons gab es trotzdem keinen, der an der Glut zweifelte, mit der der junge Edelmann an dem feurigen Tier hing. Nur ein unbedeutender und verkrüppelter kleiner Page, der durch seine Missgestalt allen im Wege war, und dessen Ansichten völlig ohne Bedeutung waren, hatte eine andere Ansicht. Er besaß die Unverschämtheit, zu versichern, dass sein Herr niemals ohne einen unsagbaren und fast unbegreiflichen Schauder in den Sattel stiege, und dass bei der Rückkehr von einem seiner gewohnten, langen Ritte jede Muskel seines Gesichts von einer triumphierenden Bosheit zuckte.

In einer stürmischen Nacht erwachte Metzengerstein aus einem schweren Schlummer und flog wie ein Wahnsinniger aus seinem Zimmer. In wilder Eile bestieg er das Pferd und sprengte hinaus in die Wildnis seiner Wälder. Natürlich erregte ein solches, schon häufiger geschehenes Vorkommnis weiter kein Aufsehen, doch sahen diesmal die Diener mit Angst seiner Rückkehr entgegen, denn man entdeckte wenige Stunden nach seinem Fortgehen, dass der wundervolle und herrliche Bau des Palastes Metzengerstein von Grund auf in hellen und prasselnden Flammen stand und unrettbar verloren war.

Das Feuer hatte, als man es bemerkte, bereits so schreckliche Fortschritte gemacht, dass es offenbar nutzlos war, auch nur einen Teil des Gebäudes zu schützen, so dass die erstaunte Nachbarschaft untätig und schweigend das Schauspiel betrachtete. Aber bald erregte ein neues und noch entsetzlicheres Ereignis die Aufmerksamkeit der Menge und bewies, wie viel tiefer der Anblick menschlicher Leiden das Gemüt erregt als ein noch so erstaunliches Bild, das die tote Natur darbietet.

Auf der von alten Eichen bestandenen Straße, die vom Walde zum Haupteingang des Palastes Metzengerstein führte, erblickte man ein Pferd, das einen Reiter ohne Hut und Zügel trug und mit einer Schnelligkeit heimsauste, die sogar die Dämonen des Sturmes hinter sich zurückließ.

Dem Reiter sah man sofort an, dass er jede Herrschaft über sein Pferd verloren hatte. Sein verzweifeltes Gesicht, das krampfhafte Arbeiten seines Körpers, bewiesen seine übermenschlichen Anstrengungen. Aber kein Laut, außer einem einmaligen kurzen Schrei, kam von seinen blutigen Lippen, die er in der Maßlosigkeit seiner Angst mit den Zähnen durchbissen hatte. Einen Augenblick übertönte das Klappern der Hufe scharf und schrill das Brüllen der Flammen und das Heulen des Windes. Im nächsten Augenblick setzte das Pferd schon in einem einzigen Sprung über Tor und Graben hinweg, bäumte sich hoch über die zusammenbrechenden Treppen des Palastes und verschwand mit seinem Reiter in einem Wirbel wilden Feuers.

Unmittelbar darauf erstarb die Wut des Sturmes und es folgte eine tödliche Stille. Eine weiße Flamme hüllte noch das Gebäude wie ein Leichentuch ein, und hoch empor zum Himmel strömte ein Glanz von übernatürlichem Licht. Über die Ruinen des Palastes aber legte sich eine schwere Rauchwolke, die ganz deutlich die Form eines riesenhaften Tieres annahm – die eines Pferdes.

EDGAR ALLAN POE

IN DER TIEFE DES MALSTROMS

Endlich hatten wir den Gipfel der höchsten Felsspitze erreicht. Einige Minuten lang schien der alte Mann zu erschöpft zu sein, um sprechen zu können.
»Es ist noch nicht lange her«, sagte er schließlich, »da hätte ich Sie hier noch ebenso gut führen können wie der jüngste meiner Söhne. Aber vor ungefähr drei Jahren da begegnete mir etwas, was noch nie einem sterblichen Menschen begegnet ist, wenigstens keinem, der es überlebt hat, um davon erzählen zu können, und die sechs Stunden Todesangst, die ich damals durchmachen musste, haben Leib und Seele gebrochen. Sie halten mich sicherlich für einen sehr alten Mann, aber ich bin es nicht. In weniger als einem Tag sind meine kohlschwarzen Haare weiß geworden, sind meine Muskeln erschlafft und meine Nerven zerrüttet, so dass ich bei der kleinsten Anstrengung zittere und mich vor einem Schatten fürchte. Wissen Sie, dass ich kaum diese kleine Felsspitze hinabblicken kann, ohne dass mir schwindlig wird?«
Die kleine Felsspitze, über deren Abhang er sich so weit hinübergeworfen hatte, dass das größere Gewicht seines Körpers in freier Luft schwebte, und ihn nur die angepressten Ellenbogen auf dem schlüpfrigen Felsen vor dem Absturz schützten – diese kleine Felsspitze erhob sich in einer glatten, schwarzglänzenden Fläche einige fünfzehn- oder sechszehnhundert Fuß aus der unter uns liegenden Welt von Klippen empor. Nichts hätte mich dazu gebracht, näher als ein halbes Dutzend Meter an den Rand heranzukommen. Im Gegenteil, die gefahrvolle Lage meines Gefährten beunruhigte mich so sehr, dass ich mich in ganzer Länge zu Boden warf und mich an dem in der Nähe befindlichen Strauch festhielt. Ich wagte nicht einmal zum Himmel emporzublicken, denn ich kämpfte vergebens gegen die Vorstellung an, bei einem solchen wilden Sturm sei selbst die Robustheit des Felsens in Gefahr, erschüttert zu werden. Es dauerte eine ganze Zeit, bis meine Vernunft mir so viel Mut eingeflößt hatte, dass ich mich hinsetzte und in die Ferne schaute.

»Sie müssen diese Ängstlichkeit überwinden«, sagte der Führer, »denn ich habe Sie hierher gebracht, weil Sie von hier aus am besten den Schauplatz der von mir erwähnten Geschichte überblicken können, und weil ich Ihnen hier, wo Sie alles vor Augen haben, das Ganze erzählen will. Wir befinden uns jetzt«, fuhr er dann in seiner ihm eigenen, umständlichen Art fort, »dicht an der norwegischen Küste unter dem achtundsechzigsten Breitengrad in der großen Provinz Nordland, in dem wüsten Bezirk der Lofoten. Der Berg, auf dessen Gipfel wir sitzen, heißt Helseggen, der Bewölkte. Nun erheben Sie sich einmal etwas höher – halten Sie sich an dem Gestrüpp fest, wenn Sie sich schwindlig fühlen – und blicken Sie über den Nebelgürtel unter uns auf die See hinaus.«
Schwindlig blickte ich auf und sah einen weiten Ausschnitt des Ozeans, dessen Wasser so schwarz wie Tinte war, dass mir unwillkürlich der Bericht des nubischen Geographen über das Mare Tenebrarum einfiel. Ein noch traurigeres und öderes Panorama kann sich eine menschliche Fantasie nicht vorstellen. Zur Rechten und zur Linken erstreckten sich, so weit der Blick reichen konnte, wie gewaltige Mauerwälle Linien von hässlich schwarzen und steilen Klippen, deren öder Charakter noch durch die Brandung verstärkt wurde, die weiß und gespensterhaft schäumend, heulend und schreiend immer wieder dagegen anschlug. Gerade gegenüber dem vorspringenden Berg, auf dessen Gipfel wir uns befanden, lag etwa fünf oder sechs Meilen entfernt im Meer eine kleine, blassfarbige Insel, die man eigentlich nur an der Wildheit der sie umschäumenden Brandung erkannte. Zwei Meilen näher am Land erhob sich eine andere, noch kleinere, die ganz aus unfruchtbarem Fels bestand und in unregelmäßigen Abständen von Gruppen dunkler Klippen umgeben war.
Zwischen der entfernter liegenden Insel und der Küste bot das Meer einen ganz ungewöhnlichen Anblick. Obgleich in diesem Augenblick ein so starker Sturm landeinwärts wehte, dass draußen auf hoher See eine dagegen ankämpfende Brigg fast fortwährend unter Wasser tauchte, war hier oben von stürmischem Wetter nichts zu bemerken, und nur ganz kleine, wilde Sturzwellen spritzten zornig auf, ohne eine bestimmte Richtung zu zeigen. Schaum aber sah man nur in unmittelbarer Nachbarschaft der Felsen.
»Die Insel da draußen«, fuhr der alte Mann fort, »nennen die Norweger Värö, die in der Mitte Mosken. Die nordwärts gelegene ist die Insel Ambaaren. Dort sind Islesen, Hotholm, Keildholm, Suaven und Buckholm, und weiter hinaus, zwischen Mosken und Värö, befinden sich Otter-

holm, Flimen, Sandflesen und Stockholm. So heißen die Inseln, aber warum man ihnen überhaupt Namen gegeben hat, das verstehen wohl weder Sie noch ich. Hören Sie jetzt etwas? Sehen Sie eine Veränderung im Wasser?«

Wir befanden uns seit etwa zehn Minuten auf dem Gipfel des Helseggen. Während des Aufstiegs, der von dem Innern des Landes aus stattfand, hatten wir vom Meer überhaupt nichts sehen können. Jetzt aber vernahm ich ein lautes und langsam anschwellendes Tosen, das wie das Brüllen einer Büffelherde auf einer amerikanischen Prärie klang, und im gleichen Augenblick verwandelte sich plötzlich die stoßende Bewegung der Wellen in einen Sturm, der rasend nach Osten wehte. Noch während meines Hinstarrens gewann der Sturm eine ungeheure Wucht, die mit jeder Sekunde zunahm. In fünf Minuten war die ganze See bis Värö hin in einem wütenden Aufruhr, der sich am stärksten zwischen Mosken und der Küste austobte. Die Oberfläche des Wassers war in tausend miteinander kämpfende Kanäle zerrissen. Sie schwoll an und kochte und zischte, sie bildete unzählige, riesige Wirbel und bewegte sich dabei mit einer Geschwindigkeit nach Osten, wie man sie nur bei einem abschüssigen Wasserfall sieht.

Wenige Minuten später trat in dem Bild eine neue, radikale Veränderung ein. Die Fläche des Wassers wurde etwas ruhiger, und die Wirbel verschwanden einer nach dem andern, während gewaltige Schaumstreifen sichtbar wurden. Die Streifen dehnten sich immer mehr aus, verbanden sich miteinander und schienen allmählich die Form eines großen Trichters anzunehmen. Plötzlich – ganz plötzlich – hatten sie einen Kreis von ungefähr einer Meile im Durchmesser um einen deutlich sichtbaren Strudel gebildet. Der Rand dieses gewaltigen Strudels war von einem breiten Gürtel leuchtenden Schaums umgeben, im Innern aber gähnte ein tiefer Abgrund, der von einer glatten und schwarzglänzenden Wasserwand gebildet wurde. Dieselbe senkte sich in einem Winkel von etwa fünfundvierzig Grad und jagte mit leichten Hebungen und Senkungen in betäubender Geschwindigkeit im Kreis herum, wobei sie ein kreischendes, brüllendes Tosen ausstieß, wie es kaum der gewaltige Niagarafall zum Himmel sendet.

Der Berg erbebte bis in seinen Grund hinein, und die Felsen zitterten. Ich warf mich aufs Gesicht und klammerte mich ganz erschüttert an den spärlichen Graswuchs.

»Dies kann unmöglich etwas anderes sein«, sagte ich endlich zu dem alten Mann, »als der gewaltige Strudel des Malstroms.«

»So wird er manchmal genannt«, erwiderte er. »Wir Norweger aber nennen ihn den Msköstrom nach der vor uns liegenden Insel Mosken.«

»Sie haben den Strudel nun gut betrachten können«, fuhr der Alte nach einer Weile fort, »und wenn Sie jetzt um diesen Felsen herumkriechen, so dass Sie ihn im Rücken haben und gegen das Brausen etwas geschützt sind, dann will ich Ihnen eine Geschichte erzählen, aus der Sie ersehen können, dass ich den Msköstrom gründlich kenne.«

Ich tat, wie er mir sagte, und als ich mich gesetzt hatte, begann er seine Erzählung.

»Ich und meine beiden Brüder, wir besaßen einst eine als Schoner aufgetakelte Schmack von ungefähr siebzig Tonnen Gewicht, mit der wir an den Inseln hinter Mosken nahe bei Värö zu fischen pflegten. Gerade in den heftigsten Strudeln ist zu gewissen Zeiten der beste Fischfang zu erzielen, wenn man nur den Mut hat, dorthin zu gehen. Aber von all den Küstenleuten an den Lofoten waren wir drei doch die einzigen, die regelmäßig zu diesen Inseln hinausfuhren. Die gewöhnlichen Fangplätze liegen vielmehr südlich, und man kann dort zu jeder Stunde ohne große Gefahr fischen, deshalb werden sie auch allgemein vorgezogen. Aber hier zwischen den Klippen finden sich an ausgesuchten Stellen nicht nur die feinsten Arten, sondern auch so reichliche Mengen, dass wir manchmal an einem einzigen Tag mehr fingen als die etwas furchtsameren Fischer in einer Woche. Es war aber auch wirklich ein verzweifeltes Wagnis – statt zu arbeiten, setzten wir unser Leben aufs Spiel, und der Mut ersetzte uns das Kapital.

In einer Bucht, etwa fünf Meilen nördlich von hier, hielten wir gewöhnlich unsere Schmack und pflegten bei schönem Wetter die fünfzehn Minuten dauernde Stillwasserzeit zu nutzen, um den Hauptkanal des Msköstroms an einer vom Strudel entfernt liegenden Stelle zu kreuzen und irgendwo vor Otterholm oder Sandflesen, wo die Brandung etwas stiller ist als anderswo, vor Anker zu gehen. Bei der Rückkehr passten wir eine gleiche Zwischenzeit in der Wasserbewegung ab. Niemals aber wagten wir unsere Fahrt ohne einen stetigen Seitenwind, den wir sicher für die Hin- und Rückfahrt benutzen konnten, und haben uns dabei selten in unserer Berechnung geirrt. Zweimal im Verlauf von sechs Jahren waren wir wegen tödlicher Windstille, die hier übrigens sehr selten eintritt, gezwungen, eine ganze Nacht vor Anker zu liegen. Und einmal mussten wir fast eine Woche draußen liegen bleiben, wobei wir fast verhungerten, weil kurz nach unserm Eintreffen ein Sturm ausbrach, der die Rückfahrt über die Stromrinne zu gefährlich machte. Bei dieser Gelegenheit wären wir übrigens trotz aller unserer Gegenbemühungen auf die hohe See hinausgetrieben worden (denn die Strudel warfen uns so wild herum, dass wir den Anker lösen mussten), hätte uns nicht eine aufs Land zugehende Strömung erfasst, die uns nach Flimen trieb, wo wir glücklich landen konnten. Ich könnte Ihnen nicht den zwanzigsten Teil von all den Schwierigkeiten erzählen, die wir in unseren Fischgründen hatten, denn es war ein böser Fleck selbst bei schönem Wetter, aber es gelang uns doch stets, den gefährlichen Mosköstrom ohne Unfall zu durchfahren, obgleich mir manchmal das Herz im Leibe stillstand, wenn wir eine Minute zu früh oder zu spät in die Stillwasserpause hineingerieten. Manchmal war der Wind schwächer, als wir bei der Ausfahrt gedacht hatten, und wir kamen zu langsam vorwärts, so dass wir kaum mit der Strömung fertig werden konnten. Mein ältester Bruder hatte einen achtzehnjährigen Sohn und ich ebenfalls zwei kräftige Burschen. Diese hätten uns beim Steuern und dann beim Fischen von großem Nutzen sein können, aber wenn wir auch selbst unser Leben aufs Spiel stellten, so hatten wir doch nicht das Herz, die jungen Menschen der Gefahr auszusetzen – denn alles in allem, es war wirklich und wahrhaftig eine schreckliche Gefahr.

Es werden jetzt in einigen Tagen drei Jahre, da geschah das, was ich Ihnen nunmehr erzählen will. Es war am 10. Juli 18 . ., ein Tag, den man in dieser Gegend nie vergessen wird, weil damals der schrecklichste Sturm geherrscht hat, der je vom Himmel gekommen ist. Und doch hatte den ganzen Morgen durch und bis spät in den Nachmittag hinein ein sanfter und gleichmäßiger Südwestwind geweht, während die Sonne so hell schien, dass der erfahrenste Seemann unter uns nicht das, was nachher geschah, voraussehen konnte.

Wir drei – meine zwei Brüder und ich – waren gegen zwei Uhr nachmittags zu den Inseln hinübergefahren und hatten bald fast die ganze Schmack mit schönen Fischen gefüllt, die an dem Tag in größeren Mengen kamen, als wir es je erlebt hatten. Es war genau sieben auf meiner Uhr, als wir den Anker lichteten und zurückkehrten, um die schlimmste Stelle des Stromes bei Stillwasser, das um acht Uhr eintreten musste, zu überschreiten.

Ein frischer Wind wehte von der Steuerbordseite, und wir kamen schnell vorwärts, ohne an irgendeine Gefahr zu denken, denn es lag wirklich nicht das geringste Anzeichen einer solchen vor. Plötzlich warf uns ein Wind von Helseggen her zurück. Dies war etwas ganz Ungewohntes – etwas, was wir nie vorher erlebt hatten – und ich begann, eine gewisse Unruhe zu fühlen, ohne eigentlich zu wissen, warum. Wir legten unser Boot in den Wind, konnten aber wegen der Wirbel nicht weiterkommen, und ich wollte schon vorschlagen, zum Ankerplatz zurückzukehren, als wir zufällig zurückblickten und eine merkwürdige, kupferfarbene Wolke sahen, die mit einer höchst erstaunlichen Geschwindigkeit herankam.

Inzwischen war der Wind, der uns zurückgeworfen hatte, verschwunden, und wir trieben hilflos umher. Aber dieser Zustand dauerte nur einen Augenblick, so dass wir keine Zeit fanden, darüber nachzudenken. In weniger als einer Minute hatte uns der Sturm erfasst – in zwei Minuten war der Himmel vollständig mit Wolken überzogen – und dann wurde, während uns Wolken von Gischt überströmten, alles so finster, dass wir uns kaum noch gegenseitig auf der Schmack erkennen konnten. Es wäre Wahnsinn, einen Sturm wie diesen beschreiben zu wollen. Die ältesten Seeleute Norwegens haben einen gleichen noch nie erlebt. Zwar hatten wir alle Segel noch rechtzeitig gelöst, aber trotzdem brachen beim ersten Stoß unsere beiden Masten, als seien sie abgesägt worden. Mit dem Großmast ging mein jüngster Bruder, der sich daran angebunden hatte, über Bord.

Unser Boot glitt leicht wie eine Feder über das Wasser. Es hatte ein vollkommen glattes Deck mit einer einzigen kleinen Luke nahe dem Bug, und diese Luke pflegten wir vor jedem Kreuzen des Stroms zu schließen, um uns gegen etwaige Sturzwellen zu sichern. Ohne diesen Umstand wären wir sofort untergegangen, denn eine Zeitlang bedeckten uns die Wellen ganz und gar. Auf welche Weise mein ältester Bruder mit dem Leben davonkam, kann ich nicht sagen, denn ich hatte keine Gelegenheit, nach ihm zu schauen. Was mich anging, so warf ich mich, als ich das Docksegel herabgelassen hatte, flach aufs Verdeck, presste meine Füße gegen den niedrigen Bugrand und klammerte mich mit den Händen an den Ringbolzen in der Nähe des Hauptmastes. Dies war offenbar das Beste, was ich tun konnte, aber ich handelte rein instinktiv, da ich viel zu verwirrt war, um denken zu können.

Wir befanden uns, wie ich schon sagte, eine Zeitlang unter Wasser, ich hielt währenddessen den Atem an und klammerte mich an den Ringbolzen. Als ich es nicht mehr aushalten konnte, erhob ich mich, ohne meine Hände loszulassen, auf die Knie und bekam so meinen Kopf frei. Gleich darauf schüttelte sich unser Boot, wie es ein Hund tut, der aus dem Wasser kommt, und machte sich dadurch etwas von den Wellen frei. Ich versuchte jetzt, Herr über die Verwirrung zu werden, die mich ergriffen hatte, und zum Nachdenken über das, was geschehen musste, zu kommen, als mich jemand am Arm ergriff. Es war mein älterer Bruder, und mein Herz schlug vor Freude, denn ich hatte ihn schon verloren gegeben. Doch im nächsten Augenblick verwandelte sich alle diese Freude in Entsetzen, denn er näherte seinen Mund meinem Ohr und schrie laut das Wort: Mosköstrom!

Kein Mensch kann sich vorstellen, was ich in diesem Augenblick empfand. Ich zitterte von Kopf bis Fuß, als hätte mich der heftigste Fieberanfall gefasst. Ich verstand nur zu gut durch dieses einzige Wort, was er mir damit sagen wollte. Mit dem Wind, der uns jetzt trieb, waren wir dem Strom verfallen, und nichts konnte uns retten!

Sie begreifen, dass wir uns beim Kreuzen des Stromkanals selbst bei schönstem Wetter weit von der eigentlichen Wirbelstelle entfernt hielten, und dass wir stets sorgfältig auf die Stillwasserzeit achteten. Jetzt aber trieben wir – und dazu noch in einem solchen Sturm – direkt auf den Abgrund zu. Sicherlich, dachte ich, erreichen wir ihn gerade während der Wasserstille – wenigstens ist eine kleine Hoffnung da – aber schon im nächsten Augenblick verfluchte ich mich selbst, weil ich ein so großer Narr war, überhaupt noch auf etwas zu hoffen. Ich wusste zu genau, dass wir verloren waren, und dass hier auch das größte Kriegsschiff untergegangen wäre. Inzwischen hatte sich die erste Wut des Sturmes gelegt, oder vielleicht fühlten wir ihn nicht mehr so wie vorher, als er hinter uns herjagte. Jedenfalls aber schwoll die See, die bis jetzt durch den Wind flach niedergedrückt wurde, nunmehr zu hohen Bergen an. Auch der Anblick des Himmels hatte sich merkwürdig verändert. Bis zum fernsten Horizont war ringsumher alles pechschwarze Nacht, aber gerade über uns entstand plötzlich in den Wolken eine kreisrunde Öffnung, durch die der klare Himmel schien. Er war so klar, wie ich ihn nie gesehen habe, von einem tiefen, leuchtenden Blau, durch das der volle Mond mit einem ungewohnten Glanz herabschien. Er beleuchtete alles um uns herum mit größter Deutlichkeit – aber, o Gott, auf was für eine Szene warf er sein Licht!

Ich versuchte nun, ein oder zweimal zu meinem Bruder zu sprechen, aber auf unbegreifliche Weise hatte sich das Heulen so verstärkt, dass er auch nicht ein einziges Wort hören konnte, obgleich ich mit lautester Stimme schrie. Gleich darauf schüttelte er mit seinem Kopf, und mit einem Gesicht, so bleich wie der Tod, winkte er mir, als wollte er sagen: Lausche!

Anfangs verstand ich nicht, was er meinte, aber bald durchfuhr mich ein entsetzlicher Gedanke. Ich zog meine Uhr aus der Tasche, sie ging nicht. Aber als ich beim Schein des Mondes darauf blickte, brach ich in Tränen aus und warf sie ins Meer. Sie war um sieben Uhr stehen geblieben! Die Zeit des Stillwassers war vorbei, und der Strom raste mit voller Wucht.

Wenn ein gutgebautes Schiff richtig und nicht zu schwer beladen ist, dann sieht es bei einem starken Sturm aus, als ob die Wellen darunter herglitten – das Schiff reitet auf den Wellen. Nun, bisher waren wir ganz schön geritten, aber mit einem Male erfasste uns eine gewaltige Woge und trug uns hoch mit sich empor, so hoch, als sollte es in die Wolken gehen. Nie hätte ich geglaubt, dass eine Woge sich so hoch erheben könnte. Und dann glitten wir wieder mit einem Schwung in die Tiefe, dass mir davon elend und schwindlig wurde, als sei ich im Traum von einem riesenhohen Berg herabgestürzt. Aber während wir oben schwebten, hatte ich einen schnellen Blick um mich geworfen – und dieser eine Blick besagte alles. In einem Moment wurde mir unsere ganze Lage klar. Gerade vor uns, nur eine Viertelmeile entfernt, lag der Wirbel des Mosköstroms, aber er glich ebenso wenig dem gewöhnlichen Mosköstrom, wie der Wirbel, den Sie jetzt sehen, einem Mühlbach. Hätte ich nicht gewusst, wo wir waren und was uns erwartete, ich würde den Platz überhaupt nicht erkannt haben. So aber schloss ich meine Augen vor Entsetzen. Wie im Krampf pressten sich meine Augenlider zusammen.

Es kann nicht mehr als zwei Minuten später gewesen sein, da fühlten wir plötzlich, wie die Wellen sich unter uns senkten, und wir wurden in Schaum eingehüllt. Das Boot machte eine scharfe Halbwendung nach Backbord und schoss blitzgeschwind in der neuen Richtung davon. Im selben Augenblick ertrank das heulende Tosen des Wassers vollständig in einer Art schrillem Kreischen, als ob viele tausend Dampfschiffe zur gleichen Zeit ihre Ventile geöffnet hätten. Wir befanden uns jetzt in dem Schaumgürtel, der immer den Wirbel umgibt, und ich glaubte natürlich, dass wir im nächsten Augenblick hinabstürzen würden in den Abgrund, in den ich wegen der ungeheuren Geschwindigkeit, mit der wir uns jetzt bewegten, nur undeutlich hineinsehen konnte. Aber das Schiff schien überhaupt nicht im Wasser zu sinken, sondern wie eine Wasserblase über die Oberfläche der Brandung hinwegzugleiten. Steuerbordseits befand sich der Wirbel, backbordseits die See, die sich wie eine riesige schwankende Wand zwischen uns und den Horizont schob.

Es mag Ihnen seltsam erscheinen, aber jetzt, da wir ganz in der Gewalt des Abgrunds waren, fühlte ich mich gefasster als vorher, da wir uns ihm näherten. Seit ich überzeugt war, dass es keine Hoffnung mehr gab, verlor ich viel von dem Schrecken, der mich anfangs so entnervt hatte. Ich glaube, es war Verzweiflung, die meinen Mut stärkte.

Es mag wie Prahlerei erscheinen, was ich hier der Wahrheit gemäß erzähle, aber jedenfalls begann ich jetzt darüber nachzudenken, welch eine wundervolle Sache es doch sei, auf solche Art zu sterben, und wie töricht es wäre, vor einer so erhabenen Entfaltung göttlicher Macht auf etwas so Hinfälliges zu achten, wie gerade mein Einzelleben. Ich glaube, ich errötete vor Scham, als mir dieser Gedanke durch den Kopf schoss. Nach einer kleinen Weile erfasste mich eine scharfe Neugierde, mir den Strudel selbst anzusehen. Ich fühlte tatsächlich einen brennenden Wunsch, seine Tiefen zu erforschen, wobei mir mein Schicksal gleichgültig war. Es schmerzte mich höchstens, dass ich meinen Kameraden an der Küste nichts von den Geheimnissen erzählen könnte, die ich entdecken würde. Dies waren ja eigentlich seltsame Fantasien für einen Menschen in meiner Lage, und ich habe später manchmal gedacht, dass mir das ewige Herumrasen des Bootes in dem Trichter doch den Kopf etwas verwirrt hat.

Es gab einen anderen Umstand, der mich etwas beruhigte, und das war das Aufhören des Windes, der uns in unserer gegenwärtigen Lage nicht mehr erreichen konnte. Sie haben ja selbst gesehen, dass der Schaumgürtel beträchtlich unter dem Meeresspiegel liegt, und damals türmten sich die Wogen wie hohe schwarze Berge rings um uns her. Wenn Sie nie zur See gefahren sind, dann können Sie sich auch keine Vorstellung davon machen, in welchem Maße Sturm und Gischt auf die Geistesbesinnung wirken. Sie blenden, betäuben, ersticken den Menschen und nehmen ihm jede Fähigkeit zu handeln oder zu überlegen. Aber wir waren jetzt fast ganz von diesen Qualen befreit – es ging uns wie zum Tode Verurteilten, denen man manche Annehmlichkeit zukommen lässt, die man ihnen bis zur Verurteilung versagt.

Wie oft wir in dem Schaumgürtel herumkreisten, lässt sich unmöglich sagen. Fast eine Stunde lang machten wir diese Runde, wobei wir mehr flogen als schwammen und langsam immer mehr in die Mitte des Streifens gerieten, bis wir den schrecklichen inneren Rand streiften. Die ganze Zeit über hatte ich den Ringbolzen nicht losgelassen, während mein Bruder, der im Heck des Schiffes lag, sich an einem kleinen leeren Wasserfass festhielt, das fest angebunden und deshalb der einzige Gegenstand auf dem Verdeck war, der beim Stoß des Sturmes nicht über Bord geschwemmt wurde. Als wir den Rand des Abgrundes erreichten, ließ er das Fass fahren und strebte nach dem Ringbolzen, wobei er in seiner besinnungslosen Angst versuchte, meine Hände davon loszureißen, da wir beide daran nicht genug Platz hatten. Mit einem tiefen Schmerz bemerkte ich diesen Versuch – obgleich ich wusste, dass ihn nur der Wahnsinn dazu trieb, dass ihn die bloße Furcht toll gemacht hatte. Dennoch wollte ich nicht mit ihm um diesen Halt kämpfen, es war ja so gleichgültig, ob einer von uns sich überhaupt noch festhielt. Ich glitt deshalb nach hinten und ergriff das Fass, was mir ohne große Schwierigkeiten gelang. Die Schmack flog ja ganz gleichmäßig dahin und schwankte nur etwas hin und her von dem ungeheuren Schwung des Wirbels. Kaum hatte ich sicher meine neue Lage erreicht, als das Schiff einen wilden Ruck nach Steuerbord machte und wir kopfüber in den Abgrund stürzten. Ich murmelte noch schnell ein Stoßgebet und dachte, alles sei vorüber.

Als ich den schaurigen Schwung des Abstürzens fühlte, klammerte ich mich instinktiv fester an das Fass und schloss meine Augen. Einige Sekunden lang wagte ich nicht, sie zu öffnen, denn ich erwartete mein sofortiges Ende und wunderte mich, dass ich noch nicht im Todeskampf mit dem Wasser schwebte. Aber Minute um Minute verstrich, und ich lebte noch immer. Das Gefühl des Fallens hatte aufgehört, und die Bewegung des Schiffes schien mir fast die gleiche zu sein, wie oben im Schaum, nur dass es jetzt mehr auf der Seite lag. Ich fasste schließlich Mut und warf einen Blick auf die Szene.

Nie werde ich die Empfindung des Grauens, des Schreckens und des Staunens vergessen, mit der ich um mich schaute. Das Boot schien wie durch Zauberkraft in halber Höhe an der Innenwand eines Kamins von ungeheurem Durchmesser zu hängen, dessen Wände man für Ebenholz gehalten hätte, wäre nicht die verwirrende Geschwindigkeit gewesen, mit der sie herumrasten und gespensterhaft leuchteten. Denn der Vollmond, der noch immer durch die kreisrunde Öffnung in den Wolken schien, sandte seine Strahlen in einer Flut goldener Glorie an den schwarzen Wänden hinunter bis tief in die fernsten Abgründe des Schlundes.

Im ersten Augenblick war ich zu verwirrt, um genau sehen zu können. Der überwältigende Eindruck einer schrecklichen Erhabenheit war alles, was mir zum Bewusstsein kam. Als ich mich aber etwas erholt hatte, senkte sich mein Blick unwillkürlich nach unten. Ich hatte in dieser Richtung einen freien Ausblick durch die Art, wie die Schmack an der Wand des Kamins hing. Ihr Deck lag nämlich parallel zur Wasserfläche, diese aber senkte sich in einem Winkel von mehr als fünfundvierzig Grad nach unten, so dass wir eigentlich schräg auf der Seite lagen. Ich bemerkte aber trotzdem, dass es mir kaum mehr Schwierigkeit bot, mich mit Händen und Füßen festzuhalten, als wenn das Verdeck waagerecht gelegen hätte. Ich schrieb dies wohl mit Recht der ungeheuren Geschwindigkeit zu, mit der wir herumkreisten.

Die Mondstrahlen schienen die tiefe Schlucht bis zum Boden abzusuchen, aber trotzdem konnte ich nichts deutlich unterscheiden wegen des dichten Nebels, der dort unten alles einhüllte. Ein wundervoller Regenbogen wölbte sich über ihm, wie jene schmale und schwankende Brücke, die nach dem Glauben der Muslime der einzige Pfad zwischen Zeit und Ewigkeit ist. Dieser Nebel oder Schaum wurde ohne Zweifel durch das Reiben der Trichterwände auf dem Boden herbeigeführt, aber das hallende Tosen, das aus diesem Nebel zum Himmel emporstieg, wage ich wirklich nicht zu beschreiben.

Unser erstes Hinabgleiten von dem Schaumgürtel in den Abgrund hatte uns sofort ein großes Stück nach unten gebracht. Dann vollzog sich unser Weitersinken aber sehr viel langsamer. Immerzu flogen wir herum, aber nicht in gleichförmiger Bewegung – sondern in schwindelerregenden Stößen, die uns manchmal nur ein paar hundert Meter weit, manchmal auch fast um den ganzen Kreis herumwarfen. Die Senkung bei jeder Bewegung war langsam, aber deutlich bemerkbar.

Als ich die weite Fläche flüssigen Ebenholzes, die uns trug, überblickte, bemerkte ich, dass unser Boot nicht der einzige Gegenstand im Bereich des Wirbels war. Über uns und unter uns waren Schiffstrümmer, große Massen Bauholz und Baumstämme sichtbar, ebenso auch kleinere Gegenstände, Möbelstücke, zerbrochene Kästen, Fässer und Fassteile. Ich beschrieb Ihnen schon die unnatürliche Wissbegierde, die mich an Stelle meines ursprünglichen Schreckens ergriffen hatte. Sie schien immer größer zu werden, je mehr wir uns unserem entsetzlichen Untergang näherten. Ich begann jetzt mit einem seltsamen Interesse die zahlreichen Gegenstände zu beobachten, die um uns herumschwammen. Ich muss wohl fantasiert haben, denn ich fand einen Genuss darin, über die unterschiedliche Geschwindigkeit nachzugrübeln, mit der die einzelnen Dinge hinabsanken. ›Diese Kiefer‹, so sprach ich einmal zu mir, ›wird sicherlich der nächste Gegenstand sein, der den schrecklichen Sturz macht und verschwindet‹. Und dann war ich enttäuscht, als ich sah, dass ein holländisches Wrack die Kiefer überholte und zuerst hinabging. Schließlich, als ich mich ein paarmal so verrechnet hatte, kam ich auf

den Gedanken, bei dem meine Glieder wieder zu zittern und mein Herz heftig zu schlagen begann.
Es war aber keine neue Angst, die mich so erregte, sondern das Aufdämmern einer neuen Hoffnung. Diese Hoffnung bestand zum Teil aus Erinnerungen, zum Teil aus Beobachtungen. Ich dachte an die vielen Dinge, die an die Küste der Lofoten angeschwemmt wurden, nachdem sie der Mosköstrom verschluckt und wieder ausgespien hatte. In den meisten Fällen waren die Gegenstände so zerschunden, dass sie nur noch aus Splittern zu bestehen schienen, aber einige wenige waren, dessen erinnerte ich mich deutlich, überhaupt gar nicht zerstört. Nun gab es für diesen Unterschied nur die eine Erklärung, dass die zersplitterten Teile solche waren, die ganz von dem Abgrund des Strudels verschluckt wurden, während die andern so spät in den Trichter gerieten oder aus irgendeinem Grunde so langsam sanken, dass sie den Boden überhaupt nicht erreichten, sondern durch die Rückkehr der Flut rechtzeitig wieder emporgetrieben wurden. Ich machte dabei die Beobachtung, dass schwerere Körper schneller sanken als leichtere, und sah nach jeder Umkreisung, wie einzelne Gegenstände, die sich vorher mit uns auf einer Höhe befunden hatten, jetzt immer höher über uns schwebten, als seien sie inzwischen überhaupt nicht gesunken.
Ich überlegte nun nicht länger, was ich tun sollte, sondern beschloss, mich fest an mein Fass zu binden, es von dem Verdeck zu lösen und mich damit ins Wasser zu stürzen. Durch Zeichen erregte ich die Aufmerksamkeit meines Bruders, indem ich auf die an uns vorbeifließenden Fässer wies und alles tat, um ihm meine Absicht verständlich zu machen. Ich glaubte schließlich auch, dass er mich verstanden hätte, aber er schüttelte nur verzweifelt den Kopf und weigerte sich, seinen Halt an dem Ringbolzen aufzugeben. Es war unmöglich, ihn zu erreichen, die Umstände erlaubten auch kein weiteres Zögern mehr. So überließ ich ihn denn mit bitterem Widerstreben seinem Schicksal, band mich mit dem Tau, das ich vom Verdeck löste, an das Fass fest und stürzte mich, ohne noch einen Augenblick zu überlegen, ins Wasser.
Die Folgen waren genau, wie ich es gehofft hatte. Da ich Ihnen ja selbst diese Geschichte erzähle – da Sie sehen, dass ich wirklich entkommen bin und die Art meiner Rettung kennen, so will ich meine Geschichte schnell zu Ende bringen. Es verging vielleicht eine Stunde, nachdem ich die Schmack verlassen hatte, und sie schwebte jetzt tief unter mir. Plötzlich schoss sie drei- oder viermal wild im Kreis herum und stürzte dann mit meinem geliebten Bruder kopfüber und für immer in das Chaos von

Schaum hinein. Das Fass, an dem ich mich angebunden hatte, war nicht viel tiefer als noch einmal die halbe Strecke bis zum Boden des Trichters gesunken, als eine große Veränderung im Charakter des Strudels eintrat. Die Seitenwände des riesigen Trichters wurden immer weniger abschüssig, die Geschwindigkeit der kreisenden Bewegung ließ nach. Nach und nach verschwanden auch der Schaum und der Regenbogen, bis sich der Boden des Abgrunds langsam zu heben schien. Der Himmel war klar, der Wind hatte nachgelassen, und in glänzendem Licht ging im Westen der Vollmond unter, als ich mich vor den Küsten der Lofoten auf dem Meer schwimmend fand, gerade über der Stelle, wo vorher der Strudel des Moskömstroms gewütet hatte. Es war Stillwasserzeit – doch hoben sich infolge des Sturmes die Wellen noch immer berghoch. Heftig wurde ich in den Stromkanal gerissen und in wenigen Minuten an der Küste vorbei zu den Fangplätzen der Fischer geführt. Ein Boot nahm mich auf, aber ich war völlig erschöpft und hatte durch die Erinnerung an die überstandene furchtbare Gefahr meine Sprache verloren. Es waren meine alten Kameraden und täglichen Gefährten, die mich an Bord nahmen, aber sie erkannten mich ebenso wenig, wie sie einen Wanderer aus dem Land der Toten erkannt hätten. Mein Haar, das am Tag vorher noch rabenschwarz gewesen, war nun so weiß, wie Sie es jetzt sehen. Man behauptet auch, dass der ganze Ausdruck meines Gesichts sich verändert habe. Ich erzählte ihnen meine Geschichte, aber sie glaubten sie nicht. Ich erzähle sie heute Ihnen und kann doch schwerlich erwarten, dass Sie mir mehr Glauben schenken als die Fischer auf den Lofoten.«

ALEXANDER PUSCHKIN
PIQUE-DAME

I.

Beim Gardekavalleristen Narumoff spielte man Karten. Die lange, winterliche Nacht war unversehens vergangen, und um fünf Uhr morgens kam man endlich dazu, sich zum Abendessen niederzusetzen. Jene, die gewonnen hatten, aßen mit großem Appetit, während die anderen zerstreut vor ihren leeren Gedecken saßen. Endlich kam der Champagner – die Unterhaltung wurde lebendiger, und alle begannen sich an ihr zu beteiligen.

»Nun, wie war's, Surin?« erkundigte sich der Gastgeber.

»Ich habe verloren, wie gewöhnlich. Das Pech verfolgt mich wirklich ganz außerordentlich: Ich spiele vorsichtig, verliere nie die Fassung, man kann mich durch nichts aus der Ruhe bringen – und doch komme ich nicht zum Gewinnen.«

»Und hast du denn noch niemals etwas riskiert? Noch niemals alles auf eine Karte gesetzt? Wirklich, ich bewundere deine Charakterfestigkeit!«

»Da müssten Sie eigentlich unseren Herrmann noch mehr bewundern,« sagte einer der Gäste, indem er mit einer Kopfbewegung zu einem jungen Genieoffizier zeigte. »Der hat noch nie in seinem ganzen Leben Karten in die Hand genommen, und doch sitzt er allabendlich bis zum Morgengrauen hier bei uns und schaut dem Spiel zu.«

»Das Spiel übt eine große Anziehungskraft auf mich aus,« mischte sich nunmehr Herrmann ins Gespräch. »Aber da ich nicht in der Lage bin, das Unentbehrliche zu opfern, um damit Überflüssiges zu gewinnen, muss ich mich eben darauf beschränken, als Zuschauer am Spiel teilzunehmen.«

»Herrmann ist ein Deutscher, und als solcher ist er sehr berechnend – das ist ja ganz klar,« bemerkte Tomski, »aber wenn mir jemand unbegreiflich ist, so ist das meine Großmutter, die Gräfin Anna Feodorowna.«

»Wieso? Weshalb?« riefen die Gäste.

»Nun,« fuhr Tomski fort, »ich kann beim besten Willen nicht begreifen, weshalb meine Großmutter nicht mehr Karten spielt.«

»So, finden Sie denn das so seltsam, dass eine achtzigjährige Greisin nicht mehr pointiert?« lächelte Narumoff.

»Na, dann scheinen Sie ja von der Sache nichts zu wissen?« sagte Tomski.

»Nein! Von welcher Sache denn?«

»Nun, so hören Sie zu. Ich muss vorausschicken, dass meine Großmutter vor sechzig Jahren nach Paris gefahren und dort sehr in Mode gekommen war. Die Leute liefen ihr nur so nach, um die »Venus moskovite« zu sehen. Richelieu machte ihr stark den Hof, und meine Großmutter versichert noch heute, dass er aus Gram über ihre Grausamkeit beinahe Hand an sich gelegt habe. Zu jener Zeit wurde unter den Damen sehr viel »Pharao« gespielt. Eines Tages verspielte nun meine Großmutter, bei einer Partie am Hofe, an den Herzog von Orleans eine recht große Summe auf Ehrenwort. Nachdem sie nach Hause zurückgekehrt war, teilte die Großmutter, während sie sich die Schönheitspflästerchen vom Gesicht löste und den Reifrock ablegte, dem Großvater ihren Spielverlust mit und befahl ihm, die Schuld umgehend zu begleichen. Mein verstorbener Großvater war, soweit ich mich entsinnen kann, im Grunde weiter nichts als eine Art Haushofmeister seiner Gattin. Er fürchtete sie wie das Feuer. Als er jedoch diesmal von dem ungeheuren Spielverlust vernahm, geriet er außer sich, holte sein Rechnungsbuch herbei und bewies ihr klipp und klar, dass sie in dem einen halben Jahr über eine halbe Million verausgabt habe. Des Weiteren erklärte er ihr, dass sie hier in Paris weder Moskauer noch Saratower Güter besäße, und weigerte sich infolgedessen ganz entschieden, die Zahlung zu leisten. Meine Großmutter verabreichte ihm daraufhin eine Ohrfeige und ging zum Zeichen ihrer Ungnade allein zu Bett. Am anderen Tag ließ sie ihn wieder rufen, denn sie war überzeugt, dass die häusliche Strafe genügend auf ihn gewirkt hatte. Aber sie fand ihn unerbittlich. Zum allerersten Mal in ihrem Leben bequemte sie sich dazu, ihm Erklärungen abzugeben. Sie hoffte, ihn dadurch von der Notwendigkeit der Bezahlung überzeugen zu können, dass sie ihm in herablassender Art zu beweisen suchte, Schuld und Schuld wären nicht immer das gleiche, und dass ein großer Unterschied zwischen einem Prinzen und einem Wagenbauer bestehe. Aber alles war vergebens! Der Großvater revoltierte: »Nein, und damit Schluss!« Und die Großmutter stand da und wusste nicht, was sie tun sollte. Nun war sie damals gerade seit kurzer Zeit mit einem seltsamen Menschen bekannt. Sie haben gewiss auch schon vom Grafen St. Germain erzählen gehört. Dann wissen Sie auch, dass er sich für den ewigen Juden, für den Erfinder des Lebenselixiers, des Steins der Weisen usw. ausgab. Man lachte über ihn und sah ihn allgemein als einen Scharlatan an, während Casanova in seinen Memoiren sogar behauptet, dass er ein Spion gewesen sei. Jedenfalls nannte der Graf St. Germain ein äußerst würdevolles Äußere sein eigen und war in der Gesellschaft von ausgesprochener Liebenswürdigkeit. Meine Großmutter verehrt ihn noch heutigen Tages in direkt schwärmerischer Weise und pflegt sehr böse zu werden, wenn man von ihm ohne gebührende Achtung redet. Meine Großmutter wusste also damals, dass St. Germain über große Geldsummen zu verfügen hatte; so entschloss sie sich denn an ihn heranzutreten und um seine Hilfe zu bitten, und sandte ihm zu diesem Zweck ein Briefchen, in dem sie ihn unverzüglich zu sich rief. Der sonderliche Graf stellte sich auch umgehend ein und fand sie in furchtbarster Aufgelöstheit. Sie beschrieb ihm in den dunkelsten Farben, was sie alles unter der barbarischen Behandlung ihres Mannes zu leiden habe, und schloss mit den Worten, dass sie ihre ganze Hoffnung auf die Freundschaft und Liebenswürdigkeit des Grafen St. Germain baue. St. Germain dachte nach. ›Es wäre mir

möglich. Ihnen mit der gewünschten Summe beizuspringen,‹ meinte er schließlich, ›allein ich weiß, dass Sie sich dann nicht eher Ruhe gönnen würden, als bis Sie Ihre Schuld bei mir getilgt hätten, und ich wünsche nicht, dass Sie sich etwa aus diesem Grund in erneute Verlegenheit setzen. Doch es gibt noch ein anderes Mittel – Sie könnten Ihre Schuld ja am Spieltisch wieder zurückgewinnen.‹
›Aber mein lieber Graf,‹ antwortete meine Großmutter. ›Ich sage Ihnen ja, dass ich überhaupt kein Geld mehr habe.‹
›Geld brauchen Sie dazu auch nicht,‹ entgegnete St. Germain. ›Hören Sie mich, bitte, nur an.‹
»Und nun teilte er ihr ein Geheimnis mit, für das wohl jeder von uns gern eine große Summe bezahlen würde.« – Die jungen Spieler verdoppelten ihre Aufmerksamkeit. Tomski zündete sich eine Pfeife an, machte ein paar Züge und fuhr dann fort: »Noch am selben Abend erschien meine Großmutter in Versailles zum ›Jeu de la reine‹. Der Herzog von Orleans hielt die Bank. Meine Großmutter entschuldigte sich leichthin, dass sie den Schuldbetrag nicht mitgebracht habe, dichtete sich zu ihrer Rechtfertigung ein kleines Histörchen zurecht und begann dann gegen den Herzog zu setzen. Sie wählte drei Karten und setzte diese drei nacheinander; alle drei gewannen, und meine Großmutter hatte sich damit vollkommen quitt gespielt.«
»Der reine Zufall,« bemerkte einer der Gäste.
»Ein Märchen,« sagte Herrmann.
»Vielleicht waren die Karten gekennzeichnet,« orakelte ein Dritter.
»Das glaube ich nicht!« antwortete Tomski überzeugt.
»Ei,« sagte Narumoff, »du hast eine Großmutter, die drei Gewinnkarten der Reihe nach erraten kann, und doch hast du ihr diese Kabbalistik bis heute noch nicht abgeguckt?«
»Zum Teufel auch,« brummte Tomski. »Sie hat vier Söhne gehabt, darunter meinen Vater, und alle vier waren ganz wilde Spieler; und doch hat sie nicht einem von ihnen ihr Geheimnis offenbart, obgleich das weder jenen noch mir unangenehm gewesen wäre. Ich weiß von der ganzen Geschichte nur, was mir mein Onkel, der Graf Iwan Iljitsch, auf Ehrenwort erzählt hat. Danach soll der verstorbene Tschaplitzki – derselbe, der in Not und Elend starb, nachdem er Millionen verschwendet – einst in seiner Jugend am Spieltisch etwa dreihunderttausend Rubel verloren haben. Soweit ich mich entsinnen kann, an Soritsch. Er war in wilder Verzweiflung. Meine Großmutter, die sonst den Leichtsinn der jungen Leute im Allgemeinen, streng verurteilte, fühlte diesmal Erbarmen und

verriet ihm drei Karten, die er nacheinander setzen sollte. Dann nahm sie ihm das Ehrenwort ab, dass er nach diesen drei Karten in Zukunft nie mehr spielen werde. Tschaplitzki erschien am nächsten Tag bei seinem Besieger, und beide setzten sich sofort an den Kartentisch. Tschaplitzki setzte auf die erste Karte fünfzigtausend und gewann; dann schob er den ganzen Gewinn auf die zweite Karte und gewann ebenfalls, und als er endlich mit der dritten Karte wieder herauskam, war er nicht nur quitt, sondern hatte sogar ein ganz ansehnliches Sümmchen hinzugewonnen ... Jedoch – es wird Zeit, schlafen zu gehen. Die Uhr zeigt schon dreiviertel sechs.«

Tatsächlich war es draußen schon ganz hell geworden. Die jungen Leute tranken ihre Gläser aus und verabschiedeten sich.

II.

Die alte Gräfin X. saß in ihrem Badezimmer vor dem Spiegel. Drei Zofen hielten sich ihres Winkes gewärtig; die erste trug ein Büchschen mit Schminke, die zweite ein Kästchen mit Haarnadeln und die dritte eine hohe, mit purpurroten Bändern besetzte Haube. Die Gräfin konnte zwar absolut keinen Anspruch auf Schönheit mehr erheben, weil sie schon längst verblüht war, aber trotzdem wollte sie sich nicht entschließen, die Gewohnheiten ihrer Jugend aufzugeben; sie hielt sich streng an die Mode der siebziger Jahre und pflegte sich genauso langwierig und sorgfältig anzukleiden, wie sie das vor sechzig Jahren mit weit größerer Berechtigung getan hatte. – Am Fenster des Zimmers saß hinter einem Stickrahmen ein junges Fräulein, die Pflegetochter der Gräfin.

»Guten Tag, Grand'Maman,« sagte, das Zimmer betretend, ein junger Offizier. »Bonjour, Mademoiselle Lise. Grand'Maman, ich habe eine Bitte an Sie.«

»Was gibt's denn, Paul?«

»Gestatten Sie, dass ich Ihnen einen meiner Freunde vorstelle und dann am Freitag zum Ball mitbringe?«

»Komm mit ihm direkt zum Ball, du kannst ihn mir ja dann dort vorstellen; warst du gestern bei Y.s?«

»Natürlich; es war sehr lustig, und wir haben bis fünf Uhr getanzt. Die Jeletzkaja sah ganz famos aus!«

»Ach wo, mein Lieber, was findest du denn eigentlich an ihr hübsch? Da sah ihre Großmutter, die Fürstin Darja Petrowna, doch noch ganz anders aus. Apropos – sie muss wohl sehr gealtert sein, die Fürstin Darja Petrowna?«

»Wieso gealtert?« fragte Tomski zerstreut. »Sie ist ja schon seit sieben Jahren tot.«
Das Fräulein erhob den Kopf und machte dem jungen Mann heimlich ein Zeichen. Tomski erinnerte sich nun, dass man der alten Gräfin bisher den Tod ihrer Altersgenossin stets verschwiegen hatte, und biss sich auf die Lippen. Jedoch nahm die Gräfin die neue Nachricht ganz gleichmütig auf.
»So, so, sie ist gestorben!« sagte sie. »Und ich wusste davon nichts. Wir wurden seinerzeit zusammen zu Hofdamen ernannt, und als wir uns der Kaiserin vorstellten, sagte diese zu uns ...«
Und die Gräfin erzählte nun ihrem Enkel die Anekdote zum hundertsten Male.
»Nun, Paul,« sagte sie nach einer Weile, »jetzt hilf mir ein bisschen beim Aufstehen. Lisanka, wo ist meine Tabatiere?«
Die Gräfin begab sich mit ihren Zofen hinter den Paravent, um ihre Toilette zu beenden, und Tomski blieb mit dem jungen Fräulein allein zurück.
»Wen wollen Sie denn der Gräfin vorstellen?« fragte Lisaweta Iwanowna leise.
»Einen gewissen Narumoff; kennen Sie ihn zufällig?«
»Nein! Ist er Militär oder Zivil?«
»Militär.«
»Ingenieur?«
»Nein, Kavallerist; wieso dachten Sie, dass er Genieoffizier sei?«
Das Fräulein lachte auf und zog es vor, nicht zu antworten.
»Paul,« rief die Gräfin hinter dem Paravent. »Schick' mir doch bitte irgendeinen neuen Roman, aber nur keinen von den modernen.«
»Wie meinen Sie das, Grand'Maman?«
»Nun, ich meine einen Roman, in dem der Held weder seinen Vater noch seine Mutter schlägt und in dem keine Ertrunkenen Vorkommen. Ich habe eine entsetzliche Angst vor Wasserleichen.«
»Solche Romane gibt es heute gar nicht mehr.«
»Nun, dann schicke mir irgendeinen hübschen Roman.«
»Schön, Grand'Maman, adieu ... ich muss eilen ... adieu Lisaweta Iwanowna, – wieso kamen Sie nur darauf, dass Narumoff Ingenieur sein könnte? ...«
Und damit verließ Tomski eilig das Zimmer.
Lisaweta Iwanowna blieb allein zurück; sie unterbrach ihre Stickarbeit und schaute durch das Fenster auf die Straße hinaus. Nach einiger Zeit

zeigte sich auf der gegenüberliegenden Straßenseite hinter einem Eckhause ein junger Offizier. Lisaweta sah ihn, wurde rot und machte sich eilig wieder an ihre Arbeit, wobei sie den Kopf noch tiefer als sonst über den Kanevas neigte. In diesem Augenblick betrat die Gräfin, die ihre Toilette beendet hatte, wieder das Zimmer.

»Lass anspannen, Lisaweta,« sagte sie. »Wir wollen spazieren fahren.«

Lisaweta erhob sich und begann ihre Stickarbeit fortzuräumen.

»Was ist denn mit dir, Beste, bist du taub geworden?« schalt die Gräfin. »Ich sagte doch, du sollst anspannen lassen!«

»Sofort,« antwortete leise das junge Fräulein und eilte in das Vorzimmer. Nach einer Weile betrat sie, mit Hut und Mantel bekleidet, das Zimmer.

»Endlich!« rief die Gräfin. »Wo hast du denn so lange gesteckt? Hast dich wohl geputzt? Wie ist denn das Wetter? Es scheint windig zu sein?«

»Durchaus nicht, Euer Gnaden, es ist ganz windstill,« antwortete der Kammerdiener, der soeben das Zimmer betrat.

»Ihr sprecht immer, ohne was zu wissen. Mach' das Fenster auf. Natürlich – es ist windig, und noch dazu kalt. Der Wagen kann wieder ausgespannt werden, wir fahren nicht. Du hast dich vergebens geputzt, Lisanka.«

»Das ist nun mein Leben,« dachte Lisaweta Iwanowna bitter bei sich.

Sie war in der Tat ein sehr unglückliches Geschöpf. »Fremdes Brot schmeckt bitter,« sagt Dante, »und die Stufen einer fremden Treppe steigen sich schwer.« Wenn jemand die Bitterkeit der Abhängigkeit kennengelernt hat, so war es die arme Pflegetochter der vornehmen Greisin. Die Gräfin X. hatte gewiss kein schlechtes Herz, aber sie war, wie alle von der großen Welt verwöhnten Frauen, in kalten Egoismus versunken, und außerdem hatte sie ihr Zeitalter überlebt und stand der Gegenwart vollkommen fremd gegenüber. Sie nahm zwar an allen Veranstaltungen der großen Welt teil und schleppte sich mühsam auf alle Bälle, dafür saß sie dann aber auch dort in ihrer altmodischen Kleidung wie ein unförmiger und dabei doch unentbehrlicher Bestandteil des Ballsaals schweigsam in einem Winkel. Die Gäste pflegten sich ihr beim Eintritt in den Ballsaal mit einer tiefen Verbeugung zu nähern, aber das war auch alles, und dann kümmerte sich niemand mehr um sie. In ihrem Hause empfing sie unter Beobachtung der strengsten Etikette die ganze Stadt, ohne die einzelnen Persönlichkeiten zu erkennen. Ihre zahlreiche, in den Gesindestuben faul und dick gewordene Dienerschaft schaltete und waltete nach eigenem Belieben und bestahl die schon längst mit einem Fuß im Grabe stehende Greisin ständig in skrupellosester Weise. Lisaweta Iwanowna war sozusagen die Märtyrerin dieses Hauses. Sie musste den Tee bereiten und bekam Vorwürfe wegen des zu starken Verbrauches von Zucker; sie las der Greisin Romane vor und musste für alle Fehler des Dichters büßen; sie begleitete die Gräfin auf ihren Spazierfahrten und wurde für das Wetter und das schlechte Pflaster verantwortlich gemacht. Ein Gehalt war ihr zwar bestimmt, aber sie erhielt es nie ausgezahlt. Trotzdem verlangte man von ihr, dass sie stets gut und geschmackvoll gekleidet sein sollte. In der Gesellschaft spielte sie eine wenig beneidenswerte Rolle. Sie war zwar allen bekannt, wurde aber von niemand beachtet, und auf den Bällen kam sie nur dann zum Tanzen, wenn gerade ein Visavis fehlte. Lisaweta Iwanowna besaß eine ganze Portion Eigenliebe, sie war sich über die Rolle, die sie spielte, sehr klar und wartete jahraus, jahrein ungeduldig auf ihren Befreier; allein die hochfahrenden jungen Leute ließen ihr keine Beachtung zuteilwerden, obwohl Lisaweta Iwanowna hundertmal liebenswerter war als die frivolen und kalten jungen Weltdamen, die von jenen umschwärmt wurden. Wie oft war es schon vorgekommen, dass sie den langweiligen, prunkvollen Tanzsaal verlassen hatte und, um sich auszuweinen, in ihr ärmliches Stübchen geflüchtet war, in dem eine mit Tapeten beklebte spanische Wand, eine Kommode, ein kleiner Spiegel und ein einfaches, gestrichenes Holzbett das ganze Mobiliar bildeten, zu dem ein trübbrennendes Talglicht im kupfernen Leuchter die Beleuchtung spendete.

Einmal – das geschah zwei Tage nach der Spielgesellschaft, die zu Beginn unserer Erzählung geschildert worden war, und eine Woche vor der Szene im Toilettenzimmer der Gräfin – eines Tages also blickte Lisaweta Iwanowna, während sie am Fenster über ihrem Stickrahmen hockte, ganz zufällig auf die Straße hinab und gewahrte dort einen jungen Genieoffizier, der regungslos dastand und ihr Fenster nicht aus den Augen ließ. Sie trat vom Fenster zurück und nahm ihre Arbeit wieder auf. Nach einigen Minuten schaute sie abermals auf – der junge Offizier stand noch immer an derselben Stelle. Da es nicht ihrer Gewohnheit entsprach, mit vorübergehenden Offizieren zu kokettieren, unterließ sie es nun, auf die Straße hinabzuschauen, und stickte zwei Stunden lang ohne Unterbrechung und ohne den Blick von der Arbeit zu erheben. Dann wurde sie zur Mahlzeit gerufen. Nach dem Mittagessen ging sie mit einem gewissen unruhigen Gefühl zu ihrem Fensterplatz, aber der Offizier war nicht mehr da, und so vergaß sie ihn denn ...

Zwei Tage später sah sie ihn wieder, und zwar gerade, als sie mit der Gräfin das Haus verließ, um in den Wagen zu steigen. Er stand dicht an der

Freitreppe, und sein Gesicht war durch einen hohen Biberkragen fast ganz verdeckt; man sah nur seine tiefschwarzen Augen, die unter dem Hut hervorfunkelten. Lisaweta Iwanowna erschrak, ohne sich selbst darüber Rechenschaft ablegen zu können, und setzte sich mit einem seltsam befangenen Gefühl in den Wagen.

Als sie nach Hause zurückgekehrt war, lief sie sofort wieder zum Fenster: Der Offizier stand auf derselben Stelle und wandte kein Auge von ihr. Sie trat, merkwürdig erregt, vom Fenster zurück, und ein völlig neues, peinigendes Gefühl bemächtigte sich ihrer.

Seit dieser Zeit stellte sich der junge Offizier tagtäglich zur bestimmten Stunde unter ihrem Fenster ein. Zwischen beiden entwickelten sich nun eigenartige Beziehungen. Sie pflegte sein Nahen jetzt schon zu fühlen und hob dann sofort das Haupt von der Arbeit, um hinauszuspähen, und ihre Blicke wurden von Tag zu Tag immer länger. Der junge Offizier schien dadurch beglückt zu sein, denn sie konnte mit dem scharfen Auge der Jugend gewahren, dass jedes Mal, wenn ihre Blicke sich begegneten, ein plötzliches Erröten seine Wangen färbte. Und nach einer Woche lächelte sie ihm bereits zu ...

Als Tomski damals die Gräfin um Erlaubnis gebeten hatte, ihr einen seiner Freunde vorstellen zu dürfen, hatte das arme Mädchen vor Aufregung fast Herzklopfen bekommen. Nachdem sie jedoch erfuhr, dass Narumoff nicht Genieoffizier, sondern Gardekavallerist sei, bedauerte sie fast, mit ihrer unvorsichtigen Frage die Neugier des leichtsinnigen Tomski hervorgerufen zu haben.

***

Herrmann war der Sohn eines russisch gewordenen Deutschen und hatte von seinem Vater ein kleines Kapital geerbt. Erfüllt von der Überzeugung, dass es für ihn sehr wichtig war, sich seine Unabhängigkeit zu sichern, hatte er das Geld auf Zins und Zinseszins angelegt und lebte ausschließlich von seinem Gehalt, ohne sich auch nur den geringsten Luxus zu leisten. Im Übrigen war er eine verschlossene und ehrgeizige Natur und infolgedessen hatten seine Kameraden nur selten Gelegenheit, sich über seine Sparsamkeit lustig zu machen. Er besaß starke Leidenschaften und eine feurige Fantasie; allein seine Charakterstärke bewahrte ihn vor den üblichen Verirrungen der Jugend. So nahm er, obwohl mit Leib und Seele Spieler, nie eine Karte in die Hand, weil er sich überzeugt hatte, dass sein Vermögen es ihm nicht erlaubte, »das

Notwendige zu opfern, um damit Überflüssiges zu gewinnen,« – wie seine eigenen Worte lauteten. Trotzdem aber saß er ganze Nächte lang am Kartentisch und verfolgte mit fieberhaftem Zittern alle Wendungen des Spiels.

Die Erzählung von den drei Karten hatte eine starke Wirkung auf ihn ausgeübt und ging ihm die ganze Nacht nicht aus dem Kopf. Als er am nächsten Abend durch die Straßen Petersburgs schlendert«, kamen ihm unwillkürlich verschiedene Fragen in den Sinn: »Wenn mir nun die alte Gräfin vielleicht ihr Geheimnis mitteilen und die drei richtigen Karten nennen wollte?« dachte er. »Ich sollte mich ihr eigentlich vorstellen lassen und mich bei ihr einschmeicheln, meinetwegen sogar ihr Liebhaber werden; allein das alles erfordert Zeit, und sie ist schon siebenundachtzig Jahre alt und kann in einer Woche, ja vielleicht schon in zwei Tagen sterben! Na und schließlich – kann man denn der ganzen Geschichte überhaupt Glauben schenken? Nein! Sparsamkeit, Mäßigkeit und Fleiß: das sind meine drei Glückskarten, die mein Kapital verdreifachen und versiebenfachen werden und mir Ruhe und Unabhängigkeit sichern!«

Während er in dieser Art meditierte, war er in eine der Hauptstraßen Petersburgs gekommen und blieb nun vor einem Haus von altertümlicher Bauart stehen. Die Straße war von Equipagen belebt; eine nach der anderen fuhr an der erleuchteten Freitreppe des Hauses vor. Ihnen entstiegen zahlreiche Gäste, die alle eilig an den majestätischen Türstehern vorbei ins Innere des Hauses eilten.

»Wem gehört dieses Haus?« fragte Herrmann einen Vorübergehenden.

»Der Gräfin X.« antwortete dieser.

Herrmann fühlte, wie ein Zittern durch seine Glieder lief. Die geheimnisvolle Kartengeschichte bemächtigte sich abermals seiner Gedanken. Er begann langsam das Haus zu umkreisen und dachte dabei unablässig an die Gräfin und ihr wundersames Geheimnis. Zu später Stunde erst kehrte er in seine bescheidene Wohnung zurück und konnte lange keinen Schlaf finden; und als er schließlich doch einschlief, träumte er von Karten, vom grünen Tuch des Spieltisches und sah Stöße von Banknoten und riesige Goldhaufen vor sich liegen. Er spielte im Traum eine Karte nach der anderen aus, gewann ununterbrochen und stopfte sich alle Taschen voll mit Gold und Banknoten. Beim späten Erwachen am anderen Morgen seufzte er tief auf, als er an seinen nächtlichen Reichtum dachte, und machte sich dann wieder auf zu einem Spaziergang durch die Stadt. Nach kurzer Zeit befand er sich abermals vor dem Haus der Gräfin X. Es war fast, als hätte ihn eine fremde Macht dahingezogen.

Er blieb stehen und sah zu den Fenstern hinauf. An einem derselben erblickte er ein schwarzlockiges Mädchenhaupt, das allem Anschein nach über ein Buch oder eine Handarbeit gebeugt war. Nun richtete sich das Köpfchen auf, und Herrmann sah in ein frisches Gesichtchen und in ein paar dunkle Augen. In diesem Augenblick hatte sich sein Schicksal entschieden.

III.

Lisaweta Iwanowna hatte vorhin, als die Gräfin den zur Spazierfahrt vorbereiten Wagen wegen des schlechten Wetters wieder ausspannen ließ, kaum ihren Hut und Mantel abgelegt, da wurde sie abermals zur Gräfin gerufen, die ihr befahl, von neuem die Equipage anschirren zu lassen. Dann half sie der Gräfin die Freitreppe hinunter. Während zwei Lakaien die Gräfin sanft in den Wagen schoben, gewahrte Lisaweta Iwanowna plötzlich dicht neben dem Gefährt ihren Genieoffizier; er ergriff ihre Hand, und während sie vor Schreck fast die Besinnung verlor, verschwand er wieder und ließ einen Brief zwischen ihren Fingern zurück. Sie versteckte ihn schnell im Handschuh und hörte und sah den ganzen Weg über vor Aufregung fast nichts.

Als sie dann von der Spazierfahrt wieder nach Hause gekommen war, lief sie schnell in ihr Zimmer und zog den Brief aus dem Handschuh; er war versiegelt, sie brach ihn hastig auf und las ihn aufgeregt durch; er enthielt eine zärtliche und ehrerbietige Liebeserklärung, die wörtlich aus einem deutschen Roman übersetzt war. Allein da Lisaweta Iwanowna kein Deutsch konnte, hatte sie von dem Plagiat keine Ahnung und war mit dem Inhalt sehr zufrieden.

Trotzdem fühlte sie sich durch den von ihr entgegengenommenen Brief stark beunruhigt. Zum ersten Mal trat sie in heimliche, vertraute Beziehungen zu einem jungen Mann. Sein Ungestüm erschreckte sie. Sie machte sich Vorwürfe wegen ihres unvorsichtigen Benehmens und wusste nicht, was zu tun zweckmäßiger sei: entweder aufzuhören, am Fenster zu sitzen und dem jungen Offizier durch Nichtbeachtung die Lust zu weiteren Verfolgungen zu nehmen, oder ihm den Brief zurückzusenden und ihm kühl und entschieden zu antworten. Sie hatte keinen Menschen, mit dem sie sich beraten konnte, denn sie besaß weder Freundinnen noch Gefährtinnen. Lisaweta Iwanowna entschloss sich schließlich zu einer Antwort.

Sie setzte sich an ihr Tischchen, legte das Schreibgerät zurecht und dachte nach. Einige Mal begann sie den Brief, um ihn dann wieder zu zerreißen. Bald schienen ihr die Ausdrücke zu herablassend, bald zu schroff. Nach langem Mühen hatte sie dann endlich ein paar Zeilen zusammengedichtet, mit denen sie zufrieden war. »Ich bin überzeugt,« so lautete ihr Schreiben, »dass Sie ehrenwerte Absichten haben und mich nicht durch eine unbesonnene Tat kompromittieren wollten; allein unsere Bekanntschaft darf nicht auf solche Weise beginnen. Ich gebe Ihnen deshalb Ihren Brief zurück und hoffe, dass ich in Zukunft nicht mehr Grund haben werde, mich über derartig unverdiente Nichtachtung zu beklagen.«

Am nächsten Tage erhob sich Lisaweta Iwanowna, sowie sie Herrmann, der die Straße heraufkam, erspähte, von ihrem Sitz am Fenster, öffnete einen Flügel und warf, im Vertrauen auf die Gewandtheit des jungen Offiziers, den Brief auf die Straße. Herrmann lief sofort hinzu, hob das Schreiben auf und zog sich damit in eine Konditorei zurück. Dort riss er das Siegel herunter und fand nun seinen Brief mit Lisaweta Iwanownas Antwort. Er hatte es von vornherein erwartet und kehrte nun, ganz erfüllt von seiner Intrige, nach Hause zurück.

Drei Tage waren vergangen, da brachte ein junges, niedliches Laufmädel aus dem Modesalon einen Brief für Lisaweta Iwanowna. Lisaweta öffnete beunruhigt das Schreiben, von dem sie nicht anders dachte, als dass es eine Rechnung sei, und erkannte plötzlich Herrmanns Handschrift.

»Sie haben sich versehen, Kindchen,« sagte sie. »Dieser Brief ist nicht für mich.«

»Doch, doch, es stimmt schon,« antwortete das Laufmädel mit einem listigen Lächeln. »Lesen Sie ihn nur durch.«

Lisaweta überflog das Schreiben. Herrmann verlangte darin ein Rendezvous.

»Das kann nicht sein,« sagte Lisaweta, durch die Art der Übermittlung des Briefes und durch den in ihm ausgedrückten Wunsch erschreckt. »Dies Schreiben ist wirklich nicht für mich!« Und damit zerriss sie den Brief in kleine Fetzen.

»Wenn der Brief nicht für Sie war, warum haben Sie ihn dann zerrissen?« sagte das Mädel. »Ich hätte ihn sonst dem Absender zurückgebracht.«

»Ich bitte Sie, Kindchen,« sagte Lisaweta, die bei dieser Bemerkung über und über rot geworden war, »mir in Zukunft keine Briefe mehr zuzustellen. Und Ihrem Auftraggeber sagen Sie bitte, dass er sich schämen möge.«

Aber Herrmann gab die Sache nicht auf. Jeden Tag bekam Lisaweta, bald auf diese, bald auf jene Weise, einen Brief, und jetzt waren diese Briefe schon nicht mehr aus dem Deutschen übersetzt, denn die Leidenschaft hatte sie Herrmann in die Feder diktiert, und in ihnen war deutlich die Unbeugsamkeit seines Verlangens und die Zerfahrenheit einer zügellosen Fantasie zu erkennen. Lisaweta dachte nicht mehr daran, sie zurückzuschicken; sie berauschte sich an ihnen und begann nun zu antworten, und ihre Briefe wurden von Tag zu Tag länger und zärtlicher, bis sie ihm endlich folgenden Brief aus dem Fenster warf: »Heute ist Ball beim französischen Gesandten, die Gräfin ist auch geladen. Wir werden dort bis zwei Uhr sein. Es ist für Sie die Möglichkeit vorhanden, mich unter vier Augen zu sprechen; sobald wir das Haus verlassen haben, um zum Ball zu fahren, wird sich das Gesinde wahrscheinlich in seine Stube zurückziehen; im Hausflur bleibt nur der Portier zurück, der aber auch meistens gleich seine Kammer aufsucht. Kommen Sie um halb zwölf Uhr, gehen Sie die Treppe hinauf, und wenn Sie irgendjemand im Vorzimmer treffen, so fragen Sie, ob die Gräfin zu Hause ist. Man wird dies verneinen, und dann bleibt Ihnen nichts anderes übrig, als den Rückzug anzutreten. Wahrscheinlich werden Sie jedoch niemanden antreffen; dann gehen Sie gleich nach links, immer geradeaus bis ins Schlafzimmer der Gräfin; dort werden Sie hinter einer spanischen Wand zwei kleine Türen bemerken: die Rechte geht in ein Kabinett, das die Gräfin niemals betritt, die Linke in den Korridor, wo sich eine schmale Wendeltreppe befindet, die zu meinem Zimmer führt.«

Herrmann zitterte, während er die angegebene Zeit erwartete, wie ein beutegieriger Tiger. Bereits um zehn Uhr abends stand er vor dem Haus der Gräfin. Es herrschte ein entsetzliches Wetter: Der Wind pfiff durch die Straßen, und nasser Schnee fiel in großen Flocken. Trübe schimmerten die Laternen durch die menschenleere Stadt. Herrmann stand im Rock, ohne Pelz, auf seinem Posten und fühlte weder Wind noch Wetter. Endlich fuhr die Equipage der Gräfin vor, Herrmann sah, wie die Lakaien die in einen Zobelpelz gehüllte Greisin hineinholen; ihr auf dem Fuße betrat Lisaweta den Wagen – dann knallte der Schlag zu, und die Räder begannen zu rollen. Der Portier schloss die Tür, die Fenster wurden dunkel. Herrmann begann vor dem Haus auf und ab zu gehen und zog nach einer Weile vor einer Laterne die Uhr: Zwanzig Minuten nach elf. Er blieb an der Laterne, den Chronometer in der Hand, stehen und ließ den Minutenzeiger nicht aus den Augen. Genau um halb zwölf überschritt er dann die Freitreppe und betrat das matterleuchtete Vorzimmer. Der Portier war nicht anwesend. Herrmann lief nun die Treppe im Haus hinauf, öffnete eine Tür und gewahrte den Diener, der neben einer Lampe im Sessel schlief. Mit leichten, unhörbaren Schritten ging Herrmann an ihm vorbei. Der Saal und das Gastzimmer waren dunkel. Herrmann betrat das Schlafzimmer, sah sich einen Moment darin um und trat dann hinter die spanische Wand. Dort stand ein Bett, und zur Rechten und Linken davon befanden sich zwei Türen, deren eine in das Kabinett ging, während die andere auf den Korridor mündete. Herrmann öffnete diese und erblickte eine schmale Wendeltreppe, die in Lisawetas Zimmer führte. Er kehrte wieder zurück in das Schlafzimmer und begab sich dann durch die Tür rechts in das kleine Kabinett, von dem ihm Lisaweta geschrieben hatte, dass es von der Gräfin nie betreten werde.

Die Zeit verging langsam. Alles war still. Im Speisezimmer schlug die Uhr zwölf, und die Uhren in den anderen Zimmern antworteten. Dann herrschte wieder Stille. Herrmann stand an einen kalten Ofen gelehnt; er war vollständig ruhig, sein Herz schlug ganz gleichmäßig, wie bei einem Menschen, der sich zu einer gefährlichen, aber unvermeidlichen Tat entschlossen hat.

Die Uhren verkündeten schlagend die erste und dann die zweite Stunde nach Mitternacht, und nach einer Weile wurde dann das Rollen eines Wagens aus der Ferne vernehmbar. Eine unwillkürliche Aufregung ergriff Herrmann. Die Equipage kam herangefahren und hielt. Im Hause wurde es lebendig: die Dienerschaft lief zusammen, Stimmengewirr erschallte und Lichter wurden angezündet. Drei ältliche Kammerzofen betraten das Schlafzimmer, und ihnen folgte die Gräfin, die sich ganz erschöpft auf einen Voltairestuhl niederließ. Herrmann blickte durch eine Spalte in der Tür; im selben Moment ging Lisaweta an der Tür vorbei, und er vernahm einige Sekunden später ihre eiligen Schritte auf der Wendeltreppe. In seinem Herzen wurde einen Augenblick lang etwas wie Gewissensbisse wach, aber dieses Gefühl verstummte sofort wieder. Er war zu Stein geworden.

Die greise Gräfin begann sich vor dem Spiegel zu entkleiden. Das Häubchen wurde ihr abgenommen, dann die gepuderte Perücke, dafür bekam sie eine enggestrickte Nachtmütze auf den Kopf. Das gelbe, silbergestickte Kleid fiel zu ihren, vom Alter verkrüppelten Füßen herab, und Herrmann wurde unfreiwilliger Zeuge der ganzen widerwärtigen Geheimnisse ihrer Toilette; schließlich blieb sie dann in der Nachtjacke, und in diesem Kleidungsstück, das mehr zu ihrem Alter passte, sah sie weniger schrecklich und unförmig aus.

Die Gräfin litt, wie alle alten Leute, an Schlaflosigkeit. Sie setzte sich deshalb, nachdem sie sich entkleidet hatte, wieder in den Voltairestuhl und schickte die Zofen fort; die Lichter wurden hinausgetragen, und das Zimmer war jetzt nur noch von dem Schein der heiligen Lampe, die vor dem Heiligenbild brannte, erleuchtet. Gelb und runzelig saß die Gräfin da, bewegte lautlos die welken Lippen und schaukelte den Oberkörper leise hin und her. Ihre verschleierten Augen zeigten völlige Geistesabwesenheit, und wenn man sie so leblos dasitzen sah, hätte man leicht auf den Gedanken kommen können, dass das Hin- und Herschaukeln ihres Körpers durch irgendeinen in ihrem Inneren verborgenen mechanischen Apparat hervorgerufen wurde.

Plötzlich veränderte sich ihr lebloses Gesicht in unbeschreiblicher Weise. Die Lippen hörten auf, sich zu bewegen, und ihre Augen belebten sich. Vor der Gräfin stand ein unbekannter Mann.

»Erschrecken Sie nicht, um Gottes willen erschrecken Sie nicht!« sagte er mit leiser, aber deutlicher Stimme. »Ich habe nicht die Absicht, Ihnen zu schaden – ich kam nur, Sie um eine Gnade zu bitten.«

Die Greisin blickte ihn schweigend an; es schien, als hätte sie seine Stimme gar nicht vernommen. Herrmann dachte, dass sie vielleicht schlecht höre, und wiederholte, über ihr Ohr gebeugt, seine Worte. Die Greisin verharrte trotzdem in Schweigen.

»Sie können,« fuhr Herrmann fort, »das Glück meines Lebens begründen, ohne dass es Sie etwas kostet: ich weiß, dass Sie drei Glückskarten nacheinander zu bestimmen vermögen ...«

Herrmann hielt inne. Die Gräfin schien nun zu begreifen, was er von ihr verlangte, denn sie machte den Eindruck, als suche sie nach einer Antwort.

»Das war ein Scherz!« sagte sie endlich. »Ich schwöre es Ihnen, das war ein Scherz!«

»Mit solchen Sachen scherzt man nicht!« entgegnete Herrmann zornig. »Denken Sie nur an Tschaplitzki, dem Sie dazu verholfen haben, sich quitt zu spielen.«

Die Gräfin wurde sichtlich verwirrt. Auf ihren Gesichtszügen prägte sich eine starke Gemütserregung aus; allein bald verfiel sie wieder in ihre frühere Teilnahmslosigkeit.

»Wollen Sie mir diese drei Glückskarten anvertrauen?« fuhr Herrmann fort.

Die Gräfin schwieg.

»Für wen wollen Sie Ihr Geheimnis bewahren? Für Ihre Enkel? Die sind ohnehin reich, und außerdem kennen sie den Wert des Geldes nicht.

Wer seiner Väter Erbe nicht zusammenzuhalten weiß, wird trotz aller Zauberkünste in Armut sterben. Ich – bin kein Verschwender; ich kenne den Wert des Geldes. Ihre drei Glückskarten werden für mich nicht wertlos sein. Nun?«
Er hielt inne und erwartete mit Zittern ihre Antwort. Die Gräfin schwieg noch immer. Herrmann fiel vor ihr auf die Knie.
»Wenn Ihr Herz jemals das Entzücken der Liebe kennen gelernt hat, wenn Sie jemals mit einem liebevollen Lächeln das Lallen ihres ersten Kindes vernommen haben, und wenn nur ein leises, menschliches Gefühl in Ihrer Brust lebt, so beschwöre ich Sie bei allem, was Ihnen als Gattin, Geliebte und Mutter heilig war: Schlagen Sie mir meine Bitte nicht ab und vertrauen Sie mir Ihr Geheimnis an. Was kann es Ihnen denn wert sein? Vielleicht ist es mit einer schrecklichen Sünde verbunden, mit dem Verlust der ewigen Seligkeit, mit einem Teufelspakt ... Sie sind alt. Ihr Leben wird nicht mehr lange währen! – Ich bin bereit, die Sünde auf mich zu nehmen, nur enthüllen Sie mir Ihr Geheimnis. Bedenken Sie – das Glück eines Menschen befindet sich in Ihren Händen, und nicht nur ich, sondern auch meine Kinder, Enkel und Urenkel werden Ihr Andenken segnen, werden Sie wie eine Heilige verehren ...«
Die Gräfin antwortete kein Wort ...
Herrmann erhob sich.
»Alte Hexe,« stieß er zwischen den zusammengebissenen Zähnen hervor. »So werde ich dich denn zwingen, mir zu antworten ...«
Mit diesen Worten zog er eine Pistole aus der Tasche. Beim Anblick der Waffe verfiel die Gräfin zum zweiten Mal in eine starke Erregung. Sie warf den Kopf zur Seite und erhob die Hand, als wollte sie sich vor dem Schuss schützen. – Dann fiel sie zurück ... und blieb regungslos.
»Lassen Sie doch den Unsinn!« sagte Herrmann und ergriff ihre Hand. »Ich frage Sie zum letzten Mal: Wollen Sie mir die drei Karten nennen? Ja oder nein?!«
Die Gräfin antwortete nicht. Herrmann sah nun, dass sie tot war.

IV.

Lisaweta saß noch immer im Ballkleid tief in Gedanken versunken in ihrem Zimmer. Als sie nach Hause gekommen war, hatte sie die verschlafene Zofe, die ihr beim Auskleiden helfen wollte, wieder fortgeschickt und war dann zitternd in ihr Zimmer gegangen. Sie hoffte, Herrmann dort zu der wichtigen Unterredung zu finden, und wünschte wiederum heimlich, ihn nicht zu finden. Mit einem Blick sah sie, dass er nicht da war, und dankte dem Schicksal für die Hindernisse, die es ihm wahrscheinlich in den Weg gelegt hatte. Sie setzte sich, ohne ihr Kleid abzulegen, hin, und begann sich alle Umstände ins Gedächtnis zurückzurufen, durch die sie in kurzer Zeit so weit gekommen war, so ein unvorsichtiges und ihren Ruf gefährdendes Rendezvous zu verabreden. So saß sie eine Weile da, die Hände über der Brust gefaltet, das Haar noch mit Ballblumen geschmückt. Plötzlich öffnete sich die Tür und Herrmann trat ein ... Lisaweta erzitterte.

»Wo waren Sie?« fragte sie mit erschrockenem Flüstern.

»Im Schlafzimmer der alten Gräfin,« antwortete Herrmann. »Ich komme eben von ihr. Sie ist tot.«

»Mein Gott – was sagten Sie?«

»Und es scheint,« fuhr Herrmann fort, »dass ich die Ursache ihres Todes bin.«

Lisaweta konnte keinen Ton hervorbringen. Der Schreck hatte ihr mit kalter Hand die Kehle zugedrückt und alle Glieder gelähmt. Eine Weile stand Herrmann regungslos vor ihr, dann setzte er sich auf das Fensterbrett, ihr zur Seite, und begann alles zu erzählen.

Lisaweta hörte ihn entsetzt an. So waren denn alle diese leidenschaftlichen Briefe, all diese flammenden Wünsche und seine hartnäckigen Verfolgungen nicht von der Liebe beseelt! Geld! – Das war es, wonach seine Seele lechzte! Lisaweta war für ihn nichts anderes gewesen als eine unbewusste Gehilfin, als die ahnungslose Mitschuldige eines Räubers, des Mörders ihrer alten Wohltäterin. Sie weinte bitter auf vor quälender, zu später Reue. Herrmann sah schweigend auf sie ... Auch sein Herz wurde von einem bitteren Gefühl zerrissen; allein weder die Tränen des armen Mädchens noch die wundervolle Schönheit ihrer Trauer vermochten seine harte Seele zu rühren; er fühlte auch keine Gewissensbisse beim Gedanken an die tote Greisin. Was ihn entsetzte, war der unwiederbringliche Verlust jenes Geheimnisses, von dem er Reichtum erwartet hatte.

»Sie sind ein Ungeheuer!« sagte Lisaweta.

»Ich wollte ja nicht ihren Tod,« antwortete Herrmann. »Meine Pistole war nicht geladen.«

Beide versanken in Schweigen. Und so saßen sie bis zum Morgen. Lisaweta löschte das herabgebrannte Licht, trocknete sich die verweinten Augen und sah Herrmann an:

»Wie wollen Sie denn nun aus dem Haus kommen?« fragte sie. »Ich dachte, Sie über eine geheime Treppe zu führen, aber dazu müssten wir

am Schlafzimmer der Gräfin vorbeigehen, und ich fürchte mich.«
»Beschreiben Sie mir nur, wie ich diese geheime Treppe finde; ich werde allein gehen.«
Lisaweta erhob sich, entnahm ihrer Kommode einen Schlüssel, den sie Herrmann aushändigte, und gab ihm eine ausführliche Beschreibung des Weges. Herrmann drückte ihre kalte, schlaffe Hand an die Lippen und entfernte sich.
Er ging die Wendeltreppe hinab und betrat abermals das Schlafzimmer der Gräfin. Die tote Greisin lag wie versteinert in ihrem Stuhl und ihr Gesicht zeigte eine tiefe Ruhe. Herrmann blieb vor ihr stehen und sah sie lange an, als wollte er sich von der schrecklichen Tatsache überzeugen; dann betrat er das Kabinett, betastete die Tapetenwand, bis er einen Knopf fand, der eine unsichtbare Tür zum geheimen Gang öffnete, und stieg dann, von seltsamen Gefühlen bewegt, eine dunkle Treppe hinab. Am Ende fand Herrmann eine Tür, die er mit dem Schlüssel öffnete; er durchschritt sie und kam auf einen zugigen Korridor, der ihn auf die Straße führte.

V.

Drei Tage nach jener verhängnisvollen Nacht begab sich Herrmann um neun Uhr morgens nach dem nahen X.schen Kloster, wo die Totenmesse für die verstorbene Gräfin abgehalten werden sollte. Obgleich er keine Reue fühlte, gelang es ihm doch nicht, jene Stimme in seinem Innern zum Schweigen zu bringen, die ihm unablässig die Worte: ›Mörder, Mörder!‹ zurief. Herrmann hatte keinen starken Glauben, sondern war nur sehr abergläubisch. Deshalb war er von vornherein davon überzeugt, dass die alte Gräfin einen schädlichen Einfluss auf sein weiteres Leben auszuüben imstande war, und entschloss sich deshalb, zu ihrer Beerdigung zu erscheinen, um sie um Verzeihung zu bitten.
In der Kirche standen die Leute dicht aneinandergedrängt, so dass sich Herrmann kaum durchzwängen konnte. Der Sarg stand auf einem reichgeschmückten Katafalk unter einem Baldachin von Plüsch. Die Verstorbene lag in einem weißen Atlaskleid mit gekreuzten Händen da; auf dem Kopf trug sie ein Spitzenhäubchen. Ringsumher standen die Hausgenossen: die Diener in schwarzen Röcken mit Schleifen in den gräflichen Farben über der Schulter und Kerzen in den Händen; ferner die Verwandten, Kinder, Enkel und Urenkel der Verstorbenen, alle in tiefer Trauer. Ein junger Geistlicher hielt die Totenmesse ab. In schlichten und ergreifenden Worten schilderte er das fromme Leben der Ver-

storbenen und schloss mit dem poetischen Vergleich: »Der Engel des Todes fand sie bei wachen Gedanken und in der Erwartung des mitternächtigen Bräutigams.«

Die Feier ging nun ihrem Ende entgegen. Zunächst traten die Verwandten näher und nahmen von der Leiche Abschied, dann kamen die vielen Freunde und Bekannten an die Reihe und zuletzt die gräfliche Dienerschaft. Nun erst entschloss sich auch Herrmann, an den Sarg heranzutreten. Er schritt, bleich wie die Tote, die paar Stufen des Katafalkes hinauf und wollte dort auf die Knie sinken; in diesem Augenblick schien es ihm, als ob die Tote ihn mit listig zusammengekniffenen Augen anblinzle. Herrmann prallte entsetzt zurück, begann zu schwanken und fiel ohnmächtig zu Boden. Man hob ihn auf; zur selben Zeit wurde auch Lisaweta ohnmächtig aus der Kirche getragen. – Dieser Zwischenfall unterbrach wohl einen Augenblick lang die Feierlichkeit der düsteren Zeremonie, doch dann nahm die Messe ihren Fortgang und wurde bald darauf zu Ende geführt.

Herrmann war den Rest des Tages über äußerst verstimmt. Beim Mittagessen in einem einsamen, entlegenen Gasthof trank er, ganz gegen seine Gewohnheit, sehr viel Wein, in der Hoffnung, auf diese Weise seine innere Erregung zu dämpfen. Allein der Wein entzündete seine Fantasie nur noch stärker. Er kehrte also gegen Abend wieder nach Hause zurück, warf sich angekleidet auf das Bett und lag bald in festem Schlummer.

Als er plötzlich erwachte, war es schon Nacht: Durch das Fenster floss matt und bleich der Schein des Mondes. Herrmann sah auf die Uhr: dreiviertel drei! Die Lust zum Schlafen war ihm vergangen; er setzte sich auf den Rand seines Bettes und begann an das Begräbnis der alten Gräfin zu denken.

Plötzlich blickte jemand von der Straße her in das Fenster und verschwand dann wieder. Herrmann schenkte diesem Vorfall keine Beachtung. Nach einer Weile vernahm er jedoch, wie die Tür zum Vorzimmer geöffnet wurde; er dachte nun nichts anderes, als dass sein Bursche wieder einmal von einem nächtlichen Spaziergang betrunken nach Hause kam; allein in der nächsten Sekunde drangen fremde Schritte an sein Ohr: Irgendjemand kam mit leise-schlurfenden Pantoffeln gegangen. Die Tür seines Zimmers öffnete sich, und eine weißgekleidete, weibliche Gestalt trat ein. Herrmann hielt sie zunächst für seine alte Amme und wunderte sich darüber, dass sie ihn zu so außergewöhnlicher Stunde besuchte. Allein die weiße Gestalt glitt näher und stand nun dicht vor ihm: Herrmann erkannte die alte Gräfin. Er zitterte und starrte die Erscheinung an.

»Ich komme gegen meinen eigenen Willen zu dir,« sprach sie mit fester Stimme. »Allein mir ist von einer höheren Macht befohlen worden, deine Bitte zu erfüllen. Die Drei, die Sieben und das As gewinnen nacheinander, nur darfst du im Laufe von je vierundzwanzig Stunden nicht mehr als eine der Karten setzen und dann in deinem Leben nie mehr spielen. Ich verzeihe dir meinen Tod unter der Bedingung, dass du meine Pflegetochter Lisaweta heiratest ...«

Mit diesen Worten drehte sie sich leise um, durchschritt die offene Tür und verschwand mit schlurfenden Schritten. Herrmann vernahm, wie die Haustür zuschlug, und sah, wie abermals jemand von der Straße her einen Augenblick lang in sein Fenster hineinspähte ...

Es dauerte lange, bis Herrmann aus seiner Erregung wieder ganz zu sich kam; dann ging er mit festen Schritten ins Nebenzimmer. Der Bursche lag schlafend auf dem Fußboden und war wie gewöhnlich betrunken. Herrmann weckte ihn mit großer Mühe, allein es war aus ihm nichts Vernünftiges herauszubekommen. Die Haustür erwies sich als fest verschlossen. Herrmann kehrte in sein Zimmer zurück, zündete eine Kerze an und schrieb sein Erlebnis nieder.

VI.

Mit Herrmann ging nun eine seltsame Veränderung vor: Die Drei, die Sieben und das As verdrängten in seiner Gedankenwelt bald die Erinnerung an die alte Gräfin. Die Drei, die Sieben und das As gingen ihm nicht mehr aus dem Kopf und lagen ihm ständig auf den Lippen. Begegnete er einem jungen Mädchen, so dachte er laut: ›Wie schlank und schön ist sie doch gebaut; eine wahre Coeur- Drei!‹ Fragte man ihn: ›Wie spät ist es?‹ so erhielt man zur Antwort: ›Fünf Minuten vor der Sieben!‹ Sah er irgendwo auf der Straße einen wohlbeleibten Mann, so musste er sofort an das As denken. Die Drei, die Sieben und das As verfolgten ihn sogar im Schlaf und nahmen dann alle möglichen seltsamen Gestalten an: Die Drei blühte als farbenprächtige Orchidee vor ihm auf, die Sieben verwandelte sich in ein riesiges gotisches Portal, und das As erschien ihm als eine ungeheure Spinne. Alle seine Gedanken flossen zusammen in dem einen Wunsch, sein teuer erkauftes Geheimnis recht bald zu verwerten. Er machte sich mit dem Gedanken vertraut, seinen Abschied zu nehmen und auf Reisen zu gehen; in den Spielhäusern von Paris gedachte er die Zauberin Fortuna zu zwingen, ihm ihre Schätze herauszugeben.

Ein Zufall enthob ihn dieser Sorgen. In Moskau hatte sich nämlich eine Vereinigung reicher Spieler gebildet, die unter dem Vorsitz des berühmten Tschekalinski tagte, der sein ganzes Leben am Kartentisch zubrachte und einst Millionen gewonnen hatte. Seine langjährigen Erfahrungen erwarben ihm das Vertrauen der Kameraden, und mit seinem gastfreien Haus, die vorzügliche Küche sowie seiner Freundlichkeit und Heiterkeit eroberte er die Gunst des Publikums. Dieser Tschekalinski siedelte nun nach Petersburg über, und die ganze jeunesse dorée strömte ihm sofort begeistert zu, ließ um der Karten willen alle Tanzveranstaltungen im Stich und zog die Reize des Spiels dem Flirten vor. Narumoff führte eines Tages auch seinen Freund Herrmann dahin.
Sie durchschritten eine Flucht von prächtig eingerichteten Zimmern, die alle von Menschen erfüllt waren. Da saßen verschiedene Generale und Geheimräte und spielten Whist, während die jüngeren Herren sich auf den brokatüberzogenen Sofas herumräkelten und ihr Pfeifchen rauchten. Im eigentlichen Gastzimmer drängten sich um einen langen, schmalen Tisch ungefähr zwanzig Spieler; unter ihnen der Hausherr, der die Bank hielt. Er war ein Mann von etwa sechzig Jahren, trug ein würdiges Wesen zur Schau und hatte, in seltsamem Kontrast zu seinem silberweißen Greisenhaar, ein frisches, rundes Gesicht, auf dem ein unerschütterlich gleichmütiger Zug lag, während seine blitzenden Augen ständig zu lächeln schienen ... Narumoff machte ihn mit Herrmann bekannt; Tschekalinski drückte diesem freundschaftlich die Hand, bat ihn, sich keinen Zwang aufzuerlegen und fuhr darauf im Kartengeben fort.
Die Taille dauerte recht lang. Auf dem Tisch befanden sich über dreißig Karten. Tschekalinski machte nach jeder Runde eine Pause, um den Spielern Zeit für ihre Dispositionen zu lassen; währenddessen schrieb er sich die Verluste auf, hörte zuvorkommend die Wünsche der Spieler an und strich ebenso zuvorkommend die von zerstreuten Händen umgebogenen Ecken der Karten glatt. Endlich war die Taille zu Ende. Tschekalinski mischte die Karten und begann eine neue Taille.
»Gestatten Sie, dass ich auf eine Karte setze?« erkundigte sich Herrmann und streckte die Hand hinter einem korpulenten Herrn, der am Spieltisch saß, vor.
Tschekalinski lächelte und verbeugte sich leicht zum Zeichen seines Einverständnisses. Narumoff gratulierte Herrmann lachend zu diesem Entschluss und wünschte ihm ein glückliches Beginnen.
»Ich halte,« sagte Herrmann und schrieb seinen Einsatz mit Kreide neben die von ihm gewählte Karte auf den Tisch.

»Wieviel, bitte?« fragte Tschekalinski mit zusammengekniffenen Augen. »Entschuldigen Sie, aber ich kann die Zahl von hier aus nicht erkennen.«
»Siebenundvierzigtausend Rubel!« antwortete Herrmann.
Bei diesen Worten wandten sich ihm augenblicklich alle Köpfe zu, und alle Augen sahen ihn an. »Er ist verrückt geworden!« dachte Narumoff bei sich.
»Gestatten Sie mir eine Bemerkung,« sagte Tschekalinski mit seinem unbeirrbaren Lächeln, »Ihr Einsatz ist sehr hoch; bisher hat hier noch niemand höher als zweihundertfünfundsiebzig ›Simple‹ gesetzt.«
»Einerlei,« entgegnete Herrmann. »Akzeptieren Sie meinen Einsatz oder nicht?«
Tschekalinski verbeugte sich zustimmend.
»Ich möchte Ihnen nur bemerken,« sagte er, »dass ich, da die Kameraden mich ihres Vertrauens würdigen, nicht anders als gegen bares Geld spielen darf. Ich bin von mir aus natürlich davon überzeugt, dass Ihr Wort genügt; allein der Ordnung halber und zur Vereinfachung der Abrechnung möchte ich Sie bitten, Ihren Einsatz in bar auf die Karte zu setzen.«
Herrmann zog ein Bündel Banknoten aus der Tasche und überreichte es Tschekalinski, der die Papiere flüchtig prüfte und sie auf Herrmanns Karte legte. Rechts lag eine Zehn, links eine Drei.
»Ich habe gewonnen!« sagte Herrmann und wies seine Karte.
Unter den Spielern erhob sich ein Raunen. Tschekalinski machte ein ernstes Gesicht; allein bald fand er sein gewohntes Lächeln wieder.
»Belieben Sie Ihren Gewinn gleich zu empfangen,« wandte er sich an Herrmann.
»Ich bitte darum.«
Tschekalinski entnahm seiner Tasche eine Reihe von Banknoten und rechnete sofort ab. Herrmann nahm das Geld entgegen und trat zur Seite. Narumoff konnte sich vor Aufregung gar nicht halten, während Herrmann gelassen ein Glas Limonade austrank und sich dann nach Hause begab ...
Am Abend des folgenden Tages erschien er abermals bei Tschekalinski. Der Hausherr hielt gerade die Bank. Herrmann trat an den Spieltisch, und die anderen Spieler machten ihm sofort Platz. Tschekalinski begrüsste ihn mit einer liebenswürdigen Verbeugung. Herrmann wartete, bis eine neue Taille begann, wählte dann eine Karte und setzte auf diese seine siebenundvierzigtausend Rubel und den gleichen Gewinn vom gestrigen Tag. Tschekalinski begann wieder die Karten abzuziehen: rechts kam ein Bube zu liegen, links eine Sieben.

Herrmann zeigte seine Karte: es war eine Sieben. Er hatte wieder gewonnen.
Ausrufe des Staunens und der Verwunderung schwirrten durch den Saal. Tschekalinski schien verwirrt zu sein. Dann fasste er sich, holte aus seiner Brieftasche vierundneunzigtausend Rubel und überreichte sie Herrmann. Dieser nahm das Geld kaltblütig entgegen und entfernte sich im nächsten Augenblick.
Am anderen Abend erschien er wiederum am Spieltisch. Alle erwarteten ihn schon: Die Generäle und Geheimräte ließen ihren Whist im Stich, um dieses ungewöhnliche Spiel anzusehen, die jungen Offiziere sprangen von den Sofas auf, und sogar die Dienerschaft schlich sich leise in den Spielsaal. Alle umringten sie Herrmann. Die anderen Spieler unterließen es, auf ihre Karten zu setzen, und warteten mit Ungeduld auf den Ausgang dieses Spieles. Herrmann stand am Tisch, bereit, gegen den bleichen, aber trotzdem noch immer lächelnden Tschekalinski anzutreten. Jeder von den beiden öffnete ein neues Spiel Karten, Tschekalinski mischte, Herrmann hob ab und zog eine Karte, die er mit einem Haufen von Banknoten und Gold bedeckte: Sein Einsatz betrug jetzt hundertachtundachtzigtausend Rubel. Ringsumher herrschte tiefes Schweigen. Das Ganze glich einem ernsten Zweikampf.
Tschekalinski zog die Karten ab. Seine Hände zitterten leise. Rechts lag eine Dame, links ein As.
»Mein As hat gewonnen!« sagte Herrmann und deckte seine Karte auf.
»Ihre Dame ist geschlagen!« erwiderte Tschekalinski freundlich.
Herrmann zuckte zusammen: In der Tat lag an Stelle des As eine Pique-Dame vor ihm. Er glaubte seinen Augen nicht zu trauen ...
Im selben Moment schien es ihm, als ob die Pique-Dame die Augen zukniff und ihn höhnisch anlachte. Eine ungewöhnliche Ähnlichkeit frappierte ihn ...
»Die Alte!« schrie er entsetzt und sprang mit weitaufgerissenen Augen auf.
Tschekalinski zog die gewonnenen Banknoten zu sich. Herrmann stand unbeweglich da. Als er endlich vom Tisch zurücktrat, erhob sich eine lärmende Unterhaltung.
»Er hat famos pointiert,« sagten die Spieler.
Tschekalinski mischte von neuem die Karten, und das Spiel nahm seinen gewöhnlichen Fortgang.

***

Herrmann verfiel in Wahnsinn. Er befindet sich im Obuchoffschen Hospital, Zelle Nummer siebzehn, antwortet auf keinerlei Fragen und murmelt unaufhörlich die Worte vor sich hin: »Drei, Sieben, As! Drei, Sieben, Dame ...«

Lisaweta Iwanowna hat einen liebenswürdigen jungen Menschen geheiratet, der irgendwo als Beamter tätig ist und ein anständiges Einkommen hat: Er ist der Sohn eines früheren Gutsverwalters der alten Gräfin. Lisaweta erzieht ebenfalls eine arme Verwandte bei sich.

DAS MISERERE

VON GUSTAVO ADOLFO BECQUER

Es ist einige Monate her, dass ich während eines Besuches der altberühmten Abtei von Fitero, mit dem Durchblättern verschiedener Bände in der vernachlässigten Bibliothek beschäftigt, in einem Winkel zwei oder drei ziemlich alte Notenhefte fand, die mit Staub bedeckt und von den Ratten benagt waren.

Es war ein Miserere.

Ich verstehe nichts von Musik, aber ich liebe sie so sehr, dass ich, auch ohne sie zu begreifen, manchmal die Partitur irgendeiner Oper zur Hand nehme, um sie stundenlang durchzublättern, die mehr oder weniger zusammengedrängten Notengruppen betrachtend, die Linien, Halbkreise, Dreiecke und Zeichen, die man Schlüssel nennt, und all das, ohne dass ich einen Federstrich davon verstände oder den kleinsten Nutzen daraus ziehen könnte!

Meiner Vorliebe folgend musterte ich die Hefte, und das Allererste, das meine Aufmerksamkeit hervorrief, war, dass dieses Miserere, obgleich auf der letzten Seite das lateinische Wort ›Finis‹ geschrieben stand, was bei allen Arbeiten üblich ist, in Wirklichkeit doch nicht vollständig war, weil die Musik nicht weiter als bis zum zehnten Vers reichte.

Das war es jedenfalls, was meine Beachtung zuvörderst fesselte. Aber als ich mich dann ein wenig in die Notenblätter vertiefte, befremdete es mich, anstatt der italienischen Worte, die sonst immer gebraucht werden, um den Vortrag anzudeuten, wie ›maestoso‹, ›allegro ritardando‹, ›più vivo‹, ›al piacere‹, ein paar Zeilen zu bemerken, die mit winziger Schrift in deutscher Sprache geschrieben waren, und die einige Dinge verlangten, die kaum durchführbar sind. So zum Beispiel: »Klappern ... es klappern die Knochen, und es muss klingen, als dränge das Wehgeschrei aus ihrem Mark« ... Oder: »Die Saite muss heulen, ohne widrig zu tönen; das Metall soll dröhnen, ohne zu übertäuben; hier muss alles klingen, aber nichts zusammenklingen, und all das ist die Menschheit, die da weint und seufzt.« ... Die wunderlichste von allen Anmerkungen stand am Schluss des letzten Verses: »Die Noten sind Knochen, mit Fleisch bedeckt; ewiges, unauslöschliches Licht, die Himmel und ihre Harmonie ... Kraft! ... Kraft und Anmut« ...

»Wisst Ihr, was das bedeutet?« fragte ich den Alten, der mich begleitete, und übersetzte flüchtig diese Zeilen, die wohl ein Wahnsinniger geschrieben hatte.

Und der Greis erzählte mir diese Legende.

I.

Vor vielen Jahren, in einer stürmischen und dunklen Nacht, kam ein Pilger vor die Pforte der Abtei und bat um einen Platz am Herdfeuer, damit er sein Gewand trocknen könne, und um ein Stück Brot, seinen Hunger zu stillen, endlich um irgendein Obdach, wo er die Nacht überdauern dürfe: Er wolle mit Sonnenaufgang seinen Weg fortsetzen.

Der Bruder, dem er diese Bitte vortrug, gab dem Wanderer sein eigenes bescheidenes Nachtmahl, überließ ihm sein armseliges Lager und wies ihn zum flackernden Herdfeuer; als sich der Pilger von seiner Müdigkeit etwas erholt hatte, fragte er ihn nach dem Zweck seiner Pilgerfahrt und nach dem Ziel, dem er zustrebe.

»Ich bin ein Musiker,« erwiderte der Gefragte, »ich wurde sehr weit von hier geboren und war einmal in meinem Vaterland sehr berühmt. In meiner Jugend missbrauchte ich die Kunst zur Verführung und entflammte durch sie Leidenschaften, die mich zu einem Verbrechen hinrissen. In meinem Alter möchte ich die Begabung, die ich zum Bösen benutzt habe, zum Guten anwenden, durch dasselbe Heil suchend, das mich fast der Verdammnis anheimfallen ließ.«

Da die rätselhaften Worte des Unbekannten dem Verständnis des Laienbruders nicht ganz klar waren, begann seine Neugier immer größer zu werden und trieb ihn an, weiter zu fragen, worauf der Pilger Folgendes sagte:

»Ich beweinte in der Tiefe meiner Seele die Schuld, die ich begangen hatte, aber als ich versuchte, Gott um Barmherzigkeit anzuflehen, fand ich keine Worte, um meine Reue würdig auszudrücken – als eines Tages meine Augen zufälligerweise auf ein heiliges Buch fielen ... Ich öffnete es ... und auf einem seiner Blätter fand ich den urgewaltigen Aufschrei

wahrhafter Zerknirschung, einen Psalm Davids, der da mit den Worten beginnt: Miserere mei, Domine!
Seitdem ich diese Verse gelesen habe, ist es mein einziger Gedanke gewesen, eine musikalische Form zu finden, so hehr, so erhaben, um diese machtvolle Schmerzenshymne des königlichen Sängers zu übersetzen. Bisher habe ich sie nicht gefunden.
Aber wenn es mir gelingt, auszudrücken, was ich in meinem Herzen fühle, was ich verworren in meinem Haupt brausen höre, dann bin ich gewiss, ein Miserere zu schreiben, so ergreifend und wundersam, wie es bisher noch kein menschliches Ohr vernommen hat. Etwas so Zerknirschendes und Verzweifelndes, dass die Erzengel, sobald sie den ersten Akkord vernommen haben, mit Tränen in den Augen den Herrn anrufen werden: Barmherzigkeit! Barmherzigkeit ... Und der Herr wird sich seines armen Geschöpfes erbarmen!«
Hier schwieg der Pilger eine Weile, und dann, tief aufseufzend, fuhr er aufs Neue also fort. Der Laienbruder, einige Dienstleute der Abtei und zwei oder drei Hirten der Klostermeierei, die im Kreis um den Herd saßen, lauschten in tiefem Schweigen.
»Seither habe ich,« fuhr der Fremde fort, »ganz Deutschland, ganz Italien und den größten Teil dieses, was die religiöse Musik betrifft, so klassischen Landes durchpilgert, nirgends aber hörte ich ein Miserere, das mich begeistern könnte ... nicht eines ... nicht ein einziges ... und ich hörte so viele, dass ich wohl sagen darf, ich habe alle gehört!«
»Alle?« unterbrach ihn hier einer der Hirten. »Auch das Miserere der Montana?« »Das Miserere der Montana?« rief der Musiker mit dem Ausdruck des Staunens ... »Was ist das für ein Miserere?«
»Hab' ich's nicht gesagt,« murmelte der Hirt und fuhr in geheimnisvollem Ton fort: »Das ist ein Miserere, welches bloß diejenigen zufälligerweise hören, die, wie ich, Tag für Tag durch Gestrüpp und Felsentrümmer hinter den Herden herumsteigen. Es knüpft sich eine Geschichte daran, eine sehr alte Geschichte, aber just so wahr, wie unglaublich sie klingt!
Vor vielen Jahren nämlich – was sage ich: vor vielen Jahren! – Vor vielen Jahrhunderten stand im unwegsamsten Teil dieser felsigen Gebirgsrücken, welche den Horizont des Tals begrenzen, auf dessen Grund diese Abtei liegt, ein weitberühmtes Kloster. Dieses Kloster, in der Montana geheißen, hat, wie es scheint, ein Edelmann auf seine Kosten erbaut und zwar vom Vermögen, das er sonst seinem Sohn vermacht hätte, den er aber auf dem Sterbebett zur Strafe für seine Missetaten enterbte.

Bisher war alles in der Ordnung! Aber es geschah nämlich, dass dieser Sohn - der, wie ihr sehen werdet, ein rechter Teufelskerl war, wenn es nicht der Teufel selbst in menschlicher Gestalt gewesen ist, wohlwissend, die Mönche besäßen seine Güter, und die Burg sei in ein Kloster verwandelt worden - ein paar Schurken um sich sammelte. Genossen des sündhaften Lebens, das er seit dem Verlassen des väterlichen Hauses führte – und in einer Nacht, just am Gründonnerstag, als die Mönche auf dem Chor versammelt waren, und im Augenblick, als sie das Miserere anfangen wollten oder schon angefangen hatten, warf er mit seiner Rotte Feuer ins Kloster, plünderte die Kirche vollständig aus und ließ, wie man sagt, auch nicht einen einzigen Mönch am Leben!
Nach diesen Gräueln verschwanden die Gurgelabschneider und mit ihnen auch der Anstifter dieser Untat, niemand weiß, wohin ... vielleicht geradeswegs in die Hölle!
Die lodernde Glut verwandelte das Kloster in Schutt und Asche. Die Trümmer der Kirche stehen noch bis heute auf jener runden Bergkuppe, aus der ein Wasserfall entspringt, der, von Fels zu Fels hüpfend, schließlich ein Bächlein bildet, dessen Wellen die Mauern dieser Abtei umspülen.«
»Aber –,« unterbrach ihn ungeduldig der Musiker – »das Miserere!«
»Wartet nur,« erwiderte der Hirt mit großer Ruhe. »Alles zu seiner Zeit! Die Leute der Umgebung waren erbittert über diese Freveltat. Von den Vätern auf die Kinder und von den Kindern auf die Enkel vererbte sich deren Gedächtnis dadurch fort, dass sie mit Schaudern in langen Winternächten erzählt wird. Aber was sie am längsten in lebendiger Erinnerung erhält, ist, dass man in jedem Jahr, in derselben Nacht, in der das Kloster vom Feuer verzehrt wurde, durch die zertrümmerten Fenster der Kirche Lichter blinken sieht und ab und zu im Windeswehen Töne vernimmt, etwas wie eine seltsame Musik, wie düstere, schauerliche Trauergesänge ...
Das sind die Mönche, die wohl, da sie unvorbereitet gestorben sind, um ganz rein und frei von Schuld und Fehl vor den Thron des Herrn zu treten, nun aus dem Fegefeuer heraufsteigen, Gott um Barmherzigkeit anzuflehen und das Miserere zu singen.«
Die Anwesenden blickten einander ungläubig an; nur der Pilger, der von der Erzählung dieser Geschichte lebhaft erregt zu sein schien, fragte begierig den Erzähler:
»Und du sagst, dieses Wunder wiederhole sich noch jetzt?«
»In etwa drei Stunden beginnt es ganz bestimmt wieder ... ist doch heute Gründonnerstag, und die Turmuhr hat just acht geschlagen.«

»Und wie weit ist das Kloster von hier?«
»Nicht ganz anderthalb Meilen ... aber, was tut Ihr? ... Wohin geht Ihr in einer solchen Nacht?«
»Seid Ihr von Gott verlassen?« riefen alle, da sie sahen, wie der Pilger von der Bank aufstand und, seinen Stab ergreifend, zur Tür schritt.
»Wohin ich gehe? Ich will die wunderbare Musik hören, ich will dies große, das wahrhaftige Miserere hören, das Miserere jener, die nach dem Tod zur Welt zurückkehren, und die da wissen, was es bedeutet, in Sünden zu sterben!«
Und damit entschwand er dem erschrockenen Bruder und den nicht minder entsetzten Hirten aus den Augen.
Der Wind heulte und rüttelte mit wildem Getöse an der Tür, als strebe eine gewaltige Hand, sie aus den Angeln zu reißen; der Regen rann in Strömen hernieder, indem er an die Scheiben schlug, und von Zeit zu Zeit beleuchtete ein Blitzstrahl für einen Augenblick den ganzen Horizont, soweit eben das Auge blicken konnte.
Als sie sich vom ersten Schrecken erholt hatten, rief der Laienbruder:
»Er ist wahnsinnig! ...«
»Er ist verrückt!« wiederholten die Hirten und, die Glut aufs Neue schürend, setzten sie sich wieder rings um den Herd.

II.

Nach zwei oder drei Wegstunden gelangte der seltsame Mensch, den sie im Kloster für wahnsinnig erklärt hatten, am Ufer des Baches, dessen der Hirt gedacht hatte, stromaufwärts schreitend, an den Ort, wo die schwarzen, gewaltigen Ruinen des Klosters aufragten.
Der Regen hatte aufgehört, die Wolken flatterten am Nachthimmel in langen, schwarzen Streifen, an deren Säumen manchmal der schwache Strahl eines blassen, unbestimmten Lichtes aufblitzte, und der Wind stieß, sich gegen die mächtigen Pfeiler stemmend und durch die einsamen Kreuzgänge streichend, gleichsam klagende Seufzer aus. Aber daran war nichts Übernatürliches, nichts Wunderbares, das die Einbildungskraft hätte erregen können! Einem Menschen, der mehr als eine Nacht unter den Trümmern eines verfallenden Wartturms oder in einer einsamen Feste geschlafen, einem Menschen, der auf seiner langen Reise hundert und aber hundert Male dem Wetter getrotzt hatte, waren alle diese Geräusche bekannt.
Die Wassertropfen, die zwischen den zersprungenen Bogen hindurchrieselten und auf die Steinplatten fielen mit dem regelmäßigen Ton eines

tickenden Uhrpendels, der Schrei des Uhus, der versteckt unter dem Heiligenschein eines Märtyrers krächzte, das Rascheln der Eidechsen, die, durch das Unwetter aus ihrem Schlaf geschreckt, ihre unförmigen Köpfe aus den Schlupflöchern steckten oder zwischen dem Unkraut und den am Altar rankenden Brombeeren, zwischen den Fugen der Grabsteine auf dem Boden der Kirche herumhuschten – alle diese außergewöhnlichen und eigenartigen Laute des Waldes, der Einsamkeit und der Nacht drangen deutlich ans Ohr des Wanderers, der, auf einem verstümmelten Grabdenkmal sitzend, voll Ungeduld der Stunde harrte, in der das Wunder sich verwirklichen sollte.

Weile um Weile verrann, aber nichts ließ sich hören. Tausende von jenen verworrenen Tönen vereinigten sich fortwährend zu tausend verschiedenen Weisen ... aber immer mit demselben und gleichen Zusammenklang.
›Wenn er mich genarrt hätte!‹ dachte der Musiker ... doch im gleichen Augenblick hörte er einen neuen Ton. Einen an diesem Ort unerklärlichen Ton, ähnlich dem einer Uhr, einige Augenblicke, bevor sie schlägt ... den Ton sich drehender Räder, sich dehnender Stränge ... den Ton eines Schlagwerkes, das sich anschickt, seine mechanischen Kräfte zu gebrauchen ... und dann ... dann erklang das Schlagwerk ... zweimal ... dreimal ... elfmal ...
In der zerstörten Kirche gab es aber weder eine Uhr noch einen Turm ... Noch war der letzte von Echo zu Echo getragene Glockenschlag nicht verklungen, noch vernahm man seine Schwingungen durch die Lüfte erzittern, als die granitenen Baldachine über den Bildsäulen, die marmornen Altarstufen, die Quadern der Schwibbogen, die durchbrochenen Brustwehren des Chors, die kleeblattförmigen Verzierungen auf den Simsen, die schwarzen Strebepfeiler, der Estrich, die Wölbung, das ganze Innere des Gotteshauses sich wie von selbst allgemach erleuchtete, ohne dass man eine Fackel, Kerze oder Lampe erblickt hätte, die den ungewohnten Schimmer verbreitete.
Das Ganze ähnelte einem Skelett, dessen fahlweißlichen Knochen ein phosphorhaftes Licht entströmt, das durch die Düsterheit flimmert und schimmert wie ein blaues, unheimliches Flämmchen.
Alles schien sich zu beleben, aber mit Hilfe jener Bewegung, die beim Sterben mit krampfhaften Zuckungen das Leben nachäfft, plötzlichen ruckweisen Bewegungen, die weit schrecklicher sind als die Starrheit des Leichnams selbst, den nun eine unbekannte Kraft durchzuckt ...

Steine türmten sich auf Steine; ... der Altar, dessen zerbröckelte Reste vordem wüst durcheinanderlagen, stand unversehrt da, als habe der Künstler eben den letzten Meißelschlag getan, und zugleich mit dem Altar strebten auch die verfallenen Kapellen empor, die herabgestürzten Pfeiler, und die unabsehbaren Reihen der zertrümmerten Bogen bildeten, sich kreuzend und wunderlich durcheinanderschlingend, mit ihren Säulen ein porphyrnes Labyrinth.

Als das Gotteshaus in vollem Prunk dastand, ertönte auf einmal ein ferner Akkord, der vom Rauschen des Windes kaum unterschieden werden konnte ... der aber ein Zusammenklingen von fernen, tiefen Stimmen war, gleichsam aus der Erde hervordringend, immer stärker und stärker und mit jedem Augenblick deutlicher werdend.

Den waghalsigen Pilger begann Furcht zu beschleichen; ... aber seine Leidenschaft für alles Außergewöhnliche und Wunderbare rang mit der Furcht, und von jener ermutigt, richtete er sich vom Grab empor, auf dem er bisher gesessen, und beugte sich über den Rand des Abgrundes, über dessen Felsen der Wasserfall, mit unaufhörlichem grausigen Donner in die Tiefe stürzte ...

Und dem Mutigen sträubte sich das Haar vor Schauder.

Halb eingehüllt in die Fetzen ihrer Habite, mit zerrissenen Kapuzen, unter deren Falten die fleischlosen Kiefer und die weißen Zähne sich von den schwarzen Augenhöhlen der Schädel entsetzlich abhoben, sah er die Gerippe der Mönche aus dem Grund des Wassers heraufsteigen, in den sie dereinst von der Plattform der Kirche hinabgeschleudert worden waren ...

Sie krallten sich empor, indem sie mit den langen Fingern ihrer Knochenhände in die Felsenritzen griffen und so auf den Rand des Abgrundes hinaufkrochen ... wobei sie in tiefer Grabesstimme, mit dem Ausdruck herzzerreißenden Schmerzes den ersten Vers des Davidischen Psalmes sangen:

»Miserere mei, Domine, secundum magnam misericordiam tuam!« Erbarme Dich meiner, o Herr, durch Deine große Barmherzigkeit.

Als die Mönche in die Säulenhalle des Gotteshauses gelangt waren, ordneten sie sich in zwei Reihen und zogen ins Innere der Kirche, wo sie im Chor niederknieten und mit erhobener und feierlicher Stimme den Psalm weitersangen ...

Zugleich mit ihrem Gesang ertönte, sie begleitend, auch die Musik ... Und diese Musik war das verhallende Getöse des Donners, der, als das Gewitter vorüber war, sich grollend in der Ferne verlor; war das Brausen des Windes, der in den Schlünden des Gebirges stöhnte; war das einförmige Rauschen des von Fels zu Fels fallenden Wassersturzes ... und das durch die Risse sickernde Wasser ... und das Krächzen des versteckten Uhus ... und das Geraschel der unruhigen Echsen ...

All das zusammen bildete jene Musik und noch ein Etwas, das sich nicht begreifen, ja, nicht einmal erklären ließ, ein Etwas wie der Widerhall von Orgeltönen, welche die Verse der mächtigen Hymne des reuigen, königlichen Psalmisten begleiteten, mit so gewaltigen Klängen und Akkorden, wie es jene schrecklichen Worte selbst sind ...

Dann folgte der Gottesdienst ...

Dem Musiker, der all dem mit Schauder und Bewunderung lauschte, war es, als sei er dieser Welt entrückt, er glaubte, in jenem fantastischen Reich der Träume zu weilen, wo alle Dinge sich in nie gehörten und nie geschauten Formen zeigen ...

Eine furchtbare Erschütterung riss ihn aus der Betäubung, die sich all seiner Sinne bemächtigt hatte ... Seine Nerven zuckten unter dem Einfluss einer ungeheuren Aufregung, seine Zähne klapperten mit einem Beben, das er nicht zu unterdrücken vermochte, und ein Frost drang ihm bis ins Mark seiner Knochen.

Die Mönche sangen eben jene furchtbaren Worte des Miserere:

»In iniquitatibus conceptus sum; et in peccatis concepit me mater mea.«

In Missetaten bin ich gezeugt und in Sünden empfing mich meine Mutter.

Als dieser Vers verklungen war und von Wölbung zu Wölbung getragen im Echo nachsummte, erhob sich ein furchtbares Wehklagen, wie ein Schmerzensschrei aus der Brust der ganzen Menschheit im Bewusstsein ihrer Missetaten herausgeschleudert; ein Aufschrei voll Schauer, in dem alle Klagen des Elends sich mit dem Heulen des Verzweifelnden und den Flüchen und Lästerungen der Gottlosen vereinten – ein ungeheuerlicher Chorus aller jener, die in Missetaten empfangen worden sind ... und in Sünden dahinleben.

Der Gesang wurde fortgesetzt, bald dumpf und schwermütig, bald einem Sonnenstrahl gleich, der das Dunkel der Gewitterwolken durchbricht ... auf den Blitz des Schreckens folgte ein Blitz des Jubels, bis in plötzlicher Verwandlung das ganze Gotteshaus in himmlischem Licht erstrahlte ...

Das Gebein der Mönche bedeckte sich mit Fleisch; ein flammender Heiligenschein glänzte rings um ihre Häupter ... die Kuppel der Kirche barst, und über ihr sah man den Himmel, ein Weltmeer voll Licht und Glanz sich den Blicken der Gerechten öffnend ...

Die Seraphim ... Erzengel ... Engel und Heerscharen des Himmels begleiteten mit einer Jubelhymne den folgenden Vers, der zum Thron des Herrn emporstieg wie ein Strom von Harmonien, wie eine gigantische Wolke duftigen Weihrauchs:
... »Auditu meo dabis gaudium et laetitiam et exultabunt ossa humiliata«
... Meinem Gehör wirst Du Freude und Fröhlichkeit geben und frohlocken werden die erniedrigten Gebeine.
In diesem Augenblick beraubte jene blendende Glut den Pilger des Gesichts, in seinen Schläfen brannte und hämmerte es, vor seinen Ohren brauste es, und er sank besinnungslos zur Erde ... und hörte nichts mehr ...

III.
Am folgenden Tage gewahrten die friedsamen Mönche der Abtei von Fitero, denen der Laienbruder vom wunderlichen Besuch der verflossenen Nacht erzählt hatte, den fremden Wanderer, aschfahl und wie von Sinnen gekommen durch die Pforte eintreten ...
»Habt Ihr endlich das Miserere gehört?« fragte ihn mit einem Anflug von Spott der Laienbruder und warf einen verständnisvollen Blick auf seine Oberen ...
»Ja!« entgegnete der Pilger.
»Und wie hat es Euch gefallen?«
»Ich will es niederschreiben; gebt mir ein Obdach in Eurem Kloster,« fuhr der Fremde fort, indem er sich an den Abt wendete, »Obdach und Brot für einige Monate, und ich hinterlasse Euch ein unsterbliches Kunstwerk, ein Miserere, das meine Schuld vor Gottes Augen tilgen wird, mein Andenken verewigt und zugleich damit auch den Namen dieser Abtei!« ...
Die Mönche überredeten aus Neugier den Abt, diese Bitte zu erfüllen; endlich gab der Abt aus Mitleid, denn er hielt ihn für einen Wahnsinnigen, seine Einwilligung, und der Musiker ließ sich im Kloster nieder und begann sein Werk.
Tag und Nacht arbeitete er mit unermüdlichem Fleiß.
Mitten in der Arbeit hielt er inne, und es war, als horche er auf etwas, das in seiner Fantasie ertöne ... seine Augensterne erweiterten sich, er sprang vom Sessel auf und rief: »So ist es! Ja, ja! ... Kein Zweifel mehr ... so war es!«
Und von Neuem begann er wieder Noten zu schreiben, mit fieberhafter Hast, dass er oft von denen bewundert wurde, die ihn unbemerkt beobachten konnten.

Er hatte die ersten Verszeilen geschrieben und die folgenden, bis etwa an die Mitte des Psalmes, aber als er zum letzten gekommen war, den er in den Bergen gehört hatte, war es ihm unmöglich fortzufahren.
Er schrieb einen, zwei ... hundert, zweihundert Entwürfe, aber alles umsonst!
Seine Musik glich nicht der, die er in der Montana hörte, und der Schlaf fiel über seine Lider ... er aß nicht ... das Fieber entzündete seinen Kopf ... und er wurde wahnsinnig und starb endlich, ohne das Miserere zu vollenden, das die Mönche nach seinem Tod als Merkwürdigkeit aufbewahrt haben, und das bis heut im Archiv der Abtei liegt.«

***

Als der Greis seine Erzählung beendet hatte, konnte ich nicht umhin, meine Augen abermals auf die verstaubte, altertümliche Handschrift des Miserere zu werfen, die noch aufgeschlagen vor mir auf dem Tisch lag.
»In peccatis concepit me mater mea.«
Das war die Stelle, auf die mein Blick fiel ... und deren musikalischer Text mit seinen für den Laien unverständlichen Notenköpfen, Schlüsseln und Häkchen und Zeichen meiner zu spotten schien ...
Ich würde eine Welt darum geben, wenn ich diese Hieroglyphen lesen könnte!
Wer weiß, ob sie dem wirklichen Wahnsinn entsprungen sind?! ...

DER UNTERGANG DER CARNATIC

VON AUGUST JUSTUS MORDTMANN

Kapitän Clifford, unser Kapitän, war mit seiner Jugendgeliebten Fanny, der er mit unbeschreiblicher, von ihr leidenschaftlich erwiderter Liebe zugetan war, seit zwei Jahren verheiratet, als er, von ihr begleitet, auf seinem damaligen Schiff, der englischen Bark »Carnatic«, eine Reise von Rio de Janeiro nach Batavia antrat. Das Unglück wollte, dass das Schiff, dessen Reise in die schlechte Jahreszeit fiel, durch anhaltende nördliche Stürme weit von seinem eigentlichen Kurs nach Süden verschlagen wurde und dem Gürtel des antarktischen Treibeises näher kam, als rätlich ist. Bald war die »Carnatic« von Eisbergen und Eisfeldern umgeben, die ihre Fahrt immer gefährlicher gestalteten. Anstatt sich aus dem Eis herauszuarbeiten, gerieten sie durch den andauernd ungünstigen Wind immer tiefer hinein; nach einer kalten und stürmischen Nacht war das Schiff zwischen Schollen von fast unübersehbarer Ausdehnung geraten, die sich zusammenpressten und das Schiff hoben, so dass es, ohne im Übrigen Schaden zu nehmen, festsaß; es war, da starker Frost eintrat, bald vollkommen eingefroren und zu jeder Bewegung unfähig; wohin es die Eismasse, an die es festgeschmiedet war, trieb, musste es willenlos folgen.

Ein Bleiben auf dem Schiff würde nur das Verderben der ganzen Mannschaft in Folge gehabt haben; der vom Kapitän zusammenberufene Schiffsrat entschied sich einstimmig für das Verlassen der Bark.

Die beiden Boote wurden mit großer Anstrengung über mehrere hundert Fuß der unteren Eisfläche in offenes Wasser gebracht und mit Kompass, Wasser und Mundvorräten versehen. Dann brach man auf. Das Boot, welches zuerst abfahren sollte, wurde unter den Befehl des Steuermanns gestellt, und in ihm sollte die Frau des Kapitäns Aufnahme finden, weil es größer war und mehr Bequemlichkeiten darbot als das andere, das der Kapitän in Person führen wollte.

Als die Mannschaft des ersten Bootes fort war, schickte Kapitän Clifford die des zweiten nach und beeilte sich, nachdem er das Schiffsjournal an sich genommen und noch einmal im Raum nachgesehen hatte, ihnen zu folgen, weil von Süden her eine unheimliche weiße Wand heranrückte, einer jener Nebel, die in Polargegenden oft einfallen und so außerordentlich dicht sind, dass man tatsächlich auf drei Schritt Entfernung nichts mehr unterscheiden kann. Als der Kapitän sich über den Bug der »Carnatic« hinabließ, war es die höchste Zeit, denn schon umhüllte ihn der Nebel; er war froh, als er in der undurchdringlichen, lichtlosen Luft sein Boot erreichte und die fünf Mann, die außer ihm die Besatzung ausmachten, beisammen fand. Das andere Boot war schon fort, aber niemand hatte es abfahren sehen. Man steuerte in dem dichten Nebel nordwärts, immer nach dem größeren Boot ausschauend, aber man bekam es nicht wieder zu Gesicht. Den ganzen Tag und die ganze Nacht setzte man die düstere Fahrt fort, und als der Morgen graute, sprang ein heftiger Südostwind auf, der den Schiffbrüchigen viel zu schaffen machte, aber wenigstens das Gute hatte, dass er den Nebel vertrieb. Gegen Mittag flaute der Wind ab; bald darauf schimmerte durch die einförmig graue Masse der erste Fetzen blauen Himmels, er dehnte sich immer weiter aus, und nach einer halben Stunde lagen heller Sonnenschein und heitere Himmelsbläue auf den unruhig wogenden und mit leichten Schaumspitzen gekrönten Meeresfluten.

Vom Eis war weit und breit nichts mehr zu sehen, dagegen wurde ein anderer, erfreulicherer Anblick der Bootsmannschaft zuteil: in einer Entfernung von etwa zwei Seemeilen lag eine Brigg unter kleingemachten Segeln bei; sie mussten dort an Bord guten Ausguck halten, denn kaum war das Schiff in Sicht gekommen, als dieses auch schon Manöver einleitete, um sich ihnen zu nähern.

Kapitän Clifford schloss daraus, dass die Brigg das erste größere Boot schon aufgenommen haben müsse und, von diesem benachrichtigt, nach dem zweiten ausgeschaut habe. Das erwies sich auch als richtig, denn der erste, der Clifford, als er, als der letzte seiner Leute, hinaufgeklettert war, auf dem Verdeck der Brigg entgegentrat, war sein Steuermann.

Aber trotzdem erstarrte dem Kapitän beim Anblick seines Untergebenen das Blut in den Adern; das Antlitz des Steuermanns war totenbleich und vor Schreck verzerrt, der Kapitän musste sich an der Reling halten, um nicht umzufallen, als der Maat mit heiserer Stimme fragte:

»Wo ist denn Ihre Frau, Kapitän? Haben Sie sie nicht bei sich?«

»Ich!? Meine Frau? Sie war doch in Ihrem Boot!«

»Allmächtiger Gott – nein!« Die übrigen Matrosen drängten sich mit verworrenen Rufen und schreckensbleichen Gesichtern um Steuermann und Kapitän. Denn die wunderliebliche Frau Fanny Clifford war für sie alle wie ein höheres Wesen gewesen, das sie abgöttisch verehrten. Man hatte sie das Glück der »Carnatic« genannt.

Aus den unzusammenhängenden Worten, den Rufen und dem in abgebrochenen Sätzen gestammelten Bericht des Steuermanns kam sehr rasch die niederschmetternde Wahrheit zutage: Die Frau des Kapitäns, der allgemeine Liebling, war an Bord des im Eis eingeschlossenen Schiffes zurückgeblieben, allein, hilflos, einem sicheren Tod preisgegeben.

Der Zusammenhang, so unerklärlich er anfangs schien, war doch im Grunde sehr klar und einfach.

Frau Clifford war mit der Mannschaft des ersten Bootes bis an den Rand des Eises gegangen, als sie aber abfahren wollten, bemerkte sie den heraufziehenden Nebel, und ihr, der erfahrenen Frau des Seemanns, war alsbald klar, dass eine Trennung der Boote nicht nur möglich, sondern vollkommen gewiss sei. »Ich bleibe bei meinem Mann!« rief sie entschlossen und sprang wieder auf das Eis zurück. Allen erschien das so natürlich, dass niemand sich getraute, sie zurückzuhalten.

Die Mannschaft des zweiten Bootes war noch nicht eingetroffen; die Frau winkte dem Steuermann zum Abschied zu und rief: »Ich gehe ih-

nen entgegen! Fahrt ab!« Das Boot stieß denn auch ab und war nach wenigen Sekunden Fahrt bereits so von Nebel eingehüllt, dass sie das Eis und alles darauf Befindliche aus dem Gesicht verloren.
Das war das Letzte, was man von ihr gesehen hat. Sie muss in dem dichten Nebel ihren Weg verfehlt haben und in einiger Entfernung an dem Kapitän und seiner Mannschaft vorbeigekommen sein, ohne sie zu bemerken oder von ihnen bemerkt zu werden. Dies war umso eher möglich als durch das Gewirr von Eisblöcken und Schollen zwei, wenn auch raue, doch gangbare Wege vom Schiffe zu dem Eisrand führten, die zum Teil in nicht unerheblicher Entfernung voneinander verliefen.
Den Seelenzustand des unglücklichen Kapitäns kann man sich vorstellen; er war wie wahnsinnig und wollte durchaus über Bord springen und den tollen Versuch machen, das Eis schwimmend zu erreichen; nur mit Anwendung von Gewalt gelang es, ihn zurückzuhalten. Der Kapitän der Brigg war von diesem furchtbaren Verhängnis so ergriffen, dass er mehr tat, als er eigentlich seinen Reedern gegenüber verantworten konnte. Er wich von seinem Kurs ab und steuerte südwärts, bis man das Treibeis erreichte; hier kreuzte er zwei Tage, aber ohne Erfolg; die »Carnatic« wurde nicht gesehen, und der Brigg war es ohne Gefahr, der ihr Kapitän sie nicht aussetzen durfte, unmöglich, durch den Gürtel des losen Treibeises bis zum festen Eis vorzudringen; sie musste unverrichteter Sache ihren alten Kurs wieder aufnehmen.
Die Verzweiflung Cliffords hatte einem stumpfen Dahinbrüten Platz gemacht, das noch ergreifender und entsetzlicher war als die wilden Schmerzensausbrüche, denen er sich anfänglich hingegeben hatte. Erst als man sich Kapstadt näherte, trat in diesem Zustand eine Änderung ein; Clifford wurde wieder etwas redseliger, seine umdüsterte Miene nahm einen ruhigen, sinnenden, man möchte sagen, fernschauenden Ausdruck an; er hatte das Wesen eines Mannes, der sich zu einer festen Überzeugung und zu einem unabänderlichen Entschluss durchgerungen hat.
In Kapstadt rüstete Clifford einen kleinen Schoner aus, mit dem er auf eigene Faust eine Suchmission zu den antarktischen Gewässern unternahm; seine Frau, davon war er unerschütterlich überzeugt, lebte noch, und nach dieser Überzeugung handelte er. Seine gesamte Mannschaft blieb ihm treu und begleitete ihn. Die Reise war erfolglos, obgleich sie tollkühn und entschlossen allen Gefahren trotzten, um die mit schwimmendem Eis bedeckten Gewässer in allen Richtungen zu durchforschen. Man kehrte erst um, als die Proviantvorräte vollständig aufgezehrt waren.

Noch einmal wiederholte Clifford den Versuch – abermals vergebens. Dann aber waren seine Mittel erschöpft, und er musste das in den Augen jedes Verständigen aussichtslose Unternehmen aufgeben. Wenn ich sage: Jedes Verständigen, so sind darunter die Mannschaften Cliffords nicht mit einbegriffen. Er selbst ist ja unzurechnungsfähig und hat dafür eine gewichtige Entschuldigung, aber es ist und bleibt eine sehr merkwürdige Geschichte, dass seine fixe Idee auf eine so nüchterne und erfahrene Schar von Leuten wie seine ehemaligen und jetzigen Offiziere und Mannschaften ansteckend gewirkt hat. Denn, um das hier zu erwähnen, die Leute, die jetzt auf dem Schiff »Lady Godiva« dienen, sind noch immer dieselben, die auf der »Carnatic« gewesen sind, und sie alle, Mann für Mann, teilten den ungebrochenen Glauben ihres Kapitäns, dass sie eines Tages doch noch die »Carnatic« und Frau Fanny Clifford wiederfinden würden. Darum nahmen sie nur Dienst auf Schiffen an, deren Dienst sie in die südlichen Teile des Atlantischen und des Indischen Ozeans führte. Sogar der Steuermann war geblieben; er hätte längst selbst Kapitän sein können, aber er verließ seinen alten Vorgesetzten nicht und machte dessen Torheiten mit.

Der Steuermann hat mir diese ganze Geschichte erzählt, und sein fester Glaube an die Illusion des Kapitäns rührte wohl daher, dass er ein Norweger und, wie viele seiner Landsleute, eine mystisch veranlagte Natur ist. Ole Johannesen hatte einen ganzen Abend auf seiner Wache mit mir darüber gesprochen und, was ich offen bekenne, meinen ursprünglichen Skeptizismus stark erschüttert.

Allerdings nicht durch einen Umstand, auf den er selbst viel Wert legte und auf dem des Kapitäns festgewurzelte Überzeugung in erster Linie beruhte, Träume nämlich, die sich oft wiederholten und ihm immer seine Frau an Bord der eisumschlossenen »Carnatic« zeigten. Das war natürlich bare Torheit und lediglich Verwechslung von Ursache und Wirkung. Die »Carnatic« war, als sie verlassen wurde, noch vollkommen dicht und seetüchtig. Man konnte daher, wenn sie in offenem Wasser triebe, damit rechnen, dass sie trotz ihres Mangels an jeglicher Besatzung nicht gleich verunglücken würde. Denn es ist eine beinahe unglaubliche Tatsache, aber doch eine durch zahlreiche Vorkommnisse mit absolutester Sicherheit verbürgte Tatsache, dass, während die geschickteste und achtsamste Handhabung eines seetüchtigen Schiffes dieses nicht immer vor Katastrophen zu bewahren vermag, andere Fahrzeuge, die, dem Untergang nahe, von ihrer Mannschaft verlassen wurden, danach nicht etwa Tage und Wochen, sondern monate- und

jahrelang einsam auf dem Ozean umhergetrieben sind und allen Stürmen Trotz geboten haben. Eine eigentümlich berührende und beinahe unheimliche Vorstellung, diese leblosen, ziellosen, zwecklosen Wesen, die in Sturm und Gewitter, in Wogengetümmel und Brandungsschaum ihr geheimnisvolles Treiben mit größerer Sicherheit fortsetzen als ihre von Menschenhand gelenkten Genossen, – trotz ihrer unleugbaren Realität wahrhafte Schiffsgespenster!
Die »Carnatic« war nun allerdings im Eis eingefroren und daher mancherlei Gefahren ausgesetzt, die sie in freiem Wasser nicht bedrohen mochten. Aber sie waren nicht so schlimm, wie man glauben könnte. Das Eisfeld, auf das sie gehoben war, hatte eine große Ausdehnung, so dass die schlimmste Gefahr in arktischen Gewässern, ein Zusammenstoß mit anderen Eisbergen, die in ihrem Fall das Schiff zertrümmern würden, eine sehr fernliegende Eventualität war. Vielmehr musste diese eisige Umklammerung eher als eine Art Schutzwall dienen, der erst mit ihrer Zerstörung aufhören konnte, wirksam zu sein. Nach dem wahrscheinlichen Verlauf der Dinge war diese Gefahr so gering, dass man sie berechtigterweise ganz außer Betracht lassen konnte.
Da nämlich die »Carnatic« bei den verschiedenen Expeditionen nicht aufgefunden worden war, so wurde die Annahme aus gutem Grund getroffen, dass sie mit ihrem zwar ungemein ausgedehnten, aber doch noch treibenden Eisfeld noch weiter südwärts in den Gürtel des festen Eises geraten und dort vollkommen eingefroren war. Die letzten Winter waren ungewöhnlich streng, die Sommer kalt und unfreundlich gewesen; ein milderer Winter und ein früher Sommer würden das feste Eis wegschmelzen und die »Carnatic« befreien; sie würde ins Wasser sinken und von den vorherrschenden Strömungen nordwärts getrieben werden.
Gegen diese Ausführungen Johannesens hatte ich nicht viel einzuwenden. Der einzige Einwurf, den man mit Recht erheben konnte, dass nämlich die Dinge wirklich so vor sich gegangen sein könnten, dass sie aber der höchsten Wahrscheinlichkeit nach sich nicht so, sondern anders gestaltet hätten, ist ja einem Fanatiker gegenüber unnütze Wortverschwendung. Er würde nie einsehen wollen, dass mit einer Chance gegen hundert zu wetten Torheit ist. Ein Bedenken jedoch konnte ich nicht unterdrücken. Ich fragte Johannesen:
»Nach Ihren Mitteilungen ist der traurige Vorfall vor ungefähr drei Jahren passiert, nicht wahr?«
»Genau drei Jahre und fünf Monate.«

»Wie wird, angenommen, dass alles so verlief, wie Sie sich vorstellen, Frau Clifford sich während dieser langen Zeit ernähren?«
Da kam ich aber schön an! Johannesen lachte gerade hinaus. »Wir hatten,« so widerlegte er meinen Einwand, »für unsere gesamte Mannschaft für ein Jahr Proviant an Bord; davon war höchstens ein Viertel verbraucht, mit dem Rest könnte ein starker Esser über zehn Jahre leben.«
Ich schwieg. Wie ich schon vorhin bemerkt habe, die Zuversicht dieser wackeren Leute hat mich angesteckt. So unterdrückte ich meine Besorgnis, Fanny Clifford könnte der Kälte erlegen sein oder in einem Anfall leicht begreiflicher Verzweiflung Hand an sich gelegt haben. Die Antwort würde lauten: ›Das könnte sein, aber es müsste nicht sein.‹ Und haben sie nicht recht?
Übermorgen fuhren wir von hier weiter. Ich war von derselben unvernünftigen und fieberhaften Spannung ergriffen wie meine Schiffsgenossen; es sollte mich nicht wundern, wenn eines schönen Morgens die »Carnatic« vor uns auftauchte, eine weiße Gestalt an der Brüstung stehend, die uns zuwinkte!...«

***

Das Abenteuer des Kapitäns Clifford hat ein so hochdramatisches Ende genommen, dass ich noch jetzt nicht ohne die tiefste Erschütterung daran denken kann. Bis in meine Träume hinein verfolgt mich das Erlebnis, und ich fahre in Schweiß gebadet und an allen Gliedern zitternd auf, wenn ich noch einmal sehe und höre, was ich dort sehen und hören musste.
Die Eisverhältnisse waren heuer einer solchen Unternehmung ganz besonders günstig. Alle Nachrichten stimmten darin überein, dass das Treibeis im verflossenen Winter weit tiefer im Süden zurückgeblieben sei als in gewöhnlichen Jahren; zudem war der Lenz ausnahmsweise früh eingetreten; man durfte also mit Sicherheit damit rechnen, dass wir dem Pol näherkommen würden, als sonst möglich war.
Unter diesen Umständen wuchs die Spannung an Bord unserer »Lady Godiva« mit jeder Stunde, und als eines Mittags der Kapitän mit heiserer Stimme und vor Aufregung bleichem Gesicht ankündigte, wir hätten heute den Breitegrad erreicht, da ging es durch uns alle wie ein Erschauern. Ich war überzeugt, der Fürsprecher der allgemeinen Stimmung zu sein, indem ich Clifford die Hand reichte und sagte: »Nun, Gott helfe uns, Kapitän. Sind wir einmal so weit, so wollen wir nicht eher ruhen,

als bis wir sie gefunden haben.« Alle drängten sich um uns, und wir schüttelten uns die Hände; Clifford konnte vor Rührung kaum ein Wort des Dankes hervorbringen, und mir standen die hellen Tränen in den Augen.

Noch segelten wir südwärts, und diesen Kurs änderten wir erst am nächsten Tag, als wir in die Nähe des festen Packeises kamen; wir hielten Ausguck und betrachteten es als ein günstiges Zeichen, dass das lästige und gefährliche Treibeis nur in äußerst geringer Menge auftrat. Der Bug des Schiffes wurde jetzt nach Osten gerichtet, und wir blieben, soweit es ohne Gefahr geschehen konnte, dicht an der Grenze des Eises. Nachts wurden die Segel beschlagen, und wir legten bei, damit wir nicht etwa in der Dunkelheit an der »Carnatic« vorbeifuhren.

So waren wir drei Tage gesegelt und hatten dabei auch den Längengrad erreicht, unter dem die eingefrorene »Carnatic« gelegen hatte. Wir fuhren unmittelbar über den Fleck hinweg, wo sie gelegen haben musste, und obgleich die Sonne bei heiterer Luft hell schien und weit und breit keine Spur von einem Schiff zu sehen war, hatten wir doch alle ein Gefühl, wie man es haben mag, wenn man die Nähe eines Geistes ahnt. Wir warfen das Blei und hatten bei hundertzwanzig Faden Grund; der Talg am unteren Ende des Bleies brachte Kies und Sand herauf; hier lag kein versunkenes Schiff.

Am nächsten Morgen winkte mir der Steuermann Ole Johannesen zu, um mir heimlich etwas mitzuteilen. Sein Gesicht war aschfahl. »Ich will's dem Alten nicht sagen,« flüsterte er mir zu, indem er auf den Kapitän zeigte, der mit einem Fernrohr den ganzen Horizont absuchte. »Aber Sie sollen es wissen, weil Sie von uns allen der Ungläubigste sind. Merken Sie sich meine Worte, und denken Sie daran, wenn Sie wieder zweifeln wollen: Heute Nachmittag werden wir die »Carnatic« sichten.«

Ich starrte den Mann mehr erschrocken als ungläubig an.

»Ja, Sie werden es erleben,« fuhr Johannesen fort. »Ich bin heute Nacht aufgewacht, und da habe ich es gesehen. Die »Carnatic« schwimmt noch, und in wenigen Stunden werden ihre Masten am Horizont auftauchen – dort im Nordosten – und dann ...«

»Sie haben geträumt, Mensch,« sagte ich. »Das ist der Alb – da bildet man sich ein, dass man wacht, und in Wirklichkeit schläft man ...«

»Na ja, wie Sie meinen,« erwiderte Johannesen gleichmütig. »Wir werden ja sehen. Passen Sie nur auf, wie's kommt. Ich habe deutlich den Namen »Carnatic« am Bug gesehen – so nahe war ich heran.«

»Und die Frau des Kapitäns?«

»Davon weiß ich nichts. Das Gesicht erlosch mit dem Augenblick, da wir das Boot aussetzten. Aber aus dem Nebel ist dann noch ein anderes Bild aufgestiegen ...« Er neigte sich zu mir und flüsterte mir etwas ins Ohr, was mich bis an die Lippen erbleichen ließ.

Das Mittagessen ging sehr schweigsam vorüber; Clifford war von einer Unruhe erfasst, als habe er ebenso wie Johannesen eine Ahnung, dass die Erfüllung seiner Wünsche unmittelbar bevorstehe. Kaum hatte er einige Löffel Hühnersuppe gegessen, als er aufstand und, mich mit einem Blick wegen seiner Rastlosigkeit um Entschuldigung bittend, wieder auf das Verdeck eilte. Johannesen sah ihm gedankenvoll nach und nickte.

»Wir haben noch eine Stunde Zeit,« sagte er. »Lassen Sie uns essen; wer weiß, ob wir nachher noch Appetit haben!«

Trotzdem beeilten auch wir uns nach Möglichkeit und folgten dann dem Kapitän nach oben. Merkwürdig! Die gesamte Mannschaft war von demselben Fieber verzehrender Ungeduld ergriffen und stand vollzählig an Deck, vom Bug und über das Bollwerk nach Nordosten blickend.

Vier Glasen zum Zeichen der abgelaufenen vollen Stunde schlug der Mann am Steuer an; es war ein Uhr nachmittags. Das Fieber meiner Erwartung war auf einen unerträglichen Grad gestiegen. Noch eine Viertelstunde verging, während der wir eher einer Versammlung von Trappisten als von redenden Menschen glichen, und dann ertönte vom Mastkorb herunter der Ruf: »Schiff ahoi!«

Ein Schiff in diesen Breiten! Es konnte kein anderes sein.

Johannesen stand bei mir – stumm sahen wir beide uns an – jedem war der letzte Blutstropfen aus dem Gesicht gewichen.

»Wo?« rief der Kapitän hinauf.

Der Mann wies mit der Hand nach links und vorn, Clifford sprang ans Steuer und drehte selbst das Rad, bis der Bug des Schiffes gerade zu dem Himmelsstrich wies, wo unser Ausguck das Schiff gesichtet hatte.

»So – stetig!« unterwies Clifford den Mann am Steuer. »Nord-, Nordwesten – 2 West ...«

»Ay, ay,« erwiderte der Matrose.

Der Kapitän nahm nun sein Fernrohr und stieg selbst in den Mastkorb hinauf. Johannesen und ich mochten ihm nicht folgen, denn es war in Cliffords Gesicht etwas, was uns zurückhielt.

Fünf Minuten sah der Kapitän unausgesetzt zu der Gegend, wo das fremde Schiff sichtbar war; dann schob er das Fernrohr zusammen, sah noch einmal zu den Segeln, von denen wir alle führten, die wir nur führen konnten, und kam langsam und oft haltmachend herunter.

»Es ist ein Dreimaster,« sagte er. »Und es ist – ich kenne ihn – es ist die »Carnatic«. Ja, ich kenne sie – sie ist es.«

Und nun zuckte es plötzlich in seinem bis dahin starren Gesicht, und die Tränen stürzten ihm unaufhaltsam aus den Augen; er nahm seine Mütze ab und hielt sie, wie betend, in den gefalteten Händen vor das Gesicht. Von den Matrosen wischten sich einige mit dem Ärmel über die Augen, andere starrten unverwandt ins Weite – die Masten knarrten, der Wind pfiff im Tauwerk – sonst war es an Bord der »Lady Godiva« still wie in einer Kirche.

Das Kielwasser schäumte und gurgelte hinter unserem Heck in schnurgerader Linie – der Steuermann hielt die Richtung mit eiserner Kraft inne – nach einer Viertelstunde konnte man die drei Mastspitzen mit bloßem Auge erkennen – noch eine Viertelstunde weiter, und wir sahen, dass der Fremde segel- und steuerlos in der Dünung schlingerte.

Das Boot wurde hergerichtet, um gleich zu Wasser gelassen zu werden, sobald wir dem verlassenen Schiff so nahe gekommen sein würden, dass eine weitere Annäherung gefährlich wurde.

Es war fast keine Überraschung mehr für uns, als wir nach Ablauf von anderthalb Stunden den vom Wetter hart mitgenommenen Rumpf so weit unterscheiden konnten, dass sein Zustand das jahrelange Verlassensein des Dreimasters zur Gewissheit machte. Nun drehte sich der Rumpf schwerfällig ein wenig, und der letzte Zweifel schwand: dort stand es in verblichenen goldenen Buchstaben: »Carnatic«.

Ein Bild trostloser Öde und Melancholie war das unglückliche Schiff, dessen Planken von Farbe entblößt waren, dessen Segelbruchstücke, in kurze Fetzen zerrissen, an den Rahen hingen, dessen Taue und Wanten jene Lockerung aufwiesen, die dem Auge des sorgsamen Seemanns ein so widriger Anblick ist. Wir waren so nahe, dass wir das Knarren der Masten und das Knirschen der rostigen Ruderketten hören konnten.

Das Boot wurde bemannt, Kapitän Clifford, Ole Johannesen, sechs Matrosen und ich stiegen ein, und wir ruderten zu dem Schiff hin. Während der ganzen Fahrt wurde kein Wort gesprochen.

Für einen Nichtseemann wäre es schwierig gewesen, auf das Verdeck des ziemlich hoch aus dem Wasser aufragenden Schiffes zu gelangen, da keine Treppe und kein Tau hinaushingen; Johannesen aber und der Kapitän kletterten ohne große Mühe voran, und der erstere half mir hinauf; als ich fröstelnd und aufgeregt vom Bollwerk auf das Deck sprang, war der Kapitän schon die Kajütentreppe hinuntergeeilt; wir folgten langsamer. Zwei der Matrosen, die ebenfalls an Bord geklettert waren, begaben sich in den Raum und in das vorgelegene Mannschaftslogis, um auch diese Örtlichkeiten zu durchsuchen.

In der Kajüte fanden wir nichts, auch im Schlafzimmer des Kapitäns nichts; das Suchen der Matrosen blieb ebenfalls erfolglos; stundenlang setzten wir unsere Nachforschungen fort, und wir würden nun das Schiff wieder verlassen haben, wenn uns nicht ein eigentümlicher und unheimlicher Umstand zurückgehalten hätte.

Die Luft in der Kajüte und im Mannschaftslogis war dick und muffig, wurde aber, da wir alle Türen und Luken öffneten, bald besser. Und nun merkten wir, dass ein beängstigendes Gefühl, das wir in der Kajüte nicht loswerden konnten, nicht, wie wir anfänglich geglaubt hatten, der schlechten Beschaffenheit der Luft, sondern etwas anderem zuzuschreiben war. Während uns auf dem Verdeck und in allen übrigen Räumlichkeiten des Schiffes nichts auffiel, hatten wir in der Kajüte ein beklemmendes Gefühl, vor dem sich mir die Haare sträubten.

»Wie geht es Ihnen hier?« fragte mich Johannesen, und ich las in seinen Augen, welche Antwort er erwartete.

»Wie Ihnen, Maat,« erwiderte ich. »Ich sehe niemand, aber ...«

»Es ist außer uns noch jemand da,« vollendete Johannesen den Satz.

Das war es, und wir merkten Clifford an, dass es ihm ebenso gehe wie uns. Darum ließen wir mit Suchen nicht nach und suchten an den unmöglichsten Stellen und an solchen, wo wir schon gesucht hatten, immer wieder. Die Sonne stand schon tief am Horizont, als wir endlich, voll müder Traurigkeit, unsere Bemühungen aufgaben. Der Kapitän bedeutete uns, dass er jetzt noch einmal in die Kajüte gehen wolle, um nachzusehen, was von dort zu bergen der Mühe wert sei. Wir wussten aber, dass dies nur ein Vorwand sei und Clifford noch einmal allein und ungestört an dem Ort sein wollte, wo er so lange mit seinem Weib glücklich gewesen war; wir achteten dies Gefühl und blieben oben an der Treppe stehen.

Zwei Minuten mochten verstrichen sein, da hörten wir einen lauten Schrei und stürzten hinunter. Indem wir in die Kajüte eintraten, sahen wir deutlich, wie die Tür zu einer der Seitenkabinen zugeschoben wurde.

Ein einfacher und doch grauenhafter Umstand! Denn außer uns und dem Kapitän war kein irdisches Wesen im Zimmer.

Doch etwas anderes nahm unsere Aufmerksamkeit zunächst in Anspruch. Der Kapitän saß starr und regungslos auf dem Sofa. Er war tot. In der Hand hielt er einen Fetzen bunten Wollenzeuges, seine offenen

Augen trugen den Ausdruck des Entzückens, sein Antlitz war wie zu einem freudigen Lächeln verzogen.
Johannesen und ich drückten uns wortlos die Hand.
Denn das war es, was wir – soll ich sagen gefürchtet oder vielmehr nicht gewünscht hatten, seit wir Johannesens Vision kannten. Er hatte nämlich gesehen, wie man die Leiche des Kapitäns nach Seemannsart in das Meer versenkte. Doch waren damit die grauenhaften Umstände noch nicht erschöpft.
Der Schrei, den wir oben gehört hatten, war ein weiblicher gewesen. Und in der Kabine, deren Tür vor unseren Augen zugeschoben worden war, fanden wir, als wir endlich den Mut fassten, einzutreten, eine zur Mumie eingetrocknete weibliche Leiche, die trotz der seit ihrem Tod verstrichenen langen Zeit von Johannesen und den Matrosen als Frau Fanny Clifford erkannt wurde. Sie trug ein buntes, wollenes Kleid, dem am Ärmel das abgerissene Stück fehlte, das wir in Cliffords Hand gefunden hatten.
Noch eins darf ich nicht unerwähnt lassen; jene Kabine war von uns wie jeder andere Raum des Schiffes vorher genau durchsucht worden, ohne dass wir darin eine Spur von Frau Clifford gefunden hätten. Von Entsetzen gepeitscht, hatten wir nur den einen Gedanken, von dem unheimlichen Schiff so rasch wie möglich fortzukommen. Wir ruderten zu der »Lady Godiva« zurück, und erst nach geraumer Zeit hatten wir die uns gewordenen Eindrücke so weit überwunden, dass wir, unserer Pflicht gegen die Toten eingedenk, noch einmal an Bord der »Carnatic« zurückkehrten, um den Verstorbenen ein christliches Begräbnis zuteilwerden zu lassen.
Wir holten die Leiche des Kapitäns zu uns an Bord und bahrten sie in der Nacht in der Kajüte auf, nachdem wir sie in Segeltuch eingenäht und eine eiserne Kugel an ihren Füßen befestigt hatten.
Meine Anregung, auch die verstorbene Frau des Kapitäns in gleicher Weise für das Begräbnis vorzubereiten, war auf den nicht unfreundlichen, aber darum nicht weniger hartnäckigen Widerstand der Seeleute gestoßen.
Keiner wollte, um die Leiche zu holen, an Bord des verfluchten Schiffes zurückkehren. Alle meine Vorstellungen und Bitten waren vergebens; ich nahm mir vor, diese am nächsten Morgen zu wiederholen, aber was in der Nacht geschah, berührte mich derartig, dass ich selbst um alle Schätze der Welt nicht auf die »Carnatic« zurückgekehrt wäre.
Ich war nämlich, wie wir alle, lange wach geblieben, und kurz vor dem

Schlafengehen wurde ich noch einmal von Johannesen auf das Deck hinaufgerufen, um etwas zu sehen, was die gesamte, auf dem Hinterdeck stehende Mannschaft mit Staunen und Grausen erfüllte. Die »Carnatic« trug die vorgeschriebenen Lichter, grün an Steuerbord und rot an Backbord, und die Kajütenfenster waren hell erleuchtet. – Ich habe die ganze Nacht kein Auge zugetan.

Und doch sollte auch mit diesem nächtlichen Spuk noch nicht die letzte Szene dieser furchtbaren Tragödie gekommen sein. Als wir die Leiche des Kapitäns über die Reling in ihr nasses Grab hinabgleiten ließen, erhob sich, unser stilles Gebet unterbrechend, plötzlich ein gemeinsamer Ruf aus allen Kehlen. Die »Carnatic«, die nur wenige Kabellängen von uns entfernt dahintrieb, neigte sich ohne ersichtliche Ursache stärker als bisher erst nach Backbord und darauf nach Steuerbord und schoss dann jählings, mit dem Bug voran, in die Tiefe. Die Wellen liefen in wirbelnden Strudeln über der Stelle seines Untergangs zusammen, der Schaum spritzte in die Luft, die »Lady Godiva« schwankte in den von dort herüberkommenden Wogenreihen, die ihren Weg weiter nach Süden fortsetzten, und dann war alles vorbei.

Wir hatten gestern die »Carnatic« genau untersucht und wussten gewiss, dass sie nur sehr wenig Wasser im Rumpf und nirgends ein Leck hatte. Der Untergang des gespenstischen Schiffes war ebenso unerklärlich wie alles andere, was mit ihm zusammenhing. Was aber mich anging, so hatte ich zwar nicht eine Erklärung, aber eine Deutung zur Hand; was die Menschen in ihrer blinden Furcht ihnen verweigert hatten, das gemeinsame Begräbnis, das gewährten ihnen die furchtlosen und mitleidigeren Elemente. Ihre Liebe war stärker als alle Schrecken der Natur und alle Vorurteile der Menschen – und vereinigt ruhen, die das Leben getrennt hatte, auf dem Boden des antarktischen Ozeans.

MEINE SELBSTERLEBTE, WAHRE GEISTERGESCHICHTE

VON RUDYARD KIPLING

Diese Geschichte handelt ausschließlich von Geistern. Es gibt in Indien Geister, die die Form von dicken, kalten, klebrigen Leichnamen annehmen und sich in Bäumen nahe der Straße verbergen, bis ein Reisender vorbeikommt. Dann fallen sie ihm auf den Hals und bleiben da.

Es gibt auch furchtbare Geister von Frauen, die im Kindbett gestorben sind. Diese streichen in der Abenddämmerung die Wege entlang oder verbergen sich in den Getreidefeldern nahe den Dörfern und rufen verführerisch. Aber ihrem Ruf zu folgen, bringt Tod in dieser Welt und in der nächsten. Ihre Füße sind rückwärts gekehrt, so dass alle nüchternen Männer sie erkennen können. Es gibt auch Geister kleiner Kinder, die in Brunnen geworfen worden sind. Diese halten sich an Brunnenmauern und an den Wänden der Dschungel auf und wimmern unter den Sternen oder fassen Weiber am Handgelenk und bitten, dass man sie trage. Diese und die Leichnamgeister sind jedoch nur eingeborene Artikel und greifen Sahibs nicht an. Von keinem eingeborenen Geist ist bisher authentische Kunde geworden, der einen Engländer erschreckt hätte; aber viele englische Geister haben schon die Seelen von Weißen und Schwarzen geängstigt.

Fast jede zweite Station besitzt ihren Geist. Zwei sollen sich in Simla befinden, nicht eingerechnet das Weib, das im Dak-Bungalow haust. Ein Bungalow ist im Allgemeinen ein einstöckiges Haus von dem Typ, wie er für den Gebrauch von Europäern in Ostindien hergestellt wird. Dak-Bungalows sind Unterkunftshäuser, die an den Straßen in gewissen Abständen für die in Palankinen oder Wagen Reisenden von der Regierung angelegt wurden.

Massuri hat ein Haus, in welchem ein sehr unruhiges Ding spukt; eine weiße Dame soll rings um ein Haus in Lahore den Nachtwächter machen; Dalhousie behauptet von einem seiner Häuser, dass darin an Herbstabenden alle Einzelheiten einer schrecklichen Pferde- und Abgrundkatastrophe wiederholt werden; Murri hat einen lustigen Geist, und nun, da er von der Cholera heimgesucht worden ist, wird Raum für einen traurigen haben. Es gibt Offizierswohnungen in Mian Mir, deren Türen sich ohne Ursache öffnen, und deren Möbel knacken, nicht von der Junihitze, sondern von dem Gewicht Unsichtbarer, die sich's in den Sesseln bequem machen. Peschawur hat Häuser, die niemand gern mietet; und in einem großen Bungalow zu Allahabad ist etwas – nicht das Fieber – nicht, wie es sein soll. Die alten Provinzen starren förmlich von Häusern, in denen es spukt, und Gespensterarmeen marschieren durch die Hauptstraßen ihrer Städte.

Einige der Dak-Bungalows an der Grand-Trunk-Straße haben bequeme, kleine Friedhöfe innerhalb ihrer Umzäunungen – Zeugen der Vergänglichkeit und der Zufälle dieses irdischen Lebens aus den Tagen, da man von Kalkutta in den Nordwesten im Wagen fuhr. Diese Bungalows sind

keine einladenden Unterkunftsorte. Sie sind gewöhnlich sehr alt, immer sehr schmutzig, und der Khansamah Khansamah oder Konsumah ist im Allgemeinen so viel wie Haushofmeister. In den Dak-Bungalows ist er meist der einzige Bewirtschafter.
Er ergeht sich entweder in greisenhaftem Geschwätz oder verfällt in die lange Geistesabwesenheit des Alters. In beiden Zuständen ist er nutzlos. Wenn man zornig auf ihn wird, beruft er sich auf einen Sahib, der seit dreißig Jahren tot und begraben ist, und sagt, dass, als er in den Diensten des Sahibs stand, kein Khansamah der ganzen Provinz an ihn heranreichen konnte. Dann murmelt und stammelt er und hantiert zittrig mit den Tellern, und man bereut seine Aufwallung.
Vor nicht langer Zeit war es mein Beruf, in Dak-Bungalows zu wohnen. Ich hielt mich nie drei aufeinanderfolgende Nächte in demselben Haus auf und wurde mit der Zeit ein guter Kenner der Gattung. Ich wohnte in solchen, die von der Regierung erbaut worden waren, mit roten Ziegelwänden und Pfostendecken, einem Inventar der Einrichtung in jedem Zimmer angeschlagen, und einer aufgeregten Kobraschlange als Willkomm an der Schwelle. Ich wohnte in »konvertierten« – alten Häusern, die als Dak-Bungalows dienten –, wo nichts sich an seinem richtigen Platz befand und man nicht einmal ein Huhn zum Essen haben konnte. Ich wohnte in baufälligen Palästen, wo der Wind durch offenes Marmormaßwerk ebenso ungemütlich blies wie durch eine zerbrochene Scheibe. Ich wohnte in Dak-Bungalows, wo die letzte Eintragung im Fremdenbuch fünfzehn Monate alt war, und wo man das Zicklein für das Ragout mit einem Säbel köpfte. Ich hatte das Glück, mit allen Arten von Menschen zusammenzutreffen, von bescheiden reisenden Missionaren und Deserteuren aus englischen Regimentern bis zu betrunkenen Landstreichern, die auf alle Vorübergehenden Branntweinflaschen warfen; und das noch größere Glück, mit knapper Not einem Paternitätsprozess zu entgehen. In Anbetracht, dass ein beträchtlicher Teil des Dramas meines Lebens sich in Dak-Bungalows abspielte, wunderte ich mich, dass ich noch keinen Geist getroffen hatte. Ein Geist, der sich freiwillig in einem Dak-Bungalow aufhielte, wäre natürlich verrückt; aber es sind so viele Leute verrückt in Dak-Bungalows gestorben, dass es einen ansehnlichen Prozentsatz wahnsinniger Geister geben muss.
Und endlich fand ich meinen Geist, oder eigentlich meine Geister, denn es waren ihrer zwei.
Wir wollen den Bungalow den Katmal-Dak-Bungalow nennen, aber das war das am wenigsten Schreckliche daran. Ein Mensch mit emp-

findlicher Haut hat kein Recht, in Dak-Bungalows zu wohnen. Er sollte heiraten. Der Katmal-Dak-Bungalow war alt, verfallen und vernachlässigt. Der Boden war mit ausgetretenen Ziegelsteinen belegt, die Wände waren klebrig, die Fenster nahezu blind vor Schmutz. Er stand an einer Seitenstraße, die stark von eingeborenen Sub-Vize-Assistenten aller Verwaltungszweige von Finanz- bis Forstwirtschaft benutzt wurde, aber wirkliche Sahibs waren selten. Der Khansamah, der infolge hohen Alters fast zur Erde gebeugt war, sagte mir das.

Als ich dort eintraf, fiel ein launenhafter, ungewisser Regen auf das Land herab, begleitet von einem ruhelosen Wind, und jeder Stoß des letzteren brachte in den steifen Toddypalmen draußen ein Geräusch gleich dem Rasseln dürrer Knochen hervor. Der Khansamah verlor durch meine Ankunft vollständig den Kopf. Er hatte einmal bei einem Sahib gedient. Kenne ich den Sahib? Er nannte mir den Namen eines wohlbekannten Mannes, der seit mehr als einem Vierteljahrhundert begraben war, und zeigte mir eine uralte Daguerreotypie, die ihn in seiner prähistorischen Jugend darstellte. Ich hatte vor einem Monat ein Stahlstichbild des Mannes vor dem Titelblatt eines dicken Bandes Memoiren gesehen und empfand ein unsagbares Altertumsgefühl.

Der Tag ging zur Neige, und der Khansamah machte sich daran, mir zu essen zu geben. Er fand sich nicht bereit, das Essen »Khana« – menschliche Nahrung – zu nennen. Er sagte »Ratub«, was unter anderem Hundefutter bedeutet. Er hatte keine beleidigende Absicht bei der Wahl des Wortes. Er hatte das andere vergessen, wie ich glaube.

Während er einige Tierkadaver klein schnitt, machte ich es mir bequem, nachdem ich den Dak-Bungalow durchforscht hatte. Es gab noch drei Zimmer außer dem meinigen, welches eine Ecke bildete, und sie standen durch schmutzig-weiße, mit großen eisernen Riegeln versehene Türen miteinander in Verbindung. Der Bungalow war sehr solide gebaut, aber die Scheidewände der Zimmer waren dünn wie Papier. Jeder Schritt und jedes Zuklappen des Koffers hallte von einem Zimmer durch die anderen drei, und der Schall jedes Trittes wurde zitternd von den entfernten Wänden zurückgeworfen. Aus diesem Grund schloss ich die Tür. Es gab keine Lampen, nur Kerzen in langen Glaszylindern. Ein Öllämpchen stand im Badezimmer.

In Bezug auf niederdrückende, ungemischte Trübseligkeit war dieser Dak-Bungalow der ärgste der vielen, die ich je betreten hatte. Es war keine Feuerstelle da, und die Fenster waren nicht zu öffnen; daher wäre auch ein Kohlenbecken nicht zu verwenden gewesen. Der Regen und der Wind peitschten und gurgelten und stöhnten um das Haus, und die Toddypalmen raschelten und knarrten. Ein halbes Dutzend Schakale durchzog singend den Hof, und eine Hyäne stand in der Entfernung und äffte ihnen nach. Eine Hyäne würde einen Sadduzäer von der Auferstehung der Toten – der bösesten Art von Toten – überzeugen. Dann kam das Ratub – ein seltsames Gericht, halb eingeborener, halb englischer Zusammensetzung – und der alte Khansamah lallte hinter meinem Sessel von längst verstorbenen Engländern, und die Schatten der im Wind flackernden Kerzenflammen spielten Verstecken mit dem Bett und dem Moskitonetz. Es war ein Abend und eine Mahlzeit, um einen an jede einzelne seiner vergangenen Sünden und alle, die man noch zu begehen beabsichtigte, zu erinnern.

Zu schlafen war aus mehreren hundert Ursachen nicht leicht. Die Lampe im Badezimmer warf die wunderlichsten Schatten, und der Wind fing an, Unsinn zu reden.

Gerade als die Ursachen, vom Blut saugend, schläfrig wurden, hörte ich das wohlbekannte »Auf-und-fort-damit!«-Grunzen von Sesselträgern draußen auf dem Hof. Erst kam ein Tragsessel herein, dann ein zweiter, dann ein dritter. Ich hörte den dumpfen Stoß der niedergesetzten Tragsessel, und dann wurde an meiner Tür gerüttelt.

»Da will jemand herein,« sagte ich zu mir. Aber keine Stimme wurde hörbar, und ich trachtete mich zu überzeugen, dass es ein Windstoß gewesen sei. Dann wurde an der Tür zu dem Zimmer nächst dem meinigen gerüttelt, und sie ging auf. »Das ist irgendein Sub-Vize-Assistent,« dachte ich, »und er hat seine Freunde mitgebracht. Jetzt werden sie über eine Stunde lang schwätzen und spucken und rauchen.«

Aber ich hörte weder Stimmen noch Schritte. Niemandes Gepäck wurde im nächsten Zimmer abgesetzt. Die Tür schloss sich wieder, und ich dankte Gott, dass ich in Ruhe gelassen wurde. Ich stand auf und sah in die Finsternis hinaus. Es war keine Spur von Tragsesseln zu sehen. Gerade als ich im Begriff war, wieder ins Bett zu steigen, hörte ich im nächsten Zimmer den Ton, den kein vernünftiger Mensch verkennen kann – das Rollen eines Billardballes, wenn ein Spieler den ersten Stoß macht. Kein anderer Laut ähnelt ihm. Eine Minute darauf kam ein zweites Rollen, und ich legte mich ins Bett. Ich hatte keine Angst – wirklich nicht. Ich war sehr neugierig, was aus den Tragsesseln geworden war. Aus diesem Grund legte ich mich eiligst ins Bett.

In der nächsten Minute hörte ich den Doppelklick eines Karambols, und mein Haar stand zu Berge. Es ist vielleicht eine Hyperbel zu sagen,

dass einem das Haar zu Berge steht. Die Kopfhaut zieht sich zusammen und man spürt ein prickelndes Stechen in allen Haarwurzeln. Das ist das Zubergstehen des Haares.
Dann kam wieder ein Rollen und ein Klick, und beide Töne konnten nur von einem Ding in der Welt herrühren – einem Billardball. Ich überlegte die Sache des längeren hin und her, und je mehr ich überlegte, desto weniger wahrscheinlich war es, dass ein Bett, ein Tisch und zwei Sessel – das ganze Mobiliar des nächsten Zimmers – so genau die Geräusche eines Billardspieles wiedergeben konnten. Nach einem neuen Karambol – einem Triplet, dem Laufen des Balles – überlegte ich nicht mehr. Ich hatte meinen Geist gefunden und hätte Welten darum gegeben, weit weg von dem Dak-Bungalow zu sein. Ich horchte, und mit jedem Mal Horchen wurde das Spiel deutlicher. Es folgte Lauf auf Lauf und Klick auf Klick. Manchmal kam ein Doppelklick und ein Lauf und wieder ein Klick. Es war kein Zweifel möglich, im nächsten Zimmer wurde Billard gespielt. Und das nächste Zimmer hatte nicht genug Raum für einen Billardtisch!
In den Pausen des Windes hörte ich das Spiel weitergehen, Stoß auf Stoß. Ich trachtete mir einzureden, dass ich keine Stimme hörte; aber es gelang mir nicht.
Weiß der Leser, was Furcht ist? Nicht gewöhnliche Furcht vor Beschimpfung, Schlag oder Tod, sondern sinnlose, zitternde Angst vor etwas, was man nicht sieht, – eine Furcht, die den Gaumen und die Kehle austrocknet, – eine Furcht, die einem den Schweiß aus den Handflächen treibt und einen zu krampfhaftem Schlucken zwingt? Das ist eine besondere Art von Furcht, – eine große Feigheit, die man gefühlt haben muss, um sie zu verstehen. Gerade die Unwahrscheinlichkeit von Billardtischen in einem Dak-Bungalow bewies die Wirklichkeit der Sache. Kein Mensch, nüchtern oder betrunken, konnte sich ein Billardspiel einbilden oder das unnachahmliche Geräusch eines Tiefstoßkarambols erfinden.
Eine lange Folge von Dak-Bungalows hat den Nachteil, dass sie eine unendliche Gläubigkeit hervorruft. Wenn jemand zu einem altgewohnten Dak-Bungalow-Besucher sagte: »Im nächsten Zimmer liegt ein Leichnam, und ein wahnsinniges Mädchen ist im Zimmer neben diesem, und der Mann und das Weib auf jenem Kamel sind eben erst von einem sechzig Meilen entfernten Ort durchgegangen,« so würde der Hörer keinen Zweifel in seine Worte setzen, weil nichts zu wild, grotesk oder grauenhaft ist, um in einem Dak-Bungalow zu geschehen.
Diese Gläubigkeit erstreckt sich unglücklicherweise auf Geister. Ein

vernünftiger, eben erst aus seinem Haus gekommener Mensch würde sich auf die Seite gelegt haben und wieder eingeschlafen sein. Ich tat das nicht. So sicher wie ich von den wimmelnden Dingern im Bett als trockner Leichnam aufgegeben wurde, weil die überwiegende Menge meines Blutes in meinem Herzen war, so sicher hörte ich jeden Stoß eines langen Billardspiels, das in dem hallenden Zimmer hinter der verriegelten Tür gespielt wurde. Meine größte Furcht war, dass die Spieler vielleicht eines Markörs bedürfen würden. Es war eine dumme Furcht; denn Wesen, die im Finsteren spielen konnten, waren wohl über derlei kleine Behelfe erhaben. Ich weiß nur, dass ich davor eine Todesangst hatte, und die war sehr wirklich.

Nach langer, langer Dauer hörte das Spiel auf, und die Tür schlug zu. Ich schlief ein, weil ich todmüde war. Sonst hätte ich es vorgezogen, wach zu bleiben. Nicht um ganz Asien hätte ich den Türriegel zurückgeschoben und in die Finsternis des nächsten Zimmers geschaut.

Als der Morgen kam, fand ich, dass ich wohl und weise getan hatte, und erkundigte mich nach Weiterbeförderungsmitteln.

»Nebenbei, Khansamah,« sagte ich, »was hatten die drei Tragsessel gestern Nacht im Hof zu tun?«

»Es waren keine Tragsessel da,« sagte der Khansamah.

Ich ging ins Nebenzimmer, und das Tageslicht strömte durch die offene Tür herein. Ich war ungemein mutig. Ich hätte um diese Stunde Black Pool selbst mit dem Herrn des großen schwarzen Pfuhls da drunten gespielt.

»War dieses Haus immer ein Dak-Bungalow?« fragte ich.

»Nein,« sagte der Khansamah. »Vor zehn oder zwanzig Jahren, ich habe vergessen, wie lange es her ist, war es ein Billardzimmer.«

»Ein was?«

»Ein Billardzimmer für die Sahibs, die die Eisenbahn bauten. Ich war damals Khansamah in dem großen Haus, wo alle die Eisenbahn-Sahibs wohnten, und ich brachte ihnen immer Brandy-Shrab Sorbett herüber. Diese drei Zimmer waren damals eines, und darin stand ein großer Tisch, auf welchem die Sahibs jeden Abend spielten. Aber die Sahibs sind nun alle tot, und die Eisenbahn geht, wie Sie sagen, fast bis nach Kabul.«

»Wissen Sie noch etwas von den Sahibs?«

»Es ist lange her, aber ich erinnere mich, dass ein Sahib, ein dicker Mann und immer zornig, eines Abends hier spielte, und er sagte zu mir: ›Mangal Khan, brandy pani do‹, und ich füllte das Glas, und er beugte sich über den Tisch, um zu spielen, und sein Kopf sank tiefer und tiefer, bis er auf den Tisch schlug, und seine Augengläser fielen herunter, und als wir – die Sahibs und ich – herbeispringen, um ihn aufzuheben, war er tot. Ich half ihn hinaustragen. Ah, er war ein starker Sahib! Aber er ist tot, und ich, der alte Mangal Khan, lebe immer noch, mit Ihrer gnädigen Erlaubnis.«

Das war mehr als genug! Ich hatte meinen Geist, einen erstklassigen, beglaubigten Geist! Ich wollte der Gesellschaft für psychologische Forschung schreiben – ich wollte das ganze Reich mit meiner Entdeckung in starres Staunen versetzen! Aber ich wollte vor allem anderen achtzig Meilen wohlbesteuerten Ackerlandes zwischen mich und den Dak-Bungalow bringen, ehe die Nacht kam. Die Gesellschaft konnte dann ihren Vertreter her senden, um weitere Nachforschungen anzustellen.

Ich ging in mein Zimmer, um zu packen, nachdem ich mir die Einzelheiten des Falles notiert hatte. Während ich rauchend dasaß, hörte ich das Spiel wieder beginnen – mit einem Fehlstoß diesmal, denn das Rollen war nur kurz.

Die Tür war offen, und ich konnte in das Zimmer hineinsehen. Klick, klack! Das war ein Karambol. Ich betrat das Zimmer ohne Furcht, denn es war sonnenhell darinnen, und ein frischer Wind draußen. Das unsichtbare Spiel ging mit enormer Schnelligkeit weiter. Und das war kein Wunder, da eine ruhelose kleine Ratte innerhalb des über der Zimmerdecke gespannten Tuches hin und her rannte und ein lockeres Stück Fensterrahmen vom Wind gegen den Riegel geschlagen wurde!

Unmöglich das Anschlägen der Billardbälle zu verkennen! Unmöglich das Laufen eines Balles über das Tuch zu verkennen! Aber ich war zu entschuldigen. Selbst wenn ich meine nun geöffneten Augen schloss, ähnelte das Geräusch erstaunlich dem eines lebhaften Billardspieles.

Herein trat aufgebracht der treue Gefährte meiner Leiden, Kadir Baksch. »Dieser Bungalow ist sehr schlecht und gemein. Kein Wunder, dass Seine Gnaden gestört wurde und empört ist. Drei Trupps von Sesselträgern kamen diese Nacht zu dem Bungalow, als ich draußen schlief, und sagten, dass es ihre Gewohnheit sei, in den Zimmern zu rasten, die für die Engländer bestimmt sind. Wo ist die Ehre des Khansamah? Sie versuchten hereinzukommen, aber ich sagte ihnen, sie sollten fortgehen. Kein Wunder, wenn diese Uriasse dagewesen sind, dass Seine Gnaden übler Laune sind. Es ist eine Schande, und das Tun eines schmutzigen Menschen!«

Kadir Baksch erzählte nicht, dass er sich von jedem Trupp zwei Annas als Miete hatte vorausbezahlen lassen, und die Leute dann, außer-

halb meiner Hörweite, mit dem großen grünen Schirm geprügelt hatte, dessen Verwendung mir bis dahin ein Rätsel gewesen war. Aber Kadir Baksch hatte keine Moralbegriffe.
Der Khansamah wurde zur Rede gestellt, aber da er augenblicklich den Kopf verlor, wich der Zorn dem Mitleid, und das Mitleid führte zu einem längeren Gespräch, im Laufe dessen er des dicken Eisenbahn-Sahibs tragischen Tod zu drei verschiedenen Stationen verlegte – zwei davon fünfzig Meilen entfernt. Die dritte Verlegung geschah nach Kalkutta, und hier starb der Sahib, während er im Kutschenwagen ausfuhr.
Ich ging nicht so schnell fort, wie ich beabsichtigt hatte. Ich blieb noch eine Nacht, während welcher der Wind und die Ratte und der Fensterrahmen und der Riegel eine Hals-über-Kopf-Partie auf Hundertfünfzig spielten. Dann legte sich der Wind, und das Billardspiel hörte auf, und ich fühlte, dass ich meine einzige echte Geistergeschichte ruiniert hatte.
Hätte ich nur zur richtigen Zeit aufgehört nachzuforschen, so hätte ich alles daraus machen können.
Das war der bitterste Gedanke von allen!

EIN MODERNER GEIST

VON FRÉDÉRIC BOUTET

Es war zehn Uhr abends, als Anatole vor dem verrufenen Hause ankam, in dem es spuken sollte. Er war ein tapferer junger Mann und ganz darauf vorbereitet, den größten Gefahren zu begegnen und das außerordentlichste Abenteuer zu bestehen.
Dank den ihm gemachten Beschreibungen erkannte er das Haus ohne Mühe; es lag in einer kleinen verödeten Straße und war von einem Garten umgeben, dessen hohe Mauern es von den Nachbarhäusern isolierten. Vor der Tür war eine Tafel angebracht, auf der mit großen Buchstaben die Worte: »Zu vermieten« geschrieben standen. Es schien jedoch, als ob keiner geneigt wäre, von dieser Mitteilung Gebrauch zu machen.
»Hier ist es,« sagte Anatole, der ein wenig aufgeregt zu sein schien und alles mit scharfem Blick prüfte. »Hier ist es! Ich werde mir nichts vorschwindeln lassen.«
Er hatte einen Schlüssel zu der über der Freitreppe befindlichen Tür. Er öffnete und betrat den großen Hausflur, auf dem er sich beim Licht eines Wachsstreichhölzchens behutsam zu einer Steintreppe vorwärts tastete.
»Es soll in dem großen, rechts gelegenen Raum der ersten Etage sein,«

murmelte er, während er behutsam die Treppen hinaufschritt. »Dort ist, wie es scheint, der Ort ihres Stelldicheins. Gehen wir also dorthin. Sie irren gewaltig, wenn sie denken, uns mit ihren Taschenspieler- und Gauklerstücken Angst machen zu können.«
Er hatte die erste Etage erreicht und bemühte sich, beim letzten verglimmenden Schein seines Wachslichtchens die kupferne Klinke einer rechts befindlichen Tür niederzudrücken.
»Herein,« rief ihm da plötzlich aus dem Innern des Zimmers eine freundliche Stimme entgegen.
»Halt, da ist jemand,« murmelte Anatole erstaunt und öffnete die Tür.
Das große, höchst behaglich eingerichtete Zimmer wurde durch den hellen Schein eines in einem großen Kamin brennenden Feuers sowie durch das Licht zweier auf dem Tisch stehender Armleuchter freundlich erhellt. Auf dem mitten im Zimmer stehenden Tisch waren Likörflaschen und Gläser aufgestellt, während ein alter, sehr gut gekleideter Herr mit kahlem Kopf bequem in einem grünen Sessel ruhte und sich die Füße am Feuer wärmte. Er hielt ein auseinander gefaltetes Zeitungsblatt in den Händen und blickte, über seine Brille wegsehend, Anatole freundlich entgegen. Neben ihm auf einem Stuhl stand ein hoher Hut, in dem ein Seidentuch und Handschuhe steckten; daneben lag ein Stock mit silbernem Knopf. Sein Überzieher hing über der Lehne des Stuhls. Der alte Herr rauchte eine Zigarre und blickte den etwas verlegen eintretenden jungen Mann lächelnd an.
»So kommen Sie doch näher, mein lieber Herr Donore,« sagte er zu Anatole.
»Halt, er kennt mich, wer mag das wohl sein?« dachte dieser, ein wenig verwirrt nähertretend.
»Setzen Sie sich doch, bitte,« sagte der alte Herr.
»Danke,« und Anatole nahm auf dem anderen vor dem Tisch stehenden Sessel Platz, der seiner zu harren schien.
»Entschuldigen Sie, wenn ich Sie störe,« fuhr er fort, »ich wusste nicht ... In der Tat, man erzählt sich, und Sie haben doch auch ganz gewiss davon gehört, dass es in diesem Haus spukt, und da es meinem Freund Pont gehört – Sie kennen Herrn Pont?«
»Sehr gut,« sagte der alte Herr, »sehr gut, aber nehmen Sie doch ein Gläschen Cognac!«
»Dann,« sagte Anatole, »wundert es mich nur, dass ich Sie niemals dort getroffen habe. Nein, danke, ich nehme keinen Zucker in den Cognac. – Und wie kommen Sie hierher?«

»Eine Zigarre?« bot der alte Herr freundlich an und schob Anatole das Kistchen zu.

»Sehr gern. Nicht wahr, ich sagte Ihnen schon, dass ich hierhergekommen bin, weil man mir erzählt hat, es spuke in diesem Haus? ... Pont hat es mir übrigens nicht mitgeteilt, dass wir die Nacht zu zweien verbringen würden ... Ich bin übrigens sehr erfreut darüber,« fügte er hinzu, sein Glas leerend und sogleich wieder füllend, denn der Cognac war vorzüglich und Anatole war geistigen Getränken durchaus nicht abhold. »Haben Sie mich vielleicht hier erwartet?«

»Ja,« sagte der andere.

»Nun, ich finde, dass Pont mich darüber hätte informieren können,« meinte Anatole, eine Zigarre ansteckend, »wirklich, das finde ich.«

»Aber er hat es doch getan,« sagte der alte Herr ruhig.

»So? Nun, jedenfalls habe ich keine Botschaft von ihm erhalten – und, das ist eigentlich etwas peinlich für mich, denn ich komme mir hier beinahe wie ein Eindringling vor ...«

»Aber keineswegs, ganz gewiss nicht.«

Und der alte Herr lächelte noch liebenswürdiger als zuvor.

»Doch ganz gewiss,« erklärte Anatole würdevoll, »es ist peinlich – – wenn man einander nicht kennt – –« Er machte eine kleine Pause in der Hoffnung, dass der andere sich nun vorstellen würde. Dies geschah jedoch nicht und Anatole leerte, um seine Verlegenheit zu verstecken, sein Glas und füllte es wieder.

»Ausgezeichnet,« sagte er, »ganz ausgezeichnet – aber da wir uns beide zum Zweck einer wissenschaftlichen Untersuchung hier zusammengefunden haben, erlaube ich mir, Sie zu fragen, was Sie denn über die Gespenstergeschichten denken, die man über dieses Haus erzählt? Man hat mir besonders von dem spukhaften Erscheinen eines alten Dummkopfs, eines früheren Mieters, zu berichten gewusst. Ganz gewiss ist, dass dies Haus sehr im Verruf steht und sich daher nicht vermieten lässt. Ebenso steht fest, dass alle, die es versucht haben, eine Nacht darin zu verbringen, wie das jetzt unser Vorhaben ist, es nicht zum zweiten Mal gewagt haben. Aber was ist der Grund all dieses Geredes? Weshalb spukt es in diesem Haus, und was für ein Geist geht darin um?«

»Ich,« sagte ruhig der alte Herr, Anatole über seine Brillengläser weg ansehend.

»Sie?« rief Anatole bestürzt, »Sie scherzen wohl?«

»Nein,« sagte der alte Herr, »das ist kein Scherz. Das ist die Wahrheit.

Ich bin es, den Sie eben erst den Geist eines alten Dummkopfes und früheren Mieters genannt haben.«

»Teufel ... Teufel auch,« murmelte Anatole in sein Glas sehend.

»Nein,« sagte der alte Herr.

»Wieso nein?« fragte Anatole.

»Nein, ich bin nicht der Teufel; ich bin ein Gespenst, wenn Sie so wollen, ein Phantom, ein Schatten, ein Geist – alles, wie es Ihnen gefällt – aber ich bin nicht der Teufel.«

»Das ... das gefällt mir nicht,« gestand Anatole beunruhigt. »Außerdem verstehe ich nicht ...«

Er nahm abermals seine Zuflucht zu einem Gläschen Cognac.

»Sie werden bald genug verstehen,« sagte das Gespenst herablassend. »Ich habe vor etwa fünfzehn Jahren, als ich noch sehr lebendig war, dies kleine Haus gemietet und elf Jahre darin gewohnt. Vor vier Jahren bin ich gestorben. Da bin ich natürlich in eine andere Welt eingetreten, in der ich jedoch aus persönlichen Gründen nicht dauernd bleiben konnte. Ich bin deshalb hierhin zurückgekehrt; um aber hier in Ruhe bleiben zu können, bin ich gezwungen gewesen, den Leuten, die es sich einfallen ließen, hier wohnen zu wollen, Angst einzujagen.«

»Ich ... ich ... verstehe,« sagte Anatole.

»Das wundert mich nicht,« sagte der Geist, »da Sie wirklich sehr intelligent sind, und das ist auch der Grund, weshalb ich geglaubt habe, Sie freundschaftlich und ohne Umstände empfangen zu können, und dass ich es mir Ihnen gegenüber sparen könnte, mit Ketten zu klirren und Feuerzauber wirken zu lassen, mit dem man alte Weiber in Schrecken versetzt. Sie trinken aber gar nicht.«

»Doch, doch,« sagte Anatole, sein Glas mit einer Mischung von Kirsch und Chartreuse füllend. »Aber verzeihen Sie die Frage: Sie sagten, Sie hätten in der anderen Welt nicht bleiben können – aber weshalb konnten Sie dies nicht?«

»Ich glaube schon bemerkt zu haben, dass dies eine persönliche Angelegenheit gewesen ist,« bemerkte der Geist zurückhaltend. »Dennoch will ich Ihnen als Ehrenmann unter dem Siegel der Verschwiegenheit mitteilen, was es damit für eine Bewandtnis hat. Ich starb also, nicht wahr, und man gab mir da natürlich eine Eintrittskarte für das Paradies, denn ich bin mein ganzes Leben lang ein gerechter und tugendhafter Mann von reinen Sitten gewesen, der sich treulich der Witwen und Waisen angenommen hat. So kam ich also in das Paradies ... Und ...«

»Und?« fragte Anatole, sein Gegenüber mit Augen anstarrend, die infolge des reichlich genossenen Alkohols sich mit Tränen zu füllen begannen.

»Und,« sagte der liebenswürdige Geist lächelnd, »ich fand sehr bald, dass ich es im Paradies einfach nicht aushalten konnte. Es wurde da immerfort musiziert, verstehen Sie wohl, es gab Musik vom Morgen bis zum Abend und vom Abend bis Morgen, Musik bei Tag und bei Nacht und allezeit, ohne Gnade und Barmherzigkeit. Dabei immer nur klassische Musik! Wenn man wenigstens mal eine Oper gehört hätte, ach, die schlechteste Oper mit den minderwertigsten Sängern, die meinetwegen auch noch falsch gesungen hätten! Es wäre doch mal eine Abwechslung gewesen. Dazu dann erst dies Publikum! Es gab nur streng tugendhafte Leute da, deren Ehrbarkeit so intakt war, dass man davor hätte fliehen mögen – gleichviel wohin. Ich habe mich da meines eigenen tugendhaften Lebenswandels schämen gelernt. Ich habe es ertragen, so gut ich konnte, vier Monate und acht Tage lang, da ging es nicht mehr und ich habe Fersengeld gegeben. Als St. Petrus mir die Himmelspforte aufgeschlossen hat, da habe ich ihm wohl angesehen, wie gern er meinem Beispiel gefolgt wäre, und als ich herausging, sagte er in traurigem, neiderfülltem Ton:

»Sie haben genug davon, was? ... Sie machen sich davon. Ich wollte nur, dass ich das auch tun könnte. Diese verdammte heilige Musik! Volle achtzehnhundert Jahre habe ich das Gedudel nun schon anhören müssen.«

»Na, und ich bin dann zur Hölle herabgestiegen.«

Anatole, der sich gerade einen in Eis gekühlten Kümmel zu Gemüte geführt hatte, spitzte die Ohren. »Nun, und ist es in der Hölle amüsant?«

»Das will ich meinen,« sagte das Gespenst bitter, »sogar sehr amüsant. Aber – natürlich – es ist da auch nicht ein Platz mehr frei. Alles ist überfüllt. Ich hatte eine sehr gute Empfehlung und habe mich bemüht, eine Stelle als Unterteufel zu bekommen, aber der Chef des Personals hat mir ganz offen gesagt, dass ich nicht darauf rechnen könne. Es haben sich 11 780 212 Kandidaten vor mir dazu gemeldet, ohne von denen zu sprechen, die die ersten, berechtigtsten Ansprüche auf Anstellung haben. Es warten noch drei Päpste und siebzehn Könige, worunter auch zwei Afrikaner sind, darauf. Damit ist alles gesagt.«

»Da hast du recht,« sagte beifällig Anatole, der immer eifriger dem Kümmel zusprach und anfing, zärtlich zu werden.

»Ja,« fuhr der arme Geist fort, »da ich also durch die Musik aus dem Paradies vertrieben worden bin und in der Hölle keinen Platz finden konnte – «

»Aber das Fegefeuer?« warf Anatole ein.
»Das ist seit langer Zeit geschlossen,« sagte der andere. »Es haben sich da ganz unmögliche Dinge zugetragen. – Sehen Sie, mir blieb wirklich nichts anderes übrig, als auf die Erde zurückzukehren, und da bin ich eben in meine alte Behausung eingekehrt, die ich nun schon gegen so viele Idioten, die durchaus darin wohnen wollten, tapfer verteidigt habe. Ich bin gezwungen gewesen, die alleralbernsten Farcen aufzuführen, nur, um mir ein wenig Ruhe zu verschaffen. Ich bin einer alten Dame, die hier eingezogen ist, als Skelett mit einem von schwarzen Schleiern umwallten Totenschädel erschienen und habe ihr so eine Furcht eingejagt, dass sie selbst gestorben ist. Einen praktischen Arzt, der sich als Freigeist aufspielte, habe ich durch Kettengerassel und durch feurige Schriftzeichen, die ich auf der Wand erschienen ließ, zu verjagen gewusst. Man hat ihn schwer krank von hier fortgebracht. Es ist wahr, dass das, was ich auf die Wand geschrieben habe, dazu angetan war, ihn mit Schrecken zu erfüllen. Dann ist ein phlegmatischer Engländer hier eingezogen, der der Sache auf den Grund gehen wollte und mich überall hin, sogar bis auf den Speicher verfolgte. Ich habe hartnäckig seine Kerze ausgeblasen und alle Türen vor ihm lautlos weit aufgerissen. Da verließ ihn sein Phlegma bald, und er machte sich aus dem Staub. Darauf zog ein alter Oberst mit seiner sehr musikalischen Tochter hier ein. Ich flüsterte dem jungen Mädchen, sobald es sich an das Klavier setzte, die tollsten Dinge in das Ohr, und riss den Vater, wenn er sich zu Bett legte, an den Füßen heraus. Sie haben sich ebenfalls sehr bald fortgemacht. – Sie werden einwerfen, dass das banale, abgedroschene Farcen seien, aber sie strengen weiter nicht an und ziehen immer noch. Auf diese Weise ist es mir denn gelungen, mir wirklich nach und nach ein wenig Ruhe zu verschaffen, und wenn ich Ihnen dies alles heute Abend erzähle, so geschieht es, weil ich Sie für sehr intelligent halte – obgleich Sie ja jetzt ein wenig angetrunken sind.«
»Ich habe nichts getrunken,« sagte Anatole beleidigt.
»Intelligent, obwohl augenblicklich etwas betrunken,« fuhr das Gespenst fort, »mein Zweck dabei ist, Sie zu veranlassen, Herrn Pont davon zu überzeugen, dass sein Haus wirklich unbewohnbar ist, wegen der Geister, die darin umgehen.«
»Es ist nicht wahr,« sagte Anatole vertraulich werdend, »du bist kein Geist.«
»Wieso?« sagte das Gespenst.
»Nein,« erklärte Anatole, der so betrunken war, dass er kaum noch re-

den konnte, »nein ... Gespenster ... die sind nicht wie du ... Die machen Angst ... du aber ... du machst mir keine Angst.«
»Ich mache dir keine Angst,« sagte das Gespenst ärgerlich, »du dummer Bengel –«
»Nein,« stotterte Anatole, »nicht die geringste Angst ... Aber ... du darfst mir keine Grobheiten sagen ... nein ... das ... das tut mir weh. Du bist ein wenig betrunken, sonst aber wirklich ganz nett.«
»Welch ein Dummkopf,« murmelte das Gespenst. »Es ist ein ebensolcher Idiot wie die anderen auch. Es bleibt mir nichts anderes übrig, als ihm die gewohnten Hanswurstereien vorzumachen.«
Und plötzlich verlöschten die Kerzen der Armleuchter und das Feuer im Kamin. Jedes, auch das kleinste Geräusch verstummte, und Totenstille herrschte ringsumher. Vor Anatole aber erhob sich drohend die Gestalt des alten Herrn, der riesenhafte Verhältnisse angenommen hatte und mit dem Kopf bis zu der Decke des Zimmers ragte; dieser Kopf aber hatte kein menschliches Aussehen mehr, es war das eines Ungetüms mit weit vorstehenden furchtbaren Zähnen und mit feurigen Augen, die wie Irrlichter durch den unheimlichen, das Gemach erfüllenden Nebel leuchteten.
Anatole, der plötzlich nüchtern geworden, stand einen Augenblick stumm, mit gesträubtem Haar und von Entsetzen überwältigt da.
Der Geist aber streckte seine leichenfarbenen, mit langen Fühlfäden versehenen Hände drohend nach ihm aus.
Anatole, der sich von einem namenlosen Grauen erfüllt fühlte, schrie laut auf vor Furcht und versuchte so schnell wie möglich den Ausgang zu finden.
Er prallte gegen den Kamin, verletzte dann seine Schulter an der Ecke des Büfetts und sprang, da er die Tür nicht finden konnte, endlich durch das Fenster. Auf diese Weise gelang es ihm ja ziemlich schnell, die Straße zu erreichen, wo er jedoch ohnmächtig liegen blieb. Er kam mit einem Schenkelbruch und verschiedenen ernsten Kontusionen davon.
»Wenn ich bedenke,« murmelte der Geist des alten Herrn, der wieder seine ursprüngliche Gestalt angenommen hatte, »wenn ich bedenke, dass man doch immer wieder zu diesen abgedroschenen alten Farcen zurückgreifen muss! Dabei wird behauptet, die Menschen seien skeptisch geworden!«

DAS GESPENSTERHAUS
Ein eigenes Erlebnis und dessen Erklärung
VON EDWARD BULWER-LYTTON

Einer meiner Freunde, ein Schriftsteller und Philosoph, sagte eines Tages halb ernst, halb scherzhaft zu mir: »Denke dir, seit wir uns das letzte Mal sahen, habe ich im Mittelpunkt Londons ein Haus entdeckt, in dem Gespenster umgehen.«

»Wahrhaftig, spukt es darin? Und welche Sorte von Geistern?«

»Das kann ich dir nicht beantworten; alles, was ich darüber weiß, ist folgendes: Vor sechs Wochen suchten meine Frau und ich möblierte Zimmer, wir schritten eine einsame Straße entlang und sahen an einem Fenster einen Zettel: ›Möblierte Zimmer zu vermieten.‹ Die Lage sagte uns zu, wir betraten das Haus, die Zimmer gefielen uns, wir mieteten sie mit wöchentlicher Kündigung und – verließen sie am dritten Tag. Keine Gewalt der Erde hätte meine Frau vermocht, länger darin zu bleiben, und ich wundere mich nicht darüber.«

»Was in aller Welt ist euch denn darin zugestoßen!«

»Entschuldige – aber ich habe durchaus keine Lust, als abergläubischer Träumer belächelt zu werden, noch kann ich andererseits verlangen, dass du auf meine Versicherung hin dich von etwas überzeugen ließest, was jeder anzweifelt, der es nicht mit eigenen Augen sah. Ich will dir nur eines sagen, es trieb uns weder Gehörtes noch Gesehenes hinweg; nein, es war ein unbeschreibliches Grauen, das uns beide befiel, so oft wir die Tür eines gewissen kleinen, leeren Zimmers zu passieren hatten, obschon sich durchaus nichts Ungewöhnliches aus demselben vernehmen ließ. Unserem Abkommen gemäß bezahlte ich der Haushälterin den Wochenpreis am vierten Tag, indem ich ihr sagte, dass uns die Zimmer nicht ganz genehm seien und dass wir den Rest der Woche nicht darin verbleiben würden. Sie antwortete trocken: ›Ich weiß weshalb. Sie sind bereits länger hiergeblieben als irgendeiner Ihrer Vorgänger. Wenige brachten eine zweite Nacht hier zu, niemand eine dritte. Es scheint, sie haben sich gütig gegen Sie benommen.‹

›Sie? – Wer?‹ fragte ich, indem ich gezwungen lächelte.

›Sie – ja nun, ich meine diejenigen, die in diesem Haus umgehen; mögen sie sein, wer sie wollen, mich stören sie nicht. Ich entsinne mich

»ihrer« Gegenwart Jahre und Jahre zurück, als ich dieses Haus nicht in dienender Stellung bewohnte; aber ich weiß sehr wohl, dass »sie« nicht die Ursache meines Todes sein werden. Mir ist das gleich, ich bin alt und muss sowieso sterben, und dann lebe ich doch in diesem Haus mit »ihnen« fort.‹

Die Frau sprach mit so schwermütiger Resignation, dass mich eine Art von Scheu abhielt, weiter mit ihr zu plaudern. Niemand war froher, so umstandslos davonzukommen, als meine Frau und ich.«

»Du erregst meine Neugier aufs höchste« – entgegnete ich – »ich könnte mir kaum etwas vorstellen, was mich mehr reizte, als in einem Haus zu nächtigen, in dem Gespenster umgehen. Bitte, gib mir die Adresse der Wohnung, aus der ihr geflohen seid.«

Ich erhielt dieselbe, und als wir schieden, wandte ich mich sofort dem bezeichneten Stadtviertel zu. Das Haus lag auf der nördlichen Seite der Oxfordstreet, in einer düsteren, aber anständigen Straße. Es war verschlossen. Kein Vermietungszettel war zu entdecken, keine Antwort kam auf mein Klopfen. Eben wollte ich mich abwenden, da trat ein Bierjunge, der leere Zinnkrüge aus den nachbarlichen Häusern eingesammelt, auf mich zu und sagte höflich: »Suchen Sie jemand in diesem Haus, mein Herr!«

»Ja, ich hörte, es sei mietfrei.«

»Zu vermieten! Ah, das sollte mich wundern, die Hüterin desselben ist tot – seit drei Wochen tot und niemand findet sich, der Lust hätte, die vakante Stelle einzunehmen, obgleich Herr J. eine hohe Bezahlung dafür aussetzte. Er bot meiner Mutter, die seine Aufwärterin ist, ein Pfund pro Woche, nur um täglich die Fenster zu öffnen und zu schließen, jedoch mochte sie das Anerbieten nicht annehmen.«

»Sie mochte nicht! Und aus welchem Grund?«

»Weil es hier spukt; die Hüterin wurde mit weitaufgerissenen Augen in ihrem Bett tot aufgefunden. Sie sagen, der Satan habe sie erdrosselt.«

»Du nanntest eben Herrn J., den Besitzer des Hauses, wo wohnt der?«

Ich gab dem Bierjungen seine wohlverdiente Belohnung für seine bereitwillige Auskunft und ging meines Weges weiter zu Herrn J. in G–street – ganz nahe der Straße, in der das Spukhaus stand. Ich war so glücklich, Herrn J., einen älteren Mann mit einem klugen Gesicht und einnehmendem Wesen, zu Hause anzutreffen und teilte ihm mein Anliegen ohne Umschweife mit. Ich sagte, dass sein Haus als ein von unheimlichen Besuchern belästigtes bekannt sei, dass ich ein lebhaftes Verlangen hätte, die Räume mit eigenen Augen zu sehen, die in jenem zweifelhaften Ruf stünden, und dass ich ihm zu größtem Dank verpflichtet sein würde, wenn er es mir mietweise nur für eine Nacht zur Verfügung stellen wolle. Ich wolle jeden Preis, den er irgend fordere, für diese Gefälligkeit zahlen.

»Mein Herr,« sagte Herr J. mit ausgesuchter Höflichkeit, »das Haus steht Ihnen ganz zur Verfügung, für so lange oder so kurze Zeit, wie es Ihnen irgend beliebt. Miete dafür anzunehmen, steht für mich völlig außer Frage – die Verpflichtung ist ganz auf meiner Seite, da es Ihnen ja möglicherweise gelingen kann, die Ursache der sonderbaren Erscheinungen zu entdecken, die das Haus augenblicklich gänzlich wertlos machen. Ich kann es geradezu nicht vermieten, denn ich finde nicht einmal jemand, der es in Ordnung halten und an der Türe Rede stehen will. Unglücklicherweise spukt es wahrhaftig darin (und das ist nicht einmal der rechte Ausdruck dafür), denn es geschieht dies nicht nur bei Nacht, sondern am hellen, lichten Tag, obschon die Ruhestörungen und Erscheinungen des Nachts unheimlicheren, ja manchmal geradezu erschreckenden Charakters sind.

Ich befreite die beklagenswerte Alte, die vor drei Wochen starb, einst aus dem Armenhaus. Sie war meiner Familie als Kind schon bekannt und hatte bessere Tage gesehen, befand sich sogar in so guten Verhältnissen, dass sie einst Mieterin meines Onkels gewesen war. Sie hatte eine leidliche Erziehung genossen, besaß einen starken Geist und war das einzige Wesen, was ich je zu überreden vermochte, es in jenem Haus auszuhalten. Ich muss sagen, seit ihrem plötzlichen Tod, dessen Art durch den Leichenbeschauer allgemein bekannt wurde, verzweifelte ich daran, ihre Stelle je wieder besetzt zu sehen, noch viel weniger einen Mieter zu finden. Ich überlasse das Haus mit Vergnügen jedem auf ein Jahr gratis, der sich verpflichtet, die Steuern dafür auf seine Schultern zu nehmen.«

»Seit wann hat denn Ihr Haus diesen unheimlichen Charakter?«

»Da bin ich kaum in der Lage, Ihnen das beantworten zu können, es ist lange, sehr lange her.

Die alte Frau, die ich gleichfalls dazu befragte, meinte, es habe dreißig bis vierzig Jahre hindurch, ehe sie es mietete, darin gespukt. Ich meinerseits habe den größten Teil meines Lebens im ostindischen Zivildienst verbracht. Im vorigen Jahr kehrte ich nach England zurück, um die Erbschaft eines Onkels anzunehmen, unter dessen Nachlass jenes fragliche Haus war. Ich fand es mit verschlossenen Fensterläden und Türen vor. Die Gerüchte begannen, es hausten Gespenster darin und es sei deshalb von allen lebenden Wesen gemieden. Ich belächelte dies unglaubliche

Histörchen, gab Geld aus, sein Inneres und Äußeres zu renovieren, fügte dem altväterischen Möblierung neue hübsche Stücke hinzu, inserierte die Wohnung und bekam einen Mieter für ein Jahr. Es war ein Oberst außer Dienst.

Er bezog das Haus mit seiner Familie, bestehend aus Tochter, Sohn und vier bis fünf Dienstboten – am nächsten Tag verließen sie es sämtlich. Jeder einzelne beschwor, eine andere Erscheinung gehabt zu haben, doch alle erfüllte das gleiche Entsetzen.

Ich konnte es mit meinem Gewissen nicht vereinbaren, den Oberst wegen Vertragsbruchs gerichtlich belangen zu lassen – ja, ich konnte ihn nicht einmal tadeln. –

Darauf wies ich der besagten Alten ihre Stellung als Hüterin an und autorisierte sie, das ganze Grundstück, in kleine möblierte Wohnungen parzelliert, zu vermieten. Ich hatte nie einen Mieter, der länger als zwei Tage geblieben wäre.

Es würde zu weit führen, Ihnen die Erlebnisse der einzelnen zu erzählen – nicht zwei davon haben die gleiche Erscheinung gehabt. Jedoch – urteilen Sie lieber selbst, anstatt mit beeinflusster Fantasie jene Schwelle zu überschreiten; bereiten Sie aber Ihren Geist vor, Ungewöhnliches zu sehen und zu hören, und wappnen Sie sich mir jeder Vorsichtsmaßregel, die Ihnen irgend zu Gebote steht.«

»Haben Sie selbst nie den Versuch gemacht, einmal eine Nacht in jenem Haus zuzubringen?«

»Gewiss. Ich verblieb zwar keine Nacht darin, hingegen drei Stunden bei strahlendem Tageslicht. Meine Neugier ist nicht befriedigt, aber sie ist gedämpft. Ich empfinde keinerlei Verlangen, das Experiment je zu wiederholen. Sie sehen, mein Herr, ich gehe Ihnen gegenüber sehr offenherzig zu Werke und rate Ihnen wohlmeinend, wenn Ihr Verlangen nicht ganz besonders dringend und Ihre Nerven nicht ganz besonders stark sind, – sehen Sie ab davon, eine Nacht in jenem Haus zu verbringen.«

»Mein Interesse ist ein nicht zurückzudrängendes,« sagte ich, »nur ein Feigling verkriecht sich hinter seine zarten Nerven, sobald es gilt, einer ungewöhnlichen Situation die Stirn zu bieten, auch sind die meinigen durch Gefahren jeder Art gestählt. Ich kann mich mit vollem Recht auf sie verlassen – sogar Geistern gegenüber!«

Herrn J.'s Gegenargumente schienen erschöpft. Er nahm aus seinem Schreibpult die Schlüssel des verhängnisvollen Hauses, gab sie mir, und ihm aufrichtig für seine Offenheit und freundliche Erfüllung meines Wunsches dankend, trug ich meine Beute im Triumph davon. Brennend

vor Ungeduld trat ich, zu Hause angelangt, vor meinen treuen Diener. Es war ein junger Mensch von sprudelndem Temperament, furchtlosem Charakter und freier von abergläubischen Vorurteilen als irgendjemand.
»Frank,« sagte ich, »du erinnerst dich, wie enttäuscht wir waren, als wir in Deutschland in jenem alten Schloss übernachteten, wo das Gespenst ohne Kopf, das darin umgehen sollte, uns nicht erschien. – Soeben höre ich von einem Haus hier in London, in dem die Geister sich weniger zurückhaltend benehmen. Ich beabsichtige, eine Nacht daselbst zuzubringen. Nach allem, was ich höre, bleibt jeder Zweifel ausgeschlossen, dass wir es nicht verlassen werden, ohne Absonderliches gehört oder gesehen zu haben, im Gegenteil – vielleicht sogar Haarsträubendes. Kann ich, wenn ich dich mit mir nehme, mich felsenfest auf deine Geistesgegenwart verlassen, es ereigne sich, was da wolle!«
»O Herr, bitte, verlassen Sie sich auf mich,« antwortete Frank, indem er vor Vergnügen strahlte.
»Nun gut – hier sind Adresse und Schlüssel des Hauses. Geh, wähle mir ein Schlafzimmer nach deinem Geschmack, und da seit Monaten keine Seele diese Räume betrat, lüfte das Bett, mache ein behagliches Feuer, und vergewissere dich hinreichend, ob Lichter und Brennmaterial vorhanden sind. Nimm meine Pistole und meinen Degen an dich – damit wäre mein Teil erledigt. Nun rüste auch du dich wohl aus, und wenn wir alsdann nicht einem halben Dutzend Gespenster gewachsen sind, erkläre ich uns für ein paar erbärmliche Wichte.«
Ich meinesteils war für den Rest des Abends durch Geschäfte so dringender Natur in Anspruch genommen, dass mir keine Muße blieb, über das nächtliche Abenteuer, dem ich förmlich meine Ehre verpfändet hatte, nachzugrübeln.
Ich speiste sehr spät und allein, meiner Gewohnheit nach beim Essen lesend. Meine Lektüre waren Macaulays Essays. Ich beschloss, das Buch mitzunehmen. Es war ein so kerniger Stil, so viel praktische Lebenswahrheit darin, dass es mir wie ein Gegengift gegen die Einflüsse einer überreizten Fantasie vorkam. Gegen halb zehn Uhr steckte ich das Buch ein und schlenderte gemächlich zum Geisterhaus. Ich nahm meinen Lieblingshund mit mir, einen außergewöhnlich schneidigen Bullterrier – einen Hund, der nachts in den unheimlichsten Schlupfwinkeln und Durchgängen auf Rattenfang herumstrolchte – ein wirkungsvoller Hund einem Gespenst gegenüber.
Es war eine kühle Sommernacht. Leichte Wolkengebilde überzogen den Himmel. Dennoch war der Mond sichtbar; sein Licht war jedoch fahl

verblassend. – Aber es war doch ein Mond; und wenn es die Wolken gestatteten, so konnte er gegen Mitternacht mit intensiverem Licht leuchten. Ich erreichte das Haus, klopfte, und mein Diener öffnete mir mit einer vergnügten Grimasse.

»Herr, es ist alles in bester Ordnung und sehr gemütlich hier.«

»Oh,« erwiderte ich enttäuscht; »ist dir denn gar nichts Verdächtiges begegnet!«

»Doch, Herr, ich will offen sein, ich hörte etwas Sonderbares.«

»Wie denn! – Sprich!«

»Das Geräusch von Fußtritten trappelte hinter mir her und ein- bis zweimal hörte ich ein leises Geflüster dicht an meinem Ohr – sonst weiter nichts.«

»Du bist also nicht im Geringsten furchtsam!«

»Ich!! Herr, durchaus nicht,« und des Burschen kühne Blick bürgte mir von neuem dafür, dass – möge kommen was da wolle – er mich nicht verlassen würde!

Wir standen im Vestibül, die Haustür war geschlossen und meine Aufmerksamkeit lenkte sich auf den Hund.

Dieser lief zuerst fidel hinein, kroch aber bald zur Ausgangstür zurück und kratzte und winselte, um hinausgelassen zu werden. Ich streichelte seinen Kopf, ermutigte ihn freundlich und der Hund schien sich mit seiner Lage auszusöhnen. Er folgte mir und Frank an die Fersen geheftet durch das Haus, ganz gegen seine sonstige Gewohnheit, vorauszulaufen, um schnuppernd das fremde Terrain zu erkunden.

Wir untersuchten zuerst die Souterrain-Räume, Küche, Speisegewölbe und besonders die Kellerräume. Zwei bis drei völlig mit Spinnweben überzogene Flaschen Wein lagerten dort, augenscheinlich seit vielen Jahren in ungestörter Ruh'. Zechbrüder waren die Geister also nicht. Im Übrigen entdeckten wir nichts Bemerkenswertes. Es war dort ein kleiner düsterer, von hohen Mauern rings umschlossener Hinterhof. Die Steinplatten auf dem Fußboden waren feucht und mit Staub, Ruß und Nässe bedeckt; daher hinterließen unsere Fußtritte leichte Spuren. Jetzt zeigte sich in dieser sonderbaren Umgebung die erste Außergewöhnlichkeit, deren Augenzeuge ich war.

Plötzlich vor mir, auf dem feuchten Gestein formte sich von selbst eine fremde Fußspur. Ich stand still, fasste meinen Diener am Arm und deutete zu der Stelle hin; soeben formte sich die zweite. Ich trat rasch darauf zu, aber die fremde Spur blieb mir immer einen Schritt voraus. Es war eine kleine Spur, wie vom Fuß eines Kindes, indes war der Eindruck zu schwach, um die Form vollständig beurteilen zu können. Im Augenblick hatten wir beide den Gedanken, dass sie der Abdruck eines nackten Kinderfußes sei. Das Phänomen verschwand, als wir an der gegenüberliegenden Mauer ankamen, und wiederholte sich auch auf dem Rückweg nicht, wir stiegen die Treppen wieder hinauf und betraten die Zimmer zu ebener Erde, das Speisezimmer, ein kleines Wohnzimmer und einen dritten winzigen Raum, der mutmaßlich als Bedienstetenzimmer genutzt worden war, alle still wie das Grab. Dann gingen wir in die Salons, die neu eingerichtet schienen. Im Vorderzimmer angelangt, setzte ich mich auf einen Stuhl mit Armlehnen.

Frank stellte das Licht, mit dem er geleuchtet hatte, auf den Tisch. Ich befahl ihm, die Tür zu schließen. Als er sich umwandte, meinen Befehl auszuführen, begann ein mir gegenüber an der Wand stehender Stuhl sich schnell und geräuschlos vorwärtszubewegen und blieb einen Meter entfernt mir gegenüber stillstehen.

»Nun, wenn's weiter nichts ist,« sagte ich mit einem halben Lachen, ist mir lieber als Tischrücken!«

Als ich lachte, warf aber mein Hund den Kopf zurück und heulte. Frank war, indem er sich wegwandte, die Wanderschaft des Stuhles entgangen. Er beschäftigte sich damit, den Hund zu beschwichtigen. Ich hatte ununterbrochen den Stuhl im Auge und glaubte darauf, wie aus bläulichem Dunst gewoben, die Umrisse einer menschlichen Gestalt zu erkennen. Die Linien waren jedoch so unklar, dass ich meiner eigenen Fantasie zu misstrauen anfing. Der Hund hatte sich wieder beruhigt.

»Stelle diesen Stuhl mir hier gegenüber an die Wand zurück,« sagte ich zu Frank. Er gehorchte.

»Waren Sie das, Herr?« fragte er, sich kurz umdrehend.

»Ich – was?«

»Ich bekam eben einen Schlag. Ich fühle denselben schmerzhaft hier an der Schulter.«

»Nein,« sagte ich. »Aber wir haben es mit Taschenspielern zu tun, und wenn wir auch ihren Kunststückchen nicht auf die Spur kommen, so werden wir sie doch fangen, ehe sie uns verblüffen.«

Wir hielten uns nicht weiter in den Salons auf, sie waren so feucht und kalt, dass ich mich freute, hinauf in mein Zimmer und an das Feuer zu kommen. Wir verschlossen die Tür. Eine Vorsichtsmaßregel, die wir überhaupt durchgängig vollzogen. Das von meinem Diener für mich gewählte Schlafzimmer war das beste in der ganzen Etage. Höchst geräumig, hatte es zwei Fenster zur Straßenfront. Ein viersäuliges Bett-

gestell, das dem Kamin gegenüberstand, in dem ein helles Feuer prasselte, nahm keinen bedeutenden Raum ein. Zwischen Fenster und Bett befand sich die Tür des Kabinetts, worin sich mein Diener eingerichtet hatte. Es war sehr klein und enthielt nichts außer einem Schlafsofa. Zum Treppenhaus führte keine Verbindungstür – auch existierte sonst keine Tür, außer dieser, die zu meinem Zimmer führte. Zu beiden Seiten meines Kamins waren Wandschränke ohne Schlösser angebracht und mit derselben melancholischen Tapete wie die Wand überklebt. Wir untersuchten die Schränke genau – sie enthielten nur einige Haken zum Aufhängen weiblicher Kleidungsstücke, sowie auch die äußeren Wände; alles erwies sich durchaus massiv. Nachdem ich mein Zimmer so inspiziert hatte, wärmte ich mich ein wenig, zündete mir eine Zigarre an und ging dann, von Frank begleitet, meine Erkundung zu vollenden.
Auf dem Treppenabsatz vor unseren Gemächern war eine zweite Tür – sie war fest verschlossen. »Herr,« – sagte mein Diener überrascht, – »ich schloss bei meinem Kommen diese Tür so gut wie alle übrigen auf, auch kann sie nicht von innen verriegelt worden sein, denn es ist …« Ehe er den begonnenen Satz vollendete, ging besagte Tür, ohne dass sie einer von uns berührt hätte, langsam von selbst auf. Wir sahen uns gegenseitig einen Augenblick verblüfft an. Ein und derselbe Gedanke beschlich uns – irgendeine menschliche Einwirkung mussten wir hier entdecken! Ich schritt voran, mein Diener folgte. Wir befanden uns in einem kleinen, öden, düsteren Zimmer ohne jegliches Möbelstück, in einer Ecke lagen einige leere Koffer und Körbe. Die Läden des einzigen kleinen Fensters waren geschlossen, nicht einmal ein Kamin fand sich vor, keine andere Tür als die, durch die wir eingetreten waren, kein Teppich auf dem Fußboden, obschon derselbe alt, uneben und wurmstichig war, was die hellen, ausgebesserten Flecke deutlich bekundeten. Kein lebendiges Wesen war sichtbar, kein Platz, wo sich eines hätte verbergen können. Während wir noch dastanden und rundum blickten, schloss sich die Tür langsam von selbst, genauso, wie sie sich zuvor geöffnet hatte. – Wir waren Gefangene.
Zum ersten Mal überkam mich ein unaussprechliches Grauen – nicht so meinen Diener.
»Ich glaube gar, Herr, die denken uns fangen zu können – ich sage Ihnen, mit einem Stoß meines Fußes fliegt die verwitterte Tür auf.«
»Sieh zuvor, ob sie nicht deiner Hand weicht,« sagte ich und suchte meine Furcht abzuschütteln, während ich die Läden öffnete, um mich zu überzeugen, wie es außerhalb aussah. Ich schob die Riegel zurück.

Das Fenster ging auf den kleinen zuvor beschriebenen Hof hinaus. Ich konnte keinen Vorsprung außerhalb entdecken, es ging senkrecht hinab. Niemand hätte, um durch dieses Fenster zu entfliehen, irgendwo festen Fuß fassen können, ehe er hinab auf die Steinplatten kam.
Frank hatte die ganze Zeit über erfolglose Versuche gemacht, die Tür zu öffnen. Er wandte sich jetzt um und bat um die Erlaubnis, Kraft anwenden zu dürfen.
Ich muss, um diesem Menschen volle Gerechtigkeit widerfahren zu lassen, hier nochmals konstatieren, wie völlig frei von jeglicher Furcht er war.
Seine Kaltblütigkeit, seine ganze Haltung, ja sogar Heiterkeit unter so außergewöhnlichen Verhältnissen zwangen mir Bewunderung ab. Ich beglückwünschte mich innerlich zu diesem Genossen, welcher der Situation so ganz gewachsen war, und gab ihm willig die verlangte Zustimmung. Obwohl er ein außergewöhnlich starker Mann war, erwies sich doch seine Kraft hier ebenso machtlos wie seine mäßigeren Anstrengungen – die Tür rührte sich nicht unter seinen Stößen. Nun versuchte auch ich mich an der Tür, – alles umsonst. Als ich meine Versuche aufgeben musste, kam wieder jene namenlose Angst über mich. Diesmal war sie anhaltender – unbezwinglicher. Ich hatte das Gefühl, als stiege ein geisterhaftes Wehen aus den Ritzen des holprigen Fußbodens auf und füllte die Atmosphäre mit giftigem, der menschlichen Existenz feindseligem Dunst. In diesem Augenblick öffnete sich die Tür wieder langsam und geräuschlos, ganz von selbst. Rasch sprangen wir auf den Treppenabsatz hinaus. Nun sahen wir ein großes bleiches Licht vor uns herschweben, so groß wie eine menschliche Gestalt, jedoch form- und masselos. Es bewegte sich die Treppe hinauf, die zu den Böden führte. Ich folgte dem Licht und mein Diener folgte mir. Die Erscheinung schlüpfte in eine zur Rechten gelegene Dachkammer, deren Tür offenstand. Auch ich trat sofort ein. Da schrumpfte das große Licht zu einer kleinen Kugel zusammen, die strahlend und lebhaft leuchtend einen Augenblick über einem Bett in der Ecke schwebte, flackerte und verschwand, wir näherten uns dem Bett und untersuchten es genau. Es hatte ein eisernes Gestell, wie man es oft auf Böden als Schlafstelle für die Dienerschaft findet.
Auf der Kommode dicht daneben lag ein altes, verblasstes, seidenes Tuch; eine Nadel steckte noch in dem halb reparierten Riss. Das Tuch war dick mit Staub bedeckt, jedenfalls gehörte es der alten letztverstorbenen Haushüterin, und dies mochte ihr Schlafraum gewesen sein. Meine Neugier stieg. Ich öffnete die Fächer. Allerlei Überreste weiblicher

Kleidungsstücke nebst zwei mit einem gelben Band umbundene Briefe lagen darin. Ich war so frei, dieselben an mich zu nehmen. Außerdem fanden wir nichts Bemerkenswertes in dem Zimmer vor, noch tauchte das Licht wieder auf, wohl aber vernahmen wir beide genau leise, trippelnde Schritte dicht vor uns. Die Inspizierung der vier bis fünf anderen Böden ergaben nichts – doch waren und blieben die Fußtritte uns stets voraus. Nichts war zu sehen – absolut nichts, aber der trippelnde Schritt war umso mehr zu hören. Meine Hand umschloss fest die beiden Briefe. Als ich die Treppe hinabstieg, fühlte ich deutlich mein Handgelenk umklammert und einen schwachen Versuch, mir die Briefe zu entwinden. Ich schloss meine Hand fester, und der Druck am Gelenk ließ nach.

In mein Schlafzimmer zurückgekehrt, fiel es mir erst jetzt auf, dass mein Hund uns nicht gefolgt war, als wir es verließen, sondern sich zitternd an das Feuer drängte. Ungeduldig faltete ich die Briefe auseinander, und während ich las, nahm mein Diener die Waffen, die ich ihm befohlen hatte mitzunehmen, aus ihren Futteralen. Er platzierte sie auf meinen Nachttisch und bemühte sich dann vergebens, den Hund zu beschwichtigen.

Die Briefe waren kurz, sie waren datiert und die Daten fünfunddreißig Jahre alt. Offenbar waren es Brieflein eines Liebhabers an seine Erwählte oder eines Gatten an sein junges Weib. Nicht allein die Ausdrücke, sondern auch ganz bestimmte Anspielungen auf eine frühere Seereise charakterisierten den Seemann. Orthografie und Handschrift waren die eines nur mittelmäßig gebildeten Menschen, dennoch war die Sprache an sich mächtig. Durch alle liebkosenden Ausdrücke hindurch klang eine Art von wilder Leidenschaft, und hier und da fanden sich Andeutungen über ein Geheimnis, das sich jedoch auf keine Liebesaffäre bezog, sondern auf ein Verbrechen.

»Wir sollten uns lieben,« so lautete, wie ich mich deutlich erinnere, die eine Stelle, »denn wie würde die Welt uns verfluchen, wüsste sie davon.« Und weiter: »Teile dein Schlafgemach nie mit jemand, denn du sprichst im Schlaf.« Ferner wiederum: »Geschehenes ist unabänderlich und ich sage dir, kein Zeuge steht gegen uns auf, es sei denn, die Toten kehrten wieder.« Hier war mit einer besseren, und zwar weiblichen Handschrift geschrieben und unterstrichen: »Sie stehen wieder auf!« Am Schluss des Briefes jüngsten Datums endlich hatte dieselbe weibliche Hand weiter geschrieben: »Gestorben auf dem Meer am 4. Juni, an demselben Tag als –« Ich ließ die Hand sinken und verlor mich in Sinnen über das Gelesene. Indessen fürchtete ich, der Gedankengang in diese Richtung würde meine Nerven aufregen. Ich war fest entschlossen, meinen Geist in der nötigen Spannkraft zu erhalten, um gegen alles Furchtbare gewappnet zu sein, komme, was da wolle.

Bereits rückte die Nacht bedeutend vor. Ich sprang empor, legte die Briefe auf einen Tisch, schürte das Feuer, das lustig knisterte, und öffnete meinen Band Macaulay. Mit leidlicher Gemütsruhe las ich bis halb zwölf Uhr, dann warf ich mich auf mein Bett, hieß meinen Diener sich zurückziehen, jedoch wach zu bleiben und die Verbindungstür unserer Zimmer nicht zu schließen. Ungefähr zwanzig Minuten später war mir, als streife ein außerordentlich kalter Luftzug meine Wange. Die Tür rechts, zum Flur, schien aufgegangen zu sein, aber nein sie war zu. Ich wandte mich links und sah, wie die Flamme meines Lichts, wie vom Luftzug bewegt, heftig hin und her flackerte. Im selben Augenblick glitt meine dicht neben dem Revolver liegende Uhr sacht vom Tisch, leise, leise, wie von unsichtbarer Hand gezogen, sie war verschwunden. Ich schnellte empor, ergriff mit einer Hand den Revolver, mit der anderen den Degen, denn ich verspürte keine Lust, meine Waffen das Schicksal meiner Uhr teilen zu lassen. So bewaffnet, spähte ich auf dem Fußboden herum, aber keine Spur von meiner Uhr. Jetzt begann es dreimal langsam am Kopfende meines Bettes zu klopfen.

»Sind Sie das, Herr?« rief mein Diener.

»Nein, sei auf deiner Hut.«

Nun sprang der Hund auf, setzte sich aufrecht, spitzte die Ohren und bewegte sich rasch rückwärts und vorwärts. Er sah mich dabei mit sonderbar beredtem Blick an, so dass sich meine volle Aufmerksamkeit auf mein Tier konzentrierte. Plötzlich erhob dasselbe sich langsam, jedes Haar an ihm sträubte sich, es stand starr und festgebannt da und hatte einen wilden Blick. Es blieb mir jedoch keine Zeit, den Hund länger zu beobachten. Mein Diener stürzte aus seinem Zimmer heraus.

Wenn ich je das Entsetzen in einem menschlichen Antlitz sah, so war es in dieser Stunde. Ich hätte den Mann nicht erkannt, wenn er mir auf der Straße begegnet wäre, so verzerrt waren seine Züge. Er flog an mir vorüber und rannte in einem Ton, der kaum von seinen Lippen zu kommen schien: »Laufen Sie, was Sie können – er ist hinter mir.«

Er erreichte die Tür zum Korridor, riss sie auf und raste fort. Ich folgte ihm unwillkürlich, wollte ihn zurückrufen, aber ohne mich zu beachten, schwang er sich, krampfhaft das Treppengeländer fassend, hinab, riss die Haustür auf und ich hörte nur noch, wie sie zuschlug – ich war allein im Geisterhaus. Ich gestehe, ich schwankte einen Augenblick, ob ich meinem Diener folgen sollte oder nicht, allein Stolz und Neugier hielten mich von feiger Flucht zurück. Ich trat wieder in mein Zimmer, schloss die Tür und schritt vorsichtig zu dem kleinen Kabinett, fand aber keinerlei Erklärung für meines Dieners Entsetzen. Nochmals die Wände prüfend, tastete ich, nach einer geheimen Tür suchend, umher, aber es fand sich keine Spur davon, auch nicht das kleinste Risschen in der Tapete. Wie in aller Welt hatte dasjenige, was ihn verscheucht hatte, möge es heißen, wie es wolle, Zutritt gefunden, außer durch mein Zimmer. Ich bewegte mich zurück in dasselbe, schloss und verriegelte die Tür zum Kabinett und stellte mich an den Kamin, in Erwartung der Dinge, die da kommen sollten. Jetzt bemerkte ich, dass mein Hund in die Ecke des Zimmers kroch und sich derartig dagegen drückte, als wolle er sich buchstäblich den Weg in die Wand erzwingen. Ich näherte mich dem armen Tier und sprach ihm zu, es war außer sich vor Furcht, fletschte die Zähne, geiferte und hätte mich sicher gebissen, sofern ich es berührte. Der Hund schien mich nicht zu erkennen. Wer jemals in einem zoologischen Garten ein Kaninchen durch den Blick der Schlange gebannt in einem Winkel hocken sah, der nur kann sich die Todesqual ausmalen, die der Hund ausstand. Als alle Versuche scheiterten, das Tier zu besänftigen, fürchtend, dass sein Speichel, wie bei der Tollwut, giftig sein konnte, überließ ich es sich selbst, legte meine Waffen auf den Tisch zurück, setzte mich und nahm Macaulay wieder auf. Nach kurzer Zeit gewahrte ich, dass sich etwas zwischen Licht und Buch stellte, denn es fiel ein Schatten auf das Blatt. Ich sah auf und sah, was mir schwer, vielleicht nie glücken wird, zu beschreiben. Es war ein dunkles Etwas vor mir, das sich wie aus Luft von selbst bildete und sehr unentschiedene Konturen zeigte. Ich kann nicht sagen, dass es eine menschliche Gestalt war, und doch hatte es eine große Ähnlichkeit mit einer solchen oder wenigstens mit dem Schatten derselben. Je länger ich hinsah, desto mehr lösten sich Licht und Schatten voneinander los und die Größenverhältnisse der Erscheinung schienen mir enorm, denn das oberste Ende berührte fast die Decke, während ich unablässig darauf hinstarrte, empfand ich einen Hauch von eisiger Kälte. Ein Eisberg direkt vor mir hätte mich nicht mehr zusammenschauern machen können, noch hätte er eine so intensive Kälte auszuströmen vermocht. Als ich fortfuhr, das Ungeheuerliche anzustieren, kam es mir vor (jedoch das kann ich nicht einmal bestimmt behaupten), als unterscheide ich ein paar Augen, die aus der Höhe auf mich herabsahen. Einen Augenblick schien mir ihre Existenz zweifellos, den anderen waren sie wieder verschwunden, jedoch zwei Strahlen

bläulichen Lichts schossen durch das Dunkel. Sie gingen von jener Stelle aus, wo ich glaubte, dass mir vorhin Augen begegnet waren. Ich versuchte zu sprechen – meine Stimme versagte vollständig.
›Ist das Furcht?‹ dachte ich bei mir. O nein, die kenne ich nicht. Ich wollte aufstehen – umsonst – eine unsichtbare Gewalt hielt mich nieder. Ein fremder Wille lehnte sich gegen den meinigen auf, ein unendlich überlegener, ungefähr so, wie Sturm und Feuer der Menschenhand gegenüber. Und nun, da dieser Gedanke mehr und mehr in mir zur Überzeugung reifte – kam ein Entsetzen über mich, das jeder Beschreibung spottete. Nur mein Stolz hielt mich aufrecht – nicht mein Mut. Entsetzen ist das, sagte ich mir, und keine Furcht. Solange ich aber diese banne, wird mich nichts anfechten, weil meine Vernunft alles dies für ein Gebilde der Fantasie hält. Mit einer heftigen Bewegung gelang es mir, meine Hand nach meinen Waffen auszustrecken, als ich es aber tat, bekam ich einen eigentümlichen Ruck und mein Arm sank kraftlos an meiner Seite nieder. Und nun, um das Maß des Grauens voll zu machen, nahm der Glanz der Lichter mehr und mehr ab, sie verlöschten nicht, aber ihre Flamme schien wie langsam zurückgezogen zu werden. Genau so geschah es mit dem Feuer im Kamin und in wenigen Augenblicken lag das Zimmer im tiefsten Dunkel. Die Angst, bei der Idee, mit dem dunklen Etwas, dessen Macht ich vorhin so intensiv gefühlt hatte, im Finsteren allein zu sein, brachte eine Gegenwirkung in mein Nervensystem. Das Entsetzen in mir hatte jenes Stadium erreicht, dass mich entweder meine Sinne verlassen hätten oder ich den Zauber brechen musste. Ich brach ihn. Ich fand meine Stimme wieder, obgleich sie mehr wie ein Aufschrei klang. Ich erinnere mich, dass ich Worte herausstieß wie: »Ich fürchte mich nicht, meine Seele ist frei von Schuld,« zu gleicher Zeit fand ich die Kraft zum Aufstehen. Von tiefem, tiefem Dunkel umgeben, flog ich zu der Fensterseite hin – riss den Vorhang zurück und stieß die Läden auf – mein einziger Gedanke war Licht!
Und wie ich den Mond so ruhig, hoch und klar über mir sah, empfand ich eine Freude, die mich für alle Schrecknisse entschädigte. Da stand der Mond, da waren die Gasflammen in der öden, menschenleeren Straße. Ich wandte mich wieder dem Zimmer zu. Der Mond durchdrang dessen dunkle Schatten nur spärlich und teilweise – aber es war eben doch Licht darin. Das dunkle Etwas war verschwunden, nur einen düsteren Reflex, als wäre er der Schatten der Schattengestalt, nahm ich an der gegenüberliegenden Wand wahr. Mein Auge fiel nun auf den alten, runden Mahagonitisch, der ohne Decke dastand. Da erhob sich eine

Hand bis zum Handgelenk sichtbar. Sie schien von Fleisch und Blut wie meine eigene zu sein, aber es war die einer älteren Person – dürr, runzlig und klein dazu – eine Frauenhand. Diese Hand umschloss sanft die beiden Briefe auf dem Tisch – Hand und Briefe verschwanden. Nun folgten erneut die drei abgemessenen Stöße gegen die Bettwand zu Häupten, die ich vor Beginn des wunderbaren Dramas bereits vernommen. Als dieser Lärm vorüber war, erbebte das Zimmer fühlbar, und von nah und fern tauchten Kügelchen, wie erleuchtete Wasserblasen in allerlei Farben, grün, gelb, feuerrot und himmelblau, auf. Hinauf und herunter, herüber, hinüber, hierhin, dorthin, winzigen Irrlichtern gleich, bewegten sich die Funken, langsam und schnell, je nach Laune. Ein Stuhl (wie zuvor im Salon unten) rückte langsam von der Wand aus vorwärts, ohne sichtbare Aktion und postierte sich mir gegenüber am Tisch, plötzlich, wie von dem Stuhl empor, wuchs ein Schatten weiblicher Form. Er war so deutlich sichtbar, wie eine lebende Gestalt und doch totenbleich, wie eine Leiche. Das Gesicht war jugendlich, von sonderbar melancholischer Schönheit. Hals und Schultern waren entblößt und das übrige der Erscheinung in ein langes weißes Gewand gehüllt. Die Gestalt glättete ihr langes, gelbliches, über die Schultern fallendes Haar. Ihr Blick war unverwandt auf die Tür geheftet, sie schien lauschend, spähend zu warten. Der Schatten der Schattengestalt im Hintergrund wurde tiefer und abermals schien es mir, als funkelten Augen aus der Höhe nieder, den weiblichen Schatten beobachtend. Aus der Tür, obschon sie sich nicht öffnete, wuchs eine andere Gestalt heraus, gleich deutlich, gleich aschfahl, die eines jungen Mannes. Er war in der Tracht des vorigen Jahrhunderts oder wenigstens in einer jener ganz ähnlichen. Die männliche, sowie die weibliche Gestalt, wenngleich sehr deutlich, waren unbedingt masselos, nicht greifbar, sondern Gespenster. An ihnen war etwas Widerstreitendes, Gegensätze, die sich bekämpften. Beide waren lächerlich und furchtbar zugleich in dem mühsamen Aufputz ihrer alten Kostüme, die mit ihren Spitzen, Krausen und Schnallen in höfischer Genauigkeit ausgeführt waren; zu alledem das leichenhafte Aussehen und die geisterhafte Schweigsamkeit ihrer schwebenden Träger. Im Augenblick, als die weibliche Figur sich der männlichen zuneigen wollte, löste sich der Schatten von der Wand los, und alle drei waren in Dunkel gehüllt. Ja, im ersten Morgengrauen schien es, als wären die beiden Gespenster in der Gewalt des Schattens, der sich über sie aufschwang. Ein Blutfleck wurde nun auf der Brust des weiblichen sichtbar. Das männliche Gespenst lehnte sich auf ein Geisterschwert, Blut rieselte heftig von seiner

Krause und seinen Spitzen nieder und wieder verschlang der Schatten, der zwischen ihnen gestanden hatte, alle drei. Sie waren verschwunden. Wieder schossen die bunten Blasen empor, segelten und wogten herum, schwollen dicker und dicker auf, und ihre Bewegungen wurden immer wirrer. Die Schranktür zur Rechten des Kamins tat sich auf, und aus der Öffnung trat die Gestalt einer alten Frau mit Briefen in der Hand, mit denselben Briefen, welche die Hand vorhin ergriffen hatte, und hinter der Erscheinung erklangen Fußtritte. Sie drehte sich aufhorchend um, öffnete dann die Briefe und schien zu lesen, und über ihre Schulter hinweg blickte ein bleifarbenes Gesicht, wie das eines vor langer Zeit Ertrunkenen, aufgeschwollen, gebleicht, und mit Seegras in dem tropfenden Haar. Der Frau zu Füßen lag eine Masse, wie die eines entseelten Körpers und neben demselben hockte ein Kind, ein elendes, unsauberes Kind, den Hungertod auf den Wangen und Furcht in den Augen. Und als ich das Antlitz der Frau näher ins Auge fasste, verschwanden die Furchen und Linien und es wurde ein jugendliches Gesicht daraus mit strengem, steinernem Blick. Der gewaltige Schemen schoss vorwärts und überschattete mit seinem Dunkel alle drei Gespenster, wie er es zuvor mit den anderen getan. Nichts blieb sichtbar als der Schatten, den ich unausgesetzt beobachtete, aus dem abermals zwei Augen leuchteten, boshafte Schlangenaugen. Und die Lichtblasen stiegen und fielen und machten ihre unregelmäßige und ungestüme Irrfahrt mitten im Schein des verblassenden Mondlichtes, aber aus den Kugeln, wie aus der Schale des Eies, brachen widrige Larven heraus, blutlos und scheußlich anzusehen. Ich kann sie nur mit schwärmenden Milben in einem Wassertropfen vergleichen, wenn sie das Mikroskop veranschaulicht; durchsichtige Körper, geschmeidig, beweglich, einer den anderen verjagend, einer den anderen verschlingend. Figuren winziger Gestalt und doch mit unbewaffnetem Auge erkennbar. Ihr Herumstreichen war systemlos, sie näherten sich mir schneller und in dichteren Haufen und krochen über meinen rechten Arm hinweg, den ich unbewusst wie zur Abwehr böser Kobolde befehlend ausgestreckt hielt. Manchmal berührte mich etwas, aber das kam nicht von ihnen; unsichtbare Hände stießen mich an. Einmal sogar umschloss ein Griff von kalten weichen Fingern meine Kehle. Ich blieb mir klar bewusst, dass, sowie ich der Furcht wich, ich in körperlicher Gefahr schwebte, deshalb konzentrierte ich meine ganze Kraft nur in dem einen Gefühl – mit eiserner Willenskraft zu widerstehen. Ich wandte mein Gesicht von dem Schatten, ganz besonders aber von den grässlichen Schlangenaugen ab, die nun deutlich sichtbar geworden

waren. Denn dort und sonst in nichts um mich herum, das wurde ich gewahr, lag ein »Wille« von intensiv schöpferischer Gewalt zum Bösen, ein Wille, der den meinigen zu zermalmen fähig war. Das fahle Morgengrauen fing an, sich zu röten, wie in der Nähe einer Feuersbrunst und die Larven schwammen wie in feuriger Glut umher. Nochmals erbebte das ganze Gemach, nochmals ließen sich drei abgemessene Stöße vernehmen. Der dunkle Schatten verschlang alles mit seiner Finsternis, als ob von ihm alles ausginge und zu ihm alles zurückkehren müsse.
Als die Dunkelheit wich, war der Schatten gänzlich verschwunden; langsam, wie die Flammen aus den Lichtern zurückgezogen worden waren, nahmen sie auch wieder zu, ebenso das Feuer auf dem Rost. Das ganze Zimmer lag in tiefem Frieden da, als wäre es von nichts Befremdlichem je berührt worden. Die beiden Türen waren fest zu, die des Bedienstetenzimmers sogar verschlossen. Der Hund lag in der Ecke des Gemaches, in die er sich so krampfhaft gedrängt hatte. Ich rief ihn an – er rührte sich nicht, ich trat ihm nah – das arme Tier war tot. Die Augen waren ihm herausgetreten, die Zunge hing aus dem Maul und die Kinnlade war mit Schaum bedeckt. Ich nahm ihn in meine Arme, stellte Wiederbelebungsversuche am Feuer mit ihm an – vergebens. Der Schmerz, meinen Liebling verloren zu haben, war umso heftiger, da ich nicht frei von Selbstvorwürfen sein konnte. Ich musste mich ja der Ursache seines Todes anklagen; ich konnte nichts anderes annehmen, als dass er aus Furcht verendet sei. Wie aber überraschte mich die Entdeckung, dass er geradezu das Genick gebrochen hatte, denn bei näherer Untersuchung fand ich, dass die Wirbel aus dem Rückgrat herausgedreht waren. Musste das nicht in der Finsternis geschehen sein, und zwar von einer menschlichen Hand von gleicher Beschaffenheit wie die meinige? Sollten da nicht auch menschliche Einwirkungen die ganze Zeit über in diesem Zimmer ihr Wesen getrieben haben! Viele Gründe zu dieser Annahme lagen entschieden vor. Behaupten kann ich es nicht, ich kann nur einfach aussagen, was ich mit meinen Augen sah. Der Leser mag seine eigenen Schlüsse ziehen.
Bis zum Anbruch des Tageslichts ereignete sich nun nichts weiter. Mit dem ersten Sonnenstrahl verließ ich das Gespensterhaus. Bevor ich ging, betrat ich nochmals das kleine, leere Gemach ohne Ausgang, das meinen Diener und mich gefangen gehalten hatte. Ich konnte mich des Gedankens nicht erwehren, dass der Organismus, der das ganze Phänomen hervorgebracht hatte, seinen Ursprung dort und nur dort habe. Obwohl ich den Ort bei Tageslicht betrat und die Sonne hell durch die

beschmutzten Scheiben drang, beschlich mich das Grauen der Nacht dennoch wieder. Ich konnte es nicht über mich bringen, länger als eine halbe Minute daselbst zu verweilen. Ich stieg die Treppe hinunter und wieder trippelten Fußtritte vor mir her; und als ich die Haustür öffnete, war mir, als unterschiede ich ein leises Lachen. Ich erreichte meine Wohnung und setzte voraus, meinen Flüchtling, den Diener, dort vorzufinden. Aber er war weder dahin zurückgekehrt, noch hörte ich im Laufe der nächsten Tage von ihm, bis ich endlich einen Brief folgenden Inhalts aus Liverpool erhielt: ›Verehrtester Herr, ich bitte Sie demütigst um Verzeihung, obschon ich kaum hoffen darf, dass Sie mich derselben wert halten, es sei denn – wovor der Himmel Sie hoffentlich behütete –, dass Sie sahen, was ich gesehen habe. Ich fühle, es werden Jahre und Jahre vergehen, ehe ich mich erhole. Ich bin als Diener unbrauchbar geworden, daran gibt es keinen Zweifel; deshalb reise ich zu meinem Schwager nach Melbourne. Morgen segelt das Schiff ab. Vielleicht bringt mir die lange Reise mein Gleichgewicht zurück. Zehnmal am Tag fahre ich zusammen und zittere an allen Gliedern; mir ist, als wäre es hinter mir. Ich ersuche Sie ergebenst, geehrter Herr, meine Habseligkeiten und meinen rückständigen Lohn meiner Mutter in Walworth zu übermitteln. – Johann kennt ihre Adresse.‹

Der Brief schloss mit unzähligen Bitten um Verzeihung nebst Auseinandersetzungen und Details über Dinge, die seinen Dienst betrafen.

Sicher mag manchem jene Flucht nach Australien unumstößliche Bürgschaft dafür sein, dass der Mann so oder so in betrügerischer Weise mit den Ereignissen der Nacht in Verbindung gestanden hat. Ich widerlege keine dieser Mutmaßungen, aber ich behaupte auch, dass sie dem Gros der Menschheit, diesen unnatürlichen Vorfällen gegenüber, die bequemste Lösung bieten.

Am Abend kehrte ich nochmals zu dem Gespensterort zurück, um meine Sachen und meines armen Hundes Kadaver in einem Fiaker zu entfernen. Ich wurde dabei durch nichts gestört, noch ereignete sich irgendein bemerkenswerter Zwischenfall, außer, dass ich beim Hinauf- und Hinabsteigen der Treppen mir voraus abermals die Fußtritte hörte. Nachdem ich das Haus verlassen hatte, ging ich zu Herrn J. und traf ihn an. Ich gab ihm die Schlüssel zurück, versicherte ihm, dass meine Neugierde voll befriedigt wurde, und holte eben aus, ihm zu erzählen, was sich zugetragen hat, als er mich unterbrach und höflich sagte, er habe jedes Interesse an einem Geheimnis, das nun einmal unenthüllt bleiben werde, verloren. Ich entschloss mich noch, wenigstens die Briefe zu erwähnen, die ich gelesen hatte, ebenso wie deren rätselhaftes Verschwinden und befragte ihn, ob er dächte, dass sie einst an jene eben verstorbene Hüterin gerichtet gewesen wären und ob in deren Lebensgeschichte sich nicht vielleicht Anhaltspunkte für die dunklen Vermutungen finden ließen, welche die Briefe andeuteten. I. schien überrascht, und nachdem er einige Augenblicke nachgesonnen, sagte er: »Ich weiß nur wenig aus dem früheren Leben der Frau, ausgenommen, dass sie meiner Familie bekannt war. Jedoch rufen Sie mir einige vage Erinnerungen zu ihren Ungunsten wach. Ich will Nachforschungen anstellen und Sie zu gegebener Zeit mit dem Erfolg bekanntmachen. Allein selbst angenommenen Falles, wir teilten den allgemeinen Aberglauben, dass ein Wesen, welches hienieden Urheber oder Opfer eines dunklen Verbrechens war, wiederkehren müsse, um als ruheloser Geist die Stätte heimzusuchen, die einst der Schauplatz desselben gewesen, so muss ich dem entgegnen, dass das Haus durch Lärm und absonderliche Erscheinungen verpönt war, ehe die Alte darin starb. – Sie lächeln, was wollen Sie sagen!«

»Ich meine, könnten wir der Sache auf den Grund kommen, so fänden wir sicher Einwirkungen lebender Wesen.«

»Was? Sie halten den ganzen Spuk für eine Betrügerei! Und aus welchem Motiv?«

»Nicht gerade eine Betrügerei dem Wortlaut nach – wie wenn ich zum Beispiel plötzlich in einen tiefen Schlaf verfiele, aus dem Sie mich nicht erwecken könnten, ich aber könnte während desselben Fragen mit einer Genauigkeit beantworten, wie es mir wachend unmöglich wäre, wenn ich imstande wäre. Ihnen zu sagen, wieviel Geld Ihre Börse enthält, oder Ihre Gedanken zu erraten – so nenne ich das ebenso wenig betrügerisch wie übernatürlich. Ich stehe eben dann unbewusst unter tierischem Magnetismus, den ein entfernt lebendes Wesen über mich ausübt, zu dem ich ehedem in irgendwelchen Beziehungen stand. Es mag eine dem tierischen Magnetismus verwandte Kraft, sogar eine demselben überlegene geben; – diese Gewalt hieß in grauer Vorzeit ›Magie‹. Es kann sein, dass eine solche Macht auch den Abgeschiedenen innewohnt, das heißt, sich nur auf gewisse Gedanken und Erinnerungen derselben erstreckt und nicht auf den Teil, den wir eigentlich mit ›Seele‹ bezeichnen, denn dieser ist nach dem Tod allem Irdischen abgewandt. Jene Kraft mag sich, wie gesagt, nur auf den Teil an ihnen beschränken, der weltlich und befleckt war und somit für unsere Sinne erkennbar ist. Jedoch ist das eine veraltete Theorie, über die ich mir kein Urteil erlaube. Demungeachtet glaube ich keinesfalls, dass die Kräfte, die hier wirken, übernatürliche sind. Lassen Sie mich Ihnen durch ein Beispiel klarer machen, was ich meine. Paracelsus beschreibt nachstehendes Experiment als nicht schwer und der Autor der ›Curiosities of Literature‹ zitiert es als glaubwürdig. Eine Blume stirbt. Sie verbrennen sie. Aus welchen Stoffen die Blume auch lebend bestanden haben mag, als Asche verstreut, erkennt man sie nicht und kann sie auch nicht sammeln. Jedoch ist mittels chemischen Prozesses aus dem verbrannten Blumenstaub ein Farbenspektrum hervorzubringen, das der lebenden Blume täuschend ähnlichsieht. Es mag wohl das gleiche mit lebenden Wesen sein. Die Seele ist entflohen, wie der Geruch, der Urstoff der Blume. Dennoch mag sich eine Farbenerscheinung hervorbringen lassen, die die abergläubische Menge für den Geist der Abgeschiedenen hält. Es ist nichts als das Eidolon des toten Körpers. So erklärt sich auch, dass an den nachweislich besten Spukgeschichten uns eines stets frappiert und das ist – der Mangel alles Seelischen, des erhabenen geistigen Elementes. Erscheinungen zeigen sich meist aus unbedeutenden oder gar keinen Veranlassungen, sprechen selten und äußern dann keinerlei über dem Niveau des Alltäglichen stehende Gedanken. Die amerikanischen Spiritisten haben Bände voll in Prosa und Versen herausgegeben, von denen sie behaupten, sie von großen Toten, wie Shakespeare, Baco und von Gott weiß wem, diktiert erhalten zu haben. Alle solche Mitteilungen, fassen wir die besten von ihnen ins Auge, sind nicht um einen Deut von höherer Art als die ganz gewöhnlicher Sterblicher, die ein Durchschnittstalent besitzen und Erziehung genossen haben. Sie sind sehr weit dem untergeordnet, was Baco, Shakespeare und Plato sagten und schrieben, als sie auf Erden wandelten. Ebenso wenig – und das ist ganz besonders auffallend – enthalten sie je einen Gedanken, der neu wäre.

»Ich meinesteils halte alle diese Phänomene nur für Gedanken, die durch diese oder jene noch unentdeckten Mittel von einem sterblichen Gehirn auf das andere übertragen werden. Sei's nun, dass Tische von selbst rücken, teuflische Gestalten in magischen Kreisen erscheinen oder körperlose Hände auftauchen und greifbare Gegenstände in Bewegung setzen oder dass ein dunkles Etwas, wie es mir erschien, unser Blut erstarren macht. Ich habe die feste Überzeugung, dass alles nur durch elektrische Drähte beförderte Einwirkungen eines fremden Gehirns auf das meinige waren. Es gibt Konstitutionen von natürlicher, magnetischer Kraft, und diese mögen magnetische Wunder hervorbringen; andere besitzen ein natürliches Fluidum, wenn Sie wollen, Elektrizität und diese führen elektrische Wunder aus. Beide weichen von der normalen Wissenschaft ab, erscheinen dieser daher ebenso gegenstands- und resultat- wie wertlos. Sie führen zu keinerlei hohen Endzwecken, darum beachtet sie die Welt auch nicht und wahre Wissenschaft hat jene Kräfte im Menschen nicht gepflegt. In mir steht die Überzeugung unumstößlich fest, dass von allem, was ich hörte und sah, ein Geschöpf von Fleisch und Blut wie ich, der entfernte Urheber ist, und zwar unbewusst der wirklichen Folgen, die er hervorgebracht. Ich behaupte das aus diesem Grund, weil, wie Sie selbst sagen, nie zwei Personen das gleiche erlebten. Beruhten die ganzen Ereignisse auf einer gewöhnlichen Betrügerei, so wäre der Mechanismus darauf eingerichtet, sein Resultat mit nur kleinen Abweichungen hervorzubringen. Wären es aber übernatürliche Gewalten, die der Schöpfer zuließe, so würden sie einen sicheren Endzweck haben. Diese Phänomene gehören keiner der beiden Kategorien an. Ich bin vielmehr überzeugt, sie entspringen einem Gehirn, das weit entfernt von uns ist, und dass dieses Gehirn nichts Bestimmtes bezweckt hinsichtlich dessen, was sich zutrug, sondern dass das, was sich ereignet, nur seine herumirrenden, bunten, wenig wechselnden, halbierten Gedanken reflektiert. Kurzum, dass es nichts gewesen ist als verwirklichte Träume eines solchen Hirnes, und zwar befähigt, sich teilweise verkörpern zu können. Dieses Gehirn mag eine eminente Kraft haben, so, dass es Mittel in Bewegung setzen kann, die boshaft und zerstörend wirken, – denn eine solche Kraft muss meinen Hund getötet haben. Wahrscheinlich hätte dieselbe auch ausgereicht, mich zu vernichten, wäre ich einer solchen Furcht unterworfen gewesen, wie mein Tier, hätte mein Verstand und mein Geist mir keine entgegenwirkende Widerstandskraft verliehen.«

»Es hat Ihren Hund umgebracht! Das ist ja entsetzlich.«

»Wirklich, es ist äußerst befremdend, dass kein Tier je vermocht werden konnte, in diesem Haus zu bleiben, nicht einmal eine Katze; ebenso wenig haben sich Ratten oder Mäuse darin gezeigt. Der Instinkt vernünftiger Tiere entdeckt sicher Einflüsse, die für ihre Existenz tödlich sind. Der menschliche Verstand ist in diesem Punkt weniger zuverlässig. Jedoch nun genug hierüber! Ist Ihnen meine Theorie verständlich?«

»Ja, das heißt unvollkommen, und ich nehme lieber jede Schrulle hierüber (entschuldigen Sie den Ausdruck) willig an, als mich mit dem Gedanken anzufreunden, dass es Geister und Kobolde gibt – denn das gehört in die Kinderstube, was in aller Welt aber soll ich mit dem Haus anfangen!«

»Ich will Ihnen sagen, von welcher Seite ich die Sache anpacken würde. Mir scheint der Gedanke unabweislich, dass das kleine unmöblierte Zimmer, rechtwinklig mit dem Schlafzimmer zusammenstoßend, das ich bewohnte, das Behältnis, der Ausgangspunkt des ganzen Spukes war. Ich rate Ihnen daher allen Ernstes, die Mauern niederzureißen, die Dielen öffnen zu lassen, kurz, das ganze Kabinett zu demolieren. Es fiel mir auf, dass dasselbe unabhängig vom übrigen in den kleinen Hinterhof hinausgebaut ist und folglich abgebrochen werden kann, ohne das Gebäude zu schädigen.«

»Glauben Sie wirklich, dass, wenn ich das täte, die elektrischen Drähte damit vernichtet würden!«

»Versuchen Sie es. Ich bin so vollständig überzeugt, mich nicht zu irren, dass ich mit Vergnügen die Hälfte der Kosten des Unternehmens trüge, zumal wenn Sie mich mit der Oberleitung desselben betrauen.«

»Keinesfalls, ich trage die Kosten allein, im Übrigen werde ich Sie über alles informieren.«

Ungefähr zehn Tage später erhielt ich einen Brief folgenden Inhalts von Herrn J. Er hatte das Haus selbst besucht und die beiden besprochenen Briefe wieder in die Kommode (aus der ich sie fortgenommen hatte) zurückgelegt gefunden. Er schrieb, er habe sie mit denselben Zweifeln angesehen wie ich, habe die sorgfältigsten Erhebungen über jene Frau angeordnet, an die, wie ich richtig vermutete, die Schriftstücke gerichtet gewesen. Es schien, dass dieselbe vor sechsunddreißig Jahren (also ein Jahr früher, als die Briefe datiert waren) gegen den Willen ihrer Eltern geheiratet hatte, und zwar einen Amerikaner von zweifelhafter Reputation – man hielt ihn allgemein für einen Seeräuber. Sie selbst war die Tochter eines ehrenwerten Kaufmannes und Erzieherin. Sie hatte einen Bruder, der Witwer war, in guten Verhältnissen lebte und ein sechsjähriges Kind besaß. Ein Jahr nach der Heirat oben erwähnter Frau wurde der Leichnam dieses Bruders aus der Themse gezogen, dicht bei der London Bridge. Man hatte Spuren einer Gewalttat an seiner Kehle entdeckt, jedoch wurden sie nicht für ausreichend erachtet, um das Zeugnis des Leichenbeschauers anders zu formulieren als: »Ertrunken aufgefunden.« – Der Amerikaner und seine Frau nahmen sich des Kindes an, da der verstorbene Bruder letztwillig angeordnet, dass seine Schwester sein einziges Kind in ihre Obhut nehmen sollte, – auch hatte er, im Falle des Ablebens desselben, die Schwester zur Erbin eingesetzt. Das Kind starb ungefähr sechs Monate später; man munkelte, dass es vernachlässigt und schlecht behandelt worden sei. Die Nachbarn sagten aus, sie hätten es des Nachts aufschreien hören. Der Arzt, der das Kind nach dem Tod untersuchte, konstatierte, dass dasselbe an ungenügender Nahrung hingesiecht sei, auch war der Körper mit schwarzgelben Flecken bedeckt. Es schien, als hätte das kleine Geschöpf in einer Winternacht einen Fluchtversuch gemacht, sich zum Hinterhof geschlichen und versucht, an der Mauer in die Höhe zu klettern, dass es jedoch erschöpft zurückgetaumelt und morgens sterbend auf den Steinen vorgefunden war. Lag nun auch der Verdacht großer Grausamkeit vor, so doch nicht der des Mordes. Die Tante und ihr Mann suchten die Gräuel zu verbergen, indem sie sich bemühten, die außerordentliche Widerspenstigkeit und Dickköpfigkeit des Kindes zu dokumentieren, – ja sie erklärten es für dumm. Sei dem nun, wie ihm wolle, die Frau des Amerikaners erbte nach dem Ableben der kleinen Waise das Vermögen ihres Bruders. Noch bevor das erste Jahr besagter Ehe abgelaufen war, verschwand urplötzlich der Gatte aus England, und zwar auf Nimmerwiedersehen. Er pachtete ein kreuzendes Schiff, das zwei Jahre später im Atlantischen Ozean unterging. Die Witwe blieb in guten Verhältnissen zurück, jedoch Unglücksfälle aller Art brachen über sie herein. Eine Bank ging in Konkurs, ein gut angelegtes Kapital ging verloren, sie kaufte ein Geschäft und ruinierte sich damit, übernahm abermals eine Stellung als Haushälterin, kam aber mehr und mehr herunter und wurde schließlich Aufwärterin. Nirgends hielt sie es aus, obgleich nichts Besonderes gegen sie einzuwenden war, im Gegenteil, jeder erkannte ihre Fähigkeit, Ehrlichkeit und stille Art und Weise an, aber nichts wollte ihr zum Segen ausschlagen; so sank sie herab zum Armenhaus, aus dem ich sie befreite und zur Hüterin jenes Hauses einsetzte, das sie einst von mir gemietet hatte. Herr J. fügte noch hinzu, dass er allein eine Stunde in dem Zimmer verbracht hatte, das ich der Zerstörung preisgegeben haben wollte, nichts darin gehöre oder gesehen habe, dass ihn aber ein derartiges Grauen befallen hatte, dass er begierig sei, die Mauern niederzureißen und die Dielen gehoben zu sehen, so, wie ich ihm es vorgeschlagen hatte. Er hatte bereits Arbeitsleute bestellt und wollte beginnen lassen, sobald es mir genehm wäre. Ich begab mich zu dem Gespensterort, wir betraten das unheimliche Gemach, lüfteten die Holzverkleidungen und rissen die Fußböden auf. Unter den Balken, die Staub und Schmutz bedeckte, lag eine Falltür von Mannesgröße. Sie war sorgfältig durch eiserne Klammern und Spangen niedergehalten. Nachdem diese entfernt waren, stiegen wir hinab in ein unterirdisches Zimmer, dessen Vorhandensein niemand geahnt hatte. Ein Fenster und ein Rauchfang befanden sich darin, doch sie

waren beide augenscheinlich seit langen Jahren mit Ziegeln ausgesetzt. Mit Hilfe von Lichtern durchsuchten wir den Raum. Er barg einige verschimmelte Möbelstücke, drei Stühle, einen eichenen Tisch nebst Sessel, alles im Geschmack des vorigen Jahrhunderts.
An der Wand stand eine Kommode, in der wir halbvermoderte männliche Kleidungsstücke vorfanden, der Tracht nach aus dem vorigen Jahrhundert, und zwar offenbar die eines Mannes von Rang und Lebensstellung, mit kostbaren Stahlschnallen und Knöpfen verziert (so, wie wir sie jetzt an Hofkostümen sehen). Außerdem einen Degen, eine Weste, einst reich mit Goldbrokat verziert, nun längst geschwärzt und durch Feuchtigkeit verdorben. Ferner entdeckten wir fünf Guineen, einige Silbermünzen und ein Elfenbeintäfelchen – die Eintrittskarte zu einem Vergnügungsort, dessen Freuden heute längst verrauscht sind. Die hauptsächlichste unserer Entdeckungen bestand jedoch in einer Art von eingelassenem, feuerfestem Schrank, dessen Schloss mit dem Dietrich zu öffnen, nicht unerhebliche Mühe kostete. In diesem Behältnis zeigten sich drei Regale und zwei Schubladen. Auf dem ersteren standen in Reihe und Glied, hermetisch verschlossen, Glasflaschen. Sie enthielten farblose, sich verflüchtigende Essenzen. Welcherlei Stoffes, tut nichts zur Sache, sie waren nicht giftig, einige waren mit Phosphor und Salmiak angefüllt. Ferner fanden sich daselbst einige sehr eigentümliche Glasröhren, eine kleine zugespitzte Eisenstange, ein großer Klumpen Bergkristall und ein zweiter von Bernstein vor, ebenso ein Magnet von großer Kraft. In einem der Fächer lag ein Miniaturporträt in Gold gefasst, dem die Frische der Farben in wunderbarer Schönheit erhalten geblieben waren, wenn man bedenkt, welch eine Reihe von Jahren es dort gelegen haben mochte. Das Bildnis war das eines Mannes in den mittleren Jahren zwischen siebenundvierzig bis achtundvierzig stehend. Die Physiognomie war eine höchst absonderliche, eine, die man nicht wieder vergisst. Könnte man sich eine Schlange in einen Mann verwandelt vorstellen, der trotz der menschlichen Umrisse den alten Schlangentypus beibehalten hatte, so wäre das das treffendste Bild seines Gesichtsausdruckes. Die Breite und Flachheit der Stirn, die zugespitzte Kopfform, der mörderische Blick der langgeschnittenen schrecklichen Augen, grünlich schillernd und funkelnd wie Smaragd und zu alledem eine gewissermaßen erbarmungslose Ruhe, der Stempel unbesiegbarer Gewalt.
Mechanisch drehte ich das Porträt herum, seine Rückseite zu prüfen, und fand dort ein Fünfeck eingraviert und in der Mitte desselben eine

kleine Leiter, deren dritte Sprosse das Datum 1765 trug. Ich untersuchte es eingehender und entdeckte eine Feder, die dem Druck wich, so dass die Hinterseite des Bildes sich wie ein Deckel öffnete. Auf der Innenseite stand eingraviert: »Dir, Mariana! Sei getreu im Leben wie im Tod Deinem –«, hier folgte der Name, den ich nicht nennen will – er war mir geläufig. Ich hatte ihn oft in meiner Kindheit von alten Leuten nennen hören, als den eines alles verblendenden Scharlatans, der ungefähr ein Jahr hindurch großes Aufsehen erregte. Schließlich wurde er, eines Doppelmordes im eigenen Hause angeklagt, flüchtig. Man beschuldigte ihn, seine Geliebte und seinen Nebenbuhler vergiftet zu haben.
Ich erzählte Herrn J. nichts von der Sache und händigte ihm, wenn auch widerstrebend, das Miniaturbild aus. Es hatte uns wenig Mühe gekostet, das erste Fach des eisernen Schrankes zu öffnen, desto schwieriger war's mit dem zweiten. Er war unverschlossen, widerstand aber allen Anstrengungen, bis wir einen Meißel in einen Spalt eintrieben. Endlich wich es der Gewalt und es zeigte sich ein absonderlicher Apparat in bester Ordnung darin. Auf einem kleinen, dünnen Buch oder mehr einer Platte, stand eine gläserne Schale mit einer durchsichtigen Substanz gefüllt und auf dieser schwebte ein Kompass mit einer Nadel, die sich rasch rundum drehte, doch an Stelle der gewöhnlichen Kompassspitze befanden sich sieben merkwürdige Lettern, nicht unähnlich denen, welcher sich Sternkundige bedienen, um Planeten zu bezeichnen. Ein absonderlicher, nicht starker und auch nicht unangenehmer Geruch kam uns aus diesem Fach entgegen und wir sahen erst später, dass es von innen mit Haselholz ausgelegt war. Was auch die Ursache des Geruches gewesen sein mochte, er übte einen physischen Eindruck auf uns aus, das fühlten wir alle, sogar die beiden Arbeiter, die uns halfen. Es kam eine prickelnde Empfindung, von den Fingerspitzen bis zu den Haarwurzeln über uns. Ungeduldig, die Platte zu untersuchen, nahm ich das Schälchen davon weg. Sofort kreiste die Kompassnadel mit ungeheurer Vehemenz und ich fühlte einen Stoß durch meinen ganzen Körper, so dass mir die Schale aus der Hand und zu Boden fiel. Die Flüssigkeit war verschüttet und das Schälchen zerbrochen, der Kompass rollte in die andere Ecke des Zimmers, und im selbigen Augenblick schienen die Wände zu beben, als hätte ein Riese an ihnen gerüttelt. Die beiden Arbeiter waren so entsetzt, dass sie die Leiter hinaufrannten, die von der Falltür hinabführte; als sie jedoch sahen, dass sich nichts weiter ereignete, waren sie leicht zur Umkehr zu bewegen. Währenddessen hatte sich das Täfelchen geöffnet. Es war in glattes, rotes Leder gebunden, hatte einen

silbernen Verschlusshaken und enthielt nur ein einziges Pergamentblatt; darauf waren in Mönchslatein nachstehende Worte geschrieben, die genau übersetzt heißen: »Alles, was ich innerhalb dieser Mauern erreichen kann, Fühlendes oder Lebloses, Lebendiges oder Totes, will ich vernichten – so wie die Nadel sich bewegt, so arbeitet mein Wille! Verflucht sei dieses Haus und ruhelos seine Bewohner.«

Wir fanden nichts mehr. Herr J. verbrannte die Tafel samt ihrem Bannfluch. Er zerstörte das unterirdische Gemach nebst dem Zimmer darüber bis zum Grundstein.

Darauf fand er den Mut, das Haus auf einen Monat selbst zu bewohnen, und wahrlich, ein gemütlicheres Heim gab es in London nicht. Später vermietete er dasselbe vorteilhaft und sein Mieter hat keine Klage laut werden lassen.

DAS TOTENSCHIFF

VON PIERRE MILLE

»Sie werden die Insel Pelée nicht umschiffen können,« sagte Barnavaux zu mir, »die Ebbe tritt ein.«

Der arme kleine Fischerkutter, der nur eine Mannschaft von sechs Leuten hatte, kämpfte vergebens gegen den furchtbaren Nordostwind. Er vermochte nicht das große Fahrwasser zu erreichen; so versuchte er die Durchfahrt zwischen der Insel Pelée und dem Festland zu gewinnen, um auf diese Weise in den Hafen von Cherbourg zu gelangen.

»Sie können es geradesogut auf dem Landweg versuchen,« meinte Barnavaux, während der Wind uns um die Ohren sauste, »es ist doch kein Wasser da …«

Dann rief er:

»Da haben wir's! Um Gottes willen, sie sitzen fest.«

Das Boot stand plötzlich still, es hatte sich mit dem Vorderteil in den Schlamm festgerammt. Der Sturm fegte durch die rötlichen Segel, die diese unbeweglich gewordene kleine Eierschale nicht mehr vorwärtszutreiben vermochten. Dann riss ein heftiger Windstoß mit einem Schlag sämtliche Segel herab, zerriss sie in tausend Fetzen, die dann – wie es uns schien, lange – vielleicht eine Minute lang – und das ist eine lange Zeit – in der regenerfüllten bleifarbenen Luft umherwirbelten, ehe sie in das Meer fielen.

»Es ist ein Mann über Bord gegangen,« sagte ich bedrückten Herzens.

»Er hat sich an das Ende des Mastes geklammert, der gebrochen ist,« fuhr Barnavaux fort. »Die anderen halten sich noch auf der Brücke. Aber das Boot wird in einer halben Stunde völlig zertrümmert sein. Und dann …«

Er brach ab. Man hatte von der Rettungsstation aus die Notlage des kleinen Fahrzeuges erkannt, ein Rettungsboot ins Wasser gelassen und dem Kutter entgegengesandt. Schon erkannte man die kräftigen Gestalten seiner sechs Insassen und ihres Patrons. Die braunen derben Fäuste, die der scharfe Sprühregen wie mit Nadeln stechen musste –; an den Riemen saßen sie mit gekrümmten Rücken da und strebten unaufhaltsam auf ihr Ziele zu. Mit so regelmäßigen Stößen kam das Boot näher, dass man hätte glauben können, diese braven Leute vollbrächten nur eine sehr leichte Arbeit, die ein jeder leisten könnte. Ich fing an zu schreien vor Begeisterung, Hoffnung und auch vor Stolz; wenn man andere Menschen eine viel Mut heischende kühne Handlung ausführen sieht, wird jeder Zuschauer stets von einem seltsamen Gefühl des Stolzes erfüllt, man glaubt beinahe selbst Teil an der Tapferkeit der anderen zu haben.

Barnavaux sagte:

»Nun, das ist ein Manöver, was? Sie haben kaum zwei Minuten gebraucht, um das Boot herabzulassen.«

Es gibt gewiss nichts Schöneres, gibt auch nichts schwierigeres, als alle Riemen gleichzeitig und auf gleiche Länge so schnell wie möglich aber doch mit Sicherheit einzutauchen, so dass man sich gut in der See halten kann.

Ich hatte nur noch Augen für das, was sich auf dem Wasser zutrug, auf diesen enormen sich heranwälzenden Wellen, die dennoch oben platt erschienen, als ob der Wind, nachdem er sie aufgewühlt hatte, sie wieder zu erdrücken versuchte. Das Boot verfolgte seinen Weg. Wie auf einer stillen Pfütze die Beinchen eines Wasserinsektes, das genau weiß, wohin es will, und seinem Ziel zustrebt, so bewegten die Riemen sich durch die empörten Fluten. Dann hielten sie plötzlich an, man fischte den über Bord gefallenen Menschen auf.

Einige Sekunden später hielt das Boot zum zweiten Mal: Es nahm die Mannschaft des Fischerkutters an Bord. Gerettet! Sie waren gerettet! Das Boot änderte den Kurs, es wandte sich und fuhr in der Richtung auf Cherbourg zu. Ich klatschte in die Hände. Die klaren Augen Barnavaux' lachten vor Freude. Als einfacher Mensch sagte er dann gleich:

»Darauf müssen wir einen guten Schluck hinter die Binde gießen! Kommen Sie, wir wollen in den Keller der feinen Leute gehen, der gleich am

Hafen liegt. Und wenn dann die Mannschaft des Rettungsbootes landet und an uns vorbeikommt, müssen wir mit ihnen anstoßen. Bei Gott, sie hat es verdient.«

Nachdem sich Barnavaur ein großes Glas mit Nägelchen und Zitronenscheiben gewürzten glühendheißen Rotwein zu Gemüte geführt hatte, sagte er:

»Ich war einmal Zeuge einer anderen Rettung, aber die Schiffbrüchigen, um die es sich damals handelte, waren – Gespenster.

Ich erinnere mich der ganzen Geschichte sehr wohl. Es ist nun freilich mehr als zehn Jahre her, aber mir ist, als sei es erst gestern gewesen. Ich hatte zu jener Zeit lange im Hospital von Mavatane in Madagaskar gelegen. Dann befand ich mich in der Rekonvaleszenz, man hatte mich zu meiner Erholung nach Majunga geschickt und dem Grenzaufseher Plévech als eine Art von Gehilfen überwiesen, um doch etwas Nutzen von mir zu haben. Nun, Plévech war ja so wenig Seemann, wie ich selbst, er war Zollbeamter, aber man hatte ihn nichtsdestoweniger damit betraut darüber zu wachen, dass kein Schmuggelhandel mit Pulver zwischen Berovine und Maintivane getrieben werde.

Es ist ja wahr, dass die hindustanischen und arabischen Kaufleute von Sansibar vom anderen Ende der Welt kommen, um den Sakalaven Pulver zu verkaufen, aber ich erkläre, dass es mir völlig unverständlich ist, wie Plévech es hätte fertigbringen sollen, dies mit seinem armseligen, schlechten Boot und seinen in Majunga aufgelesenen vier eingeborenen schlechten Matrosen zu verhindern. Ich vereinigte in meiner Person die Marinefüsiliere, die Landungstruppen und die ganze militärische Macht. Im Grunde war das ja auch völlig hinreichend, weil wir niemals einen Feind gesehen haben: es war ebenso eine Idee der Verwaltungsbehörde, und diese darf man niemals kritisieren.

Ach, war das eine drollige Seefahrt! Die Jahreszeit brachte es mit sich, dass wir die ganze Zeit über Windstille hatten, Plévech und ich, wir wussten beide oberflächlich, dass es ein Bootsmanöver gibt, das man kreuzen nennt und das dazu dient, ein Segelboot selbst bei Gegenwind vorwärtszubringen.

Unsere sakalavischen Matrosen verstanden kaum mehr als wir und ließen uns außerdem gewähren, aus Achtung vor dem scheinbar überlegenen Geist des weißen Mannes.

Also, wir fuhren ab. Wir holten die Schoten, erst rechts, dann links an, auf gut Glück, um zu sehen, was daraus würde, viel Erfolg hatten wir nicht damit. Manchmal füllte der Wind die Segel etwas, dann ließ er sie

wieder flattern, wie eine Frau, die ihr Kleid aufnimmt, es dann wieder fallen lässt und weiter geht.
Unser Fahrzeug bewegte sich langsam vorwärts, es drehte sich dann, fuhr wieder zurück, wiederholte denselben Weg in schleifenförmiger Fahrt, da wir es nicht zu leiten verstanden. Wir fuhren immer möglichst dicht am Ufer entlang, aus Furcht, es zu verlieren. Abends warfen wir regelmäßig ganz nahe am Land Anker, um in unserem Boot zu essen und zu schlafen. Ich nannte das »im Biwak sein«. Da machten wir sehr oft die Entdeckung, dass wir zurückgetrieben waren, anstatt voranzukommen. Dann steckten unsere Sakalaven die Köpfe zusammen und nannten uns: »Machicoures«, was in ihrer Sprache soviel wie Bauern bedeutet und folglich für richtige Seeleute eine ehrenrührige Bezeichnung ist. Aber da wir keine Seeleute waren, ließ uns diese Beleidigung vollkommen kalt.
Oh, jene schönen, goldenen Tage! Sie sind wirklich die glücklichsten meines Lebens gewesen. Um sie so recht zu genießen, erwachte ich schon in aller Frühe; dann leuchtete der schöne Morgenhimmel in orangener und goldfarbener Pracht, die Stocklaterne unseres Bootes vor uns brannte noch, aber sie verblasste vor der Helligkeit der aufgehenden Sonne. Unser schwarzer sakalavischer Steuermann lehnte in gleichgültiger Haltung im Heck des Bootes, seine Hand ruhte auf dem Steuer.
Fast überall zogen sich Korallenriffe vor der Küste her, die wieder von dem eigentlichen Festland durch große Lagunen stillen Wassers getrennt waren. Diese Korallenriffe waren oft von einer vollkommen gleichen Höhe und gewannen dadurch das Aussehen von Eisenbahndämmen und das zwischen ihnen und dem Land liegende Meer machte den Eindruck eines Kanals. Das Geräusch der Wogen, die an dem Riff anprallten, leistete uns Gesellschaft und verscheuchte die Langweile, obwohl es uns manchmal auch in den Schlaf lullte. An der anderen Seite der Lagune war das feste Land: Wir erkannten von ferne ein großes, sich weithin erstreckendes Plateau. Auf dem Horizont zeichnete sich deutlich die Silhouette großer blühender Bäume ab, Bäume mit weißen, mit malvenfarbigen und gelben Blüten. Der Boden darunter war mit üppigem Grün bedeckt und überall entdeckte das Auge eine Art kleiner Höhlen und Grotten, die in dieses Grün eingegraben schienen und wie Kristall leuchteten. Ich kann Ihnen das nicht recht erklären, ich verstehe mich nicht darauf, etwas in Worten zu schildern. Aber weit und breit gab es keine Menschen: nichts als Ratten, Krabben, Blumen, Vögel, auch Bienen. Und die Vögel zwitscherten, um sich zu amüsieren, nicht aus Furcht.

Aber das Wasser, vor allem das Wasser innerhalb dieser Lagunen! Es war so durchsichtig, dass man den Grund in einer Tiefe von fünfzehn bis zwanzig Meter ganz deutlich erkennen konnte. Der ganze Meeresboden war mir Korallenbäumchen besetzt, die violett, grün und rosa schimmerten, und dazwischen sprangen, tanzten, spielten unzählige vielfarbige Fische im klaren Wasser, das beinahe so leicht wie die Luft war. Man sah dort Fische der verschiedensten Art, große und kleine, gestreifte und mit Flecken besäte; einige waren mit Stacheln besetzt, andere sahen aus wie Kolibris und wieder andere hatten einen richtigen gebogenen Schnabel wie die Papageien. Auf dem Meeresboden lagen große, weit geöffnete Austern, die wie Perlmutt schimmerten, blaue Kammmuscheln, spiralförmig gedrehte rosa Muscheln und kleine, ganz rote Korallen. Aber es gab auch wilde Raubfische dazwischen, die den Frieden störten und den anderen nachstellten, sie jagten und vertrieben. Ich erinnere mich sehr wohl einer Nacht, wo ich durch den madagassischen Ruf: »Ein Haifisch« aus meinem Schlaf erweckt wurde. Dann sah ich beim hellen Licht des Mondes, wie einer unserer eingeborenen Matrosen, dessen Kinnladen wie eine Schnauze gebildet waren, sich, mit einem Dreizack in der Hand, weit über die Brüstung unseres Bootes beugte.

An anderen Stellen der Küste gab es keine Lagunen. Dort war das Land von den Seestürmen verwüstet und glatt abrasiert worden, oder auch deshalb vollkommen unfruchtbar und beinahe nackt, weil keine Flüsse hier mündeten. Da war alles öde und leer, kaum dass sich hier und dort zwei oder drei magere Palmbäume erhoben, die aussahen wie ein paar mit Strünken umwundene alte Besenstiele.

Wenn wir an diesen öden Gegenden vorbeikamen, dann lachten Plévech und ich und spotteten über eine solche Landschaft. Wir waren weder verrückt noch betrunken, es war die reine Freude darüber, dass wir beide so lebensfrisch und frei dahinfuhren und dass wir sicher wussten, dass wir bald ein anderes irdisches Paradies, andere natürliche Aquarien wieder finden würden.

Das Einzige, was wir uns nicht zu erklären wussten, war, dass unsere Eingeborenen immer bedeutend zufriedener erschienen, wenn es keine Korallenriffe, weder Lagunen, Aquarien noch irdische Paradiese gab. Es war nicht die Furcht, daran zu zerschellen, denn das Wasser hatte immer wenigstens zwei Faden Tiefe, viel mehr, als wir brauchten. Unsere erste Erklärung dafür war die, dass diese Leute unbedingt Schwachsinnige sein müssten; für dumm halten wir ja gewöhnlich die Menschen, die wir nicht verstehen. Später aber erzählte uns einer unserer Leute, ein gewisser Rainebonze, der ziemlich geläufig Französisch sprach, dass es mit diesen Riffen eine ganz besondere Bewandtnis habe. Man glaube nämlich, dass sie der Aufenthalt und Wohnort von Zauberern und ›Matoutouas‹ seien. ›Matoutouas‹, so nennen die Eingeborenen die abgeschiedenen, ruhelosen Geister derer, die eines im Leben begangenen Verbrechens wegen verdammt sind, ruhelos umherzuirren. Schlimmer und viel gefährlicher noch als diese seien aber jene schrecklichen gespenstischen und menschenfressenden Wesen, die man ›Kinouly‹ nennt. Ich erkannte aus dieser ganzen Erzählung, dass unsere Matrosen nicht nur abergläubisch, sondern auch wirklich etwas schwachköpfig seien, und eines Morgens verkleidete ich mich mit Hilfe eines alten Segels in einen Matoutoua, um sie zu erschrecken. Aber Plévech war mit diesem Scherz durchaus nicht einverstanden. Er sagte mir nachher, dass seine Eltern auch an alle mögliche Arten von Werwölfen glaubten und dass er es nicht vertragen könne, wenn man über solche Dinge scherze. Er glaubte außerdem, dass ein solcher Spott unfehlbar Unglück nach sich zöge, obwohl er mir das nicht eingestand.

Am Abend desselben Tages warfen wir unseren Anker in einem der Kanäle, die zu einer Lagune führten. Wir hatten uns den ganzen Nachmittag über regelrecht gelangweilt. Ich erinnere mich auch, dass es sehr heiß gewesen war. Wir waren beide so müde, dass wir kaum ein Wort miteinander wechselten. Selbst das Mittagsmahl und der Absinth, den wir uns zu Gemüte führten, vermochte nicht unsere Stimmung zu heben. Da geschah es, dass wir beide ganz plötzlich von einer völlig grundlosen, übernatürlichen, außerordentlichen und beinahe erschreckenden Freude erfüllt wurden. Haben Sie jemals Opium geraucht! Die Wirkung davon ist eine so seltsame: Man fühlt sich leicht und immer leichter werdend, es ist, als ob man keinen Körper mehr hätte. Ich kann den Zustand, in dem wir uns plötzlich befanden, nur mit dem vergleichen, in den uns der Opiumrausch versetzt. Plévech sagte:

»Sind wir denn plötzlich auf einen Berg versetzt! Es ist, als ob die Luft nicht mehr auf mir laste, mir ist, als ob ich mich mehr als zweitausend Fuß über dem Meer befände. Fühlst du nicht, wie frisch es auf einmal geworden ist!«

Ich antwortete ihm:

»Gewiss atme ich die köstliche Kühle. Aber zugleich empfinde ich einen wunderbaren Duft, den Duft der Heimat, den Duft Frankreichs.«

»Ja,« sagte er, »es ist der herrliche Duft unseres Heimatlandes, der Duft, der unbeschreibliche, der im Sommer unseren Feldern und Wiesen nach einem tüchtigen Gewitter entsteigt. Was ist das, was kann das sein? Und sieh nur, was bedeutet das? Unsere dummen Matrosen scheinen sich zu ängstigen.«
Ja, sie hatten Angst. Sie blickten auf das Wasser, das ganz plötzlich eine dunkelgrüne Färbung angenommen hatte, wie ich sie nie vorher beobachtet hatte. Es gibt Menschen, deren Augen dunkel werden, wenn sie in Zorn geraten: das war es. Und dann sahen unsere Leute angstvoll zum Himmel auf, der erschien völlig wolkenlos und es regte sich kein Lüftchen. Aber von Westen her verbreitete sich schnell eine seltsam kupferfarbene Stimmung, etwa in dem Ton eines schlechtgescheuerten Kessels, zugleich schmutzig und doch leuchtend.
»Ist es nicht wunderbar, dass es immer kälter wird,« sagte ich zu Plévech. »Ich friere.«
Mitten im Kanal von Mosambik wurden wir von einer sibirischen Kälte überrascht. Aber ehe Plévech mir antworten konnte, wurde er von unseren vier Sakalaven beinahe umgerissen. Sie stürzten sich an die Geitaue, refften die Segel, fierten die Rahen auf, bargen, was nur zu bergen war. Im selben Augenblick hörte ich die heiseren Rufe einer Schar von Möven, die zum Land flohen, dann war es, als ob von allen Seiten des Himmels ein langer, banger Klageton einsetzte; das war der Wind, der plötzlich über das Meer brauste.
Mit unerhörter Schnelligkeit, viel rascher als die Lokomotive eines Expresszuges, jagte der Sturm heran. Das aufgepeitschte Meer schrie unter seiner Geißel, ja, ich schwöre Ihnen, dass er wirklich laute jammernde Klagetöne ausstieß. Jenseits der Riffe aber türmten sich schon die Wogen übereinander, wie Häuser bei einem Erdbeben.
Nun verstand ich, es war ein Zyklon, einer jener schrecklichen Stürme des indischen Ozeans, die eine solche Gewalt haben, dass sie zuweilen ganze Schiffe anheben und eine halbe Meile weit in das Innere des Landes tragen. Im ersten Augenblick wollte ich über Bord springen und versuchen, das Felsenriff zu erreichen. Aber Plévech hielt mich zurück.
»Wozu!« meinte er. »Es hat keinen Zweck, denn die Wogen gehen darüber hin. Es ist am besten, zu bleiben, wo wir sind. Diese Lagune ist wie ein Hafen, der uns immerhin einigen Schutz gewährt.«
Die Sakalaven, die übrigens alle wie die Fische schwimmen, schienen derselben Ansicht zu sein. Sie hatten sich platt mit dem Gesicht nach unten auf den Boden des Schiffes niedergelegt und rührten sich nicht.

Nur Rainebonze, der Französisch sprach, erhob den Kopf ein wenig und sagte:

»Es ist die Nacht der Toten! Sie kehren wieder.«

»Plévech, der seit seiner ersten Kommunion nie mehr eine Kirche betreten hatte und der die Broschüren des Allgemeinen Arbeitervereins las, bekreuzte sich, als er diese Worte hörte. Rainebonze jedoch bekreuzte sich nicht, er kroch an den kleinen Stall, in dem wir einige Hühner mit uns führten, nahm eine Henne, trennte ihr mit einem Messerschnitt den Kopf vom Hals und ließ dann ihr ganzes Blut in das Meer tropfen. Plévech schien mit dieser Handlung durchaus einverstanden zu sein, er machte sich Zeichen auf der Brust mit dem Blut der Henne. Es war, als ob er, plötzlich von atavistischen Neigungen erfasst, längst vergangener Zeit angehöre.

Unser Boot lag eng an die Riffe gedrückt, wie ein Sperling, der sich zwischen einem Dach und einem Schornstein verbirgt. Der Zyklon jagte auch glücklicherweise über uns weg, so klein war unsere Nussschale. Ein größeres Boot, das ihm mehr Spielraum geboten hätte, würde unfehlbar verloren gewesen sein. Dabei war das Wehen dieses Zyklons kein Wind im gewöhnlichen Sinne des Wortes! Es war ein Wirbelsturm: Die Luft drehte sich unablässig um uns herum, das Wasser drehte sich unter uns, drehte und drehte sich in immer wilderen Kreisen, es wurde aufgerissen bis in seine tiefsten Tiefen. Die auf dem Meeresboden wachsenden Korallenstämmchen, die Muscheln und Felsen wurden emporgerissen und jagten in tollem Wirbel umher. Dann, ganz plötzlich, beruhigte sich der Wind, die Luft erschien von einer beinahe unmöglichen Unbeweglichkeit, während die Wogen immer noch im Wirbeltanz dahinrasten. Ich sagte: »Wie hell es auf einmal wird!« Wir befanden uns mitten in einer schrecklich dunkeln, tief herabhängenden Wolkenschicht, aber darüber, hoch über uns, war der Himmel hell, ganz unwahrscheinlich klar und hell geworden. Man sah Sterne, die das menschliche Auge sonst nie erblickte: es scheint, dass das immer so ist, wenn man in das Zentrum eines Zyklons geraten ist. Und diese stillen Sterne, diese Sterne, die so hoch über uns leuchteten und unser zu spotten schienen, warfen ihr helles Licht über die aufgeregten Wogen. Und in dem Augenblicke, genau in dem Augenblicke, hörte ich die Stimme Rainebonzes:

»Die Matoutouas! Das Totenschiff der ruhelosen Seelen.«

Er warf sich entsetzt mit dem Gesicht nach unten auf den Boden unseres Schiffes hin. Und dann sah ich mit eigenen Augen die große Piroge, das Schiff der Toten! Sie werden es nicht glauben, dass Schiffe, die untergegangen sind und die seit undenklicher Zeit auf dem Grund des Meeres gelegen haben, plötzlich wieder aus den Fluten auftauchen können! Ich aber habe in jener Nacht gesehen, wie ein Schiff aus den tiefsten Tiefen des Wassers emporstieg und langsam dahinglitt. Es war ein großes Schiff, das seine Masten verloren hatte, nur auf dem Hinterdeck erhob sich noch der Stumpf eines Mastes, der beinahe wie ein kleines Haus aussah. Es war überdeckt von Korallen, großen Muscheln und Steinen, die sich in dem dichten Gewirr von Seetang angesetzt hatten, der alles überspann. Und dazwischen huschten große Krabben, die wütend schienen, aus ihrer gewohnten Ruhe gerissen zu sein, platte Fische, die hoch emporsprangen und in das Meer zurückfielen, Würmer, schrecklich sich hin und her windende rosa und weiße Würmer, so lang wie mein Arm! Und dann – dann – die Matoutouas! Durch die großen Lecke des Dreimasters, der vielleicht vor mehr als drei Jahrhunderten Schiffbruch erlitten hatte und versunken war und der nun wie durch ein Wunder wieder auftauchte, flossen unablässig Ströme schmutzigen Wassers, die von der einen Seite eindrangen, um von der anderen wieder abzulaufen und die sich wieder und immer wieder erneuten. Dann sahen wir deutlich, wie diese Wasserströme ein Skelett mit sich führten, ein an den Fußknöcheln mit Ketten gefesseltes Skelett, das einen Augenblick nur auf dem Deck zu ruhen schien, dann von den nachdrängenden Wogen gepackt wurde, sich überschlug und in das Wasser zurückstürzte. Diesem Skelett folgte ein anderes und noch eins und wieder eins: eine ganze Kaskade von Skeletten und alten verrosteten Eisenketten. Ab und zu glitten große Krabben darüber hin. Langsam und wie ein überlasteter Wagen hin und her schwankend, näherte sich der Dreimaster den Klippen. Bei jeder Woge, die ihn auf ihren Rücken nahm, schwang das Wasser, das in den Schiffskörper gedrungen war, von vorne nach hinten und drängte gegen die verfaulenden Wände, von denen große Stücke abfielen und neue Lecke entstehen ließen, aus denen ungezählte, mit alten Ketten beladene Skelette getrieben wurden. Trotz alledem verfolgte das Fahrzeug unaufhaltsam seinen Weg, den Klippen entgegen – und direkt auf uns zu!

Jetzt stieß sein Kiel auf den Felsen an, riss sich noch einmal los, um gleich darauf mit gewaltigem Anprall so heftig gegen die Riffe anzufahren, dass es diesen einen lauten, feierlichen Klang entlockte, der wie das Läuten einer Glocke weit über das Meer hintönte. Dann aber versank das Schiff mit unerhörter Geschwindigkeit.

Das Achterdeck blieb etwas länger über Wasser und man konnte deut-

lich darauf die weit geöffneten Kajüten erkennen. Der Anblick erinnerte beinahe an jene Wohnungspläne, die man öfter in Zeitungen abgebildet sieht, die das Innere von Etagen mit den Möbeln und den Bewohnern darstellen. Möbeln! Man sah einige von Seetang und Korallen überwucherte alte Kanonen und ein langes, kofferähnliches Ding, das vielleicht früher einmal eine Koje gewesen war. Dabei verschiedene seltsame rostzerfressene metallene Instrumente. Mitten in diesem Raum lag sein Bewohner, ein Mensch, den ein herabgefallener Balken erschlagen und alle Knochen zerquetscht hatte. Und zwischen all diesem Grauenhaften krochen, drehten und wandten sich diese scheußlichen Würmer, die in dem schmutzigen Wasser untertauchten, wieder hervorkamen und ihre ekligen blinden Köpfe hin und her bewegten.
Wie lange das dauerte! Ich weiß es nicht! Vielleicht nur eine ganz kurze Zeit. Nach dieser schrecklichen Windstille hatte der Sturm neu eingesetzt. Der Rest dieses gespensterhaften Schiffes – das, allen Gesetzen der Natur Trotz bietend, nachdem es untergegangen und jahrhundertelang auf dem Meeresgrund gelegen hatte, nun plötzlich mit einer Besatzung von an Ketten geschmiedeten, mit Seetang behangenen Toten wieder auftauchte – der Rest dieses unheimlichen und grauenerregenden Fahrzeuges war in Stücke zerschellt, die von den Wogen weggetrieben wurden. Es gelang uns jedoch noch, die Gallions-Figur aufzufischen, die zu der Zeit, als der Dreimaster noch ein Schiff gewesen, statt eines schreckenerregenden Spukes, den Bug geziert hatte. Ich glaube, dass die Figur eine heidnische Göttin dargestellt hatte – vielleicht war es auch eine Heilige. Es ließ sich nicht mehr feststellen. Der Sturm oder das Alter hatten ihren ganzen unteren Teil völlig zerstört, Pfahlmuscheln hatten ihren Kopf zerfressen. Zwei zernagte Brüste, eine Höhlung an Stelle des Halses und eine auffallend große Nase waren zufällig erhalten geblieben. Die Augen waren vollständig vernichtet. Es konnte ebenso wohl das Bild einer Eule, wie das einer Frau sein. Ich finde, dass es gleichermaßen komisch und tragisch ist, dass die Zeit den Statuen ebenso übel mitspielt, wie sie es mit den Frauen tut: das ist wirklich Furcht erregend …
Plévech, der vor Angst halbtot war, schwur darauf, dass er ähnliche Holzbilder in den Kapellen seiner Heimat gesehen habe, während Rainebonze behauptete, dass die Zauberer seines Landes solche Figuren in dem Inneren der Gräber aufsetzten. Plévech wiederholte fortwährend: »Im Namen des Vaters, des Sohnes und des Heiligen Geistes!« und Rainebonze, der einmal in der Kirche von Majumba gewesen war, fügte stets ein frommes »Amen« hinzu. Dann aber gab er sich sofort eifrig da-

ran, ein »Sikidy«, das heißt, ein Zaubermittel zu bereiten, er tötete unter allerlei Zeremonien eine zweite Henne. Und Plévech achtete genau auf jede seiner Gesten, um sie auf das gewissenhafteste nachzuahmen, denn obwohl er bange war, dass die Religion Rainebonzes doch vielleicht nicht die ganz richtige sei, zweifelte er gleichzeitig auch daran, ob die der Christen besonders gut gegen die bösen Geister sei.
Was mich betrifft, so wagte ich nicht nachzudenken. Erst drei Tage später, nachdem sich das Meer vollständig beruhigt hatte, fragte ich Rainebonze:
»Was hat es für eine Bewandtnis mit dem Schiff der ›Matoutouas‹?«
Rainebonze sah mich mit ernster, sehr stolzer Miene an und sagte dann:
»Es waren Sklaven, nur Sklaven. Die ganze große Piroge war mit Sklaven beladen. Sie waren für Bourbon bestimmt. Sie waren alle mir Ketten gefesselt. Die Weißen hatten sie in Madagaskar geraubt. Aber Madagaskar wollte seine Kinder nicht hergeben und die Schatten dieser Unglücklichen haben das Meer bis zu seinem Grund aufgewühlt. Das versunkene Schiff, das ihre Knochen barg, ist noch einmal aus dem Grund aufgetaucht, um an den Klippen zu zerschellen; die Schatten haben sich dann ihrer Knochen bemächtigt und sie in ihr Vaterland zurückgeführt.
Ich verstand, was er sagen wollte. Vor zwei oder drei Jahrhunderten hatten Sklavenhändler in Madagaskar eine große Zahl von Eingeborenen entführt, um sie in Bourbon als Sklaven zu verkaufen. Der Sicherheit wegen hatte man die armen Teufel an Ketten gelegt. Als dann das Schiff durch einen Zyklon an die Felsen geworfen wurde und unterging, ertranken diese unglücklichen Männer, ohne einen Rettungsversuch machen zu können, kläglich wie die Ratten. Nun, nach drei Jahrhunderten gaben die Fluten ihre Skelette zurück und schwemmten sie an das Land, in dem ihre Voreltern und Söhne begraben waren.
Ich unterbrach Barnavaux.
»Aber der Dreimaster! Wie geschah es, dass auch dieser Dreimaster aus den Fluten auftauchen konnte!«
»Weiß ich es!« antwortete Barnavaux. »Vielleicht haben die durch den Zyklon entstandenen großen Wirbelstürme ihn vom Grund losgerissen. Vielleicht hatten sich auch im Schiffsraum Gase gebildet, die nach oben strebten! – Und endlich … was geht's mich an?! Ich habe das Totenschiff gesehen mit – mit eigenen Augen gesehen.«
In diesem Augenblick kamen die Matrosen des Rettungsbootes an uns vorüber. Sehr ernst und ruhig schritten sie daher, nur ihre Augen leuchteten in jenem übernatürlich hellen Glanz, wie er Menschen eigentümlich ist, die mit ganzer Kraft gegen eine Gefahr gekämpft haben und als

Sieger aus diesem Kampf hervorgegangen sind. Barnavaux sprach sie an und forderte sie auf, ein Glas mit uns zu trinken. Sie nahmen die Einladung gern an und setzten sich nach freundlichem Gruß zu uns. Ich teilte ihnen dann mit, was Barnavaux mir eben erzählt hatte.

»Ich weiß nicht, ob das wahr ist,« bemerkte der Bootsmann, »aber als ich einst mit dem Sperber im Pazifik fuhr, da geschah es auch, dass in der Nähe von Santiago plötzlich, während einer stürmischen Nacht, eine kleine Galeasse aus den Fluten auftauchte, die vor, Gott weiß wie langer Zeit, Schiffbruch erlitten und auf dem Grund des Meeres gelegen hatte. – Es ist uns gelungen, dieses Schiff zu sichern, es befindet sich jetzt irgendwo in einem Museum. – Das ist ganz gewiss, dass der Schoß des Meeres Dinge, viele Dinge birgt, die so wunderbar sind, wie die Fantasie der Menschen sie nicht zu ersinnen vermöchte.«

Ich widersprach ihm nicht, da ich in Zéilah selbst einen Mann kennen gelernt habe, der die Sirenen gesehen hat.

WIJ, DER FÜRST DER DÄMONEN

VON NIKOLAI GOGOL

Einst bogen während einer Ferienreise drei Scholaren (reisende gebildete Kleriker) aus Kiew von der Landstraße ab, um beim erstbesten Gehöft, auf das sie stießen, den schon längst geleerten Sack mit neuen Vorräten zu versorgen. Dies waren der Theologe Haljawa, der Philosoph Choma Brut und der Rhetor Tiberius Gorobetz.

Es war schon Abend, als sie von der Landstraße abbogen; die Sonne war eben untergegangen, und noch spürte man in der Luft die Wärme des Tages. Der Theologe und der Philosoph marschierten schweigsam mit der Pfeife im Mund dahin und der Rhetor, Tiberius Gorobetz, schlug mit seinem Stab den am Weg wachsenden Disteln die Köpfe ab. Der Weg zog sich zwischen Gruppen von Eichen und Nussbäumen dahin, welche die Wiesen beschatteten; dann und wann unterbrachen Hügel und kleine grüne Berge, die so rund waren wie Kuppeln, die Ebene. Verstreute Ackerfelder, mit reifendem Getreide bestellt, ließen erkennen, dass irgendwo ein Dorf in der Nähe sein müsse. Aber es war schon mehr als eine Stunde vergangen, seit sie an dem Ackerfeld vorbeigekommen waren, und noch immer war kein Gehöft zu sehen. Die Dämmerung hatte schon den ganzen Himmel eingehüllt. Nur fern im Westen schimmerte noch ein schmaler Streifen Abendrot.

»Weiß der Teufel,« sagte der Philosoph Choma Brut, »es sah doch ganz so aus, als müssten wir gleich auf ein Gehöft stoßen!«
Der Theologe schwieg und sah sich nach allen Seiten um, dann steckte er seine Pfeife wieder in den Mund, und alle drei trabten weiter.
»Bei Gott,« rief der Philosoph und blieb wieder stehen, »es ist rein gar nichts zu sehen. Hol's der Henker!«
»Vielleicht erreichen wir doch noch ein Gehöft,« sagte der Theologe, ohne seine Pfeife aus dem Mund zu nehmen.
Unterdessen war die Nacht hereingebrochen, eine finstere, dunkle Nacht; die kleinen Wolken am Himmel verstärkten die Finsternis nur noch mehr, und allem Anschein nach durfte man weder auf Mond noch Sterne rechnen. Die Burschen merkten, dass sie sich verirrt hatten und längst vom richtigen Wege abgekommen waren.
Der Philosoph tastet mit dem Fuß nach allen Seiten und rief endlich kurz aus: »Ja, wo ist denn der Weg?«
Der Theologe schwieg, und murmelte nach einigem Nachdenken: »Ja, die Nacht ist dunkel …!«
Der Rhetor kniete nieder und versuchte den Weg mit den Händen zu befühlen, aber seine Hände gerieten fortwährend in einen Fuchsbau hinein. Ringsumher lag die öde Steppe: scheinbar war hier noch nie jemand vorbeigefahren.
Die Wanderer machten noch einen Versuch, weiterzugehen: aber überall stießen sie auf die gleiche Wildnis. Der Philosoph fing an zu rufen: Seine Stimme verhallte jedoch, ohne in der Umgegend das geringste Echo zu wecken. Nach einer Weile hörten sie ein schwaches Stöhnen, das einige Ähnlichkeit mit dem Heulen eines Wolfes hatte.
»Teufel – was ist hier zu machen?« sagte der Philosoph.
»Was? – wir bleiben hier und übernachten im Feld,« erwiderte der Theologe und griff in die Tasche, um sein Feuerzeug hervorzuholen und sich von neuem die Pfeife anzuzünden. Aber der Philosoph wollte nicht darauf eingehen: Er hatte die Angewohnheit, vor dem Schlafengehen noch einen halben Zentner Brot und vier Pfund Speck zu vertilgen, und fühlte eine unerträgliche Leere im Magen; auch fürchtete er sich trotz seiner heiteren Gemütsart ein wenig vor den Wölfen.
»Nein, Haljawa, das geht nicht,« sagte er. »Wollen wir uns etwa ohne jede Stärkung hinlegen und einschlafen wie die Hunde? Versuchen wir's doch noch einmal, vielleicht stoßen wir noch auf irgendein Haus, und vielleicht glückt es uns wenigstens, vor dem Schlafengehen noch ein Gläschen Schnaps herunterzugießen.«

Bei dem Wort »Schnaps« spuckte der Theologe aus und murmelte: »Natürlich, wozu sollten wir auch im Freien übernachten?«
Die Burschen gingen weiter und glaubten bald zu ihrer großen Freude in der Ferne etwas wie Hundegebell zu vernehmen. Sie horchten, von welcher Seite das Gebell herkam, und schritten fröhlich vorwärts. Nach einer Weile erblickten sie ein Licht.
»Ein Gehöft, bei Gott, ein Gehöft,« rief der Philosoph.
Seine Vermutung hatte ihn nicht betrogen. Nach einiger Zeit bemerkten sie eine Ansiedlung, die nur aus zwei Hütten und einem Hof bestand. In den Fenstern schimmerte Licht; ein Dutzend Pflaumenbäume ragte über den Zaun. Als die Burschen durch die Spalten zwischen den Brettern des Tores blickten, gewahrten sie einen Hof, der voller großer Lastwagen stand. Jetzt erglänzten auch einige Sterne am Himmel.
»Hallo, Brüder, jetzt heißt es energisch sein! Koste es, was es wolle, wir müssen uns ein Nachtlager erobern!«
Die drei Bildungsbeflissenen klopften einmütig an das Tor und riefen: »Macht auf!«
Die Tür der einen Hütte knarrte, und einen Augenblick darauf sahen die Burschen ein altes Weib in einem Pelzrock vor sich.
»Wer ist da,« rief sie, und hustete dumpf.
»Mütterchen, lass uns hier übernachten; wir haben uns verirrt, im Freien ist es ebenso schlimm wie in einem leeren Magen.«
»Was seid ihr für Leute?«
»Harmlose Leute: der Theologe Haljawa, der Philosoph Brut und der Rhetor Gorobetz.«
»Es geht nicht,« knurrte die Alte, »mein Hof ist voll, jeder Winkel ist besetzt, wo soll ich hin mit euch? Mit solchen großen, gesunden Burschen! Meine Hütte wird noch einstürzen, wenn ich solche Riesen in ihr unterbringe. Diese Theologen und Philosophen kenne ich: Wenn man sich erst einmal mit solchen Trunkenbolden einlässt, ist man bald ohne Haus und Hof. Macht, dass ihr weiterkommt, hier ist kein Platz für euresgleichen!«
»Erbarme dich, Mütterchen! Das geht doch nicht, dass ein Christenmensch so um nichts und wieder nichts umkommen soll. Steck uns, wohin du willst, wenn wir nur das Geringste anstellen – dann mögen uns die Hände verdorren, Gott weiß, was uns da passieren mag … hörst du?«
Wie es schien, ließ sich die Alte ein wenig erweichen. »Gut,« sagte sie nach kurzem Bedenken, »ich will euch hereinlassen, aber ich werde je-

dem von euch einen anderen Ort anweisen; ich habe keine Ruhe, wenn ihr zusammenbleibt.«

»Wie du willst, wir fügen uns in alles,« antworteten die Burschen. Die Pforte knarrte, und sie traten in den Hof.

»Nun, wie steht's, Mütterchen,« sagte der Philosoph, während er der Alten folgte, »wenn du, sozusagen … bei Gott, mir ist's, als ob mir jemand mit einem Wagen im Magen herumfährt. Seit heute Morgen habe ich keinen Bissen im Mund gehabt!«

»Sieh einer an, was der für Gelüste hat,« sagte die Alte, »nein, ich habe nichts, und der Ofen ist heute auch gar nicht geheizt worden.«

»Wir würden ja morgen alles gehörig bezahlen,« fuhr der Philosoph fort, »wahrhaftig – bar bezahlen,« Und er setzte leise hinzu: »Hol dir's doch vom Teufel.«

»Vorwärts, vorwärts, seid zufrieden mit dem, was man euch gibt. Dass mir der Teufel auch solch feine Herren zuführen musste!«

Bei diesen Worten wurde es dem Philosophen Choma ganz wehmütig ums Herz, plötzlich witterte seine Nase den Geruch von getrockneten Fischen. Er warf einen Blick auf die Hosen des Theologen, der neben ihm ging und sah, dass ihm ein riesiger Fischschwanz aus der Tasche ragte. Der Theologe hatte nämlich schon Zeit gefunden, eine ganze Karausche aus der Fuhre zu stibitzen. Da dies aber nicht aus Habgier, sondern mehr aus Gewohnheit geschehen war, hatte er seine Karausche längst vergessen und spähte schon wieder nach allen Seiten, was er nun noch erwischen könnte: selbst ein zerbrochenes Rad war nicht sicher vor ihm. Der Philosoph Choma steckte daher seine Hand in Haljawas Tasche, als sei's seine eigene, und holte die Karausche hervor.

Die Alte hatte die Burschen bald untergebracht: der Rhetor kam in die Hütte, der Theologe in eine leere Kammer, und den Philosophen führte sie in einen Schafstall.

Als der Philosoph allein war, verspeiste er sofort die Karausche, untersuchte die geflochtenen Wände des Stalls, versetzte einem neugierigen Schwein, das den Rüssel aus dem anstoßenden Kober hineinsteckte, einen Stoß mit dem Fuß, und legte sich auf die rechte Seite, um sofort einzuschlafen wie ein Toter. Da öffnete sich plötzlich die niedrige Tür, und die Alte trat gebückt in den Stall.

»Ah, Mütterchen! Was willst du?« sagte der Philosoph.

Aber die Alte ging mit ausgebreiteten Armen gerade auf ihn zu.

»Ach so,« dachte der Philosoph. »Nein, mein Täubchen, du bist mir zu alt.«

Er rückte etwas ab, aber die Alte kam unbekümmert näher.

»Höre, Mütterchen, jetzt ist's Fastenzeit, und ich gehöre zu den Menschen, die die Fasten auch für tausend Goldstücke nicht verletzen,« sagte der Philosoph.

Aber die Alte sprach kein Wort; sie breitete ihre Arme aus und suchte ihn zu fangen.

Dem Philosophen wurde ganz unheimlich zumute, besonders als er merkte, dass ihre Augen in ungewöhnlichem Glanz aufleuchteten. »Mütterchen, was ist mit dir! Geh mit Gott!« schrie er.

Aber die Alte sagte noch immer nichts und griff mit beiden Händen nach ihm.

Er sprang auf, um fortzulaufen, doch die Alte stellte sich in die Tür, sah ihn mit funkelnden Augen an und ging von neuem auf ihn los.

Der Philosoph wollte sie mit den Händen fortstoßen, aber er fühlte zu seinem Erstaunen, dass er die Arme nicht bewegen konnte. Seine Füße rührten sich nicht vom Fleck, er empfand mit Schrecken, dass ihm selbst die Stimme den Dienst versagte; er wollte etwas sagen, aber seine Lippen bewegten sich nur, ohne einen Laut hervorzubringen. Er hörte nur, wie sein Herz schlug und sah, wie die Alte dicht an ihn herantrat, ihm die Hände zusammenlegte, ihm den Kopf hinabbog und mit katzenartiger Geschwindigkeit auf seinen Rücken sprang. Sie gab ihm mit dem Besen einen Schlag auf die Lenden, und er galoppierte wie ein Reitpferd davon und trug sie auf den Schultern fort. Dies alles geschah so schnell, dass der Philosoph gar nicht zur Besinnung kam; er griff mit beiden Händen nach seinen Knien und wollte die Beine festhalten; aber zu seiner größten Bestürzung bewegten sie sich gegen seinen Willen und machten Sprünge, wie der beste Tscherkessen-Renner. Erst als sie aus dem Gehöft heraus waren und sich die weite Schlucht und der kohlschwarze Wald zu ihrer Rechten ausbreitete, da sagte er zu sich selbst: »Aha, das ist eine Hexe.«

Die ihm zugewandte Mondsichel leuchtete hell am Himmel, der schüchterne, nächtliche Glanz breitete sich gleich einer durchsichtigen Decke über die Erde und wogte wie eine zarte Rauchwolke hin und her; Wald, Wiesen, Himmel und Täler, alles schien mit offenen Augen zu schlafen; es war ganz windstill, nirgends schien sich ein Lüftlein zu regen. Etwas Feuchtes und Laues lag in der mitternächtlichen Kühle; die Schatten der Bäume und Sträucher fielen gleich Kometenschweifen spitz und kantig auf die abschüssige Ebene. In solcher Nacht jagte der Philosoph Choma Brut, mit seiner seltsamen Reiterin auf dem Rücken, dahin. Ein wunderbar quälendes, unheimlich süßes Gefühl erfüllte sein Herz. Er senkte den Kopf und sah, dass das Gras, das seine Füße noch kurz zuvor berührt hatten, jetzt tief, tief unter ihm lag, und darüber floss ein durchsichtiges Gewässer, kristallhell wie das einer Gebirgsquelle; das Gras schien den Boden eines hellen, durchsichtigen, bis zum Grund klaren Meeres zu bilden, wenigstens sah er deutlich, dass er sich mit der auf seinem Rücken hockenden Alten darin spiegelte. Er sah dort unten statt des Mondes eine Sonne aufleuchten, er hörte die blauen Glockenblumen mit gesenkten Köpfchen läuten und bemerkte, wie eine Nixe aus dem Riedgras hervorschwamm – ihr Rücken und ihre vollen prallen Lenden bebten und leuchteten, sie schien ganz aus Licht und Glanz gewebt. Sie wandte sich ihm zu, und er blickte in ihr Antlitz mit den klaren, hellen, strahlenden Augen – sie kam näher, ihrem Mund entströmte ein Gesang, der ihm bis in die Tiefen der Seele drang – jetzt schwamm sie auf der Oberfläche – stimmte ein silberhelles Lachen an und entfernte sich wieder. Doch nun warf sie sich auf den Rücken. Ihre Brüste, die mit dem sanften Glanze des Porzellans, dem der Schmelz fehlt, wie durch eine Wolkenhülle hindurchschimmerten, leuchteten aus ihrer weißen, schwellenden, zarten Umgebung hervor; das Wasser rann wie ein Perlenregen in kleinen Tröpfchen auf sie herab, und sie zittert und bebt und lacht hell aus der Flut hervor. –

Sieht er es oder sieht er es nicht? Träumt er oder ist er wach! Und was soll das bedeuten? Ist das vielleicht der Wind, oder ist es Musik? Es klingt und klingt, steigt auf und kommt näher und dringt ihm in die Seele wie ein unerträglicher jubelnder Triller.

»Was ist das,« dachte der Philosoph Choma Brut, während er hinunterblickte, und raste weiter. Der Schweiß floss ihm in Strömen von der Stirn; er hatte ein dämonisch-süßes Gefühl; eine durchbohrende, quälende, schreckliche Wonne rieselte durch seinen Körper. Manchmal glaubte er, dass er kein Herz mehr habe, und er griff erschrocken mit der Hand danach. Erschöpft und verwirrt begann er alle ihm bekannten Gebete vor sich hin zu murmeln; er wiederholte alle Geisterbeschwörungen und fühlte plötzlich etwas wie eine Erleichterung; er merkte, wie sein Schritt sich verlangsamte, die Hexe klammerte sich weniger fest an seinen Rücken, er berührte das dichte Gras, das für ihn alles Außergewöhnliche verloren hatte, wieder mit den Füßen. Die Mondsichel leuchtete hell am Himmel.

»Vortrefflich,« dachte der Philosoph Choma und begann seine Beschwörungen fast laut aufzusagen. Endlich sprang er mit blitzartiger

Schnelligkeit unter der Alten fort und setzte sich nun seinerseits auf ihren Rücken. Die Alte lief mit kurzen kleinen Schritten vorwärts, aber so schnell, dass dem Reiter fast der Atem ausging. Er konnte die Erde kaum noch erkennen; alles war deutlich sichtbar, obgleich es nicht einmal Vollmond war. Die Täler waren flach, aber die große Schnelligkeit, mit der sie vorüberrasten, ließ dem Auge alles unklar und trügerisch erscheinen. Choma ergriff ein am Boden liegendes Holzscheit und begann die Alte aus Leibeskräften zu prügeln. Sie stöhnte anfangs wütend und drohend auf, dann aber schwächer, angenehmer, immer reiner und leiser, und zuletzt klang es wie Silberglockengeläut und drang ihm tief in die Seele. Unwillkürlich kam ihm der Gedanke: ist das wirklich noch die Alte? »Ach, ich kann nicht mehr!« flüsterte sie ganz erschöpft und fiel zu Boden.

Er sprang auf und sah ihr in die Augen. Die Morgenröte stieg empor, in der Ferne erstrahlten die Kirchen von Kiew. Vor ihm lag ein wunderbar schönes Mädchen, mit einem herrlichen zerzausten Zopf, und schweren, seidenweichen Wimpern, die so lang waren wie ein Pfeil. Sie breitete gefühllos ihre nackten, weißen Arme aus, richtete die tränenerfüllten Augen nach oben und stöhnte.

Choma zitterte am ganzen Körper wie ein Espenblatt. Etwas wie Mitleid, eine seltsame Aufregung und eine ihm bis dahin ganz fremde Schüchternheit erfassten ihn. Er sprang auf und lief so schnell er konnte. Sein Herz klopfte unruhig; er vermochte sich das neue Gefühl, das ihn gepackt hatte, gar nicht zu erklären. In das Gehöft zurückzukehren – dazu verspürte er keine Lust; so lief er denn nach Kiew, und dachte den ganzen Weg lang über das unerklärliche Abenteuer nach.

Es war kaum noch ein Seminarist in der Stadt. Alle waren auf den Dörfern »in Kondition«, oder auch nicht, da man auf den kleinrussischen Gütern Käse, saure Gurken und Quarkkuchen, die so groß sind wie ein Hut, essen darf, ohne einen Heller dafür zu bezahlen. Die große baufällige Hütte, in der die Bursa einquartiert war, stand ganz leer, und so viel der Philosoph auch in allen Ecken herumsuchen mochte – er ließ selbst die Löcher und Spalten im Dach nicht unbeachtet – nirgends fand er ein Stück Speck, ja nicht einmal eine alte Brezel, die die Seminaristen an solchen Stellen zu verstecken pflegten.

Übrigens fand der Philosoph bald ein Mittel, um dies Übel abzustellen. Er ging auf den Markt, spazierte hier drei- bis viermal pfeifend auf und ab, winkte einer am anderen Ende sitzenden jungen Witwe mit einem gelben Kopftuch zu, die mit Bändern, Schrot und Rädern handelte, und wurde noch am selben Tage mit Quarkkuchen aus Weizenmehl, Hühnerbraten usw. versorgt – es ist unmöglich, aufzuzählen, was da alles auf dem Tisch stand, der in einem kleinen Lehmhäuschen inmitten eines Kirschgartens gedeckt wurde. Am Abend sah man den Philosophen in der Schenke; er lag auf der Bank, rauchte wie gewöhnlich seine Pfeife und warf dem jüdischen Wirt vor allen Leuten ein kleines Goldstück hin. Vor ihm stand ein Krug mit Schnaps, er betrachtete die Kommenden und Gehenden mit gleichgültigen, zufriedenen Blicken und dachte nicht im Geringsten mehr an sein seltsames Abenteuer.

Inzwischen aber verbreitete sich überall das Gerücht, die Tochter eines der reichsten Hauptleute – der ungefähr fünfzig Werst von Kiew eine Besitzung hatte – sei eines Morgens ganz zerschlagen von einem Spaziergang zurückgekommen. Sie hätte kaum noch die Kraft gehabt, das väterliche Haus zu erreichen, läge im Sterben und hätte den Wunsch geäußert, der Seminarist Choma Brut aus Kiew solle nach ihrem Tod während dreier Nächte die Totenmesse bei ihr lesen. Der Philosoph erfuhr das alles durch den Rektor selbst, der ihn zu sich ins Zimmer beschied und ihn beauftragte, sich unverzüglich auf den Weg zu machen, da der berühmte Hauptmann zu diesem Zweck ein paar Leute und seinen Wagen hergeschickt hätte.
Der Philosoph zitterte; ein unerklärliches Gefühl überkam ihn. Er konnte sich selbst keine Rechenschaft über den Grund geben, aber eine dunkle Ahnung sagte ihm, dass ihm nichts Gutes bevorstände. Ohne selbst zu wissen, warum, erklärte er geradeheraus, dass er nicht hinfahren werde.
»Hör' mal, Domine Choma,« sagte der Rektor (es gab Fälle, wo er sehr höflich mit seinen Untergebenen umging), »kein Teufel fragt danach, ob du fahren willst oder nicht. Ich sage dir nur eins: Wenn du hier den Störrischen spielst und räsonierst, so lasse ich dir den Rücken und anliegende Körperteile so mit jungen Birkenruten durchbläuen, dass du dir den Gang ins Bad ersparen kannst.« Der Philosoph kratzte sich ein wenig hinter dem Ohr, ging wortlos hinaus und setzte seine ganze Hoffnung auf seine Beine, von denen er bei der ersten günstigen Gelegenheit Gebrauch machen wollte. Ganz in Gedanken versunken, stieg er die steile Treppe hinab, die in den pappelumstandenen Hof führte und blieb einen Moment stehen; er hörte den Rektor mit deutlicher Stimme dem Verwalter und noch jemandem – wahrscheinlich einem Boten des Hauptmanns, der nach ihm gekommen war – Befehle erteilen und sagen:

»Danke deinem Herrn für die Grütze und die Eier und sage ihm, sobald die Bücher, von denen er schreibt, fertig sind, würde ich sie ihm zusenden; ich habe sie dem Schreiber schon zur Abschrift übergeben. Und noch was, mein Lieber, vergiss nicht, deinen Herrn daran zu erinnern, dass ihr auf eurem Gut so herrliche Fische habt, besonders einen ganz ausgezeichneten Stör: Er könnte mir bei Gelegenheit etwas davon schicken; bei uns auf den Jahrmärkten ist er nicht gut und zu teuer. Und du, Jantuch, gib den Leuten einen Becher Schnaps; den Philosophen aber bindet mir fest, sonst läuft er euch noch davon.«

»Seht doch den Teufelskerl!« dachte der Philosoph, »er hat es schon herausgeschnüffelt! So'n Schlammbeißer!«

Er ging hinunter und erblickte einen Wagen, den er zuerst für einen Getreideschuppen auf vier Rädern hielt; und wahrhaftig, er war so tief wie ein Ofen, in dem man Ziegel brennt. Dies war ein gewöhnlicher Krakauer Wagen, in dem an die fünfzig Kaufleute samt ihrer Ware in allen Städten herumzufahren pflegen, wo sie nur einen Jahrmarkt wittern. Sechs gesunde, kräftige, ältere Kosaken erwarteten ihn. Die kurzen, mit Troddeln verzierten Röcke aus feinem Tuch bewiesen, dass die Kosaken einem reichen und angesehenen Herrn dienten. Die kleinen Narben auf der Stirn ließen erkennen, dass sie im Krieg gewesen und nicht ganz ruhmlos gekämpft hatten.

»Was bleibt mir übrig! Kein Mensch kann seinem Schicksal entgehen,« dachte der Philosoph, wandte sich an die Kosaken und rief mit lauter Stimme: »Grüß Gott, Kameraden!«

»Grüß Gott, Herr Philosoph,« erwiderten einige von den Kosaken.

»Ich soll also mit euch zusammen fahren? Der Wagen kann sich schon sehen lassen!« fuhr er fort und stieg ein. »Schade, dass keine Musikanten dabei sind, hier ließe sich's gut tanzen!«

»Ja, es ist ein geräumiger Wagen,« sagte der eine Kosak und stieg mit dem Kutscher auf den Bock. Dieser hatte statt der Mütze, die er in der Schenke gelassen hatte, ein Tuch um den Kopf gebunden. Die übrigen fünf krochen mit dem Philosophen in die Versenkung und setzten sich dort auf Säcke, die mit allerlei Waren, welche die Kosaken in der Stadt gekauft hatten, angefüllt waren.

»Es wäre interessant, zu wissen,« begann der Philosoph, »wieviel Pferde nötig wären, um den Wagen von der Stelle zu bringen, wenn man ihn mit allerhand Waren, etwa mit Salz oder Eisenschienen beladen würde.«

»Ja,« sagte nach einigem Schweigen der Kosak, der auf dem Bock saß, »da wäre wohl eine große Menge dazu nötig.«

Mit dieser befriedigenden Antwort glaubte der Kosak, sich das Recht erworben zu haben, den Rest des Weges über zu schweigen.
Der Philosoph hätte gern Genaueres über den Hauptmann erfahren: Über seinen Charakter, was man über seine Tochter wusste, die unter so merkwürdigen Umständen nach Hause gekommen war und jetzt im Sterben lag, und deren Geschick nun mit seinem eigenen verknüpft wurde; wie sie leben und was sie zu Hause treiben. Er suchte seine Begleiter auszufragen, aber wahrscheinlich waren die Kosaken auch Philosophen, denn statt zu antworten, schwiegen sie still und rauchten, auf den Säcken hingestreckt, weiter.
Nur der eine wandte sich mit dem kurzen Befehl an den Kameraden auf dem Kutschbock: »Pass auf, Owerko, alter Maulaffe; wenn du bei der Schenke an der Straße nach Tschuchrailowsk vorbeikommst, vergiss nicht anzuhalten und uns zu wecken, falls einer von uns einschlafen sollte.«
Hierauf schlummerte er ziemlich geräuschvoll ein. Übrigens war diese Ermahnung ganz überflüssig, denn kaum näherte sich das Riesengefährt der Schenke an der Straße nach Tschuchrailowsk, als alle wie aus einem Munde losschrien: »Halt!« Auch waren Owerkos Gäule schon so abgerichtet, dass sie von selbst vor jeder Schenke stillstanden. Trotz des heißen Julitages krochen alle aus dem Wagen und gingen in die niedrige, schmutzige Stube, wo der jüdische Schankwirt seine alten Bekannten voller Freude begrüßte. Der Wirt holte sofort ein paar Würste aus Schweinefleisch herbei, die er unter seinen Rockschößen versteckt hielt, und legte sie auf den Tisch, um sich schleunigst von diesem vom Talmud verbotenen Gericht abzuwenden. Alle setzten sich um den Tisch herum, und bald hatte jeder Gast einen Tonkrug vor sich stehen. Auch der Philosoph Choma Brut musste an dem gemeinsamen Mahl teilnehmen. Und da die Kleinrussen sofort anfangen, sich zu küssen oder zu heulen, wenn sie ein wenig angetrunken sind, so hallte die Hütte bald von schallenden Küssen wider. »Lasst uns anstoßen, Spirid! Komm her, Dorosch, ich will dich küssen!« Einer der Kosaken, der etwas älter war als die anderen, und dessen Schnurrbart schon grau zu werden begann, stützte seinen Kopf auf die Hand und fing bitterlich an zu weinen. Er jammerte, dass er weder Vater noch Mutter habe und ganz allein auf der Welt dastehe. Ein anderer, der ein großer Schwätzer war, tröstete ihn fortwährend und sagte: »Weine doch nicht, bei Gott, weine nicht, was ist denn dabei ... Gott weiß schon, warum es so ist.«
Ein anderer namens Dorosch wurde plötzlich sehr neugierig, wandte sich an den Philosophen Choma und fragte ihn in einem fort: »Ich

möchte gern wissen, was man euch in der Bursa eigentlich beibringt. Das, was der Vorsänger in der Kirche vorliest, oder etwas anderes?«
»Frag' doch nicht,« sagte der Schwätzer gedehnt, »lass es doch gehn wie es geht. Gott weiß schon, wie es am besten ist, Gott weiß alles!«
»Nein, ich will wissen, was in den Büchern steht,« sagte Dorosch, »vielleicht ist es etwas ganz anderes als was der Vorsänger sagt!«
»Mein Gott, mein Gott,« sagte der weise Moralist, »Wie kann man nur so sprechen! Gott hat es nun einmal so gemacht: und was Gott gemacht hat, das lässt sich nicht ändern.«
»Ich will aber alles wissen, was in den Büchern steht; ich will in die Bursa eintreten, bei Gott, ich werde dort eintreten! Was? Was denkst du? Ich werde nichts lernen? Alles werde ich lernen, alles!«
»Mein Gott, mein Gott,« sagte der Moralist und legte seinen Kopf auf den Tisch; er war wirklich nicht mehr imstande, ihn noch länger auf den Schultern zu tragen. Die übrigen Kosaken sprachen von ihren Herrschaften und darüber, warum wohl der Mond am Himmel leuchte.
Als der Philosoph Choma merkte, wie es in ihren Köpfen aussah, beschloss er, den Moment auszunutzen und sich aus dem Staub zu machen. Zuerst wandte er sich an den graubärtigen Kosaken, der sich um Vater und Mutter grämte. »Was weinst du, Onkelchen?« fragte er. »Sieh, ich bin auch eine Waise. Freunde, lasst mich laufen! Gebt mir die Freiheit! Wozu braucht ihr mich?«
»Lassen wir ihn laufen,« sagten einige, »er ist ja eine Waise. Lassen wir ihn gehen, wohin er will.«
»O mein Gott, mein Gott,« stöhnte der Moralist, langsam seinen Kopf erhebend, »lasst ihn laufen! Mag er gehen, wohin er will!«
Und die Kosaken waren schon im Begriff, ihn selbst ins Freie zu führen, aber der, der so viel Wissbegierde gezeigt hatte, hielt sie zurück und sagte: »Rührt ihn nicht an; ich will mit ihm über die Bursa reden, ich werde selbst in die Bursa eintreten!«
Übrigens wäre ihm die Flucht kaum gelungen, denn als der Philosoph sich vom Tisch zu erheben suchte, fühlte er, dass seine Beine wie aus Holz waren, und er glaubte im Zimmer so viel Türen zu erblicken, dass er kaum die rechte gefunden hätte.
Erst gegen Abend fiel es der Gesellschaft ein, dass sie sich wieder auf den Weg machen müsste. Sie machten sich's im Wagen bequem, und brachen auf, indem sie die Pferde antrieben und ein Lied anstimmten, dessen Sinn und Wortlaut wohl niemand enträtselt hätte. Nachdem sie die größere Hälfte der Nacht gefahren waren, wobei sie beständig vom

Wege abkamen, obwohl sie ihn fast auswendig kannten, rollten sie endlich einen steilen Berg ins Tal hinab; der Philosoph erblickte zu beiden Seiten des Weges Staketzäune, Hecken und Dächer, die hier und da zwischen den niedrigen Bäumen hervorschauten. Es war ein großes Dorf, welches dem Hauptmann gehörte. Mitternacht war längst vorüber; der Himmel war dunkel, nur hier und da sah man einen einsamen Stern blinken und in keiner Hütte war ein Licht zu entdecken. Sie fuhren von Hundegebell begleitet in das Dorf ein. Auf beiden Seiten standen Scheunen und kleine Häuser mit Strohdächern; das eine, welches gerade in der Mitte und dem Tor gegenüber lag, war größer als die übrigen und schien dem Hauptmann als Wohnung zu dienen. Das Gefährt hielt vor einem kleinen Wagenschuppen, und unsere Reisenden legten sich nieder, um zu schlafen. Der Philosoph verspürte jedoch den Drang, sich die herrschaftlichen Wohnräume wenigstens von außen anzusehen, aber wie sehr er auch seine Augen anstrengte, er konnte nichts klar unterscheiden: statt des Hauses erblickte er einen Bären, und der Schornstein schien ihm dem Rektor zu gleichen. – Der Philosoph gab daher seine Bemühungen auf und ging schlafen.

Als er wieder erwachte, war der ganze Hof schon in Bewegung: Die Tochter des Hauses war in der Nacht gestorben. Die Diener liefen atemlos hin und her; ein paar alte Weiber heulten, eine Menge Neugieriger versuchte, durch die Ritzen im Zaun zu erspähen, was auf dem herrschaftlichen Hof vorging. Der Philosoph begann, in aller Ruhe die Stätte zu betrachten, die er in der Nacht nicht hatte erkennen können. Das herrschaftliche Haus war ein kleines niedriges Gebäude, wie man sie in alten Zeiten in Kleinrussland zu bauen pflegte, und hatte ein Strohdach. Die kleine spitz zulaufende, hohe Giebelwand mit dem einen Fenster, das wie ein nach oben gerichtetes Auge aussah, war ganz mit blauen und gelben Blumen und roten Halbmonden bemalt. Sie ruhte auf Eichenpfosten, die oben rund und kunstvoll gedrechselt und unten sechseckig waren. Unter der Giebelwand befand sich eine kleine Treppe, und rechts und links standen Bänke. An den Seiten des Hauses gab es Schutzdächer auf ähnlichen und hier und da gewundenen Säulen. Davor stand ein hoher Birnbaum mit pyramidenförmiger Krone in der grünen Pracht seiner bebenden Blätter. In der Mitte des Hofes befanden sich mehrere, in zwei Reihen geordnete Speicher, die gleichsam eine breite Straße bildeten, welche direkt zum Herrenhaus führte. Hinter den Speichern, dicht beim Tor, standen zwei dreieckige Kellergebäude, die einander gerade gegenüber lagen und gleichfalls mit Stroh gedeckt waren. Ihre dreieckigen Vorderwände hatten eine niedrige Tür und waren mit allerlei Bildern bemalt. Auf der einen war ein Kosak dargestellt, der auf einem Fass saß und einen Krug mit der Inschrift: »Ich trinke den Rest!« in die Höhe hob. Die andere hatte der Künstler mit runden und flachen Flaschen bemalt, und zu beiden Seiten erblickte man, was wohl besonders schön sein sollte, je ein Pferd, das sich emporbäumte, und ferner mehrere Pfeifen und Schellen, worunter zu lesen war: »Der Wein ist des Kosaken Wonne!« Durch das riesige Bodenfenster guckten eine Trommel und ein paar kupferne Trompeten heraus. Am Tor standen zwei Kanonen. Dies alles ließ vermuten, dass der Hausherr sich zu amüsieren schätzte, und dass der Hof oft von lustigen Gelagen widerhalle. Hinter dem Tor standen zwei Windmühlen. An der Rückseite des Hauses befanden sich Gärten, und zwischen den Wipfeln der Bäume sah man nichts als die dunklen Kappen der Schornsteine der im dichten Grün verborgenen Hütten. Das ganze Dorf lag auf dem breiten und ebenen Vorsprung eines Berges. Im Norden wurde dies alles von dem steil aufsteigenden Felsen abgeschlossen, der mit seinem Fuß bis dicht an den Hof heranreichte. Von unten gesehen schien er noch steiler zu sein und auf seinem Gipfel hoben sich die zerstreut stehenden Stängel des dürren Steppengrases schwarz vom hellen Himmel ab. Die nackte Lehmerde war ganz von Wasserrinnen und Regenlöchern zerrissen und verbreitete eine seltsame Schwermut. Auf dem abschüssigen Abhang sah man an zwei Stellen je eine Hütte stehen, deren eine von einem Apfelbaum beschattet wurde, der an der Wurzel durch kleine Pflöcke gestützt, mit herangefahrener Erde bedeckt war, und dessen Äpfel, die der Wind herunterwarf, bis in den herrschaftlichen Hof rollten. Vom Gipfel führte ein Weg über den ganzen Berg am Hof vorbei bis ins Dorf hinunter. Als der Philosoph den furchtbaren Abhang des Berges betrachtete und sich der gestrigen Fahrt erinnerte, sagte er sich, der Hausherr müsse fabelhaft kluge Pferde, oder die Kosaken enorm harte Köpfe haben, wenn sie nicht einmal im Rausch mitsamt dem riesigen Gefährt und dem Gepäck Hals über Kopf in den Hof hinabgerollt waren. Der Philosoph stand auf dem höchsten Punkt des Hofes: Als er sich umwandte und auf die entgegengesetzte Seite blickte, bot sich ihm ein ganz anderes Bild dar. Das Dorf zog sich längs dem Abhang bis in die Ebene hin. Unabsehbare Wiesen erstreckten sich im Umkreis bis an den Horizont, deren helles Grün sich in der Ferne immer mehr verdunkelte. Im Hintergrund sah man eine ganze Reihe von Gehöften im blauen Dämmerlicht daliegen, obgleich sie wohl zwanzig und mehr Werst weit entfernt sein mochten.

Rechts von diesen Wiesen zog sich eine Hügelkette hin, und ganz hinten erglühte ein dunkler Streifen des Dnjepr.
»Welch herrliches Stück Erde,« sagte der Philosoph, »wie schön ließe sich's hier leben; im Dnjepr und in den Teichen könnte man Fische fangen, und mit Gewehr und Netz Schnepfen und Zwergtrappen jagen; übrigens wird es in diesen Wiesen auch andere Trappen geben. Man könnte in Hülle und Fülle Früchte trocknen und sie in der Stadt verkaufen, oder noch besser Schnäpse daraus machen, denn Fruchtschnaps geht doch noch über Branntwein. – Herrgott, ich muss mich doch umsehen, wie ich am besten ausreißen könnte.«
Hinter dem Zaun bemerkte er einen kleinen Fußweg, der ganz mit Steppengras bewachsen war; mechanisch setzte er den Fuß drauf; er wollte anfangs nur ein wenig spazieren gehen, und dann still zwischen den Hütten hindurch schlendern und sich ins freie Feld schlagen. Da fühlte er plötzlich eine kräftige Hand auf seiner Schulter.
Hinter ihm stand der alte Kosak, der gestern über den Verlust von Vater und Mutter und über seine Einsamkeit geklagt hatte.
»Du hoffst vergeblich, aus diesem Hof zu entfliehen, Herr Philosoph,« sagte er, »das ist kein Haus, dem man entfliehen kann; – übrigens sind auch die Wege sehr schlecht und beschwerlich für Fußgänger – geh' lieber zum Herrn, er erwartet dich schon längst in seinem Zimmer.«
»Gut denn, gehen wir, warum auch nicht – ich habe nichts dagegen,« antwortete der Philosoph und folgte dem Kosaken.
Der Hauptmann war schon alt. Er hatte einen grauen Schnurrbart und saß, den Kopf auf beide Hände gestützt, mit einem Ausdruck dumpfer Trauer am Tisch. Er mochte fünfzig Jahre alt sein; aber der tiefe Gram in seinen Zügen und die bleiche, schlechte Farbe bewiesen, dass sein Herz ganz plötzlich gebrochen und vernichtet worden war, und dass all seine frühere Fröhlichkeit und das laute sorglose Leben für immer zerstört war. Als Choma mit dem alten Kosaken in das Zimmer trat, nahm der Hauptmann die eine Hand vom Gesicht und nickte unmerklich mit dem Kopf; Choma und der Kosak verbeugten sich tief vor ihm und blieben ehrfurchtsvoll an der Tür stehen.
»Wer bist du und wo kommst du her, mein Lieber. Was ist dein Beruf?« fragte der Hauptmann nicht eben freundlich, aber auch nicht schroff.
»Ich bin ein Seminarist und heiße Choma Brut, der Philosoph.«
»Und wer war dein Vater?«
»Ich weiß es nicht, gnädiger Herr.«
»Und deine Mutter?«

»Meine Mutter habe ich auch nicht gekannt. Es ist natürlich selbstverständlich, dass ich eine Mutter gehabt habe, aber wer sie war, woher sie stammte und wo sie gelebt hat, das weiß ich bei Gott nicht, gnädiger Herr?«

Der Alte schwieg und schien einen Augenblick in Grübeleien versunken.

»Wie hast du denn meine Tochter kennen gelernt?«

»Ich habe sie gar nicht kennen gelernt, gnädiger Herr, bei Gott, ich habe sie nie kennen gelernt. Solange ich auf der Welt bin, habe ich noch nie mit einem Fräulein zu tun gehabt. Gott bewahre mich davor, um nichts Unschicklicheres zu sagen.«

»Warum hat sie denn aber gerade dich und keinen anderen dazu bestimmt, an ihrem Sarg zu beten?«

Der Philosoph zuckte die Achseln. »Mein Gott, wie soll ich das erklären? Es ist ja bekannt, dass die vornehmen Herrschaften manchmal auf Dinge kommen, die auch der gelehrteste Mensch nicht zu erklären vermag. ›Wenn der Herr will – muss der Knecht springen,‹ sagt das Sprichwort.«

»Lügst du auch nicht, Herr Philosoph?«

»So wahr ich hier stehe, der Blitz soll mich treffen, wenn ich lüge!«

»Wenn sie nur einen Augenblick länger gelebt hätte,« sagte der Hauptmann traurig, »dann hätte ich gewiss alles erfahren. ›Lass niemand für mich beten, Vater, schicke gleich in das Kiewer Seminar und lass den Seminaristen Choma Brut kommen. Er soll drei Nächte lang für meine sündige Seele beten. Er weiß alles …‹ was er aber wissen sollte, das bekam ich nicht mehr zu hören. Nur dies konnte mein Liebling noch sagen, dann starb sie. Du bist sicherlich durch deinen reinen Lebenswandel und durch deine Gottesfurcht berühmt, mein Lieber, und sie hat vielleicht von dir gehört.«

»Wer? Ich?« sagte der Seminarist und trat vor Erstaunen einen Schritt zurück. »Ich, wegen meines gottesfürchtigen Lebens berühmt?« Er sah dem Hauptmann gerade in die Augen. »Gott segne Sie! Herr, was sagen Sie da! Ich … ich … ich schäme mich fast, davon zu reden … aber ich bin am Abend vor Gründonnerstag noch zur Bäckerin gegangen.«

»Nun, nun … sie wird schon ihren Grund gehabt haben, als sie diese Bestimmung traf! Du musst gleich heute beginnen.«

»Euer Gnaden, gestatten Sie mir, darauf zu erwidern … natürlich, jeder Mensch, der die Heilige Schrift kennt, kann ja – je nach den Verhältnissen … aber hier wäre ein Diakonus oder wenigstens ein Vorsänger eher am Platz. Das sind doch verständige Leute, die wissen, wie alles gemacht werden muss ... ich dagegen ... ich habe ja nicht einmal die Stimme, die dazu nötig ist, ich bin ... weiß der Teufel, was ich bin! Ich sehe ja auch nach nichts aus!«

»Mach, was du willst, aber ich will alles tun, was mein Liebling bestimmt hat, und nichts soll mich gereuen. Wenn du von heute an die üblichen drei Nächte bei ihr wachen und beten willst, sollst du reichlich belohnt werden. Wenn du dich dagegen weigerst – ich möchte selbst dem Teufel nicht raten, mich zu reizen!«

Der Hauptmann sprach die letzten Worte mit solch einer Energie aus, dass der Philosoph ihren Sinn vollkommen begriff.

»Folge mir,« sagte der Hauptmann.

Sie traten in den Flur. Der Hauptmann öffnete die Tür des gegenüberliegenden Zimmers. Der Philosoph blieb einen Augenblick im Flur stehen, um sich die Nase zu putzen, und trat dann mit einem unwillkürlichen Schauder über die Schwelle.

Der ganze Boden war mit rotem chinesischem Tuch bedeckt. In der Ecke, unter den Heiligenbildern war die Tote auf einem hohen Tisch aufgebahrt. Sie lag auf einer blausamtenen Decke, die mit goldenen Franzen und Quasten geschmückt war. Am Kopf- und Fußende standen hohe, mit Schneeballblüten umwundene Wachskerzen, die ein mattes Licht verbreiteten, das in der Helle des Tages verblich. Vor der Leiche saß der untröstliche Vater; er hatte der Tür den Rücken zugekehrt und verdeckte das Antlitz der Entschlafenen, so dass Choma es nicht sehen konnte. Der Philosoph war aufs höchste erstaunt über die Worte, die er bei seinem Eintritt ins Zimmer vernahm.

»Ich weine nicht deshalb, liebes Töchterlein, weil du mir zum Kummer und Herzeleid, in der Blüte der Jahre die Erde verlässt, ohne das Alter erreicht zu haben, das dem Menschen vergönnt ist; ich klage darüber, dass ich nicht weiß, welcher grimme Feind deinen Tod verursacht hat. Wüsste ich, wer es gewagt hat, dich zu beleidigen, oder nur ein böses Wort über dich zu sagen – bei Gott, wenn er ein alter Mann ist wie ich, er sollte seine Kinder nicht wiedersehen; – und wenn er noch jung ist, sollte er nie wieder zu Vater und Mutter zurückkehren. Seine Leiche sollte den Vögeln und wilden Tieren der Steppe zum Fraße dienen! Weh mir, du Blume des Feldes, meine kleine Wachtel, du Licht meiner Augen – ich muss den Rest meiner Tage freudlos und traurig verbringen und mit dem Saum meines Rockes die kargen Tränen trocknen, die aus meinen alten Augen tropfen, während meine Feinde sich des Lebens freuen und sich in der Stille über den schwachen Greis lustig machen werden!«

Er schwieg, ein heftiger Schmerz erschütterte ihn und machte sich in einem Tränenstrom Luft.
Der Philosoph war tief gerührt von diesem namenlosen Kummer. Er hustete ein wenig, stieß einen dumpfen krächzenden Ton aus und räusperte sich.
Der Hauptmann wandte sich um und wies ihm einen Platz am kleinen Lesepult zu Häupten der Toten an. Auf dem Pult lagen mehrere Bücher.
»Ich will die drei Nächte schon irgendwie verbringen und mein Pensum absolvieren,« dachte der Philosoph, »dafür wird mir der Herr auch beide Taschen mit neuen glänzenden Goldstücken füllen.«
Er ging näher, räusperte sich noch einmal und begann zu lesen, ohne sich umzusehen, denn er hatte nicht den Mut, der Toten ins Gesicht zu blicken. Eine tiefe Stille umfing ihn: Er merkte, dass der Hauptmann hinausgegangen war. Langsam wandte er den Kopf um, um die Tote anzusehen und …
Ein Zittern lief durch seine Glieder: Vor ihm lag das schönste Mädchen, das je auf Erden gelebt hatte. Wohl noch nie war in der Form der Gesichtszüge strenge Schönheit so mit Harmonie vereinigt gewesen wie hier. Sie lag da wie eine Lebende; die herrliche, zarte, schnee- und silberweiße Stirn schien auf eine intensive Gedankenarbeit hinzudeuten, die feinen edlen Brauen, die wie ein nächtliches Dunkel die sonnige Helle des Tages durchbrachen, schwangen sich stolz über die geschlossenen Augen; lange Wimpern senkten sich wie eine Schar spitzer Pfeile auf die vom Feuer geheimer Wünsche glühenden Wangen; die rubinroten Lippen schienen zu einem seligen Lächeln und zu Ausbrüchen des Glücks und der Freude bereit … Und doch glaubte er in diesen Zügen etwas Schauerliches zu entdecken, das sich tief in seine Seele bohrte. Choma fühlte einen quälenden Schmerz in seinem Herzen; es war, wie wenn mitten im Wirbel ausgelassener Fröhlichkeit und einer sich im wilden Taumel drehenden Menge jemand einen Choral angestimmt hätte. Die Rubinlippen leuchteten so rot wie Herzblut, plötzlich glaubte er in ihrem Gesicht etwas furchtbar Vertrautes zu erkennen; mit völlig veränderter Stimme schrie er auf: »Es ist die Hexe …,« erblasste, wandte die Augen ab und begann von neuem die Gebete herunterzulesen. Es war dieselbe Hexe, die er getötet hatte.
Als die Sonne herabzusinken begann, wurde die Verstorbene in die Kirche getragen. Der Philosoph stützte den schwarzen Sarg mit seiner Schulter und Eiseskälte durchrieselte ihn. Der Hauptmann ging selbst voran und hielt die rechte Seite des engen Totengehäuses mit der Hand

fest. Die verwitterte hölzerne Kirche mit ihren drei kegelförmigen Kuppeln stand trübselig und moosbewachsen am Ende des Dorfes: Man spürte, dass hier lange kein Gottesdienst gehalten worden war. Fast vor jedem Heiligenbild brannten Kerzen. Der Sarg wurde in der Mitte der Kirche, gegenüber dem Altar hingestellt. Der alte Hauptmann küsste die Tote noch einmal, warf sich nieder, berührte den Boden mit der Stirn und verließ mit den Trägern die Kirche, nachdem er den Befehl gegeben hatte, dem Philosophen gut zu essen zu geben und ihn abends wieder in die Kirche zu führen. Als sie in die Küche traten, legten alle, die den Sarg getragen hatten, einer nach dem anderen die Hand an den Ofen, was die Kleinrussen stets zu tun pflegen, wenn sie eine Leiche gesehen haben. Der Hunger, welchen der Philosoph um diese Zeit zu verspüren begann, ließ ihn für einige Augenblicke die Tote vollständig vergessen. Allmählich versammelte sich hier das ganze Gesinde, denn die Küche des Hauptmanns war eine Art Klub- oder Versammlungsort, und hier strömte alles zusammen, was im Hofe lebte, selbst die Hunde, die schweifwedelnd vor der Tür erschienen, um sich einen Knochen und andere Abfälle zu holen. Jeder, der irgendeinen Auftrag erhalten hatte, oder irgendwohin geschickt worden war, kam immer erst in die Küche, um sich einen Augenblick auf die Bank zu legen, auszuruhen und eine Pfeife zu rauchen. Alle Junggesellen, die im Haus lebten und in eleganten Kosakenröcken umherliefen, lagen fast den ganzen Tag lang auf dem Ofen, oder auf und unter den Bänken – mit einem Wort, überall, wo sich ein bequemes Ruheplätzchen fand. Außerdem hatte immer jemand etwas in der Küche vergessen: seine Mütze, die Peitsche, die für die fremden Hunde bestimmt war, oder etwas Ähnliches. Aber die größte Gesellschaft fand sich doch erst zum Abendbrot zusammen, dann kamen auch der Pferdehirt, der seine Pferde in die Koppeln getrieben hatte, und der Viehhirte, der die Kühe zur Tränke geführt hatte, und alle die, die am Tag nicht zu sehen gewesen waren. Beim Abendbrot wurde auch die schweigsamste Zunge redselig. Hier wurde gewöhnlich alles besprochen: wer sich neue Hosen genäht hatte, was sich im Innern der Erde befindet, und wer einen Wolf gesehen hatte. Hier kamen auch die Witzbolde zu ihrem Recht, an denen unter den Kleinrussen ja kein Mangel ist.

Der Philosoph setzte sich im Freien, mit vielen anderen in einem großen Kreis, dicht an der Rückenschwelle nieder. Bald erschien eine Frau mit einem roten Kopftuch an der Tür; sie trug eine Schüssel mit heißen Klößen in den Händen und stellte sie in die Mitte vor die Hungrigen hin,

die sich zum Abendessen anschickten. Jeder holte seinen Holzlöffel, und in Ermangelung eines Besseren, ein hölzernes Stäbchen aus der Tasche. Als die Kinnbacken sich langsamer zu bewegen anfingen und der Wolfshunger der ganzen Gesellschaft ein wenig gestillt war, begannen mehrere von den Anwesenden, sich zu unterhalten. Das Gespräch wandte sich natürlich der Verstorbenen zu.
»Ist es wahr,« fragte ein junger Schafhirt, der an seinem Pfeifenriemen so viel Knöpfe und Messingplatten angebracht hatte, dass er dem Kramladen einer kleinen Händlerin glich, »ist es wahr, dass das Fräulein – ohne dass ich ihr deswegen etwas Böses nachsagen wollte, – es mit dem Gottseibeiuns zu tun gehabt hat?«
»Wer? Unser Fräulein?« sagte Dorosch, der unserem Philosophen schon von früher bekannt war, »ja, das war eine richtige Hexe. Ich will jeden Schwur darauf ablegen – dass sie eine Hexe war.«
»Hör auf, Dorosch, hör auf,« sagte der andere, der schon während der Fahrt eine große Neigung gezeigt hatte, alle Gegensätze zu mildern, »das geht uns nichts an, Gott mit ihr! Wozu sollen wir darüber sprechen.«
Aber Dorosch hatte gar keine Lust zu schweigen; er war erst eben mit dem Kellermeister in einer wichtigen Angelegenheit in den Keller gegangen, war, nachdem er sich ein paarmal über zwei oder drei Fässer gebeugt hatte, sehr aufgeräumt von dort zurückgekehrt und redete nun in einem fort.
»Was willst du? Dass ich schweigen soll?« sagte er, »ja, sie ist doch aber auf mir selbst herumgeritten! Bei Gott, sie ist auf mir herumgeritten!«
»Onkelchen,« rief der junge Schafhirt mit den vielen Knöpfen, »gibt es ein Zeichen, an dem man eine Hexe erkennen kann?«
»Nein,« antwortete Dorosch, »die kann kein Mensch erkennen; du kannst den ganzen Psalter durchlesen und erkennst sie doch nicht!«
»Sag das nicht, Dorosch, man kann sie wohl erkennen,« fiel ihm der Moralist von gestern ins Wort, »Gott hat nicht umsonst einem jeden sein besonderes Abzeichen gegeben: Die Gelehrten sagen, dass die Hexen hinten ein kleines Schwänzchen haben.«
»Wenn sie alt wird, ist jedes Weib eine Hexe,« sagte der alte Kosak kaltblütig.
»Oh, oh, ihr seid mir die Rechten,« rief die Alte, die eben frische Klöße in die Schüssel schüttete, »ihr seid mir rechte Wildschweine!«
Der alte Kosak, der Jawtuch hieß, aber den Spitznamen Kowtun erhalten hatte, schmunzelte vergnügt, als er sah, dass die Alte sich von seinen Worten getroffen fühlte, der Viehhirte aber brach in ein so wüstes Ge-

lächter aus, als hätten zwei Ochsen sich gegenübergestellt und zu gleicher Zeit losgebrüllt.
Das begonnene Gespräch hatte die Neugierde und den dringenden Wunsch des Philosophen geweckt, genaueres über die Tochter des Hauptmanns zu erfahren, und er fragte daher, um wieder auf das alte Thema zurückzukommen, seinen Nachbar:
»Ich möchte doch wissen, warum halten alle, die hier beim Abendbrot sitzen, die Tochter des Herrn für eine Hexe? Hat sie denn jemandem etwas Böses zugefügt? Oder ihn gar verhext?«
»Es ist alles schon dagewesen,« sagte einer der Zunächstsitzenden, der ein ganz glattes Gesicht hatte, das soeben war wie eine Schaufel.
»Wer erinnert sich nicht noch des Jägers Mikita, oder des …«
»Und was ist mit dem Jäger Mikita geschehen?« fragte der Philosoph.
»Halt! Ich will die Geschichte vom Jäger Mikita erzählen,« rief Dorosch.
»Nein, ich will die Geschichte vom Mikita erzählen!« schrie der Pferdehirte, »es war doch mein Gevatter!«
»Nein, ich will die Geschichte vom Jäger Mikita erzählen,« sagte Spirid.
»Lasst ihn erzählen, lasst Spirid erzählen!« riefen alle.
Spirid begann. »Du hast Mikita nicht gekannt, Herr Philosoph. Ja, das war ein seltener Mensch. Jeden Hund kannte er wie seinen leiblichen Vater. Der jetzige Hundeaufseher, Mikolo, der dritte dort in der Reihe, reicht lange nicht an ihn heran, obgleich er seine Sache auch gut versteht, aber gegen Mikita ist er nichts wie Schund und Dreck.«
»Du erzählst ausgezeichnet, ganz ausgezeichnet,« warf Dorosch ein und nickte zufrieden mit dem Kopf.
Spirid fuhr fort. »Noch ehe du dir den Tabak aus der Nase wischst, hat der den Hasen gesehen. Es kam vor, dass er den Hunden zurief: ›Auf, Räuber auf!‹ und schneller saß er selbst schon auf dem Gaul und sauste mit Windeseile davon. Es war unmöglich, vorauszusagen, ob er – die Hunde, oder die Hunde – ihn überholen würden. Der goss euch ein Viertel Branntwein hinunter, als ob nichts passiert wäre. Ein herrlicher Jäger! Aber plötzlich fing er an, sich in einem fort nach dem Fräulein umzusehen. War er in sie verschossen oder hatte sie ihn schon verhext, kurz der Mann war verloren und ein richtiger Weiberknecht geworden. Weiß der Teufel, was aus dem geworden war. Pfui – man schämt sich, es auszusprechen.«
»Ausgezeichnet,« sagte Dorosch.
»Das Fräulein brauchte ihn nur anzusehen und die Zügel glitten ihm aus den Händen. Den ›Räuber‹ nannte er ›Brauner‹, er stotterte fortwährend und trieb weiß Gott was für einen Unsinn. Einmal kam das Fräulein in

den Stall, wo er die Pferde putzte. ›Erlaub' mal, Mikita,‹ sagte sie, ›dass ich meinen Fuß auf dich setze.‹ Und der Esel – freut sich noch und sagt: ›Nicht bloß deinen Fuß, setz dich ganz auf mich.‹ Das Fräulein hob den Fuß in die Höhe, und wie er ihr nacktes, volles, weißes Bein sieht, da hat mich der Zauber völlig betäubt, sagte er. Der Esel bückte sich, fasste ihre nackten Beine mit seinen Händen und begann zu galoppieren wie ein Pferd, immer die Felder entlang und immer weiter; wohin sie eigentlich geritten waren, das wusste er nie zu sagen. Jedenfalls kam er halbtot zurück und wurde von da ab dürr und mager wie ein Kienspan; als man einmal in den Pferdestall kam, lag an der Stelle, wo er sonst zu schlafen pflegte, nur ein Haufen Asche und ein leerer Eimer; er war verbrannt, ganz von selbst verbrannt. Und war doch ein Jäger gewesen, wie man auf der ganzen Welt keinen zweiten findet!«

Als Spirid seine Erzählung beendet hatte, begann man sich allerseits der Vorzüge des früheren Jägers zu erinnern.

»Hast du auch nichts von dem Scheptschicha gehört,« wandte sich Dorosch an Choma.

»Nein.«

»He! Sieh an! Man scheint euch in der Bursa nicht viel Gescheites beizubringen. Na, pass mal auf. Wir haben im Dorf einen Kosaken, Scheptun, einen feinen Kosaken sag' ich dir. Er liebt es zwar, hin und wieder was zu stibitzen und einen ohne Grund anzulügen – aber er ist doch ein feiner Kosak. Seine Hütte liegt nicht weit von hier. Einst setzten sich also Scheptun und seine Frau zum Abendbrot, es war so um dieselbe Zeit wie jetzt; nach dem Abendessen legten sie sich nieder, und weil das Wetter schön war, legte sich die Frau auf den Hof, während sich Scheptun in der Hütte auf einer Bank ausstreckte, oder nein: Die Frau lag in der Hütte auf der Bank und Scheptun auf dem Hof …«

»Die Frau legte sich auch nicht auf die Bank, sondern auf den Boden,« rief eine Alte dazwischen, die auf der Schwelle stand und, den Kopf in die Hand gestützt, zuhörte.

Dorosch sah sie an, schlug die Augen nieder, sah sie dann noch einmal an und sagte nach einer Weile: »Wenn ich dir öffentlich deinen Unterrock herausreiße, wird dir das sicher nicht angenehm sein.«

Die Warnung verfehlte ihre Wirkung nicht, die Alte schwieg und hütete sich, ihn noch einmal zu unterbrechen.

Dorosch fuhr fort. »In der Wiege, welche mitten in der Hütte hing, lag ein einjähriges Kind, ich weiß es nicht mehr, ob es ein Knabe oder ein Mädchen war. Die Frau des Scheptun lag eine Weile da, da hört sie plötzlich, wie der Hund vor der Hütte scharrt und heult und heult, – es war zum davonzulaufen. Die Frau erschrickt – die Weiber sind ja so ein dummes Volk, steckt ihnen abends jemand die Zunge durch die Türspalte, so verlieren sie den Kopf vor lauter Angst – sie denkt aber doch: Ich werde dem verdammten Hund eins auf die Schnauze geben, dann wird er wohl mit seinem Geheul aufhören. Sie nimmt also die Ofenzange und will die Tür öffnen, kaum aber hat sie sie ein wenig aufgetan, da springt der Hund zwischen ihren Beinen hindurch und stürzt auf die Wiege des Kindes zu. Jetzt sah die Frau erst, dass es gar kein Hund war, sondern das Fräulein – ja wenn es noch das Fräulein gewesen wäre, wie sie es sonst gesehen hatte – das wäre noch nicht so schlimm gewesen; aber die Sache war eben die und der Umstand der: Sie war ganz dunkelblau, und ihre Augen glühten wie feurige Kohlen. Sie ergriff das Kind, biss ihm die Gurgel entzwei und fing an, ihm das Blut auszusaugen. Die Frau schrie bloß: Ach und weh, und stürzte aus der Hütte. Als sie sah, dass die Tür im Flur verschlossen war, kroch sie auf den Dachboden. Da sitzt nun das dumme Weib und zittert, aber plötzlich sieht sie, wie das Fräulein ihr auf den Boden nachklettert – und hier wirft sich das Fräulein über das dumme Weib und fängt an sie zu beißen. Am nächsten Morgen holt Scheptun seine Frau ganz blau und zerbissen vom Boden herunter – und am folgenden Tage starb das dumme Weib. Was es nicht für Dinge und Vorfälle gibt! Ja, ja, wenn sie auch von vornehmer Herkunft ist – eine Hexe bleibt sie doch!«

Nach dieser Erzählung blickte sich Dorosch zufrieden im Kreis um und bohrte seine Finger tief in die Pfeife, um sie von neuem zu stopfen. Das Hexenthema war unerschöpflich, ein jeder brannte darauf, etwas zu erzählen. Zu dem einen war die Hexe in Gestalt eines Heuschobers bis dicht an die Tür gekommen; einem anderen hatte sie die Mütze oder die Pfeife gestohlen; vielen Mädchen im Dorf hatte sie die Zöpfe abgeschnitten und anderen das Blut eimerweise ausgesogen.

Endlich merkte die ganze Gesellschaft, dass sie sich erheblich verplaudert hatte, denn es war auf dem Hof stockfinster geworden. Alle suchten ihr Lager auf, das sich teils in der Küche, teils auf dem Speicher oder im Hof befand. »Nun, Herr Choma! für uns ist es jetzt Zeit, zu der Toten zu gehen,« sagte der alte Kosak, indem er sich an den Philosophen wandte; sie gingen also zu viert – Spirid und Dorosch kamen auch mit – zur Kirche und wehrten mit ihren Peitschen die Hunde ab, die in Massen auf der Dorfstraße herumlungerten, bellten und sich wütend in die Peitschengriffe verbissen.

Je mehr sie sich der erleuchteten Kirche näherten, um so lebhafter war die Angst, die der Philosoph im geheimen in seinem Herzen aufsteigen fühlte, obschon er sich durch einen tüchtigen Krug Schnaps gestärkt hatte. Die Geschichten und Abenteuer, die er soeben gehört hatte, hatten seine Fantasie noch mehr erregt. Die Dunkelheit, die in der Nähe des Staketenzaunes und unter den Bäumen herrschte, erhellte sich ein wenig, die Strecke wurde freier. Endlich traten sie in die alte Umfriedung vor der Kirche ein. Da gab es keinen Baum, nur ödes Feld, und dahinter lagen in nächtliches Dunkel gehüllte Wiesen. Die drei Kosaken stiegen mit Choma die steilen Stufen der Treppe bis zum Flur hinauf und betraten die Kirche. Hier wünschten sie dem Philosophen eine glückliche Vollendung seiner Aufgabe und gingen fort, nachdem sie auf Befehl ihres Herrn die Tür hinter ihm geschlossen hatten.
Der Philosoph war allein. Erst gähnte er ein paarmal, dann streckte er sich, blies in beide Hände und sah sich endlich in der Kirche um. In der Mitte stand der schwarze Sarg. Vor den dunklen Heiligenbildern brannten Kerzen, aber das Licht erleuchtete nur den Altar und warf einen schwachen Schimmer bis in die Mitte der Kirche. Der hohe altertümliche Altar machte einen recht gebrechlichen Eindruck; das durchbrochene und vergoldete Schnitzwerk hatte nur noch an ganz vereinzelten Stellen seinen Glanz bewahrt, die Vergoldung war stellenweise abgebröckelt oder nachgedunkelt. Die Gesichter der Heiligen waren ganz schwarz und blickten sehr düster und ernst aus den Rahmen. Der Philosoph sah sich noch einmal um. »Nun,« sagte er, »wovor hätte ich mich hier zu fürchten? Kein Mensch kann herein, und gegen Tote und Gespenster aus der anderen Welt habe ich meine Gebete; wenn ich die aufsage, wird kein Geist es wagen, mich auch nur mit einem Finger zu berühren. Ach was,« fügte er resigniert hinzu, »also fangen wir an zu lesen.« Als er in die Nähe des Chors kam, erblickte er einige Bündel Kerzen. »Das ist ausgezeichnet,« dachte der Philosoph, »ich werde die ganze Kirche taghell erleuchten! Schade nur, dass man hier im Gotteshaus keine Pfeife rauchen darf!«

Und er fing an, jedes Gesims, jedes Lesepult und jedes Heiligenbild mit Kerzen zu versehen; er sparte nicht mit ihnen, und bald war die ganze Kirche von Licht erfüllt. Nur oben schien die Dunkelheit noch größer geworden zu sein, und die düsteren Heiligen schauten noch finsterer aus ihren altmodischen, geschnitzten Rahmen, deren Vergoldung hier und da aufblitzte. Er näherte sich dem Sarg und blickte verstohlen der Toten

ins Antlitz – ein leichtes Frösteln durchlief seine Glieder. Er musste die Augen schließen vor dieser dämonisch strahlenden Schönheit.
Er wandte sich ab und wollte gehen, aber infolge einer seltsamen Neugierde, die den Menschen besonders in Augenblicken der Angst zu quälen pflegt, konnte er es nicht unterlassen, im Fortgehen noch einen Blick auf die Tote zu werfen, und als derselbe Schauder ihn durchrieselte, sie noch einmal anzusehen. Und in der Tat, die grausame Schönheit der Verstorbenen erschien ihm schrecklich. Vielleicht hätte sie diese lähmende Furcht nicht hervorgerufen, wenn sie weniger schön gewesen wäre. In den Zügen war nichts Schlaffes, Trübes, Erstarrtes; es war dem Philosophen, als wenn ihn die Tote trotz ihrer geschlossenen Augen ansähe. Es schien ihm, als ob eine Träne zwischen den Wimpern des rechten Auges hervorquelle, und als sie über die Wange rollte, sah er deutlich, dass es ein Blutstropfen war.
Er trat schnell zum Chor, schlug das Buch auf und begann, um sich Mut zu machen, so laut wie möglich zu lesen. Seine Stimme schlug gegen die längst verstummten, tauben Holzwände, aber sein voller Bass fand in der Totenstille kein Echo und erschien dem Leser rau und fremd. »Wovor soll ich mich fürchten,« dachte er sich, »sie wird doch nicht aus dem Sarg aufstehen! Sie wird doch Angst vor dem Wort Gottes haben! Sie soll ruhig liegen bleiben! Was wäre ich für ein Kosak, wenn ich Furcht hätte? Sicher, ich habe ein wenig zu viel getrunken, daher ist mir's so unheimlich. Ich will jetzt eine Prise nehmen. Hm, ein feiner Tabak! Ein herrlicher Tabak!« Allein, während er die Seiten umblätterte, schielte er immer wieder zum Sarg, und ein unabweisbares Gefühl flüsterte ihm ins Ohr: »Jetzt wird sie gleich aufstehen. Da – jetzt erhebt sie sich. Jetzt sieht sie hierher!«
Aber nichts störte die Totenstille, der Sarg stand unbeweglich da, und die Kerzen strömten ein ganzes Meer von Licht aus. Wie schrecklich ist doch eine hellerleuchtete Kirche – nachts, wenn sie einen Leichnam beherbergt, und keine Menschenseele in ihr ist!
Er erhob seine Stimme und begann in den verschiedensten Tonarten zu singen, um den Rest von Angst in seiner Seele zu betäuben. Aber immer wieder wanderten seine Augen zum Sarg, als wenn sie unwillkürlich fragen wollten: »und was wird geschehen, wenn sie sich plötzlich erhebt und aus dem Sarg steigt?«
Allein der Sarg rührte sich nicht. Wenn auch nur das kleinste Geräusch zu hören gewesen wäre! Wenn nur ein lebendes Wesen einen Laut von sich gegeben hätte! Aber nicht einmal ein Heimchen machte sich im

Winkel bemerkbar. Nur dann und wann hörte man das schwache Knistern einer entfernten Kerze, oder den leicht aufklopfenden Ton eines zu Boden fallenden Wachströpfchens.

»Was, wenn sie aufstünde!«

Sie erhob den Kopf …

Er schaute wild um sich und rieb sich die Augen. Wahrhaftig, sie lag nicht mehr, sie saß aufrecht im Sarg. Er wandte den Blick ab, aber im nächsten Moment sah er wieder mit Schrecken zu dem Sarg. Sie war aufgestanden – und ging mit geschlossenen Augen durch die Kirche … immer wieder breitete sie die Arme aus, als wolle sie jemanden umschlingen!

Jetzt kam sie direkt auf ihn zu. In seiner Todesangst beschrieb er einen Kreis um sich und betete aus Leibeskräften. Er sagte alle Beschwörungen auf, die ihn ein Mönch gelehrt hat, welcher sein ganzes Leben lang mit Hexen und bösen Geistern zu tun gehabt hatte.

Dicht vor dem Kreis blieb sie stehen. Man sah, sie hatte nicht die Macht, ihn zu überschreiten und wurde ganz blau wie ein Mensch, der schon vor mehreren Tagen gestorben ist. Choma hatte nicht den Mut, sie anzusehen, sie war zu schrecklich. Ihre Zähne schlugen aufeinander, und sie öffnete ihre toten Augen, aber sie vermochte nichts zu sehen. Voller Wut – die sich deutlich in ihrem verzerrten Gesicht widerspiegelte – wandte sie sich zu der anderen Seite, und umschlang mit ihren ausgebreiteten Armen jeden Pfeiler, und betastete jede Ecke: Sie wollte Choma fangen. Endlich blieb sie stehen, drohte mit dem Finger und legte sich wieder in ihren Sarg.

Der Philosoph konnte nicht gleich wieder zu sich kommen und blickte voller Furcht auf die enge Behausung der Hexe. Da aber riss sich der Sarg plötzlich mit einem Ruck los und begann mit furchtbarem Pfeifen durch die Kirche zu fliegen, wobei er die Luft nach allen Richtungen kreuzte. Der Philosoph sah ihn einen Augenblick dicht über seinem Kopf, aber er bemerkte wohl, dass er den von ihm beschriebenen Kreis nicht zu berühren vermochte, und verstärkte seine Beschwörungen. Der Sarg stürzte mitten in der Kirche wieder herab und blieb unbeweglich liegen. Wieder erhob sich der Leichnam, der jetzt ganz blau und grün aussah. Da ertönte der ferne Ruf eines Hahnes; der Leichnam sank in den Sarg zurück, und der Deckel fiel krachend zu.

Dem Philosophen klopfte das Herz zum Zerspringen. Er war ganz in Schweiß gebadet, aber durch den Hahnenschrei ermutigt, fing er an, schneller zu lesen, bis er sein Pensum Seite für Seite vollendet hatte.

Beim ersten Morgenrot lösten ihn der Vorsänger und der alte Jawtuch, der damals das Amt eines Kirchenvorstehers bekleidete, ab.

Nachdem der Philosoph sein fernes Lager erreicht hatte, konnte er noch lange nicht einschlafen. Endlich aber siegte die Müdigkeit, und er schlummerte bis zum Mittag. Als er erwachte, glaubte er das ganze nächtliche Abenteuer geträumt zu haben. Man gab ihm einen Quart Schnaps zur Stärkung. Beim Essen ermunterte er sich vollkommen, flocht ein paar Bemerkungen in die Unterhaltung ein und aß beinahe allein ein ziemlich ausgewachsenes Ferkel auf. Aber ein unerklärliches Gefühl hielt ihn ab, von den Ereignissen in der Kirche zu sprechen, und er antwortete auf alle neugierigen Fragen: »Ja, es gab dort mancherlei Wunderbares.« Der Philosoph gehörte zu den Menschen, welche sehr leutselig werden, wenn man ihnen gut zu essen gibt. Er lag, mit der Pfeife zwischen den Zähnen, auf der Bank, sah alle mit freundlichen Blicken an und spuckte unaufhörlich aus.

Nach dem Essen befand sich der Philosoph in der besten Laune. Er fand Zeit, durch das ganze Dorf zu spazieren und schloss fast mit allen Bekanntschaft; aus zwei Hütten wurde er sogar herausgeworfen, und eine hübsche junge Frau versetzte ihm einen Schlag mit der Schaufel, als er in seiner Neugierde nachprüfen wollte, aus was für einem Stoff ihr Hemd und ihr Rock genäht wären. Aber je näher der Abend heranrückte, um so nachdenklicher wurde der Philosoph. Eine Stunde vor dem Abendbrot versammelte sich fast das ganze Gesinde, um »Grütze« oder »Klötzchen« zu spielen, eine Art Kegelspiel, bei dem man statt der Kugeln lange Stöcke benutzt, und wo der Gewinner dann das Recht hat, auf dem Rücken seines Partners herumzureiten. Dieses Spiel hatte für den Zuschauer etwas äußerst Interessantes: Oft stieg der Pferdehirte, ein breitschulteriger Kerl, der aufgeschwemmt war wie ein Pfannkuchen, auf den Rücken des Schweinehirten, eines elenden, ganz runzeligen Männchens. Ein anderes Mal musste der Pferdeknecht seinen Rücken darbieten, und Dorosch sagte jedes Mal, wenn er ihn bestieg: »Das ist ein kräftiger Stier.« Die solideren Leute saßen an der Küchenschwelle, rauchten ihre Pfeifen und blieben immer ernst, auch wenn die Jungen sich über einen Witz des Pferdeknechts oder Spirids vor Lachen ausschütten wollten. Choma machte vergeblich den Versuch, am Spiel teilzunehmen; ein finsterer Gedanke saß ihm wie ein Nagel im Kopf. Beim Abendbrot gab er sich die größte Mühe, munter zu sein, aber seine Angst stieg in dem Maße, wie die nächtliche Dämmerung den Himmel überzog.

»Nun wird es auch Zeit für uns, Herr Seminarist,« sagte der uns bekannte alte Kosak, indem er zugleich mit Dorosch aufstand, »komm, gehen wir an die Arbeit!«
Man führte Choma wie am vorigen Abend in die Kirche und wieder ließ man ihn allein; da stieg die Angst aufs Neue in ihm auf. Wieder sah er die düsteren Heiligenbilder, die glänzenden Rahmen und den bekannten schwarzen Sarg, der in drohender Stille unbeweglich in der Mitte der Kirche stand.
»Nun, all diese Zaubereien sind mir ja jetzt nichts Neues mehr,« sagte er, »das ist nur zum ersten Mal so schrecklich. Ja, das erste Mal ist es etwas peinlich, – aber später ist es schon nicht mehr so schlimm, dann ist es gar nicht mehr schrecklich.«
Eilig betrat er den Chor, beschrieb einen Kreis um sich, sagte einige Beschwörungen her und begann laut zu lesen, fest entschlossen, die Augen nicht vom Buch zu erheben und auf nichts zu achten. Er mochte etwa eine Stunde gelesen haben und begann schon müde zu werden und dann und wann zu husten; er nahm daher seine Tabaksdose aus der Tasche; ehe er jedoch eine Prise nahm, schielte er scheu zu dem Sarg. Sein Herz erstarrte.
Die Tote stand vor ihm, dicht vor dem Kreis und bohrte ihre erloschenen grünen Augen in die seinen. Der Seminarist erbebte, Eiseskälte durchrieselte seinen ganzen Körper. Er heftete seine Augen auf das Buch und begann seine Gebete und Beschwörungen lauter herzusagen; hierbei hörte er, wie die Tote mit den Zähnen klapperte, und fühlte, wie sie ihre Arme ausbreitete, um ihn zu umschlingen. Er schielte mit einem Auge zu der Toten hin, und sah, dass diese nicht dahin griff, wo er stand – es war also klar, dass sie ihn nicht sehen konnte. Sie begann dumpf zu murren und sprach mit erstorbenen Lippen drohende Worte, die heiß aufzischten wie das Brodeln kochenden Peches. Er hätte nicht sagen können, was diese Worte zu bedeuten hatten, aber sie mussten etwas ganz Schreckliches enthalten. In seiner Todesangst begriff jedoch der Philosoph, dass es Beschwörungen waren. Nach ihren Worten erhob sich ein Sturm in der Kirche, ein Lärm wie von unzähligen Flügeln, die durch die Luft rauschten. Er hörte, wie die Flügel gegen die Fensterscheiben und eisernen Fensterrahmen der Kirche schlugen, er hörte es winseln und an den Eisen kratzen, eine ungeheure Kraft stieß donnernd gegen die Tür und wollte sie aufbrechen. Sein Herz schlug fortwährend zum Zerspringen, mit geschlossenen Augen las er seine Gebete und Beschwörungen – endlich ertönte etwas in der Ferne – es war ein ferner

Hahnenschrei. Der gepeinigte Philosoph hielt inne und wurde ruhiger. Als die Ablösung kam, fand man ihn halbtot an der Wand lehnend, und er stierte die hereintretenden Kosaken mit blöden Augen an. Fast mit Gewalt führten sie ihn hinaus und mussten ihn unterwegs die ganze Zeit über stützen. Als sie im Herrenhof ankamen, ermannte er sich jedoch und verlangte einen Quart Branntwein. Nachdem er ihn ausgetrunken hatte, strich er über sein Haar und sagte: »Es gibt viel Lumpenzeug auf der Welt. Und so viel Schreckliches …« Hierbei flog seine Hand durch die Luft.

Die Umstehenden ließen bei diesen Worten die Köpfe hängen. Selbst ein kleiner Junge, den alle im Hof schieben und stoßen zu können glaubten, wenn es den Stall zu reinigen oder Wasser zu tragen galt – selbst dieser arme Junge sperrte das Maul auf.

In diesem Augenblick ging eine nicht mehr ganz junge Frau vorüber, deren enganliegendes Oberkleid ihre vollen drallen Hüften sehen ließ; sie war die Gehilfin der alten Köchin und ein furchtbar kokettes Frauenzimmer, dessen Kopftuch immer mit allerhand schönen Dingen aufgeputzt war: Einem Endchen Band, einer Nelke, ja sogar, wenn gar nichts Besseres zur Hand war, mit einem Stückchen Papier.

»Guten Morgen, Choma,« sagte sie, als sie den Philosophen erblickte. »Hallo, was ist denn mit dir los?« schrie sie auf und schlug die Hände zusammen.

»Ja was denn, dummes Weib?«

»Mein Gott, du bist ja ganz grau!«

»Herrgott, Herrgott! Sie hat wirklich recht!« sagte Spirid und sah ihn genauer an. »Du bist wirklich ganz grau geworden, wie unser alter Jawtuch!«

Als der Philosoph dies hörte, lief er schnell in die Küche, wo er ein kleines dreieckiges und ganz von Fliegen beschmutztes Stückchen Spiegel an der Wand gesehen hatte; es war mit Vergissmeinnicht, Nelken und sogar mit einer Girlande geschmückt, was darauf hindeutete, dass es einer putzsüchtigen Kokette bei der Toilette diente. Mit Schrecken sah Choma, dass sie die Wahrheit gesprochen hatte, die Hälfte seines Kopfes war wirklich ganz weiß!

Choma Brut ließ den Kopf hängen und überließ sich seinen Gedanken.

»Ich will zu dem Herrn gehen,« sagte er endlich, »ich will ihm alles erzählen und ihm erklären, dass ich die Gebete nicht mehr lesen will. Er soll mich gleich nach Kiew zurückschicken.«

Mit diesem Entschluss ging er auf die Freitreppe des Herrschaftshauses zu. Der Hauptmann saß fast regungslos in seinem Zimmer. Der trostlose Gram, den Choma schon früher auf seinem Gesichte bemerkt hatte, verdüsterte noch immer seine Züge, und seine Wangen waren vielleicht noch etwas hohler geworden. Man sah, dass er nur wenig oder gar keine Nahrung zu sich nahm. Die ungewöhnliche Blässe gab seinem Gesicht eine geradezu steinerne Unbeweglichkeit.

»Guten Morgen, du Ärmster,« sagte er, als er Choma erblickte, der mit der Mütze in der Hand in der Türe stehen blieb. »Nun, wie geht's? Ist alles in Ordnung?«

»In Ordnung? Jawohl, das ist eine schöne Ordnung! Das ist ja der reinste Hexensabbat, dass man am liebsten seine Mütze nehmen und davonlaufen möchte, soweit einen die Füße tragen!«

»Wieso?«

»Ja, Herr, Eure Tochter … Wenn man sich's ordentlich überlegt … sie ist ja von vornehmer Abkunft, das wird niemand leugnen … aber nehmt es mir nicht übel, Gott gebe ihrer Seele Ruhe …«

»Was ist denn mit meiner Tochter?«

»Sie hat sich dem Teufel verschrieben. Es geschehen solche furchtbaren Dinge – da hilft kein Lesen und kein Beten …«

»Lies nur, lies. Sie hat dich nicht umsonst hierhergerufen, sie war um ihr Seelenheil besorgt, das liebe Kind, und wollte alle Versuchungen durch Gebete zuschanden machen …«

»Ich stehe in Ihrer Macht, Herr, aber bei Gott, ich kann nicht mehr!«

»Lies, lies nur weiter,« fuhr der Hauptmann in dem gleichen mahnenden Tone fort, »es ist doch nur noch eine Nacht übriggeblieben, und du tust ein christliches Werk. Ich werde dich gut belohnen.«

»Und wenn die Belohnung noch so groß wäre, Herr! Nein, wie Ihr wollt, ich lese nicht mehr,« sagte Choma entschlossen.

»Hör mal, Philosoph,« sagte der Hauptmann, und seine Stimme wurde stark und drohend, »ich liebe solche Scherze nicht. So etwas magst du in deiner Bursa machen, aber nicht bei mir. Wenn ich dich durchprügeln lasse, dann sieht es etwas anders aus als bei eurem Rektor – Weißt du, was ein guter lederner Riemen ist?«

»Wie sollte ich nicht?« sagte der Philosoph und ließ die Stimme sinken: »ein jeder weiß, was lederne Riemen sind – eine größere Portion davon – das kann niemand aushalten.«

»Ja. Aber du weißt wohl noch nicht, wie meine Leute sich aufs Prügeln verstehen,« sagte der Hauptmann drohend und erhob sich; seine Züge nahmen eine gebieterische und grausame Miene an, in der sich die ganze Zügellosigkeit seines Charakters spiegelte, die eben nur durch den Kummer ein wenig eingeschläfert war. »Bei mir wird erst geprügelt, dann Branntwein darauf gegossen, und dann geht's von neuem los. Geh, vollende deine Arbeit. Tust du es nicht – so stehst du nie wieder auf; gehorchst du mir dagegen – so gibt's tausend Goldstücke!«

»Herrgott, das ist ja ein Teufelskerl,« dachte der Philosoph, als er hinausging, »mit dem darf man nicht Spaßen. Pass auf, Freundchen, ich werde Fersengeld geben, dass du mich mit all deinen Kunden nicht einholen sollst.«

Choma Brut war fest entschlossen, auszureißen. Er wartete nur noch die Zeit bis nach dem Mittagessen ab, wo das Gesinde sich ins Heu unter den Speichern zu legen pflegte, um mit offenem Mund in ein so schreckliches Pfeifen und Schnarchen auszubrechen, dass sich der Herrschaftshof in eine Fabrik zu verwandeln schien.

Endlich war es so weit. Selbst Jawtuch streckte sich in der Sonne aus und schloss die Augen. Zitternd und zagend schlich sich der Philosoph in den herrschaftlichen Garten, von wo er leicht und unbemerkt ins freie Feld zu gelangen hoffte. Der Garten war, wie das gewöhnlich der Fall ist, unglaublich verwildert und schien daher für allerlei geheime Unternehmungen besonders geeignet. Mit Ausnahme eines kleinen Fußpfades (der zu wirtschaftlichen Zwecken ausgetreten worden war), waren alle Wege dicht von Kirschbäumen, Holundersträuchern und Kletten verwachsen, die ihre langen Stängel mit den klebrigen, rosafarbenen Blüten hoch hinaufstreckten. Die Spitzen des bunten Gemischs von Bäumen und Sträuchern war wie mit einem Netz von Hopfenranken überzogen. Sie bildeten gewissermaßen ein Schutzdach, das auf dem geflochtenen Zaun ruhte und sich in grünen, mit wilden Glockenblumen durchwachsenen Schlangenwindungen zur Erde hinabließ. Hinter dem Zaun, der den Garten begrenzte, zog sich ein förmlicher Wald von Steppengras hin: Hier schien noch kein neugieriger Blick hineingeschaut zu haben, und die Sense, welche mit ihrer Klinge diese dicken holzharten Stängel zu schneiden versucht hätte, wäre sicher in Stücke zersprungen.

Als der Philosoph über den Zaun steigen wollte, klapperten seine Zähne, und sein Herz pochte so heftig, dass er selbst erschrak. Die Stoffseiten seines langen Rockes schienen an der Erde festzukleben, als hätte sie dort jemand angenagelt. Als er über den Zaun stieg, klang plötzlich ein betäubender Pfiff an sein Ohr, und eine Stimme schrie: »Wohin, wohin?« Der Philosoph tauchte im Steppengras unter und begann zu laufen, wobei er in einem fort über alte Wurzeln stolperte und Maulwürfe zertrat. Er sah nun, dass er nach dem Heidegras ein Stück Feld zu passieren hatte, hinter dem sich eine dichte Dornenhecke hinzog: Dort glaubte er sich gerettet, da er jenseits der Hecke einen direkten Weg nach Kiew zu finden meinte. Mit einer geradezu unglaublichen Geschwindigkeit durchmaß er das Feld und befand sich plötzlich vor einer dichten Dornbuschhecke. Er kroch durch die Hecke, wobei er an jedem spitzen Dorn einen Fetzen seines Gewandes als Tribut zurückließ. Endlich gelangte er zu einem kleinen Hohlweg, wo eine Weide stand, die mit ihren weit ausgebreiteten Zweigen ab und zu die Erde berührte, und wo eine schmale, kristallklare Quelle wie reines Silber glänzte. Das Erste, was der Philosoph tat, war, dass er niederkniete und zu trinken begann – denn er verspürte einen geradezu unerträglichen Durst. »Ein herrliches Wasser,« sagte er, indem er sich die Lippen abtrocknete, »hier könnte man fein ausruhen!«

»Nein, es ist doch besser, wir laufen weiter, vielleicht sind uns die Verfolger schon auf den Fersen.«

Diese Worte ertönten dicht neben seinem Ohr. Er sah sich um – Jawtuch stand vor ihm.

»So ein Teufel, dieser Jawtuch,« dachte der Philosoph, »ich würde dich mit Vergnügen bei beiden Beinen packen und deine verdammte Fratze samt allen übrigen Körperteilen mit einem Eichenknüppel bearbeiten!«

»Wozu hast du so einen großen Umweg gemacht,« fuhr Jawtuch fort, »es wäre klüger gewesen, du hättest den Weg gewählt, den ich gegangen bin: Er führt dicht beim Stall vorbei. Dein Anzug tut mir leid. Solch ausgezeichnetes Tuch. Was hast du für die Elle bezahlt! – Doch jetzt sind wir genug spazieren gegangen. Es ist Zeit, nach Hause zu gehen.«

Der Philosoph kratzte sich den Hinterkopf und folgte Jawtuch langsam nach. »Jetzt wird mir die verdammte Hexe erst recht die Hölle heiß machen,« dachte er. »Aber was soll denn das! Wovor habe ich Angst? Bin ich ein Kosak oder nicht? Ich habe doch zwei Nächte hintereinander gelesen, so werde ich denn mit Gottes Hilfe auch wohl noch die dritte überstehen. Die verfluchte Hexe hat sicherlich viel auf dem Gewissen, dass der Böse für sie eintritt.«

Mit diesen Gedanken beschäftigt, betrat er den Gutshof. Nachdem er sich durch solche und ähnliche Erwägungen Mut gemacht hatte, bat er Dorosch, der durch die Protektion des Kellermeisters manchmal Zutritt zum herrschaftlichen Keller hatte, ihm eine Flasche gewöhnlichen Branntweins zu verschaffen. Dann setzten sich beide Kameraden am Speicher nieder und leerten fast einen halben Eimer, so dass der Philosoph plötzlich aufsprang und schrie: »Musikanten her! Musikanten!« und ohne zu warten, bis die Musikanten erschienen, auf einem freien Platz mitten auf dem Hof einen Trepak zu tanzen begann. Er tanzte unaufhörlich bis zum Nachmittag. Das Gesinde, das, wie es in solchen Fällen üblich ist, einen Kreis um ihn gebildet hatte, spuckte zuletzt aus und zog sich zurück. Kopfschüttelnd meinten sie: »Wie kann ein Mensch nur so lange tanzen!« Endlich sank der Philosoph auf derselben Stelle nieder und schlief ein; erst ein Kübel frischen Wassers vermochte ihn zu wecken, als man sich zum Abendbrot versammelte. Beim Essen redete er viel davon, was ein rechter Kosak sei, und behauptete, dass ein Kosak sich vor nichts fürchten dürfe.

»Es ist Zeit,« sagte Jawtuch, »komm, lass uns gehen.«

»Ich wollte, ich könnte dir ein Zündholz durch die Zunge bohren, verfluchtes Schwein!« dachte der Philosoph, erhob sich jedoch und sagte: »Komm!«

Auf dem Weg zur Kirche sah sich der Philosoph fortwährend um und sprach ein paar Worte mit seinen Begleitern. Aber Jawtuch schwieg, und selbst Dorosch blieb stumm.

Es war eine höllische Nacht. Scharen von Wölfen heulten in der Ferne, selbst das Gebell der Hunde klang unheimlich.

»Es hört sich fast an, als wären das, was dort heult, gar keine Wölfe,« sagte Dorosch. Jawtuch schwieg. Auch der Philosoph wusste nichts zu erwidern.

Sie näherten sich der Kirche und betraten den wackligen Holzboden, der deutlich verriet, wie wenig sich der Gutsherr um Gott und sein Seelenheil kümmerte. Jawtuch und Dorosch entfernten sich wie gewöhnlich, der Philosoph blieb allein.

Alles war wie am Tag zuvor. Alles hatte das gleiche, bekannte und drohende Aussehen. Choma blieb einen Augenblick stehen. Unbeweglich wie immer stand der Sarg der gräulichen Hexe in der Mitte des Gotteshauses. »Ich fürchte mich nicht, bei Gott, ich fürchte mich nicht,« sagte Choma, beschrieb wie vormals einen Kreis um sich und rief sich alle Beschwörungen ins Gedächtnis. Die lautlose Stille war schrecklich. Die Kerzen flackerten und erfüllten die Kirche mit ihrem hellen Licht. Der Philosoph schlug eine Seite um, dann die zweite und dritte. Da bemerkte er plötzlich, dass er gar nicht das las, was im Buch stand. Vor Schreck bekreuzigte er sich und begann zu singen. Das beruhigte ihn ein wenig, das Lesen ging jetzt wieder besser, er schlug eine Seite nach der anderen um.

Da sprang plötzlich – inmitten der Stille – der eiserne Sargdeckel auf. Die Tote richtete sich empor. Sie war noch furchtbarer anzusehen als das erste Mal. Die Zähne schlugen grässlich aufeinander, die Lippen verzerrten sich krampfhaft und stießen heulende, schreckliche Verwünschungen hervor. Ein Sturm fegte durch die Kirche. Die Heiligenbilder stürzten zur Erde, und die zerbrochenen Fenstergläser fielen klirrend auf den Boden. Die Tür wurde aus ihren Angeln gerissen, und eine Unzahl fürchterlicher Ungeheuer stürzte in das Gotteshaus. Sie schlugen mit ohrenbetäubendem Lärm ihre Flügel zusammen, kratzten mit ihren Krallen und erfüllten die Kirche mit einem schrecklichen Getöse. Alles flog und flatterte hin und her und spähte überall nach dem Philosophen. Der letzte Rest seines Rausches war verschwunden. Choma schlug ein Kreuz ums andere und las alle möglichen Gebete, die er kannte, durcheinander. Unterdessen aber hörte er, wie die Dämonen um ihn herumtobten, sie streiften ihn fast mit ihren Flügeln und berührten ihn mit ihren widerlichen Schwänzen. Er hatte nicht den Mut, sie sich genauer anzusehen. Er bemerkte nur, dass ein riesiges Ungeheuer, das so lang wie die Wand war, vor ihm stand: Ein dichter Wald von gräulichen durcheinandergewirrten Haaren hüllte es ein, durch das Geflecht der Haare aber blickten zwei grausige Augen hervor, deren Brauen ein wenig in die Höhe gezogen waren. Über ihm in der Luft schwebte eine Art Riesenblase, aus deren Zentrum sich Tausende von Zangen und Skorpion-Stacheln hinausstreckten, an deren Enden große Klumpen schwarzer Erde hingen. Alle blickten den Philosophen an, spähten nach ihm und konnten ihn doch nicht sehen, denn er war von dem heiligen Kreis umgeben. »Führt den Wij her, führt den Wij her,« schrie plötzlich die Stimme der Toten.

Mit einem Mal trat in der Kirche eine tiefe Stille ein. Aus der Ferne vernahm man das Heulen der Wölfe, und gleich darauf erdröhnten schwere Schritte, die im Gotteshause laut widerhallten. Choma warf einen scheuen Blick auf die Tür und sah, wie ein untersetztes, stämmiges, täppisches Menschenwesen hineingeführt wurde. Es war ganz in schwarze Erde gehüllt. Seine gleichfalls mit Erde bedeckten Hände und Füße streckten sich wie zähe, knorrige Wurzeln empor, er stieß polternd mit den Füßen auf den Boden und stolperte beständig. Die großen Augenlider hingen ihm bis zur Erde herab, und voller Grauen gewahrte Choma, dass sein Antlitz aus Eisen war. Die Geister führten das Ungetüm an der Hand und brachten es bis an die Stelle, wo Choma stand.

»Hebt mir die Lider empor, ich sehe nicht,« stöhnte Wij mit unterirdi-

scher Stimme – und die ganze Dämonenschar stürzte auf ihn zu, um ihm die Lider emporzuheben.
Eine innere Stimme flüsterte dem Philosophen zu: Sieh nicht hin. Aber er hielt es nicht aus und blickte hin.
»Da ist er,« schrie Wij und deutete mit seinem eisernen Finger auf ihn, und alle Geister fielen über den Philosophen her. Atemlos stürzte er zu Boden und gab schreckerfüllt seinen Geist auf.
Da krähte der Hahn. Es war schon der zweite Schrei. Die Geister hatten den ersten überhört. Die geängstigten Dämonen zerstreuten sich nach allen Seiten: durch die Tür und durch die Fenster, nur um schnell zu entfliehen. Aber es war schon zu spät, sie blieben zwischen Türen und Fenstern hängen.
Als der Geistliche die Kirche betrat, blieb er beim Anblick einer solchen Schändung des Allerheiligsten auf der Schwelle stehen und wagte es nicht mehr, hier eine Messe abzuhalten. So blieb denn die Kirche mit den in den Fenstern und Türen festgebannten Ungeheuern in alle Ewigkeit leer. Wald, Wurzeln, Steppengras und wilde Dornhecken überwucherten sie, – und niemand wird je wieder den Weg zu ihr finden.

Als das Gerücht von diesen Begebenheiten bis nach Kiew drang und der Theologe Haljawa von dem Schicksal des Philosophen Choma hörte, versank er eine Stunde lang in tiefes Nachdenken. Seitdem war eine große Veränderung mit ihm vorgegangen. Das Glück war ihm hold gewesen. Nach Beendigung des Kursus war er zum Glöckner des allerhöchsten Glockenturmes ernannt worden, und nun erschien er nie anders als mit einer zerschlagenen Nase, da die Treppe im Turm sehr schlecht gebaut war.
»Hast du schon gehört, wie es Choma ergangen ist?« fragte ihn Tiberius Gorobetz, als er ihm einmal begegnete, er war jetzt Philosoph und trug schon einen Schnurrbart.
»Es war Gottes Wille,« sagte der Glöckner, »komm in die Schenke, wir wollen seiner bei einem Glase gedenken.«
Der junge Philosoph, der begeistert von seinen neuen Rechten Gebrauch machte – seine Hosen, sein Rock, ja selbst seine Mütze rochen stark nach Alkohol und Tabak – drückte sofort seine Bereitwilligkeit aus.
»Choma war doch ein herrlicher Mensch,« sagte der Glöckner, als der lahme Wirt den dritten Krug vor ihm hinstellte, »ein famoser Kerl, und ist so um nichts und wieder nichts umgekommen!«

»Ich weiß, warum er umgekommen ist! Weil er Angst bekommen hat; hätte er sich nicht gefürchtet, so hätte die Hexe ihm nichts anhaben können. Man muss nur das Kreuz schlagen und ihr auf den Schwanz spucken – dann kann einem nichts geschehen! Ich kenne das ganz genau. Bei uns in Kiew sind doch alle Marktweiber Hexen.«
Hier nickte der Glöckner zum Zeichen seines Einverständnisses mit dem Kopf. Aber als er merkte, dass seine Zunge sich nicht mehr bewegen und keine Laute mehr hervorbringen konnte, erhob er sich vorsichtig und ging taumelnd davon, um sich irgendwo abseits im Steppengras auszustrecken. Hierbei vergaß er es jedoch aus alter Gewohnheit nicht, eine alte Stiefelsohle einzustecken, die auf einer Bank lag.

WASHINGTON IRVING

SLEEPY HOLLOW
Die Sage von der schläfrigen Schlucht

Unter den Papieren des verstorbenen Dietrich Knickerbocker gefunden.

> Für Schläfrige war es ein lieblich Land,
> Für Träum', das halbgeschlossne Aug umgaukelnd,
> Mit stattlichen Schlössern an der Wolken Rand',
> Am Sommerhimmel rings sich immer schaukelnd.
> Schloss der Trägheit.

Im Schoß einer der geräumigen Buchten, welche sich in das östliche Ufer des Hudson hineinziehen, an jener breiten Stelle des Flusses, welche die alten holländischen Seefahrer die Tappaan-Zee nennen, und wo sie jederzeit klüglich die Segel refften und den heiligen Nikolaus um Schutz anriefen, während sie hinüberfuhren, liegt ein kleiner Marktflecken oder ländlicher Hafenplatz, den manche Greensburgh nennen, der aber allgemein und besser unter dem Namen Tarry Town (Zauder-Stadt) bekannt ist. Dieser Name wurde ihm, wie man uns erzählt, in früheren Zeiten von den guten Hausfrauen in der umliegenden Gegend gegeben, des gefestigten Hanges ihrer Männer wegen, sich an Markttagen in der Dorfschenke herumzutreiben. Dem sei nun, wie ihm wolle, ich verbürge die Tatsache nicht, sondern erwähne dies nur, um genau zu sein, und korrekte Auskunft zu geben. Nicht weit von diesem Dorf, vielleicht um die drei Meilen davon entfernt, ist ein kleines Tal, oder vielmehr eine Vertiefung, zwischen hohen Hügeln, einer der stillsten Orte in der ganzen Welt. Ein kleiner Bach gleitet durch denselben hin, und murmelt gerade nur laut genug, um jemand dabei einzuschläfern; und das von Zeit zu Zeit ertönende Picken einer Wachtel und der Schlag eines Holzhackers sind beinahe die einzigen Laute, welche diese einförmige Stille unterbrechen.

Ich besinne mich, dass ich, noch ein junger Bursche, meine erste Eichhörnchenjagd in einer Gruppe hoher Walnussbäume anstellte, welche die eine Seite dieses Tales beschattet. Ich war um die Mittagszeit, wo die Natur besonders ruhig ist, in dieselbe gewandert, und wurde durch den Knall meiner eigenen Flinte erschreckt, als er die Sabbatstille rundumher unterbrach, und von dem zürnenden Widerhall verlängert und vervielfältigt zurückgegeben ward. Wenn ich mir je einen Wunschort vorstellen sollte, wohin ich mich von der Welt und ihren Zerstreuungen zurückziehen, und den übrigen Teil eines bewegten Lebens ruhig verträumen möchte, so kenne ich keinen anziehenderen, als dieses kleine Tal.

Wegen der lautlosen Ruhe des Ortes und des eigentümlichen Charakters der Einwohner desselben, die Abkömmlinge der ursprünglichen holländischen Siedler sind, war dieser abgeschiedene Fleck seit langer Zeit unter dem Namen Sleepy Hollow, die Schläfrige Schlucht bekannt, und die dortigen Bauernburschen wurden in der ganzen Gegend die Jungen aus der schläfrigen Schlucht genannt. Ein schläfriges, träumerisches Wesen scheint auf dem ganzen Land zu liegen und selbst in der Atmosphäre vorzuherrschen. Einige behaupten, der Ort sei von einem hochdeutschen Doktor in den früheren Tagen der Niederlassung verhext worden; nach anderen hat ein alter indianischer Häuptling, ein Prophet oder Zauberer seines Stammes, seinen Hexensabbat dort abgehalten, ehe das Land von Meister Hendrick Hudson entdeckt worden war. Gewiss ist es, der Ort steht noch immerwährend in der Gewalt irgendeiner Zaubermacht, welche ihre Herrschaft über die Gemüter der guten Leute ausübt und Ursache ist, dass sie in einem beständigen Traum umherwandeln. Sie sind allen Arten von Wunderglauben ergeben, Verzückungen und Gesichtern unterworfen, sehen häufig allerhand sonderbare Erscheinungen, und hören Musik und seltsame Stimmen in der Luft.

Die ganze Nachbarschaft ist reich an Sagen, verwunschenen Orten und Aberglauben in der Dämmerung. Sterne und andere Himmelserschei-

nungen leuchten öfter über dem Tal als in jedem anderen Teil des Landes, und der Alp mit allen seinen neun Kindern scheint diesen Ort zum Lieblingsplatz für seine Spiele erwählt zu haben.
Der Hauptgeist aber, welcher diese bezauberte Gegend besucht und der Oberbefehlshaber aller Mächte in der Luft zu sein scheint, ist die Erscheinung eines Reiters ohne Kopf. Einige sagen, es sei der Geist eines hessischen Kavalleristen, dem eine Kanonenkugel, in irgendeiner namenlosen Schlacht während des Revolutionskrieges, den Kopf weggeschossen habe, und der von Zeit zu Zeit von den Landleuten, in der Dunkelheit, wie auf Windesflügeln dahinreitend, gesehen wird. Seine Besuche sind nicht allein auf das Tal beschränkt, sondern dehnen sich auch beizeiten auf die nahegelegenen Landstraßen, und namentlich bis in die Nähe einer Kirche aus, welche in einer nicht großen Entfernung liegt. In der Tat, einige der glaubwürdigsten Geschichtsschreiber jener Gegenden, welche die zerstreuten Angaben über dieses Gespenst sorgfältig gesammelt und miteinander verglichen haben, führen an, dass, nachdem der Körper des Reiters auf dem Kirchhof beerdigt worden ist, der Geist nachts auf das Schlachtfeld reite, um seinen Kopf zu suchen, und dass die gewaltige Eile, in welcher er zuweilen, wie ein mitternächtlicher Sturmwind, durch die Schlucht saust, daher komme, dass er sich verspätet habe und in solcher Hast vor Tagesanbruch auf dem Kirchhof zurücksein wolle.
So lautet im Allgemeinen dieser sagenhafte Aberglaube, welcher Stoff zu mancher abenteuerlichen Geschichte in jenem Schattenbezirk geliefert hat; und das Gespenst ist an allen Kaminen im Land, unter dem Namen des kopflosen Reiters aus Sleepy Hollow, der schläfrigen Schlucht, bekannt.
Es ist merkwürdig, dass die Neigung, Gesichter zu sehen, deren ich erwähnt habe, sich nicht auf die Eingebornen des Tals beschränkt, sondern dass ein Jeder, der sich dort eine Zeitlang aufhält, unbewusst davon ergriffen wird. So hellwachend und unbefangen er auch gewesen sein mag, ehe er diese schläfrige Gegend betrat, so kann er gewiss sein, in kurzer Zeit äußert sich der bezaubernde Einfluss der Luft bei ihm, und er fängt an, einbildungsreich zu werden – Träume zu haben und Erscheinungen zu sehen.
Ich erwähne diesen friedlichen Fleck mit allem möglichen Lob, denn in solchen kleinen einsamen holländischen Tälern, welche man hie und da in dem großen Staat von New York antrifft, bleiben Bevölkerung, Sitten und Gewohnheiten unverändert, während der große Strom der Wande-

rung und Ausbildung, der in anderen Teilen dieses rastlosen Landes so unaufhörliche Veränderungen bewirkt, bei ihnen unbemerkt vorüberrauscht. Sie sind wie jene kleinen Winkel stillen Wassers, welche man an den Ufern eines reißenden Stromes findet; wo man das Stroh und die Wasserblasen ruhig liegen, oder in ihrem kleinen Hafen umhertreiben sieht, von der Gewalt der vorbeieilenden Strömung bewegt. Obgleich manche Jahre verflossen sind, seitdem ich die betäubenden Schatten der schläfrigen Schlucht betreten habe, so glaube ich dennoch, dass ich noch jetzt eben dieselbe Bäume und dieselben Familien in ihrem geschirmten Schoß fortleben finden würde.

In diesem Schlupfwinkel der Natur wohnte, in einer früheren Periode der amerikanischen Geschichte, das heißt etwa vor dreißig Jahren, ein würdiger Mann, mit Namen Ichabod Crane, der sich in der schläfrigen Schlucht aufhielt, oder dort »zauderte,« wie man sich auszudrücken pflegt, in der Absicht, die Kinder in der Umgegend zu unterrichten. Er war in Connecticut geboren, einem Staat, welcher die vereinigten Provinzen mit Arbeitern für den Geist sowie für die Waldung versieht, und alljährlich ganze Legionen von Grenzholzfällern und Landschulmeistern herausschickt. Der Zunahme Crane (Kranich) passte nicht schlecht zu seiner Gestalt. Er war groß, aber sehr dürr, hatte schmale Schultern, lange Arme und Beine, Hände, welche eine Meile weit aus seinen Ärmeln hervorragten, Füße, die zu Schaufeln gedient haben könnten, und seine ganze Gestalt hing höchst locker zusammen. Sein Kopf war klein und oben platt, mit gewaltigen Ohren, großen grünen, glasartigen Augen und einer langen Schnepfennase, die wie ein Wetterhahn aussah, der auf seinem Spindelhals steckte, um zu verkünden, woher der Wind wehe. Wenn man ihn, an einem windigen Tag, von dem Abhang eines Hügels herabsteigen sah, wie seine Kleider um ihn her beutelten und schwebten, hätte ihn Jedermann als Genius der Hungersnot, der sich auf die Erde herabließe, oder als eine, auf einem Kornfeld entlaufene Vogelscheuche wahrnehmen mögen.

Sein Schulhaus war ein niedriges Gebäude von einem Zimmer, roh aus Holzblöcken zusammengezimmert; die Fenster teils mit Glasscheiben versehen, teils mit Blättern aus alten Schreibbüchern verklebt. In den Feierstunden wurde es sehr künstlich dadurch verwahrt, dass eine Weidenrute in die Türklinke gebunden und Stangen von außen gegen die Fensterläden gesetzt waren, so dass ein Dieb, wenngleich er mit vollkommener Leichtigkeit in das Haus gelangen konnte, einige Schwierigkeiten vorgefunden haben würde, wieder herauszukommen: ein Gedanke, welchen der Baumeister Jost van Houten höchst wahrscheinlich von dem Geheimnis einer Aalreuse entliehen hatte. Das Schulhaus stand in einer etwas einsamen, aber angenehmen Gegend, gerade an dem Fuß eines waldigen Hügels, an dem ein Bach nahe vorbeifloss, und an einer Ecke des Gebäudes erhob sich eine furchtbare Birke. Von hier aus konnte man an einem schläfrigen Sommertag das leise Gemurmel der Stimmen seiner Schüler, die ihre Aufgaben aufsagten, wie das Summen eines Bienenschwarms, vernehmen; dann und wann wurde dieses Geflüster durch die nachdrucksvolle Stimme des Lehrers, der einen Befehl oder eine Drohung laut werden ließ, oder wohl auch durch den entsetzlichen Schall der Rute unterbrochen, wenn er irgendeinen auf dem blumigen Pfad des Wissens träge dahinschlendernden fand. Er war, die Wahrheit zu sagen, ein gewissenhafter Mann, der den goldenen Spruch stets im Sinne trug: »Spare die Rute und verziehe das Kind.« Ichabod Cranes Schüler wurden gewiss nicht verzogen.

Ich will indessen niemand zur Ansicht verleiten, er sei einer von den grausamen Schulmonarchen gewesen, welche sich der Leiden ihrer Untertanen erfreuen. Im Gegenteil, er verwaltete die Gerechtigkeit eher mit ruhiger Überlegung, als mit Strenge, denn er nahm die Last von den Schultern der Schwachen hinweg, und legte sie denen der Starken auf. Bei dem schwächlichen Knaben, der bei der geringsten Bewegung mit der Rute zuckte, ging sie mit Milde vorüber; aber den Forderungen der Gerechtigkeit wurde volle Genüge dadurch, dass ein doppeltes Maß irgendeinem kleinen, zähen, starrköpfigen, breitschultrigen holländischen Buben aufgezählt wurde, der unter der Rute aufbrauste, sich spreizte, heimtückisch wurde und sich verstockt zeigte. Alles dies nannte er »an ihrer Eltern statt seine Pflicht tun,« und er erteilte nie eine Züchtigung, ohne ihr die für den geschlagenen Buben so tröstliche Versicherung folgen zu lassen, dass »er gewiss daran denken, und ihm den spätesten Tag, den er zu leben habe, noch dafür danken werde.«

Nach dem Schluss der Schulstunden wurde er sogar der Gefährte und Spielgenosse der größeren Knaben, und an Feiertagsnachmittagen führte er auch wohl manche von den Kleineren heim, die zufällig artige Schwestern hatten, oder deren Mütter gute Hausfrauen und ihrer reichlich versehenen Schenktische willen bekannt waren. In der Tat, er hatte es nötig, mit seinen Schülern auf gutem Fuß zu stehen. Die Einkünfte, welche ihm aus seiner Schule geboten wurden, waren gering und würden kaum für das tägliche Brot gereicht haben, denn er war ein gewaltiger Esser und hatte, bei all seiner Magerkeit, doch die Ausdehnbarkeit einer Anakonda. Er erhielt, allein um sein Auskommen zu erleichtern, nach der in jenen Gegenden üblichen Sitte, in den Häusern der Gutsbesitzer, deren Kinder er unterrichtete, Kost und Wohnung. Bei diesen wohnte er abwechselnd eine Woche, und machte auf diese Weise, indem er alle seine weltlichen Habseligkeiten in ein baumwollenes Schnupftuch band, die Runde bei ihnen.

Damit dies jedoch die Beutel seiner ländlichen Gönner, welche die Kosten des Schulhaltens als eine beschwerliche Bürde und die Schulmeister als bloße Hummeln anzusehen pflegten, nicht zu sehr beschweren möchte, hatte er allerhand Auswege, sich sowohl nützlich als auch angenehm zu machen. Er stand den Landleuten bei den leichteren Feldarbeiten bei, half ihnen beim Heumachen, besserte die Zäune aus, ritt die Pferde in die Tränke, trieb die Kühe von der Weide und spaltete Holz für das Winterfeuer. Er legte auch die gebietende Würde und das unumschränkte Herrscherwesen, womit er sein kleines Reich, die Schule, regierte, ab, und wurde wunderbar freundlich und einschmeichelnd. Er fand Gnade in den Augen der Mütter, indem er die Kinder, besonders die jüngeren, liebkoste und pflegte, wie der Löwe kühn, der einst so großsinnig das Lamm empfing, mit einem Kind auf einem Knie dazusitzen und viele Stunden mit dem Fuß eine Wiege zu schaukeln.

Zu seinen anderen Berufsgeschäften kam auch noch das eines Gesangslehrers der Gegend, und er gewann sich manchen blanken Schilling dadurch, dass er die jungen Burschen im Psalmsingen unterrichtete. Er war nicht wenig stolz darauf, am Sonntag, vorn auf dem Kirchenchor mit einer Anzahl auserlesener Sänger dazustehen, wo er dann, nach seiner Meinung, dem Pfarrer die Palme abgewann. Gewiss ist es, dass seine Stimme alle übrigen in der Gemeinde übertönte; und man hört noch jetzt in der Kirche ganz besondere Triller, die man wohl eine Meile weit, vielleicht bis an das entgegengesetzte Ufer des Mühlteiches, vernehmen kann, und welche rechtmäßig von Ichabod Cranes Nase herstammen sollen. So half sich, mit verschiedenen kleinen Auswegen auf die erfinderische Weise, die man gewöhnlich »mit Recht oder Unrecht« nennt, der würdige Pädagoge durch, und alle, welche von der Kopfarbeit nichts verstanden, meinten, dass er ein wunderbar-angenehmes Leben dabei führe.

Der Schulmeister ist im Frauenkreis einer ländlichen Gegend gewöhnlich ein Mann von einiger Bedeutsamkeit, denn er wird als eine Art müßige, anständige Personen angesehen, die bei weitem mehr Geschmack und Bildung hat als die rohen Bauernburschen, und in der Tat an Gelehrsamkeit bloß dem Pfarrer nachsteht. Seine Erscheinung verursacht daher gewöhnlich einige Bewegung an dem Teetisch eines Meierhofes, und gibt wohl Anlass, dass als Zugabe ein Teller mit Kuchen oder Zuckerwerk aufgetragen, vielleicht gar mit einer silbernen Teekanne geprunkt wird. Unser gelehrter Mann war daher in der Huld aller Landmädchen vorzüglich glücklich. Wie plusterte er sich unter ihnen auf dem Kirchhof auf, vor und nach dem Gottesdienst an Sonntagen! Er brach für sie Trauben von den wilden Weinreben, welche die umherstehenden Bäume umrankten; las, zu ihrer Unterhaltung, alle Grabschriften auf den Denkmälern ab; oder schlenderte, mit einem ganzen Schwarm junger Frauen, an den Ufern des benachbarten Mühlteiches umher, während die schüchterneren Dorflümmel schafsmäßig zurückblieben, und seine größere Zierlichkeit und Gewandtheit mit Neid ansahen.

Durch sein halbreisendes Leben wurde er zu einer Art von wandelnder Zeitung, welche die ganze Masse des Ortsgeklatsches von einem Haus zum andern trug, so dass man ihn allemal mit Vergnügen kommen sah. Er wurde überdies von den Frauen für einen Mann von großer Gelehrsamkeit gehalten, denn er hatte mehrere Bücher ganz durchlesen, und wusste Cotton Mathers Geschichte der Zauberei in Neu-England, an die er beiläufig gesagt, steif und fest glaubte, fast auswendig.

Der Mann war in der Tat ein sonderbares Gemisch von natürlichem Scharfsinn und einfältiger Leichtgläubigkeit. Seine Sucht nach allem Wunderbaren, und seine Kräfte, es zu verdauen, waren gleich außerordentlich; und beide waren durch seinen Aufenthalt in dieser bezauberten Gegend bedeutend vermehrt worden. Keine Sage war für seinen geräumigen Magen zu plump oder zu ungeheuer. Es war oft sein Ergötzen, sich, wenn am Nachmittag die Schule verlassen war, auf das üppige Kleebett an dem kleinen Bach, der an seinem Schulhaus dahinmurmelte, hinzustrecken, und hier des alten Mathars schreckliche Geschichten zu durchlesen, bis die allmählig einbrechende Abend-Dämmerung den Druck vor seinen Augen in Nebel zusammenfließen ließ. Wenn er dann seinen Weg durch Moraste und Ströme und schauerliche Waldgegenden zum Pächterhaus antrat, wo er gerade einquartiert war, erregte in dieser Zauberstunde jeder Ton der Natur gewaltig seine aufgeregte Einbildungskraft: so der Klagelaut des Whip-poor-will von dem Abhang des Hügels, der ahnungsvolle Schrei des Brüllfrosches, dieses Verkündigers des Sturmes, das traurige Geächze der Nachteule oder das plötzliche Rauschen aus ihrem Nest aufgeschreckter Vögel im Dickicht. Auch die Glühwürmchen, welche an den dunkelsten Stellen sehr lebendig funkelten, erschreckten ihn dann und wann, wenn einer von ungewöhnlichem Glanz quer über seinen Pfad schwebte. Und wenn, durch Zufall, ein großer Tölpel von Käfer die plumpen Flügel gegen seinen Kopf schlug, so war der arme Wicht nahe daran, seinen Geist über den Gedanken aufzugeben, dass er jetzt von einer Hexe gezeichnet worden sei. Seine einzige Zuflucht bei solchen Gelegenheiten, um entweder die Gedanken zu ersticken oder die bösen Geister zu verscheuchen, war, Psalmen zu singen; – und die ehrlichen Bewohner der schläfrigen Schlucht, wenn sie Abends vor der Türe saßen, wurden oft mit Grauen erfüllt, wenn sie seine näselnde Melodie, »in verketteter Lieblichkeit lang hinausgezogen,« von dem entfernten Hügel oder die staubige Landstraße entlang daher schweben hörten.

Eine andere Quelle seines schauerlichen Vergnügens war es, die langen Winterabende bei den alten holländischen Frauen zuzubringen, während diese mit ihren Spinnrädern am Feuer saßen, und eine Reihe von Äpfeln auf dem Herd briet und zischte; und ihre wunderbaren Erzählungen von Gespenstern und Kobolden, von spukenden Feldern, Bächen, Brücken und Häusern und namentlich von dem kopflosen Reiter, oder von dem »galoppierenden Hessen aus der Schlucht,« wie er zuweilen genannt wurde, anzuhören. Dagegen ergötzte er sie wieder mit seinen Anekdoten von Hexereien, von den furchtbaren Anzeichen und schrecklichen Gesichtern und Tönen in der Luft, welche in früheren Zeiten in Connecticut gewöhnlich waren; und setzte sie in gewaltige Furcht mit Betrachtungen über Kometen und Sternschnuppen; und mit der entsetzlichen Tatsache, dass die Welt sich durchaus drehe, und dass sie die Hälfte ihrer Zeit auf dem Kopf stünden.

Wenn indessen alles dies ganz angenehm war, während er sich behaglich in der Kaminecke eines Zimmers zusammendrücken konnte, welche das prasselnde Holzfeuer mit einem rötlichen Schein ganz beleuchtete, und wo natürlich kein Gespenst sein Gesicht sehen lassen durfte, so war es durch die Schrecken seines später folgenden Nachhausegangs teuer erkauft. Welche furchtbare Gestalten und Schatten belagerten seinen Weg in dem trüben, grausigen Glanz einer Schneenacht! – Mit welchem argwöhnischen Blick betrachtete er jeden zitternden Lichtstrahl, der aus irgendeinem entfernten Fenster über die öden Felder dahinstreifte! – Wie oft erschreckte ihn ein mit Schnee bedeckter Strauch, der sich wie ein in ein Leichentuch gehülltes Gespenst gerade in seinen Weg stellte! – Wie oft schrak er mit starrem Entsetzen vor dem Schall seiner eigenen Fußtritte auf der Frostrinde unter seinen Füßen zurück, und fürchtete sich, über seine eigene Schulter zurückzublicken, um nicht irgendeine seltsame Gestalt dicht hinter sich her tappen zu sehen! – Und wie oft wurde er, von irgendeinem Windstoß, der in den Blättern heulte, in völlige Verzweiflung getrieben, da er nichts anderes glaubte, als dass es der galoppierende Hesse auf einem seiner nächtlichen Züge sei!

Alles dies waren indessen bloße Schrecken der Nacht, Phantome des Geistes, welche in Finsternis wandeln; und obgleich er zu seiner Zeit manche Gespenster gesehen hatte, und mehr als einmal auf seinen einsamen Spaziergängen vom Satan in verschiedenen Gestalten heimgesucht worden war, so setzte doch das Tageslicht allen diesen Übeln ein Ziel; und er würde, dem Teufel und allen seinen Werken zum Trotz, ein ganz angenehmes Leben geführt haben, wäre sein Weg nicht von einem Wesen durchkreuzt worden, dergleichen den Sterblichen mehr Not machen, als alle Gespenster, Kobolde und das ganze Geschlecht der Hexen zusammengenommen: und dies war – ein Weib.

Unter den Gesangsschülern, welche sich an einem Abend in jeder Woche versammelten, um seinen Unterricht im Psalmensingen zu empfangen, war auch Katharina van Tassel, die Tochter und das einzige Kind eines wohlhabenden holländischen Landwirtes. Sie war ein blühendes Mädchen von ungefähr achtzehn Jahren, rund wie ein Rebhuhn, reif und mürbe und rosenwangig wie eine von den Pfirsichen ihres Vaters; und überall nicht allein ihrer Schönheit, sondern auch ihrer ausgedehnten Aussichten wegen berühmt. Sie war dabei etwas kokett, wie man schon an ihrer Kleidung sehen konnte, welche ein Gemisch aus alten und neuen Moden war, und diese am meisten dazu diente, ihre Reize hervorzuheben. Sie trug den Schmuck aus purem gelbem Gold, welchen ihre Ur-Ur-Großmutter aus Zaandam herübergebracht hatte, den verführerischen Brustlatz aus der alten Zeit, und dabei einen auffallend kurzen Rock, um den niedlichsten Fuß und Knöchel in der Gegend umher zeigen zu können.

Ichabod Crane hatte ein sanftes, mitleidiges Herz für das andere Geschlecht, und man darf sich nicht wundern, dass ein so verführerischer Bissen bald Gnade vor seinen Augen fand, besonders, nachdem er sie in ihrer väterlichen Wohnung aufgesucht hatte. Der alte Baltes van Tassel war das vollkommene Muster eines wohlhabenden, zufriedenen, gemütlichen Landwirts. Wahr ist, er ließ selten seine Augen oder seine Gedanken über die Grenzen seiner eigenen Besitzung hinausgehen; innerhalb dieser aber war alles behaglich, glücklich und wohlbeschaffen. Er gefiel sich in seinem Reichtum, war aber nicht stolz darauf und tat sich eher auf seinen reichlichen Überfluss als auf die Art, wie er lebte, etwas zu Gute. Sein festes Bollwerk war an den Ufern des Hudson gelegen, in einem jener grünen, wohlbeschützten, fruchtbaren Winkel, worin die Holländer so gerne nisten. Eine große Ulme breitete ihre ausgedehnten Zweige darüber aus; an dem Fuß derselben sprudelte ein Quell des süßesten und angenehmsten Wassers in einen kleinen, aus einem Fass gebildeten Brunnen, und stahl sich dann schäumend durch das Gras zu einem benachbarten Bach hin, der unter Erlen und Zwergweiden dahinmurmelte. Dicht neben dem Wohnhaus war eine große Scheune, die als Kirche gedient haben könnte. Jedes Fenster und jede Spalte derselben schien von den Schätzen des Meierhofes zu bersten: Der Dreschflegel tönte geschäftig vom Morgen bis zur Nacht darin, Haus und Mauerschwalben strichen zwitschernd um die Gesimse und Flüge von Tauben, von denen einige mit einem Auge aufblickten, als ob sie das Wetter beobachteten, einige die Köpfe unter die Flügel oder in die Brust steckten, und andere sich aufbliesen und girrten und sich zu ihren Weibchen neigten, genossen den Sonnenschein auf dem Dach. Feiste unbehilfliche Schweine grunzten in Ruhe und Überfluss in ihren Ställen, aus denen dann und wann Haufen von Spanferkeln hervorstürzten, als ob sie die Luft wittern wollten. Ein stattliches Geschwader von schneeweißen Gänsen schwamm auf einem benachbarten Teich umher und beschützte ganze Flotten von Enten. Regimenter von Truthühnern kollerten auf dem Hof umher, und Perlhühner gingen, wie verdrießliche Hausfrauen, mit ihrem grämlichen missvergnügten Geschrei hin und her. Vor dem Scheunentor stolzierte der tapfere Hahn, das Muster eines Ehemannes, eines Kriegers und eines feinen Herrn, seine schimmernden Flügel schlagend, und im Stolze und in der Freude seines Herzens laut krähend – zuweilen mit seinen Füßen die Erde scharrend, und dann, großmütigerweise, seine immer hungrige Familie herbeirufend, sich des fetten Bissens zu erfreuen, den er entdeckt hatte.

Dem Pädagogen wässerte der Mund, als er auf diese prächtigen Verheißungen einer üppigen Winterkost blickte. In seinem verschlingenden Gemüts-Auge sah er schon jedes Spanferkel gebraten mit einem Pudding im Leib und einem Apfel im Maul umherlaufen; die Tauben waren sanft in eine Pastete gebettet und unter einer Kruste verborgen; die Gänse schwammen in ihrem eigenen Fett, und die Enten lagen traulich, wie neuvermählte Paare, zu Zweien in den Schüsseln, bei einem anständigen Vorrat von Zwiebelbrühe. In den größeren Schweinen sah er schon die künftige fette Speckseite und den saftigen, schmackhaften Schinken ab-

geschnitten; es gab keinen Truthahn, den er nicht zierlich aufgestutzt, mit dem Magen unter dem Flügel und vielleicht einem Halsband von schmackhaften Würsten, gesehen hätte; und selbst der stolze Singhahn lag auf seinem Rücken, in einer Nebenschüssel, mit aufwärts gekehrten Krallen, als ob er die Gnade erbitten wollte, die sein ritterlicher Geist, so lange er lebte, zu fordern verschmäht hatte.
Indem der entzückte Ichabod sich alles dies dachte, und seine großen, grünen Augen über die fetten Wiesen, die reichen Weizen-, Roggen-, Buchweizen- und Maisfelder, und die mit rötlichen Früchten beladenen Obstgärten, welche die warme Wohnung van Tassels umgaben, dahinrollen ließ, sehnte sich sein Herz nach dem Mädchen, welches diese Besitzungen erben sollte, und seine Einbildungskraft dehnte sich bei dem Gedanken aus, wie leicht man sie in bares Geld verwandeln und dies zum Ankauf ungeheurer Strecken wüsten Landes und zu Schindelpalästen verwenden könnte. Ja, seine geschäftige Einbildungskraft verwirklichte bereits seine Hoffnungen, und stellte ihm die blühende Katharina dar, wie sie, mit einer ganzen Familie von Kindern, oben auf einem mit allerhand Hausrat beladenen Wagen saß, während Töpfe und Kessel unter demselben baumelten. Sich selbst sah er auf einer ruhigen Stute, mit einem Füllen auf ihren Fersen, auf dem Weg nach Kentucky, Tennessee, oder Gott weiß wohin.
Als er in das Haus trat, war die Eroberung seines Herzens vollständig. Es war eines von jenen geräumigen Wohnhäusern mit hohem Giebel, aber niedrigem Dach, in dem Stil erbaut, welcher sich von den ersten holländischen Ansiedlern fortgepflanzt hatte. Die niedrigen vorspringenden Gesimse bildeten vor dem Haus eine Art von Bogengang, der bei schlechtem Wetter geschlossen werden konnte. Unter diesem hingen Dreschflegel, Pferdegeschirre, mehrere Ackergeräte und Netze zum Fischfang in dem benachbarten Fluss. Bänke waren an den Wänden zum Gebrauch im Sommer angebracht, und ein großes Spinnrad an dem einen Ende und ein Butterfass am anderen deuteten darauf hin, zu welch vielfachem Nutzen diese wichtige Vorhalle gebraucht werden könne. Aus diesem Bogengang trat der verwunderte Ichabod in den Saal, welcher den Mittelpunkt des Gebäudes und den gewöhnlichen Aufenthaltsort der Familie bildete. Hier blendeten Reihen von glänzendem Zinn, die auf dem langen Anrichtetisch ausgestellt waren, seine Augen. In einem Winkel stand ein großer Sack mit Wolle, der zum Verspinnen bereit war, in einem anderen lag ein Pack Beiderwand, das soeben vom Webestuhl gekommen war. Maisähren und Schnüre gedörrter

Äpfel und Pfirsiche hingen in lustigen Bogengehängen die Wände entlang, mit der Pracht von roten Pfefferkolben dazwischen, und eine halb offen gelassene Tür ließ ihn einen Blick in das Gesellschaftszimmer werfen, wo die Stühle mit Klauenfüßen und die dunkeln Mahagoni-Tische wie Spiegel glänzten. Feuerböcke mit den dazu gehörigen Schaufeln und Zangen, schienen aus ihrer Bedeckung von Spargelkraut hervor, künstliche Orangen und Muscheln schmückten das Kamingesims, Schnüre von vielfarbigen Vogeleiern waren darüber aufgehängt: Von der Mitte des Zimmers herab hing ein großes Straußenei, und ein Eckschrank, bedachtsamer Weise offengelassen, ließ einen ungeheuren Schatz aus altem Silberzeug und schön gemaltem Porzellan erkennen.
Von dem Augenblicke an, als Ichabod seine Augen auf diese seligen Gefilde heftete, war es mit seinem Seelenfrieden zu Ende, und sein einziges Bemühen war dahin gerichtet, wie er die Neigung der unvergleichlichen Tochter van Tassels gewinnen solle. Bei diesem Unternehmen hatte er jedoch mehr wirkliche Schwierigkeiten zu überwinden, als gewöhnlich einem irrenden Ritter in alten Zeiten zuteilwurden, der selten etwas anderes, als Riesen, Zauberer, feurige Drachen und dergleichen leicht zu besiegende Gegner zu bekämpfen hatte, und sich durch eiserne und metallene Tore und Mauern von Diamanten nach dem Burgverlies, wo die Dame seines Herzens gefangen saß, einen Weg bahnen musste; welches alles er so leicht verrichtete, wie sich jemand jetzt mit dem Vorlegemesser einen Weg in eine Weihnachtspastete bahnen würde, worauf die Dame ihm, wie sich von selbst versteht, ihre Hand reichte. Ichabod dagegen musste sich einen Weg zu dem Herzen einer gefallsüchtigen Dorfschönheit bahnen, von einer Menge Eigenheiten und Launen umlagert, die ihm alle Augenblicke neue Schwierigkeiten und Hindernisse in den Weg legten. Er hatte einen Schwarm furchtbarer Gegner von Fleisch und Blut, die zahlreichen ländlichen Bewunderer zu bekämpfen, welche jedes Tor zu ihrem Herzen besetzt hielten, wachsam und grollend einander beobachteten und bereit waren, für die gemeinschaftliche Sache gegen jeden neuen Bewerber in das Feld zu rücken.
Unter diesen war der furchtbarste ein plumper, lärmender, tobender Bursche, namens Abraham, oder, wie die Holländer den Namen abzukürzen pflegten, Brom van Brunt, der Held der Gegend umher, welche von seinen gewaltigen Taten widerhallte. Er war breitschultrig und doppelsehnig, hatte kurzes, krauses, schwarzes Haar, und ein rohes, aber nicht unangenehmes Gesicht, in welchem sich eine Mischung von Lustigkeit und Anmaßung spiegelte. Wegen seiner herkulischen Taten

und seiner großen Gliederstärke hatte er den Spottnamen Brom Bones (Brom-Knochen) erhalten, unter welchem er allgemein bekannt war. Er war seiner großen Kenntnis und Gewandtheit in der Reitkunst wegen berühmt, und so gut zu Pferd, wie ein Tartar. Er war der Erste bei allen Wettrennen und Hahnengefechten, und bei der Überlegenheit, welche auf dem Land körperliche Stärke immer zu verschaffen pflegt, war er in allen Streitigkeiten der Schiedsrichter, wo er seinen Hut auf die eine Seite setzte, und seine Aussprüche mit einer Art und einem Ton von sich gab, die keine Einrede und keine fernere Ansprache zuließen. Er war immer bereit für Schlägereien oder zu einer Lustbarkeit, in seinem Wesen war mehr Neigung zum Unfug, als eigentliche Bosheit; und, bei all seiner gewaltigen Rohheit, hatte er doch einen starken Zug leichtfertiger Gutmütigkeit im Herzen. Er hatte drei oder vier lustige Gesellen seines Gelichters, welche ihn als ihr Muster betrachteten, und an deren Spitze er die Gegend durchstrich und jedem Handel, jeder Lustbarkeit viele Meilen in der Runde beiwohnte. Bei kaltem Wetter zeichnete er sich durch eine Pelzmütze aus, mit einem fliegenden Fuchsschwanze darüber; und wenn die Landleute bei irgendeiner allgemeinen Versammlung diese wohlbekannte Helmzierde in einiger Entfernung aus einem Haufen gewaltiger Reiter hervorwinken sahen, so gingen sie immer aus dem Weg, denn sonst gab es Sturm. Zuweilen hörte man seine Mannschaft in der Mitternacht mit einem gewaltigen Geschrei und Hallo, wie einen Trupp Donkosaken an den Meierhöfen vorbeisprengen, und die alten Frauen, aus ihrem Schlaf aufgeschreckt, lauschten wohl einen Augenblick, bis das Braus und Saus vorbeigerasselt war, und riefen dann: »Das ist Brom Bones mit seiner Bande!« Die Nachbarn betrachteten ihn mit einer Mischung von Furcht, Bewunderung und Zuneigung, und schüttelten, sobald irgendein toller Streich oder eine Schlägerei in der Gegend vorfiel, jedes Mal den Kopf, und glaubten zuverlässig, Brom Bones sei dabei besonders im Spiel gewesen.

Dieser wüste Held hatte seit einiger Zeit die blühende Katharina zum Gegenstand seiner plumpen Galanterien ausersehen, und obgleich seine verliebten Zärtlichkeiten etwas von den zarten Liebkosungen und Schmeicheleien eines Bären an sich hatten, so flüsterte man doch, dass sie seine Hoffnungen nicht ganz abweise. Gewiss ist, sein Vortreten war die Losung für das Zurückziehen der übrigen Bewerber, die keine Lust verspürten, einem Löwen bei seiner Liebe im Wege zu stehen. Wenn man also Sonntag abends sein Pferd an van Tassels Staket angebunden sah, ein sicheres Zeichen, dass dessen Herr drinnen den Hof mache, oder, wie man es nennt, »den Angenehmen spiele,« so gingen alle übrigen Bewerber aus lauter Verzweiflung vorüber und spielten den Krieg in eine andere Gegend.

Dies war der furchtbare Nebenbuhler, gegen den Ichabod Crane zu kämpfen hatte, und, alles genau betrachtet, würde ein Stärkerer als er, von der Mitbewerbung zurückgetreten sein, und ein Klügerer würde jede Hoffnung aufgegeben haben. In seinem Wesen lag aber eine glückliche Mischung von Biegsamkeit und Beharrlichkeit, er war der Gestalt und dem Geiste nach wie ein geschmeidiger Draht – nachgiebig, aber zäh. Obgleich er sich bog, brach er doch nie, und obgleich er sich bei dem leichtesten Druck krümmte, so war er doch im Augenblick, als dieser nicht mehr wirkte, husch und weg und stand so grade und trug seine Nase so hoch wie jemals zuvor.

Gegen seinen Nebenbuhler offen zu Felde zu ziehen, würde eine Tollheit gewesen sein, denn dieser war kein Mann, der sich bei seinen Liebschaften in die Quere kommen ließ, eben so wenig, wie jener stürmische Liebhaber, Achilles. Ichabod begann daher seine Bewerbungen auf eine ruhige, sanft einschmeichelnde Weise. Unter dem Deckmantel seines Charakters als Gesangslehrer, machte er häufige Besuche im Hause; nicht, als wenn er von den unangenehmen Einmischungen der Eltern, welche so oft auf dem Pfad der Liebenden zum Stein des Anstoßes werden, etwas zu fürchten gehabt hätte. Balt van Tassel war eine leicht zu behandelnde, nachsichtige Seele. Er liebte seine Tochter noch mehr als seine Pfeife und ließ ihr, wie ein vernünftiger Mann und trefflicher Vater, in allen Dingen ihren Willen. Seine ehrliche kleine Frau hatte ebenfalls genug mit ihrem Hauswesen und der Sorge für ihr Geflügel zu tun, denn, wie sie sehr weise bemerkte, Enten und Gänse sind alberne Dinger, nach denen man zu sehen hat, Mädchen aber können auf sich selbst Acht geben. Während also die geschäftige Frau sich im Haus umhertummelte, oder an dem einen Ende des Bogenganges ihr Spinnrad in Bewegung setzte, saß der ehrliche Balt, sein Abendpfeifchen rauchend, an dem anderen, und beobachtete die Taten eines kleinen hölzernen Soldaten, der, mit einem Säbel in jeder Hand, auf der Dachspitze der Scheune den Wind tapfer bekämpfte. Während der Zeit betrieb Ichabod seine Bewerbungen bei der Tochter, an dem Bach unter der großen Ulme, oder indem er mit ihr im Zwielicht, dieser der Beredsamkeit der Liebenden so günstigen Stunde, spazieren ging.

Ich gestehe, dass ich nicht weiß, wie man um Frauenzimmer eigentlich werben und sie gewinnen kann. Für mich sind sie immer Gegenstände des Erratens und der Bewunderung gewesen. Einige scheinen nur eine verwundbare Stelle oder einen Zugangsort zu haben, während man zu anderen auf tausend Wegen gelangen, und sie auf tausend verschiedene Arten gewinnen kann. Es ist ein großer Triumph der Gewandtheit, wenn man die ersteren gewinnen kann; allein es zeugt von ungleich größerem Feldherrntalent, wenn man sich der letzteren zu bemeistern weiß; denn ein Mann muss, um die Festung zu erobern, jede Tür und jedes Fenster stürmen. Wer tausend gewöhnliche Herzen gewinnt, ist daher einiges Ruhmes wert, wer aber eine unbestrittene Macht über das Herz einer Dorfschönheit ausübt, ist in der Tat ein Held. Gewiss ist, dass dies bei dem furchtbaren Brom Bones nicht der Fall war, und von dem Augenblick an, wo Ichabod Crane seine Bewerbung anfing, neigte sich der Glücksstern des Ersteren auffallend. Man sah sein Pferd nicht mehr an den Sonntagabenden an das Staket gebunden, und eine tödliche Fehde entstand allmählig zwischen ihm und dem Schullehrer aus der schläfrigen Schlucht.

Brom, der einen Grad roher Ritterlichkeit in seinem Wesen hatte, würde die Sache gern bis zum offenen Krieg getrieben, und die Ansprüche, welche Beide auf die Dame machten, nach Art jener kräftigen, einfachen Logiker, der irrenden Ritter alter Zeiten – durch einen Zweikampf ausgemacht haben. Allein Ichabod war sich der Überlegenheit seines Gegners zu sehr bewusst, um gegen ihn in die Schranken zu treten, er hatte von der Drohung des Bones gehört: »Dass er den Schulmeister zusammenlegen, und auf einen Schrank stellen wollte,« und er hütete sich zu sehr, ihm dazu Gelegenheit zu geben. Es lag etwas ungemein Verdrießliches in diesem hartnäckigen feindlichen System; es blieb Bones nichts anderes übrig, als all den rohen Mutwillen, welcher ihm zu Gebote stand, in Bewegung zu setzen, und seinem Nebenbuhler praktische bäuerische Streiche zu spielen. Ichabod wurde der Gegenstand der launenhaftesten Verfolgung von Seiten Bones und seiner Bande roher Reiter. Sie beunruhigten sein bisher friedliches Gebiet, räucherten seine Gesangsschule ein, indem sie den Schornstein verstopften; brachen bei Nacht in das Schulhaus ein, der furchtbaren Befestigung von Weidenruten und Fensterstangen ungeachtet, und kehrten das Unterste zuoberst, so dass der arme Schullehrer zu glauben anfing, sämtliche Hexen aus der Nachbarschaft hielten hier ihre Zusammenkünfte. Was aber bei weitem unangenehmer war, Brom nutzte jede Gelegenheit, ihn in Gegenwart seiner Geliebten lächerlich zu machen, und er hatte einen schändlichen Hund, den er so abrichtete, dass er auf die komischste Art winseln

musste, und diesen führte er als einen Nebenbuhler Ichabods ein, um sie im Psalmensingen zu unterrichten.
Auf diese Art gingen die Sachen eine Zeitlang fort, ohne dass sich die gegenseitige Lage der streitenden Mächte wesentlich verändert hätte. An einem schönen Herbstnachmittag saß Ichabod, in Gedanken versunken, auf dem hohen Stuhl, von welchem er das, was in seinem kleinen wissenschaftlichen Reich vorging, zu beobachten pflegte. In seiner Hand schwang er einen Stecken, das Zepter der despotischen Macht; das Birkenreis der Gerechtigkeit ruhte auf drei Nägeln hinter seinem Thron, ein starkes Schreckbild für alle Übeltäter, während auf dem Schreibpult vor ihm allerhand Contreband Artikel und verbotene Waffen, welche bei den müßigen Buben gefunden worden, zu sehen waren: halb verzehrte Äpfel, Knallbüchsen, Brummkreisel, Fliegenkäfige, und ganze Legionen kleiner, springender, papierner Vögel. Allem Anschein nach war erst ganz kürzlich eine sehr eindrucksvolle Handlung der Gerechtigkeit vorgenommen worden, denn seine Schüler waren alle sehr aufmerksam mit ihren Büchern beschäftigt, oder flüsterten leise hinter denselben, mit einem Auge auf den Lehrer gerichtet, und eine Art summender Stille herrschte in der ganzen Schulstube. Sie wurde plötzlich durch die Erscheinung eines Schwarzen, in einer packleinwandenen Jacke und weiten Beinkleidern, mit dem Bruchstück eines runden Hutes, einem Merkurshut ähnlich, auf dem Kopf und auf einem struppigen, wilden, halbzugerittenen Füllen sitzend, das er, in Ermangelung eines Zaumes, mit einem Strick lenkte, unterbrochen. Er kam klappernd an die Tür des Schulhauses mit einer Einladung an Ichabod, an einer lustigen Gesellschaft oder einem »Lust-Essen,« welches an diesem Abend bei Mynheer van Tassel stattfinden sollte, teilzunehmen, und, als er seine Botschaft mit der wichtigen Miene und mit dem Wortgepränge, womit ein Diener kleine Sendungen dieser Art auszurichten pflegt, überliefert hatte, setzte er über den Bach, und sprengte dann die Schlucht hinauf, voll von der Wichtigkeit und Eile seiner Botschaft.
In der eben noch so ruhigen Schulstube war jetzt alles in Bewegung und Aufruhr. Die Schüler mussten ihre Lektion in der Eile durchmachen, ohne anzuhalten, oder bei Kleinigkeiten zu verweilen; die Behänderen unter ihnen überhüpften ungestraft die Hälfte, und die Langsameren erhielten dann und wann eine kräftige Ermunterung auf den Rücken, um sie zur Eile anzutreiben und ihnen über ein schwieriges Wort hinwegzuhelfen. Die Bücher wurden an die Seite geschleudert, ohne dass sie auf die Bretter gestellt wurden, Tintenfässer umgeworfen, Bänke

umgestürzt und die ganzen Schüler eine Stunde früher als gewöhnlich entlassen, so dass sie wie eine Legion junger Teufelchen herausstürzten, und vor Freude über ihre zeitige Freilassung auf dem Grün umher laut belferten und tobten.

Der zierliche Ichabod brachte jetzt wenigstens eine halbe Stunde länger als sonst bei der Toilette zu, bürstete und putzte seinen besten, und in der Tat einzigen, verschlissenen schwarzen Anzug heraus, und brachte sein Haar vor einem zerbrochenen Spiegelstück, das im Schulhaus hing, in Ordnung. Um vor seiner Gebieterin in dem echten Stil eines Kavaliers zu erscheinen, lieh er sich ein Pferd von dem Landmann, bei welchem er gerade wohnte, einem cholerischen alten Holländer, Namens Hans van Ripper, und zog nun, stattlich im Sattel sitzend, auf, wie ein irrender Ritter, der Abenteuer sucht. Ich muss indessen, im wahren Geist der Romanschreibung, eine Art von Bericht über das Aussehen und die Ausstaffierung meines Helden und seines Rosses geben: Das Tier, welches ihn trug, war ein abgearbeitetes Ackerpferd, welches beinahe nichts mehr behalten hatte als seine Fehler. Es war hager und rau, mit einem Schafshals und einem Kopf wie ein Hammer. Seine rostige Mähne und der Schweif waren verwickelt und voller Kletten, ein Auge hatte die Sehkraft verloren und war starr und gespenstig, das andere hatte eine wahre Teufelsglut in sich. In seiner Jugend musste es indessen Feuer und Kraft gehabt haben, wenn man nach seinem Namen Gunpowder (Schießpulver) urteilen durfte. Es war in der Tat das Lieblingspferd seines Herrn, des cholerischen van Ripper, gewesen, der ein wilder Reiter war, und höchst wahrscheinlich dem Tier etwas von seinem eigenen Geist übertragen hatte, denn, alt und unbrauchbar, wie es aussah, hatte es doch mehr von dem Schaden-Teufel in sich als irgendein junges Füllen im Lande.

Ichabods Gestalt passte zu einem solchen Ross. Er ritt mit kurzen Steigbügeln, welche seine Knie bis an den Sattelknopf brachten; seine spitzigen Ellbogen standen heraus wie die Beingelenke eines Grashüpfers, er führte seine Peitsche wie einen Zepter senkrecht in der Hand, und die Bewegung seiner Arme war, als sein Pferd dahinjuckelte, dem Schlagen eines Paares von Flügeln nicht unähnlich. Ein kleiner wollener Hut ruhte oben auf der Nasenwurzel, denn so konnte man den schmalen Streifen von Stirn wohl nennen, den er hatte, und die Schöße seines schwarzen Rocks flogen beinahe bis an den Schweif des Pferdes. So war das Aussehen von Ichabod und seinem Ross, als sie aus dem Tor van Rippers herausstolperten, eine Erscheinung, wie man sie selten am hellen Tageslichte zu Gesicht bekommt.

Es war, wie ich gesagt habe, ein schöner Herbsttag. Der Himmel war klar und heiter, und die Natur trug das schöne, goldene Kleid, mit welchem wir immer in Gedanken den Begriff des Überflusses verbinden. Die Wälder hatten sich in ihr ernstes Braun und Gelb gekleidet, während einige Bäume von der zarteren Art durch den Frost schon glänzende Orangen-, Purpur- und Scharlachfarben erhalten hatten. Dahinziehende Reihen wilder Enten fingen an, sich hoch in der Luft sehen zu lassen, das Bellen des Eichhörnchens ließ sich aus den Gebüschen von Birken und Walnussbäumen, und der nachdenkliche Schlag der Wachtel von Zeit zu Zeit von dem benachbarten Stoppelfeld, her vernehmen.

Die kleineren Vögel hielten ihre Abschiedsgastmahle. In der Fülle ihrer Schwelgerei flatterten sie, zirpend und frohlockend, von Busch zu Busch, von Baum zu Baum, und der Überfluss und die Mannigfaltigkeit um sie herum schienen sie noch leckerhafter zu machen. Da war das ehrliche Rotkehlchen, das Lieblingswild angehender Jäger, mit seinem hellen klagenden Ton; und die zwitschernden Amseln, welche in den dunklen Wolken umherflogen; und der goldgeflügelte Specht, mit seinem hochroten Federbusch, seiner breiten schwarzen Halskrause und seinem glänzenden Gefieder; und der Zedernvogel mit seinen Flügeln mit weißen Flecken, seinem Schwanz mit gelber Spitze, und seiner kleinen Jägermütze aus Federn; und der blaue Holzhäher, dieser lärmende Geselle, in seinem stattlichen hellen Rock mit blauen Flügelspitzen und weißen Unterkleidern, der schrie und schnatterte und nickte und wiegte sich und beugte sich, und tat, als ob er mit jedem Sänger des Waldes auf gutem Fuß stehe.

Wie Ichabod seines Weges langsam weiter zog, streifte sein Auge, immer für jedes Anzeichen von leiblichem Überfluss offen, mit Entzücken über die Schätze des fröhlichen Herbstes dahin. Auf allen Seiten sah er eine große Menge von Äpfeln; manche hingen in erdrückendem Überfluss an den Bäumen; andere waren in Körbe und Fässer gepackt, um zu Markte gebracht zu werden; andere in hohen Haufen aufgetürmt, um unter die Ciderpresse zu kommen. Weiterhin sah er große Felder mit Mais besetzt, deren goldene Kolben aus ihren laubigen Decken hervorblickten und Kuchen und weiche Puddings verhießen, und gelbe Kürbisse darunter liegend, welche ihre glatten runden Bäuche der Sonne zuwendeten und die schönsten Aussichten auf die prachtvollsten Pasteten eröffneten. Dann kam er bei den duftenden Buchweizenfeldern vorüber, welche den Duft des Bienenkorbes aushauchten, und, als er sie betrachtete, bemächtigte sich seines Geistes eine süße Ahnung von den köstlichen, wohl mit Butter beschmierten, mit Honig oder Sirup überlegten Brotschnitten, welche ihm die zarte kleine, mit Grübchen gezierte Hand Katharinas van Tassel darreichen würde.

So sein Gemüht mit manchen angenehmen und süßen Vermutungen nährend, ritt er längs einer Reihe von Hügeln hin, von welchen man eine Aussicht auf einige der angenehmsten Gegenden an dem mächtigen Hudson hat. Die Sonne wälzte allmählich ihre breite Scheibe dem Westen zu. Der weite Schoß der Tappan-See lag unbeweglich und spiegelglatt da, ausgenommen, dass dann und wann ein sanftes Wogen den blauen Schatten der entfernten Berge hob und senkte und verlängerte. Einige wenige hochgelbe Wolken wogten am Himmel, ohne dass ein Lüftchen sie bewegt hätte. Der Horizont hatte eine schöne goldartige Färbung, welche sich allmählich in ein reines Apfelgrün, und darauf in das tiefe Blau des Äthers verwandelte. Ein schiefer Strahl verweilte noch auf den bewaldeten Spitzen der Anhöhen, welche über einige Teile des Flusses hinüberragten, und dem Dunkelgrau und Purpur ihrer Felsabhänge ein größeres Dunkel verliehen. In der Entfernung segelte langsam eine Schaluppe, welche gemach mit der Flut forttrieb, während ihr Segel unnütz am Mast hing; und, wie der Widerschein des Himmels sich in dem stillen Wasser spiegelte, war es, als ob das Schiff in der Luft hinge.

Der Abend war schon herangenaht, als Ichabod vor Mynheer van Tassels Burg angelangte, die er mit dem Stolz und der Blüte der umliegenden Gegend angefüllt fand. Alte Gutsbesitzer, ein mageres, ledergesichtiges Geschlecht, in Röcken und Beinkleidern von selbstgemachtem Zeug, blauen Strümpfen, großen Schuhen und prachtvollen zinnernen Schnallen. Ihre lebendigen verblühten kleinen Frauen, in eng anschließenden Hauben, kurzen Kleidern mit langen Taillen, selbstgesponnenen Röcken, mit Scheren und Nadelkissen und herabhängenden bunten kattunenen Taschen. Flinke Mädchen, beinahe so altväterisch, wie ihre Mütter, ausgenommen da, wo ein Strohhut, ein schönes Band, oder vielleicht ein weißes Kleid auf eine Neuerung von der Stadt aus hindeuteten. Die Söhne, in kurzen Röcken mit viereckten Schößen und Reihen von ungeheuren metallenen Knöpfen, und ihr Haar in der Regel nach der Mode der Zeit eingeflochten, besonders wenn sie zu diesem Zweck eine Aalhaut erhalten konnten, da diese in der ganzen Gegend als besonders stärkend für das Haar, und dessen Wuchs befördernd, angesehen wurde.

Brom Bones war indessen der Held des Schauplatzes, da er zu der Versammlung auf seinem Lieblingshengst Daredevil, einem Geschöpf gekommen war, das, wie er selbst, voller Feuer und Unheil war, und das niemand anders als er regieren konnte. Es war in der Tat bekannt, dass er immer böse Tiere vorzog, welche allen Arten von Tücken ergeben waren und den Reiter in steter Lebensgefahr erhielten, indem er ein zu behandelndes, wohlzugerittenes Pferd als eines Burschen von Mut durchaus unwürdig hielt.

Gern würde ich einhalten, um bei der Welt von Reizen zu verweilen, welche sich dem entzückten Blick meines Helden darstellte, als er in das Staatszimmer von van Tassels Haus trat. Sie waren indes nicht die eines Haufens schmucker Dirnen, mit ihrer üppigen Fülle von weiß und rot, sondern die mächtigen Reize eines echt holländischen Land-Teetisches in der reichlichen Herbstzeit. Welch aufgehäufte Teller mit verschiedenen, fast unbeschreiblichen Kuchenarten, nur den erfahrenen holländischen Hausfrauen bekannt! Da war die kräftige Teignuss, der zarte Ölkuchen und der krause, bröckelnde Krauskuchen. Süße Kuchen und kurze Kuchen, Pfefferkuchen und Honigkuchen und die ganze Familie von Kuchen. Und dann gab es noch Apfelpasteten und Pfirsichpasteten und Kürbispasteten, außerdem köstliche Schüsseln mit eingemachten Pflaumen und Pfirsichen und Birnen und Quitten. Nicht zu gedenken der gebratenen Alsen und der gebackenen Hühner, so wie der Schalen mit Milch und Sahne dazwischen, alles bunt untereinander gemischt, fast gerade so, wie ich es aufgezählt habe; dazwischen die hausmütterliche Teekanne, die ihre Dampfwolken mitten daraus emporsteigen ließ – Gott segne dies Zeichen! Mir fehlt Atem und Zeit, diesen Schmaus zu erörtern, wie er es verdient, und ich bin zu begierig, an das Ende meiner Erzählung zu gelangen. Glücklicherweise hatte Ichabod Crane keine so große Eile, wie sein Geschichtsschreiber, sondern ließ jedem Leckerbissen volle Gerechtigkeit widerfahren.

Er war ein gutmütiges, dankbares Wesen, dessen Herz sich in dem Maße ausdehnte, wie sein Leib sich mit leckerer Speise anfüllte; und dessen Geist bei dem Essen auflebte, wie dies mit anderen beim Trinken der Fall ist. Er konnte sich auch nicht enthalten, während des Essens seine großen Augen umhergehen zu lassen, und sich mit der Möglichkeit zu kitzeln, dass er dereinst der Herr und Eigentümer dieses ganzen Schauplatzes von beinahe undenklicher Pracht und Herrlichkeit werden könnte. Dann dachte er, wie bald er dem alten Schulhaus den Rücken zuwenden, Hans van Ripper und allen übrigen knausrigen Gönnern ein Schnippchen ins Gesicht schlagen könne, und jeden reisenden Schulmeister, der ihn College zu nennen sich erdreisten möchte, zur Tür hinausdrehen wollte!

Der alte Baltes van Tassel bewegte sich unter seinen Gästen mit einem von Zufriedenheit und guter Laune verklärten, und gleich dem Erntemond, runden und fröhlichen Gesicht umher. Seine gastfreien Aufmerksamkeiten waren kurz, aber ausdrucksvoll; sie beschränkten sich auf einen Händedruck, einen Schlag auf die Schulter, ein lautes Lachen, und eine gelegentliche Aufforderung: »Zuzugreifen und sich selbst zu bedienen.«

Nun aber lud der Ton der Musik aus dem gemeinschaftlichen Zimmer oder dem Saal zum Tanz ein. Der Musiker war ein alter, grauköpfiger Bediensteter, der länger als ein halbes Jahrhundert das wandernde Orchester der Nachbarschaft gewesen war. Sein Instrument war so alt und gebrechlich wie er selbst. Den größten Teil der Zeit kratzte er auf zwei oder drei Saiten, wobei er jeden Strich des Bogens mit einer Bewegung des Kopfes begleitete; sich beinahe bis zur Erde beugend, und mit dem Fuß stampfend, sobald ein neues Paar anfangen sollte.

Ichabod war für sein Tanzkönnen ebenso bekannt wie für seine Stimme. Kein Glied, keine Faser an seinem ganzen Körper war dabei müßig. Und wenn Ihr seine locker zusammenhängenden Glieder in voller Bewegung gesehen und im Zimmer umherrasseln gehört hättet, würdet Ihr geglaubt haben, St. Veit selbst, der gebenedeite Patron des Tanzes, träte in eigner Person vor Euch auf. Er war der Gegenstand der Bewunderung aller Diener, die, von allen Alten und Gestalten aus der Meierei und der Nachbarschaft herbeigekommen waren und an jeder Tür und jedem Fenster eine Pyramide glänzend schwarzer Gesichter bildend, umherstanden, das Schauspiel mit Entzücken betrachtend, wobei sie ihre weißen Augen hin und her rollten, und den Mund mit den elfenbeinweißen Zähnen besetzt, von einem Ohr zum anderen aufrissen. Wie konnte auch der Bubenpeitscher anders als lebendig und fröhlich sein? Die Geliebte seines Herzens war seine Tänzerin, und lächelte holdselig zu allen seinen verliebten Blicken; während Brom Bones, gequält von Liebe und Eifersucht, in sich selbst hineinbrütend, in einem Winkel saß.

Als der Tanz zu Ende war, fühlte sich Ichabod zu einem Haufen weiserer Leute hingezogen, welche mit dem alten van Tassel rauchend an dem einen Ende der Vorhalle saßen, von früheren Zeiten schwatzend und lange Geschichten aus dem Krieg erzählend.

Zu der Zeit, von welcher es sich hier handelt, gehörte diese Gegend zu den hochbegünstigten und war an geschichtlichen Erinnerungen ebenso reich, wie an berühmten Männern. Die englische und amerikanische Armee hatte sich während des Krieges nicht weit davon getummelt, und dieser Strich war mithin der Schauplatz aller Plänkeleien und voll von Flüchtlingen, Kuhjungen und allen übrigen Kreuzrittern gewesen. Auch hatte sich dieses alles gerade vor so langer Zeit ereignet, dass jeder Erzähler seine Mähr mit kleinen nötigen Zusätzen ausschmücken, und, bei der Unbestimmtheit seiner Erinnerungen, sich selbst zum Helden einer jeden Tat machen konnte.

Da war die Geschichte von Doffue Martling, einem gewaltigen blaubärtigen Holländer, der mit einem alten Neunpfünder, welcher auf einer Lehmschanze stand, beinahe eine englische Fregatte weggenommen hätte, wenn nicht seine Kanone bei dem sechsten Schuss gesprungen wäre. Und da war ein alter Herr, den ich nicht nennen will, weil er ein zu reicher Mynherr ist, als dass man ihn so obenhin nur nennen könnte, und der in der Schlacht von Whiteplains, als ein guter Fechter, eine Musketenkugel mit dem kurzen Degen parierte, so dass er sie ganz deutlich um die Klinge sausen und an dem Gefäß abspringen gefühlt hatte; zum Beweis dessen war er jederzeit bereit, den Degen mit dem etwas verbogenen Gefäß vorzuzeigen. Auch mehrere andere rühmten sich, eben so groß im Feld gewesen zu sein, und es gab gewiss keinen, der nicht die vollkommene Überzeugung gehabt hätte, dass er wesentlich dazu beigetragen habe, den Krieg zu einem glücklichen Ende zu bringen.

Alles dies war indes nichts gegen die Geister- und Erscheinungsgeschichten, welche folgten. Die Gegend ist reich an Sagenschätzen dieser Art. Ortssagen und abergläubische Meinungen gedeihen am besten in solchen abgelegenen, lange bewohnten Winkeln, aber sie gehen im Mund der ewig wandernden Menge, welche die Bevölkerung unserer meisten ländlichen Ortschaften bildet, allmählich verloren. Überdies gibt es für die Geister gar keine Ermunterung in den meisten unserer Dörfer, denn kaum haben sie Zeit gehabt, ihren ersten Schlaf zu tun, und sich im Grab umzuwenden, so sind ihre überlebenden Freunde schon aus der Gegend hinweggewandert, so dass, wenn sie sich in der Nacht aufmachen, ihre Runde zu machen, sie keinen Bekannten mehr finden, dem sie einen Besuch abstatten können. Dies ist vielleicht die Ursache, warum wir, ausgenommen in unseren langbestehenden holländischen Gemeinden, so selten von Geistern hören.

Die unmittelbare Ursache der vielen hier im Schwange gehenden übernatürlichen Geschichten war jedoch, ohne Zweifel, die Nähe der schläfrigen Schlucht. Es lag schon in der Luft, welche von dieser bezauberten Gegend her wehte, etwas Ansteckendes, und sie entwickelte eine Atmosphäre von Träumen und Einbildungen, welche das ganze Land

ansteckten. Mehrere von den Bewohnern der schläfrigen Schlucht waren bei van Tassel ebenfalls gegenwärtig, und spendeten, wie gewöhnlich, ihre wilden, wundervollen Legenden in Fülle. Manche schauerliche Geschichten von Leichenzügen und Trauergeschrei und Klagen wurden erzählt, die man in der Gegend des großen nicht fern stehenden Baumes gesehen und gehört hatte, wo der unglückliche Major André gefangen genommen worden war. Man gedachte auch der weißen Frau, welche in der düstern Schlucht von Raven Rock umging, und die man oft in Winternächten vor einem Sturm wehklagen hörte, da sie dort einst im Schnee umgekommen war. Der Haupt-Teil der Geschichte drehte sich indessen um das Lieblingsgespenst aus der schläfrigen Schlucht, den kopflosen Reiter, den man erst kürzlich mehrere Male durch die Gegend hatte ziehen gehört, und der, wie man sagte, nächtlich sein Pferd unter den Gräbern auf dem Kirchhof anbände.
Die einsame Lage dieser Kirche scheint sie immer zu einem Lieblingstummelplatz unruhiger Geister gemacht zu haben. Sie steht auf einem, von Akazien und hohen Ulmen umgebenen Hügel, zwischen welchen ihre züchtigen weißgetünchten Mauern bescheiden hindurchblicken, wie die christliche Reinheit, welche durch die Schatten der Einsamkeit glänzt. Ein sanfter Abhang führt von derselben zu einem silbernen Wasserspiegel nieder, der mit hohen Bäumen besetzt ist, zwischen welchen man einzelne Durchsichten auf die blauen Hügel des Hudson hat. Wenn man ihren mit Gras bewachsenen Kirchhof betrachtet, wo die Sonnenstrahlen so ruhig zu schlummern scheinen, sollte man glauben, dass hier wenigstens die Toten sanft ruhen könnten. Auf der einen Seite der Kirche zieht sich eine große waldige Schlucht dahin, durch welche sich ein starker Bach zwischen gebröckelten Felsen und umgestürzten Baumstämmen hinstürzt. Über eine tiefe schwarze Stelle des Stromes, nicht weit von der Kirche, war eine hölzerne Brücke geschlagen; der Weg, welcher zu derselben führte, und die Brücke selbst, waren durch überhangende Bäume dicht beschattet, welche selbst bei Tage eine gewisse Düsterkeit darüber verbreiteten, bei Nacht aber eine furchtbare Dunkelheit verursachten. Dies war eine der Lieblingsgegenden des kopflosen Reiters, und der Ort, wo man ihm am häufigsten begegnete. – Man erzählte die Geschichte vom alten Brouwer, einem Mann, der zu den hartnäckigsten Geisterleugnern gehörte, wie er dem Reiter auf dessen Rückkehr von seinem Zug zu der schläfrigen Schlucht begegnete, und genötigt war, sich hinter ihm aufzusetzen; wie sie über Stock und Stein, über Hügel und Morast galoppierten, bis sie an die Brücke

kamen, wo sich der Reiter plötzlich in ein Totengerippe verwandelte, den alten Brouwer in den Bach warf, und unter Donnerschall über die Baumwipfel dahinfuhr.

Dieser Geschichte folgte unmittelbar ein noch dreimal wunderbareres Abenteuer von Brom Bones, der sich aus dem galoppierenden Hessen nicht viel machte. Er versicherte, dass, als er eines Abends aus dem benachbarten Dorf Sing-Sing zurückgekehrt sei, der mitternächtliche Reiter ihn eingeholt und er sich erboten habe, mit ihm um eine Bowle Punsch um die Wette zu reiten, die er auch gewiss gewonnen haben würde, da Daredevil das Gespensterross weit hinter sich gelassen hatte; aber, gerade in dem Augenblick, wo sie an die Kirchenbrücke kamen, habe der Hesse einen Satz gemacht, und sei in einer Feuerflamme verschwunden.

Alle diese Erzählungen, welche in dem schläfrigen, halblauten Ton vorgetragen wurden, womit Leute im Dunkeln reden, und wobei die Gesichter der Zuhörer nur dann und wann durch das Aufflammen einer Pfeife beleuchtet wurden, machten auf Ichabods Gemüt einen tiefen Eindruck. Er vergalt sie in gleicher Münze durch weitläufige Anführungen von seinem unschätzbaren Schriftsteller, Cotton Mather, und fügte manche wunderbare Vorfälle hinzu, welche sich in seinem Geburtsstaat Connecticut ereignet hatten, so wie Erzählungen von den furchtbaren Gesichtern, welche er bei seinen nächtlichen Wanderungen um die schläfrige Schlucht erblickt hatte.

Die Gesellschaft brach nun allmählich auf. Die alten Gutsbesitzer zogen ihre Familien in ihre Wagen zusammen, und man hörte sie eine Zeit lang in den Hohlwegen und über die entfernten Hügel dahinrollen. Einige von den Dämchen nahmen auf den Pferden ihrer Anbeter, hinter diesen, auf Kissen Platz, und ihr fröhliches Gelächter hallte, mit dem Geklapper der Hufe vermischt, in den stillen Waldgegenden wider, wurde immer schwächer und schwächer, bis es endlich ganz verhallte – und die noch vor Kurzem so geräuschvolle und fröhliche Szene war nun still und verlassen. Nur Ichabod zögerte noch, nach der Sitte ländlicher Liebhaber, um mit der Erbin unter vier Augen zu bleiben, vollkommen überzeugt, dass er nun auf der Heerstraße zu seinem Glück sei. Was bei dieser Zusammenkunft vorgegangen, kann ich mir nicht herausnehmen, sagen zu wollen, weil ich es nicht weiß. Etwas muss indessen, fürchte ich, nicht so ganz richtig gewesen sein, denn Ichabod kam nach einer nicht langen Zwischenzeit heraus, mit trostbedürftigem, mutlosem Wesen. – O, diese Weiber! Diese Weiber! Hatte das Mädchen ihm vielleicht einen ihrer gemeinen Streiche gespielt? – Hatte sie den armen Pädagogen bloß zu begünstigen geschienen, um sich die Eroberung seines Nebenbuhlers zu sichern? – Der Himmel mag es wissen, ich nicht! – Es wird ausreichen, zu sagen, Ichabod stahl sich heraus, mit der Miene eines solchen, der eher auf einen Hühnerstall, aber nicht auf das Herz eines schönen Mädchens einen Angriff gemacht hat. Ohne sich zur Rechten oder zur Linken nach den ländlichen Reichtümern umzusehen, zu denen er früher so oft hingeschielt hatte, ging er geraden Weges zu dem Stall und brachte durch einige derbe Püffe und Stöße sein Ross sehr unfreundlich von dem behaglichen Lager empor, auf dem es ruhig schlief, von Bergen von Korn und Hafer und ganzen Wäldern von Timotheus-Gras und Klee träumend.

Es war gerade die Hexenstunde der Nacht, als Ichabod, mit schwerem Herzen und gesunkenem Mut an den hohen Hügeln hin, welche sich über Tarry Town erheben, seinen Weg nach Hause verfolgte, welchen er so fröhlich am Nachmittag zurückgelegt hatte. Die Stunde war so trübe, wie er selbst. Weit unter ihm breitete die Trappan See ihren finsteren und nur undeutlich sichtbaren Wasserspiegel aus, auf dem sich hie und da der hohe Mast einer Schaluppe erhob, welche ruhig am Land vor Anker lag. In der Todesstille der Mitternacht konnte er sogar das Gebell der Kettenhunde von dem gegenüberliegenden Ufer des Hudson hören; allein es klang so unbestimmt und schwach, dass es nur eine Idee geben konnte von seiner Entfernung von diesem treuen Gefährten des Menschen. Dann und wann ertönte auch von weit her von irgendeinem Meierhof in den Hügeln, das langgezogene Krähen eines Hahns, der zufällig erwacht war, – aber es klang nur wie ein Ton des Traumes in sein Ohr. Kein Lebenszeichen war in seiner Nähe zu bemerken, als von Zeit zu Zeit das trübsinnige Zirpen einer Grille, oder vielleicht der Kehlton eines Brüllfrosches aus einem benachbarten Morast, als schliefe er unbehaglich, und habe sich plötzlich auf seinem Lager umgewendet.

Alle die Geschichten von Geistern und Kobolden, welche er am Nachmittag gehört hatte, kamen ihm nun zu Scharen wieder in den Sinn. Die Nacht wurde dunkler und dunkler, die Sterne schienen tiefer in den Himmel zu sinken, und dahintreibende Wolken entzogen sie von Zeit zu Zeit seinen Blicken. Er hatte sich nie so verlassen und unglücklich gefühlt. Überdies näherte er sich dem Ort, wohin man mehrere der Szenen der Geistergeschichten verlegt hatte. Mitten auf dem Weg stand ein ungeheurer Tulpenbaum, welcher wie ein Riese über alle übrigen Bäume in der Nachbarschaft hinüberragte und eine Art von Wahrzeichen bildete. Seine Zweige waren knorrig und von abenteuerlicher Gestalt, groß genug, um Stämme für gewöhnliche Bäume zu bilden. Sie bogen sich beinahe bis zur Erde hinab, und erhoben sich dann wiederum in die Luft. Er stand in Verbindung mit der tragischen Geschichte des unglücklichen André, der dicht dabei zum Gefangenen gemacht worden war, und war allgemein unter dem Namen Major Andrés Baum bekannt. Die gemeinen Leute betrachteten ihn mit einer Mischung von Ehrfurcht und Aberglauben, teils aus Anteil an dem Schicksal des unglücklichen Mannes, und teils wegen Erzählungen von sonderbaren Erscheinungen, die man dort bemerkt, und der Klagetöne, die man dabei gehört haben wollte.

Als Ichabod sich diesem furchtbaren Baume näherte, begann er zu pfeifen; er glaubte, dass sein Pfeifen beantwortet würde – allein es war nur ein Windstoß, der scharf durch die trockenen Zweige strich. Als er ein wenig näherkam, glaubte er, etwas Weißes zu erkennen, das in der Mitte des Baumes hing – er hielt an, und hörte auf zu pfeifen; als er aber genauer hinsah, bemerkte er, dass dies ein Fleck war, wo der Baum vom Blitz getroffen worden und das weiße Holz sichtbar war. Plötzlich hörte er ein Stöhnen – seine Zähne klapperten und die Knie schlotterten ihm gegen den Sattel: Es war nur das Reiben eines der großen Äste an einen anderen, wie sie von dem Sturm bewegt worden waren. Er kam glücklich bei dem Baum vorüber; doch neue Gefahren lagen vor ihm.

Ungefähr zwei hundert Ellen von dem Baum entfernt, durchschnitt ein kleiner Bach den Weg, und floss in eine morastige, dicht bewaldete Schlucht, welche unter dem Namen Wileys Lache bekannt war. Einige rohe Holzblöcke, nebeneinandergelegt, dienten als Brücke über dieses Wasser. An der Seite der Straße, wo sich der Bach in dem Wald verlor, verbreitete eine Gruppe von Eichen- und Kastanienbäumen, mit wilden Weinstöcken dicht durchflochten, eine höhlenartige Düsterheit darüber. Über diese Brücke hinwegzukommen, war die schwerste Prüfung. Gerade an genau dieser Stelle war der unglückliche André gefangen genommen worden. Und unter genau diesen Kastanienbäumen und Weinreben lagen die handfesten Milizen verborgen, welche ihn überfielen. Man hat dieses Wasser von der Zeit an immer als unheimlich angesehen, und schauerlich sind die Gefühle des Schulknaben, welcher nach dem Eintritt der Dämmerung allein darüber gehen muss.

Als er sich dem Wasser näherte, fing ihm das Herz mächtig zu klopfen an. Er nahm indessen all seine Entschlossenheit zusammen, gab seinem Pferd ein halbes Dutzend Rippenstöße, und versuchte rasch über die

Brücke zu kommen; statt aber vorwärtszugehen, machte das eigensinnige alte Tier eine Seitenbewegung, und rannte gerade gegen die Umzäunung. Ichabod, dessen Furcht mit dem Verzug wuchs, zog die Zügel zu der anderen Seite an und stieß wacker mit dem entgegengesetzten Fuß; es war alles vergebens – sein Ross ging zwar vorwärts, aber nur, um auf die andere Seite des Weges, in ein Dickicht von Brombeeren und Erlengestrüpp hineinzulaufen. Der Schulmeister bearbeitete nun mit Peitsche und Sporn des alten Gunpowders hervorstehende Rippen, welcher schnaubend und schnaufend vorwärts schoss, dicht bei der Brücke aber mit einer solchen Schnelle Halt machte, dass sein Reiter beinahe über seinen Kopf hinweggestürzt wäre. Gerade in diesem Augenblick vernahmen Ichabods feine Ohren ein Getrampel in dem Morast an der Brücke. In dem dunklen Schatten des Gebüsches, am Ufer des Baches, sah er etwas Gewaltiges, Unförmliches, Schwarzes und Turmhohes. Es rührte sich nicht, sondern schien in dem Dunkel zusammengezogen wie ein riesenhaftes Ungeheuer, und im Begriff, sich auf den Reisenden zu stürzen.

Das Haar des erschrockenen Pädagogen sträubte sich vor Furcht auf seinem Kopf. Was sollte er tun? Umzukehren und zu fliehen war jetzt zu spät; und überdies, welche Möglichkeit gab es, einem Geist oder Kobold, wenn dies ein solcher war, zu entgehen, da diesem die Flügel des Windes zur Verfügung standen? Während er also eine Art Mut zusammenraffte, fragte er stammelnd – »Wer seid Ihr?« Er erhielt keine Antwort. Er wiederholte seine Frage mit noch bewegterer Stimme. Noch immer gab es keine Antwort. Abermals prügelte er des unbeugsamen Gunpowders Seiten, und stimmte, indem er die Augen schloss, mit unwillkürlicher Inbrunst eine Psalmmelodie an. In diesem Augenblick setzte sich der dunkle Gegenstand des Schreckens in Bewegung, und stand mit einem Ruck und einem Sprung plötzlich mitten auf dem Weg. Obgleich die Nacht dunkel und schauerlich war, so wurde doch nun die Gestalt des Unbekannten einigermaßen kenntlich. Er schien ein Reiter von gewaltiger Größe zu sein, der ein schwarzes Pferd von mächtigen Formen ritt. Er machte keine Bewegung, die auf Belästigung, noch eine solche, die auf Geselligkeit hingedeutet hätte, sondern blieb in einiger Entfernung auf der einen Seite der Straße, an der blinden Seite des alten Gunpowders, der jetzt seine Furcht und Störrigkeit abgelegt hatte.

Ichabod, der an diesem fremden mitternächtlichen Gesellschafter keine Freude hatte, und dem das Abenteuer des Brom Bones mit dem galoppierenden Hessen einfiel, trieb jetzt sein Ross an, in der Hoffnung, ihn hinter sich zu lassen. Der Fremde stieß jedoch sein Ross zu gleicher Schnelle an. Ichabod hielt an, ritt Schritt, und dachte nun, hinten zu bleiben – der Andere tat dasselbe. Sein Herz fing an zu verzagen; er suchte seinen Psalmton wieder anzustimmen, allein seine trockene Zunge klebte ihm am Gaumen, und er konnte keine einzige Strophe herausbringen. Es lag etwas in dem mürrischen, finstern Stillschweigen seines beharrlichen Gefährten, das geheimnisvoll und niederschlagend war. Die Ursache davon erklärte sich bald auf eine furchtbare Weise. Als Ichabod eine Anhöhe hinaufritt, welche die Gestalt seines Reisegefährten frei zeigte, von riesenhafter Größe und in einen Mantel gehüllt, war er von Entsetzen zerschmettert, denn er sah, dass sie keinen Kopf hatte! – Aber sein Entsetzen wuchs, als er bemerkte, dass er den Kopf, der auf den Schultern hätte sein sollen, vor sich auf dem Sattelknopf trug. Sein Schrecken stieg zur Verzweiflung; er ließ Püffe und Stöße auf Gunpowder regnen, und hoffte, durch eine plötzliche Bewegung seinem Gefährten den Rang abzugewinnen – aber das Gespenst sprengte so schnell dahin, wie er. Dahin sausten sie denn, durch Dick und Dünn, die Steine stoben und die Funken flogen bei jedem Satze. Ichabods leichte Gewänder flatterten in der Luft, als er im Eifer seiner Flucht den langen dünnen Leib vorwärts über des Pferdes Kopf dahinstreckte.

Sie hatten nun den Weg erreicht, welcher abwärts zu der schläfrigen Schlucht führt; aber Gunpowder, der von einem Dämon besessen zu sein schien, machte, statt die Straße zu verfolgen, eine entgegengesetzte Wendung, und stürzte links den Hügel hinab. Dieser Weg führt durch eine sandige Schlucht und ist eine Viertelmeile lang von Bäumen beschattet, bis da, wo er über die Geisterbrücke geht, und dann dicht jenseits derselben der grüne Hügel anschwillt, auf welchem die weißgetünchte Kirche steht.

Bis jetzt hatte der Schrecken des Pferdes seinem unkundigen Reiter einen scheinbaren Vorteil bei dem Wettrennen gegeben, aber gerade, als er ungefähr die Mitte der Schlucht erreicht hatte, ließ der Gurt des Sattels nach, und er fühlte diesen unter sich entgleiten. Er ergriff ihn bei dem Knopf und suchte ihn festzuhalten, aber vergebens, und er hatte gerade nur Zeit genug, den alten Gunpowder um den Hals zu fassen, als der Sattel auf die Erde fiel, und er seinen Verfolger darüber hinweg traben hörte. In diesem Augenblick kam die Furcht vor Hans van Rippers Zorn über seine Seele, denn es war dessen Sonntagssattel. Allein war keine Zeit für kleinliche Besorgnisse, der Kobold war ihm hart auf den Fersen, und als ungeschickter Reiter hatte er viel Mühe, sich im Sitz zu halten. Zuweilen glitt er auf der einen Seite, zuweilen auf der anderen herab, und öfters prallte er auf das scharfe Rückgrat seines Pferdes mit einer solchen Gewalt, dass er in der Tat fürchtete, in der Mitte gespalten zu werden.

Eine Öffnung in den Bäumen erfreute ihn jetzt mit der Hoffnung, dass die Kirchenbrücke nicht mehr fern sei. Das zitternde Abbild eines silbernen Sterns in dem Schoße des Baches überzeugte ihn, dass er sich nicht geirrt habe. Er sah die Mauern der Kirche zwischen den Bäumen jenseits hindurch glänzen. Er erinnerte sich des Ortes, wo des Brom Bones geistiger Nebenbuhler verschwunden war. »Wenn ich nur diese Brücke erreichen kann,« dachte Ichabod, »bin ich in Sicherheit.« Gerade da hörte er das schwarze Ross dicht hinter sich keuchen und schnauben; er glaubte sogar seinen heißen Odem zu fühlen. Noch ein krampfhafter Rippenstoß und der alte Gunpowder sprang auf die Brücke; er donnerte über die tönenden Bretter; er erreichte das entgegengesetzte Ufer; und nun warf Ichabod einen Blick hinter sich, um zu sehen, ob sein Verfolger, der Regel nach, in einer Wolke von Feuer und Schwefel verschwinden würde. Gerade jetzt sah er den Kobold sich in den Steigbügeln erheben und eben im Begriff, ihm seinen Kopf nachzuschleudern. Ichabod suchte der furchtbaren Wurfwaffe auszuweichen, aber umsonst. Sie begegnete mit einem gewaltigen Krach seinem Schädel – er stürzte kopfüber in den Staub, und Gunpowder, das schwarze Ross und der gespenstige Reiter sausten wie ein Wirbelwind vorüber.

Am nächsten Morgen wurde das alte Pferd ohne Sattel, und mit dem Zaum unter den Füßen, ganz ruhig vor seines Herrn Tür im Gras weidend, gefunden. Ichabod erschien nicht beim Frühstück – die Mittagessensstunde kam, aber kein Ichabod. Die Knaben versammelten sich im Schulhaus und schlenderten müßig am Ufer des Baches umher, aber kein Schulmeister war zu sehen. Hans van Ripper begann nun um das Schicksal des armen Ichabod und seines Sattels zu sorgen. Man erkundigte sich und kam nach genauer Nachforschung auf seine Spur. An einer Stelle des Weges, welcher zu der Kirche führte, fand man den Sattel in den Kot getreten; die Spuren von Pferdehufen, tief in den Weg eingedrückt, und offenbar wilde Eile bezeichnend, konnte man bis an die Brücke verfolgen. Auf der anderen Seite, am Uferende einer breiten Stelle des Baches, wo das Wasser tief und schwarz war, wurde der Hut des unglücklichen Ichabods, und dicht dabei ein zertrümmerter Kürbis gefunden.

Man durchsuchte den Bach, konnte aber den Körper des Schulmeisters nicht auffinden. Hans van Ripper untersuchte, als sein Testamentsvollstrecker, das Bündel, welches alle seine weltlichen Habseligkeiten enthielt. Diese bestanden aus zwei und einem halben Hemd, zwei Halsbinden, einem oder zwei Paar wollenen Strümpfen, einem alten Paar kurzer manchesterner Beinkleider, einem rostigen Rasiermesser, einem Buch mit Psalmmelodien – voll von Ohren – und einer zerbrochenen Tonpfeife. Was die Bücher und Möbel im Schulhaus betraf, so gehörten sie der Gemeinde, mit Ausnahme von Cotton Mathers Geschichte der Zauberei, einem Kalender für Neu-England, und einem Buch über Träume und Weissagungen, in welchem letzteren sich ein Bogen Schreibpapier befand, auf welchem mehrere verunglückte Versuche von Versen, zu Ehren der Erbin van Tassels, zu lesen waren. Diese Zauberbücher und das poetische Gekritzel übergab Hans van Ripper ungesäumt den Flammen; und da er aus dem sogenannten Lesen und Schreiben nie etwas Gutes hatte entstehen sehen, beschloss er, seine Kinder nicht mehr in die Schule zu senden. Das Geld, welches der Schulmeister besaß, und er hatte seine vierteljährige Besoldung nur erst vor einem oder zwei Tagen empfangen, musste er zur Zeit seines Verschwindens bei sich gehabt haben.

Diese geheimnisvolle Begebenheit gab am folgenden Sonntag in der Kirche zu manchen Vermutungen Anlass. Haufen von müßigen Zuschauern und Klatschern versammelten sich auf dem Kirchhof, an der Brücke, und an der Stelle, wo man den Hut und den Kürbis gefunden hatte. Die Geschichten von Brouwer, von Bones und einer Anzahl von anderen wurden wieder in das Gedächtnis zurückgerufen, und nachdem man sie alle gehörig hin und her überlegt und mit allen Einzelheiten des gegenwärtigen Falls verglichen hatte, schüttelten die Leute ihre Köpfe, und kamen endlich zu dem Schluss, dass Ichabod von dem galoppierenden Hessen fortgeführt worden sei. Da er ein Junggeselle und niemandem etwas schuldig war, bekümmerte sich keiner mehr um ihn: Die Schule wurde in eine andere Gegend der Schlucht verlegt, und ein anderer Pädagoge herrschte an seiner Stelle.

Es ist wahr, ein alter Landmann, der mehrere Jahre nachher nach New York zum Besuch gereist war, und den man diese Geistergeschichte hatte erzählen hören, brachte die Nachricht nach Hause, Ichabod Crane sei noch am Leben, er habe, teils aus Furcht vor dem Gespenst und vor Hans van Ripper, teils aus Ärger darüber, dass er so plötzlich von der reichen Erbin abgewiesen worden war, die Gegend verlassen und sich in einem entfernten Teile des Landes angesiedelt, eine Schule unterhalten und zu gleicher Zeit die Rechte studiert: Er sei Advokat, Politiker und

Wähler geworden, habe für die Zeitungen geschrieben, und sei endlich zum Richter in dem Zehn-Pfund-Gericht ernannt worden. Auch Brom Bones, der kurz nach seines Nebenbuhlers Verschwinden die blühende Katharina im Triumph zum Altar führte, sah man immer eine sehr schalkhafte Miene machen, wenn Ichabods Geschichte erzählt wurde, und er brach, wenn der Kürbis erwähnt wurde, immer in ein herzliches Gelächter aus; woraus Einige schließen wollten, dass er von der Sache mehr wüsste, als er zu sagen für gut fände.

Die alten Bauernweiber jedoch, welche in diesen Sachen die besten Richterinnen sind, behaupten bis auf diesen Tag, Ichabod sei durch übernatürliche Kräfte verschwunden; und es ist eine Lieblingsgeschichte, welche sehr oft in der Nachbarschaft bei dem Winterabendfeuer erzählt wird. Die Brücke wurde mehr als je zum Gegenstand der abergläubischen Furcht, und dies mag der Grund sein, warum man in neueren Zeiten den Weg verlegt hat, so dass man sich jetzt bei dem Mühlbach vorbei der Kirche nähert. Da das Schulhaus nun verlassen war, zerfiel es bald, und man sagte, der Geist des unglücklichen Pädagogen gehe darin um, und der Pflügerknabe, der am stillen Sommerabend nach Hause schlendert, hat oft geglaubt seine Stimme in der Entfernung zu hören, wie er in der ruhigen Einsamkeit der schläfrigen Schlucht eine trübsinnige Psalmweise absingt.

Nachschrift in Herrn Knickerbockers Handschrift gefunden.

Die vorstehende Erzählung habe ich beinahe mit denselben Worten wiedergegeben, womit ich sie bei einer Zusammenkunft der Körperschaft der alten Stadt der Manhattoes, bei welcher mehrere von ihren weisesten und ausgezeichnetsten Bürgern zugegen waren, erzählen hörte. Der Erzähler war ein angenehmer, schäbiger, anständig aussehender alter Herr, in Pfeffer- und Salz-Kleidern und mit einem sehr launigen Gesicht; und ein Mann, von dem ich stark vermute, dass er arm war, – weil er so gern unterhaltend sein wollte. Als seine Geschichte beendet war, erscholl Gelächter und Beifall, besonders von zwei oder drei Abgeordneten von Aldermännern, welche den größeren Teil der Zeit über geschlafen hatten. Es war indessen ein langer, trocken aussehender alter Herr mit buschigen Augenbraunen da, welcher die ganze Zeit über ein

ernsthaftes, fast finsteres Gesicht machte, dann und wann die Arme ineinander schlug, den Kopf neigte und auf den Boden nieder sah, als ob er einige Zweifel in seinem Herzen hätte. Er gehörte zu jenen bedachtsamen Leuten, welche nie lachen, als wenn sie guten Grund dazu haben, und als ob die Vernunft und das Recht auf ihrer Seite sind. Nachdem die übrige Gesellschaft von ihrer Fröhlichkeit wieder zu sich selbst gekommen waren, und die Stille wieder hergestellt war, stützte er sich mit einem Arm auf die Lehne seines Stuhls, stemmte den anderen in die Seite, und fragte mit einer leichten aber ungemein weisen Kopfbewegung, indem er die Augenbraunen zusammenzog: Was denn eigentlich die Nutzanwendung der Geschichte sei, und was dieselbe beweisen solle?
Der Erzähler, welcher soeben als Erfrischung nach seiner Anstrengung, ein Glas Wein an die Lippen setzen wollte, hielt einen Augenblick inne, betrachtete den Fragenden mit einer sehr ergebenen Miene, und bemerkte, indem er das Glas langsam auf den Tisch setzte, dass die Geschichte bezwecke, streng logisch zu beweisen:
»Dass es keine Lage im menschlichen Leben gebe, die nicht ihr Vorteilhaftes und Angenehmes hätte, – vorausgesetzt, dass wir einen Scherz so nehmen, wie er ist.
»Dass mithin, wer mit gespenstischen Reitern um die Wette reitet, wahrscheinlich einen schlimmen Ritt zu machen habe.
Dass es also, wenn ein Landschulmeister von einer holländischen Erbin abgewiesen wird, ein sicherer Schritt zu hoher Beförderung in dem Staat sei.«
Der vorsichtige alte Herr zog nach dieser Erklärung seine Augenbraunen zehnmal dichter zusammen als vorher, da diese Schlussfolge ihn sehr in Verlegenheit setzte; während, wie mich dünkte, der in dem Pfeffer- und Salzanzug ihn mit einer Art von triumphierendem Lächeln betrachtete. Endlich äußerte er, das alles sei ganz gut, die Geschichte komme ihm aber doch ein wenig unwahrscheinlich vor, – und es wären ein oder zwei Punkte darin, die er bezweifeln möchte.
»Nun Herr,« erwiderte der Erzähler, »was das betrifft, so glaube ich selbst nicht die Hälfte davon.«

WILHELM HAUFF

DIE GESCHICHTE DES GESPENSTERSCHIFFS

Mein Vater hatte einen kleinen Laden in Balsora. Er war weder arm noch reich und war einer von jenen Leuten, die nicht gerne etwas wagen, aus Furcht, das Wenige zu verlieren, das sie haben. Er erzog mich schlicht und recht und brachte es bald so weit, dass ich ihm zur Hand gehen konnte. Gerade als ich achtzehn Jahr alt war, als er die erste größere Spekulation machte, starb er, wahrscheinlich aus Gram, dem Meer tausend Goldstücke anvertraut zu haben. Ich musste ihn bald nachher wegen seines Todes glücklich preisen, denn wenige Wochen hernach lief die Nachricht ein, dass das Schiff, dem mein Vater seine Güter mitgegeben hatte, gesunken sei. Meinen jugendlichen Mut konnte aber dieser Unfall nicht beugen. Ich machte alles vollends zu Geld, was mein Vater hinterlassen hatte, und zog aus, um in der Fremde mein Glück zu probieren, nur von einem alten Diener meines Vaters begleitet, der sich aus alter Anhänglichkeit nicht von mir und meinem Schicksal trennen wollte.

Im Hafen von Balsora schifften wir uns mit günstigem Wind ein. Das Schiff, auf dem ich mich eingemietet hatte, war auf dem Weg nach Indien. Wir waren schon fünfzehn Tage auf der gewöhnlichen Wasserstraße gefahren, als uns der Kapitän einen Sturm verkündete. Er machte ein bedenkliches Gesicht, denn es schien, er kenne in dieser Gegend das Fahrwasser nicht genug, um einem Sturm mit Ruhe begegnen zu können. Er ließ alle Segel einziehen, und wir trieben ganz langsam hin. Die Nacht war angebrochen, es war hell und kalt, und der Kapitän glaubte schon, sich in den Anzeichen des Sturmes getäuscht zu haben. Auf einmal schwebte ein Schiff, das wir vorher nicht gesehen hatten, dicht an dem unsrigen vorbei. Wildes Jauchzen und Geschrei erscholl aus dem Verdeck herüber, worüber ich mich zu dieser angstvollen Stunde vor einem Sturm sehr wunderte. Aber der Kapitän an meiner Seite wurde blass wie der Tod. »Mein Schiff ist verloren,« rief er, »dort segelt der Tod!« Ehe ich ihn noch über diesen sonderbaren Ausruf befragen konnte, stürzten schon heulend und schreiend die Matrosen herein. »Habt ihr ihn gesehen?« schrien sie. »Jetzt ist es mit uns vorbei!«

Der Kapitän aber ließ Trostsprüche aus dem Koran vorlesen und setzte sich selbst ans Steuerruder. Aber vergebens! Zusehends brauste der Sturm auf, und ehe eine Stunde verging, krachte das Schiff und blieb stecken. Die Boote wurden ausgesetzt, und kaum hatten sich die letzten Matrosen gerettet, so versank das Schiff vor unseren Augen, und als ein Bettler fuhr ich in die See hinaus. Aber der Jammer hatte noch kein Ende. Der Sturm tobte fürchterlicher, das Boot war nicht mehr zu steuern. Ich hatte meinen alten Diener fest umschlungen, und wir versprachen uns, nie voneinander zu weichen. Endlich brach der Tag an. Aber mit dem ersten Blick der Morgenröte erfasste der Wind das Boot, in welchem wir saßen, und stürzte es um. Ich habe keinen meiner Schiffsleute mehr gesehen. Der Sturz hatte mich betäubt, und als ich aufwachte, befand ich mich in den Armen meines alten treuen Dieners, der sich auf das umgeworfene Boot gerettet und mich nachgezogen hatte. Der Sturm hatte sich gelegt. Von unserem Schiff war nichts mehr zu sehen; wohl aber entdeckten wir nicht weit von uns ein anderes Schiff, auf das die Wellen uns hintrieben. Als wir näher hinzukamen, erkannte ich das Schiff als dasselbe, das in der Nacht an uns vorbeifuhr und welches den Kapitän so sehr in Schrecken versetzt hatte. Ich empfand ein sonderbares Grauen vor diesem Schiff. Die Äußerung des Kapitäns, die sich so furchtbar bestätigt hatte, das öde Aussehen des Schiffes, auf dem sich, so nahe wir auch herankamen, so laut wir schrien, niemand zeigte, erschreckten mich. Doch es war unser einziges Rettungsmittel; darum priesen wir den Propheten, der uns wundervoll erhalten hatte.

Am Vorderteil des Schiffes hing ein langes Tau herab. Mit Händen und Füßen ruderten wir darauf zu, um es zu erfassen. Endlich glückte es. Noch einmal erhob ich meine Stimme, aber es blieb weiterhin still auf dem Schiff. Da klimmten wir an dem Tau hinauf, ich als der Jüngste voran. Aber Entsetzen! Welches Schauspiel stellte sich meinem Auge dar, als ich das Verdeck betrat! Der Boden war mit Blut gerötet, zwanzig bis dreißig Leichname in türkischen Kleidern lagen auf dem Boden, am mittleren Mastbaum stand ein Mann, reich gekleidet, den Säbel in der Hand, aber das Gesicht war blass und verzerrt, durch die Stirn ging ein großer Nagel, der ihn an den Mastbaum heftete; auch er war tot. Schrecken fesselte meine Schritte, ich wagte kaum zu atmen. Endlich war auch mein Begleiter heraufgekommen. Auch ihn überraschte der Anblick des Decks, das gar nichts Lebendiges, sondern nur so viele schreckliche Tote barg. Wir wagten es endlich, nachdem wir in der Seelenangst zum Propheten gefleht hatten, weiter vorzuschreiten. Bei jedem Schritt sahen

wir uns um, ob sich nicht etwas Neues, noch Schrecklicheres darbiete, aber alles blieb, wie es war, weit und breit nichts Lebendiges - nur wir und das Weltmeer. Nicht einmal laut zu sprechen wagten wir uns aus Furcht, der tote, am Mast festgespießte Kapitän möchte seine starren Augen zu uns hindrehen oder einer der Getöteten möchte seinen Kopf wenden. Endlich waren wir bis an eine Treppe gekommen, die in den Schiffsraum führte. Unwillkürlich machten wir dort halt und sahen einander an, denn keiner wagte es recht, seine Gedanken zu äußern.
»O Herr,« sprach mein treuer Diener, »hier ist etwas Schreckliches geschehen. Doch wenn auch das Schiff da unten voller Mörder steckt, so will ich mich ihnen doch lieber auf Gnade und Ungnade ergeben, als längere Zeit unter diesen Toten zubringen.« Ich dachte wie er. Wir fassten ein Herz und stiegen voller Erwartung hinunter. Totenstille war aber auch hier, und nur unsere Schritte hallten auf der Treppe. Wir standen an der Türe der Kajüte. Ich legte mein Ohr an die Türe und lauschte, es war nichts zu hören. Ich machte auf. Das Gemach bot einen unordentlichen Anblick dar. Kleider, Waffen und andere Geräte lagen unter- und übereinander. Nichts war in Ordnung. Die Mannschaft oder wenigstens der Kapitän musste vor kurzem gezecht haben, denn es lag alles noch umher. Wir gingen weiter von Raum zu Raum, von Gemach zu Gemach; überall fanden wir herrliche Vorräte von Seide, Perlen, Zucker usw. Ich war vor Freude über diesen Anblick außer mir, denn da niemand auf dem Schiff war, glaubte ich, mir alles aneignen zu dürfen. Ibrahim aber machte mich aufmerksam darauf, dass wir wahrscheinlich noch sehr weit vom Land entfernt seien, wohin wir allein und ohne menschliche Hilfe nicht kommen könnten.
Wir labten uns an den Speisen und Getränken, die wir in reichlichem Maß vorfanden, und stiegen endlich wieder aufs Verdeck. Aber hier schauderte uns immer noch die Haut ob dem schrecklichen Anblick der Leichen. Wir beschlossen, uns davon zu befreien und sie über Bord zu werfen, aber wie schauerlich wurde uns zumut, als wir fanden, dass sich keiner aus seiner Lage bewegen ließ. Wie festgebannt lagen sie am Boden, und man hätte den Boden des Verdecks ausheben müssen, um sie zu entfernen, und dazu gebrach es uns an Werkzeugen. Auch der Kapitän ließ sich nicht von seinem Mast losmachen, nicht einmal seinen Säbel konnten wir der starren Hand entwinden. Wir brachten den Tag in trauriger Betrachtung unserer Lage zu, und als es Nacht zu werden anfing, erlaubte ich dem alten Ibrahim, sich schlafen zu legen. Ich selbst aber wollte auf dem Verdeck wachen, um nach Rettung auszuspähen.

Als aber der Mond heraufkam und ich nach den Gestirnen berechnete, dass es wohl um die elfte Stunde sei, überfiel mich ein so unwiderstehlicher Schlaf, dass ich unwillkürlich hinter ein Fass, das auf dem Verdeck stand, zurückfiel. Doch war es mehr Betäubung als Schlaf, denn ich hörte deutlich die See an der Seite des Schiffes anschlagen und die Segel vom Winde knarren und pfeifen. Auf einmal glaubte ich Stimmen und Männertritte auf dem Verdeck zu hören. Ich wollte mich aufrichten, um danach zu schauen. Aber eine unsichtbare Gewalt hielt meine Glieder gefesselt, nicht einmal die Augen konnte ich aufschlagen. Aber immer deutlicher wurden die Stimmen, es war mir, als wenn sich ein fröhliches Schiffsvolk auf dem Verdeck herumtriebe. Mitunter glaubte ich, die kräftige Stimme eines Befehlenden zu hören, auch hörte ich Taue und Segel deutlich auf- und abziehen. Nach und nach aber schwanden mir die Sinne, ich verfiel in einen tieferen Schlaf, in dem ich nur noch ein Geräusch von Waffen zu hören glaubte, und erwachte erst, als die Sonne schon hochstand und mir aufs Gesicht brannte. Verwundert schaute ich mich um; Sturm, Schiff, die Toten und was ich in dieser Nacht gehört hatte, kam mir wie ein Traum vor; aber als ich aufblickte, fand ich alles wie gestern. Unbeweglich lagen die Toten, unbeweglich war der Kapitän an den Mastbaum geheftet. Ich lachte über meinen Traum und stand auf, um meinen Alten zu suchen.

Dieser saß ganz nachdenklich in der Kajüte. »O Herr!« rief er aus, als ich zu ihm hereintrat, »ich wollte lieber im tiefsten Grund des Meeres liegen, als in diesem verhexten Schiff noch eine Nacht zu verbringen.« Ich fragte ihn nach der Ursache seines Kummers, und er antwortete mir: »Als ich einige Stunden geschlafen hatte, wachte ich auf und vernahm, wie man über meinem Haupt hin und her lief. Ich dachte zuerst, Ihr wäret es, aber es waren wenigstens zwanzig, die oben umherliefen; auch hörte ich Rufe und Schreie. Endlich kamen schwere Tritte die Treppe herab. Da wusste ich nichts mehr von mir, nur hie und da kehrte auf einige Augenblicke meine Besinnung zurück, und da sah ich dann denselben Mann, der oben am Mast angenagelt ist, an jenem Tisch dort sitzen, singend und trinkend: Aber der, der in einem roten Scharlachkleid nicht weit von ihm am Boden liegt, saß neben ihm und half ihm trinken.« So erzählte mir mein alter Diener.

Ihr könnt es mir glauben, meine Freunde, dass mir gar nicht wohl zumut war, denn es war keine Täuschung, ich hatte ja auch die Toten gar wohl gehört. In solcher Gesellschaft zu reisen, war mir gräulich. Mein Ibrahim aber versank wieder in tiefes Nachdenken. »Jetzt hab' ich es!«

rief er endlich aus; es fiel ihm nämlich ein Sprüchlein ein, dass ihn sein Großvater, ein erfahrener, weitgereister Mann, gelehrt hatte und das gegen jeden Geister- und Zauberspuk helfen sollte. Auch behauptete er, jenen unnatürlichen Schlaf, der uns befiel, in der nächsten Nacht verhindern zu können, wenn wir nämlich recht eifrig Sprüche aus dem Koran beteten. Der Vorschlag des alten Mannes gefiel mir wohl. In banger Erwartung sahen wir die Nacht herankommen. Neben der Kajüte war ein kleines Kämmerchen, dorthin beschlossen wir uns zurückzuziehen. Wir bohrten mehrere Löcher in die Türe, hinlänglich groß, um durch sie die ganze Kajüte zu überschauen, dann verschlossen wir die Türe, so gut es ging, von innen, und Ibrahim schrieb den Namen des Propheten in alle vier Ecken. So erwarteten wir die Schrecken der Nacht. Es mochte wieder ungefähr elf Uhr sein, als die Müdigkeit mich wieder übermannte. Mein Gefährte riet mir daher, einige Sprüche des Korans zu beten, was mir auch half. Mit einem Male schien es oben lebhaft zu werden, die Taue knarrten, Schritte gingen über das Verdeck, und mehrere Stimmen waren deutlich zu unterscheiden. Mehrere Minuten hatten wir so in gespannter Erwartung gesessen, da hörten wir etwas die Treppe der Kajüte herabkommen. Als der Alte dies hörte, fing er an, seinen Spruch, den ihn sein Großvater gegen Spuk und Zauberei gelehrt hatte, aufzusagen:

»Kommt ihr herab aus der Luft,
Steigt ihr aus tiefem Meer,
Schlieft ihr in dunkler Gruft,
Stammt ihr vom Feuer her:
Allah ist euer Herr und Meister,
Ihm sind gehorsam alle Geister.«

Ich muss gestehen, ich glaubte gar nicht recht an diesen Spruch, und mir stieg das Haar zu Berge, als die Türe aufflog. Herein trat jener große, stattliche Mann, den ich am Mastbaum angenagelt gesehen hatte. Der Nagel ging ihm auch jetzt mitten durchs Hirn, das Schwert aber hatte er in die Scheide gesteckt; hinter ihm trat noch ein anderer herein, weniger kostbar gekleidet, auch ihn hatte ich oben liegen sehen. Der Kapitän, denn dies war er unverkennbar, hatte ein bleiches Gesicht, einen großen, schwarzen Bart, wildrollende Augen, mit denen er sich im ganzen Gemach umsah. Ich konnte ihn ganz deutlich sehen, als er an unserer Türe vorüberging; er aber schien gar nicht auf die Türe zu achten, die uns verbarg. Beide setzten sich an den Tisch, der in der Mitte der Kajüte stand, und sprachen laut und fast schreiend miteinander in einer unbekannten Sprache. Sie wurden immer lauter und eifriger, bis endlich der Kapitän mit geballter Faust auf den Tisch hineinschlug, dass das Zimmer dröhnte. Mit wildem Gelächter sprang der andere auf und winkte dem Kapitän, ihm zu folgen. Dieser stand auf, riss seinen Säbel aus der Scheide, und beide verließen das Gemach. Wir atmeten freier, als sie weg waren; aber unsere Angst hatte noch lange kein Ende. Immer lauter und lauter wurde es auf dem Verdeck. Man hörte Männer eilends hin und her laufen und schreien, lachen und heulen. Endlich ging ein wahrhaft höllischer Lärm los, so dass wir glaubten, das Oberdeck mit allen Segeln komme zu uns herab, Waffengeklirr und Geschrei – auf einmal aber tiefe Stille. Als wir es nach vielen Stunden wagten hinaufzugehen, trafen wir alles wie sonst; nicht einer lag anders als früher, alle waren steif wie Holz.

So waren wir mehrere Tage auf dem Schiff; es ging Richtung Osten, wo, nach meiner Berechnung, Land liegen musste. Aber wenn es auch bei Tag viele Meilen zurückgelegt hatte, bei Nacht schien es immer wieder zurückzukehren, denn wir befanden uns immer wieder am nämlichen Fleck, wenn die Sonne aufging. Wir konnten uns dies nicht anders erklären, als dass die Toten jede Nacht mit vollem Wind zurücksegelten. Um nun dies zu verhindern, zogen wir, ehe es Nacht wurde, alle Segel ein und wandten dasselbe Mittel an, wie bei der Türe in der Kajüte: Wir schrieben den Namen des Propheten auf Pergament und auch das Sprüchlein des Großvaters dazu und banden es um die eingezogenen Segel. Ängstlich warteten wir in unserem Kämmerchen den Erfolg ab. Der Spuk schien diesmal noch ärger zu toben, aber siehe, am anderen Morgen waren die Segel noch aufgerollt, wie wir sie verlassen hatten. Wir spannten den Tag über nur so viele Segel auf wie nötig waren, das Schiff sanft fortzutreiben, und so legten wir in fünf Tagen eine gute Strecke zurück.

Endlich, am Morgen des sechsten Tages, entdeckten wir in geringer Ferne Land, und wir dankten Allah und seinem Propheten für unsere wunderbare Rettung. Diesen Tag und die folgende Nacht trieben wir an einer Küste entlang, und am siebenten Morgen glaubten wir in geringer Entfernung eine Stadt zu entdecken; wir ließen mit viel Mühe einen Anker in die See, der alsobald Grund fasste, setzten ein kleines Boot, das auf dem Verdeck stand, aus und ruderten mit aller Macht zu der Stadt. Nach einer halben Stunde liefen wir in einen Fluss ein, der sich in die See ergoss, und stiegen ans Ufer. Im Stadttor erkundigten wir uns, wie die Stadt heiße, und erfuhren, dass es eine indische Stadt sei, nicht weit von der Gegend, wohin ich zuerst zu schiffen willens war. Wir begaben uns in eine Karawanserei und erfrischten uns von unserer abenteuerlichen Reise. Ich forschte daselbst auch nach einem weisen und verständigen Mann, indem ich dem Wirt zu verstehen gab, dass ich einen solchen haben möchte, der sich ein wenig auf Zauberei verstehe. Er führte mich in eine abgelegene Straße, an ein unscheinbares Haus, klopfte an, und man ließ mich eintreten mit der Weisung, ich solle nur nach Muley fragen.

In dem Haus kam mir ein altes Männlein mit grauem Bart und langer Nase entgegen und fragte nach meinem Begehr. Ich sagte ihm, ich suche den weisen Muley, und er antwortete mir, er sei es selbst. Ich fragte ihn nun um Rat, was ich mit den Toten machen solle, und wie ich es anpacken müsse, um sie von dem Schiff zu bringen. Er antwortete mir, die Leute des Schiffes seien wahrscheinlich wegen irgendeines Frevels auf das Meer verzaubert; er glaube, der Zauber werde sich lösen, wenn man sie an Land bringe. Dies könne aber nur geschehen, wenn man die Bretter, auf denen sie lägen, losmache. Mir gehöre von Gott und Rechts wegen das Schiff samt allen Gütern, weil ich es gleichsam gefunden habe, doch solle ich alles sehr geheim halten und ihm ein kleines Geschenk von meinem Überfluss machen, er wolle mir dafür mit seinen Sklaven behilflich sein, die Toten wegzuschaffen. Ich versprach, ihn reichlich zu belohnen, und wir machten uns mit fünf Sklaven, die mit Sägen und Beilen versehen waren, auf den Weg. Unterwegs konnte der Zauberer Muley unseren glücklichen Einfall, die Segel mit den Sprüchen des Korans zu umwinden, nicht genug loben. Er sagte, dies sei das einzige Mittel gewesen, uns zu retten.

Es war noch ziemlich früh am Tag, als wir beim Schiff ankamen. Wir machten uns alle sogleich ans Werk, und in einer Stunde lagen schon vier in dem Nachen. Einige der Sklaven mussten sie an Land rudern, um sie dort zu verscharren. Sie erzählten, als sie zurückkamen, die Toten haben ihnen die Mühe des Begrabens erspart, indem sie, sowie man sie auf die Erde gelegt habe, in Staub zerfallen seien. Wir fuhren fort, die Toten abzusägen, und bis vor Abend waren alle ans Land gebracht. Es war endlich keiner mehr am Bord als der, welcher am Mast angenagelt war. Umsonst suchten wir den Nagel aus dem Holz zu ziehen, keine Gewalt vermochte ihn auch nur ein Haar breit zu verrücken. Ich wusste nicht, was anzufangen war, man konnte doch nicht den Mastbaum abhauen, um ihn ans Land zu bringen. Doch aus dieser Verlegenheit half Muley.

Er ließ schnell einen Sklaven ans Land rudern, um einen Topf mit Erde zu bringen. Als dieser herbeigeholt war, sprach der Zauberer geheimnisvolle Worte darüber aus und schüttete die Erde auf das Haupt des Toten. Sogleich schlug dieser die Augen auf, holte tief Atem, und die Wunde des Nagels in seiner Stirn fing an zu bluten. Wir zogen den Nagel jetzt leicht heraus, und der Verwundete fiel einem der Sklaven in die Arme. »Wer hat mich hierhergeführt?« sprach er, nachdem er sich ein wenig erholt zu haben schien. Muley zeigte auf mich, und ich trat zu ihm. »Dank dir, unbekannter Fremdling, du hast mich von langen Qualen errettet. Seit fünfzig Jahren schifft mein Leib durch diese Wogen, und mein Geist war verdammt, jede Nacht in ihn zurückzukehren. Aber jetzt hat mein Haupt die Erde berührt, und ich kann versöhnt zu meinen Vätern gehen.« Ich bat ihn, uns doch zu sagen, wie er zu diesem schrecklichen Zustand gekommen sei, und er sprach: »Vor fünfzig Jahren war ich ein mächtiger, angesehener Mann und wohnte in Algier. Die Sucht nach Gewinn trieb mich, ein Schiff auszurüsten und Seeraub zu treiben. Ich hatte dieses Geschäft schon einige Zeit fortgeführt, da nahm ich einmal auf Zante einen Derwisch an Bord, der umsonst reisen wollte. Ich und meine Gesellen waren rohe Leute und achteten nicht auf die Heiligkeit des Mannes, vielmehr trieb ich mein Gespött mit ihm. Als er mir aber einst in heiligem Eifer meinen sündigen Lebenswandel verwiesen hatte, übermannte mich nachts in meiner Kajüte, als ich mit meinem Steuermann viel getrunken hatte, der Zorn. Wütend über das, was mir ein Derwisch gesagt hatte und was ich mir von keinem Sultan hätte sagen lassen, stürzte ich aufs Verdeck und stieß ihm meinen Dolch in die Brust. Sterbend verwünschte er mich und meine Mannschaft, nicht sterben und nicht leben zu können, bis wir unser Haupt auf die Erde legen. Der Derwisch starb, und wir warfen ihn in die See und verlachten seine Drohungen. Aber noch in derselben Nacht erfüllten sich seine Worte. Ein Teil meiner Mannschaft empörte sich gegen mich. Mit fürchterlicher Wut wurde gestritten, bis meine Anhänger unterlagen und ich an den Mast genagelt wurde. Aber auch die Empörer unterlagen ihren Wunden, und bald war mein Schiff nur ein großes Grab. Auch mir brachen die Augen, mein Atem hielt an, und ich meinte zu sterben. Aber es war nur eine Erstarrung, die mich gefesselt hielt; in der nächsten Nacht, zur nämlichen Stunde, da wir den Derwisch in die See geworfen, erwachte ich und alle meine Genossen; das Leben war zurückgekehrt, aber wir konnten nichts tun und sprechen, als was wir in jener Nacht gesprochen und getan hatten. So segeln wir seit fünfzig Jahren, können nicht leben, nicht sterben, denn wie konnten wir das Land erreichen? Mit toller Freude segelten wir allemal mit vollen Segeln in den Sturm, weil wir hofften, endlich an einer Klippe zu zerschellen und das müde Haupt auf dem Grund des Meeres zur Ruhe zu legen. Es ist uns nicht gelungen. Jetzt aber werde ich sterben. Noch einmal meinen Dank, unbekannter Retter! Wenn Schätze dich belohnen können, so nimm mein Schiff als Zeichen meiner Dankbarkeit!«

Der Kapitän ließ sein Haupt sinken, als er so gesprochen hatte, und verschied. Sogleich zerfiel er auch, wie seine Gefährten, zu Staub. Wir sammelten diesen in ein Kästchen und begruben ihn an Land. Aus der Stadt nahm ich aber Arbeiter, die mir mein Schiff in guten Zustand setzten. Nachdem ich die Waren, die ich an Bord hatte, gegen andere mit großem Gewinn eingetauscht hatte, mietete ich Matrosen, beschenkte meinen Freund Muley reichlich und schiffte mich nach meinem Vaterland ein. Ich machte aber einen Umweg, indem ich an vielen Inseln und Ländern landete und meine Waren zu Markt brachte. Der Prophet segnete mein Unternehmen. Nach dreiviertel Jahren lief ich, noch einmal so reich, als mich der sterbende Kapitän gemacht hatte, in Balsora ein. Meine Mitbürger waren erstaunt über meine Reichtümer und mein Glück und glaubten nicht anders, als ich habe das Diamantental des berühmten Reisenden Sindbad gefunden hätte. Ich ließ sie in ihrem Glauben; von nun an aber mussten die jungen Leute von Balsora, wenn sie kaum achtzehn Jahre alt waren, in die Welt hinaus, um gleich mir ihr Glück zu machen. Ich aber lebte ruhig und in Frieden, und alle fünf Jahre mache ich eine Reise nach Mekka, um dem Herrn an heiliger Stätte für seinen Segen zu danken und für den Kapitän und seine Leute zu bitten, dass er sie in sein Paradies aufnehme. –

LUDWIG TIECK

DER BLONDE ECKBERT

In einer Gegend des Harzes wohnte ein Ritter, den man gewöhnlich nur den blonden Eckbert nannte. Er war ungefähr vierzig Jahr alt, kaum von mittlerer Größe, und kurze hellblonde Haare lagen schlicht und dicht an seinem blassen eingefallenen Gesicht. Er lebte sehr ruhig für sich und war niemals in den Fehden seiner Nachbarn verwickelt, auch sah man ihn nur selten außerhalb den Ringmauern seines kleinen Schlosses. Sein

Weib liebte die Einsamkeit ebenso sehr, und beide schienen sich von Herzen zu lieben, nur klagten sie gewöhnlich darüber, dass der Himmel ihre Ehe mit keinen Kindern segnen wolle.
Nur selten wurde Eckbert von Gästen besucht, und wenn es doch geschah, so wurde ihretwegen fast nichts in dem gewöhnlichen Gange des Lebens geändert, die Mäßigkeit wohnte dort, und die Sparsamkeit selbst schien alles anzuordnen. Eckbert war alsdann heiter und aufgeräumt, nur wenn er allein war, bemerkte man an ihm eine gewisse Verschlossenheit, eine stille zurückhaltende Melancholie.
Niemand kam so häufig auf die Burg wie Philipp Walther, ein Mann, dem sich Eckbert angeschlossen hatte, weil er an diesem ungefähr dieselbe Art zu denken fand, der auch er am meisten zugetan war. Dieser wohnte eigentlich in Franken, hielt sich aber oft über ein halbes Jahr in der Nähe von Eckberts Burg auf, sammelte Kräuter und Steine, und beschäftigte sich damit, sie in Ordnung zu bringen, er lebte von einem kleinen Vermögen und war von niemand abhängig. Eckbert begleitete ihn oft auf seinen einsamen Spaziergängen, und mit jedem Jahr entspann sich zwischen ihnen eine innigere Freundschaft.
Es gibt Stunden, in denen es den Menschen ängstigt, wenn er vor seinem Freund ein Geheimnis erfahren soll, was er bis dahin oft mit größter Sorgfalt verborgen hat, die Seele fühlt dann einen unwiderstehlichen Trieb, sich ganz mitzuteilen, dem Freund auch das Innerste zu erschließen, damit er umso mehr unser Freund werde. In diesen Augenblicken geben sich die zarten Seelen einander zu erkennen, und zuweilen geschieht es wohl auch, dass einer vor der Bekanntschaft des anderen zurückschreckt.
Es war schon im Herbst, als Eckbert an einem vernebelten Abend mit seinem Freund und seinem Weib Bertha um das Feuer eines Kamines saß. Die Flamme warf einen hellen Schein durch das Gemach und spielte oben an der Decke, die Nacht sah schwarz zu den Fenstern herein, und die Bäume draußen schüttelten sich vor nasser Kälte. Walther klagte über den weiten Rückweg, den er habe, und Eckbert schlug ihm vor, bei ihm zu bleiben, die halbe Nacht unter traulichen Gesprächen zu verbringen, und dann in einem Gemach des Hauses bis zum Morgen zu schlafen. Walther ging auf den Vorschlag ein, und nun wurde Wein und die Abendmahlzeit hereingebracht, das Feuer durch Holz vermehrt, und das Gespräch der Freunde heiterer und vertraulicher.
Als das Abendessen abgetragen war, und sich die Knechte wieder entfernt hatten, nahm Eckbert die Hand Walthers und sagte: »Freund, Ihr

solltet Euch einmal von meiner Frau die Geschichte ihrer Jugend erzählen lassen, die seltsam genug ist.« – »Gern«, sagte Walther, und man setzte sich wieder um den Kamin.
Es war jetzt gerade Mitternacht, der Mond sah abwechselnd durch die vorüberflatternden Wolken. »Ihr müsst mich nicht für zudringlich halten«, fing Bertha an, »mein Mann sagt, dass Ihr so edel denkt, dass es unrecht sei, Euch etwas zu verhehlen. Nur haltet meine Erzählung für kein Märchen, so sonderbar sie auch klingen mag.
Ich bin in einem Dorf geboren, mein Vater war ein armer Hirte. Die Haushaltung bei meinen Eltern war nicht zum Besten bestellt, sie wussten sehr oft nicht, wo sie das Brot hernehmen sollten. Was mich aber noch weit mehr jammerte, war, dass mein Vater und meine Mutter sich oft über ihre Armut entzweiten, und einer dem anderen dann bittere Vorwürfe machte. Sonst hörte ich beständig von mir, dass ich ein einfältiges dummes Kind sei, das nicht das unbedeutendste Geschäft auszurichten wisse, und wirklich war ich äußerst ungeschickt und unbeholfen, ich ließ alles aus den Händen fallen, ich lernte weder nähen noch spinnen, ich konnte nichts in der Wirtschaft helfen, nur die Not meiner Eltern verstand ich sehr gut. Oft saß ich dann im Winkel und füllte meine Vorstellungen damit an, wie ich ihnen helfen wollte, wenn ich plötzlich reich würde, wie ich sie mit Gold und Silber überschütten und mich an ihrem Erstaunen laben möchte, dann sah ich Geister heraufschweben, die mir unterirdische Schätze entdeckten, oder mir kleine Kiesel gaben, die sich in Edelsteine verwandelten, kurz, die wunderbarsten Phantasien beschäftigten mich, und wenn ich nun aufstehen musste, um irgendetwas zu helfen oder zu tragen, so zeigte ich mich noch viel ungeschickter, weil mir der Kopf von all den seltsamen Vorstellungen schwindelte.
Mein Vater war immer sehr ergrimmt auf mich, dass ich eine so ganz unnütze Last des Hauswesens sei, er behandelte mich daher oft ziemlich grausam, und es war selten, dass ich ein freundliches Wort von ihm vernahm. So war ich ungefähr acht Jahr alt geworden, und es wurden nun ernstliche Anstalten gemacht, dass ich etwas tun oder lernen sollte. Mein Vater glaubte, es wäre nur Eigensinn oder Trägheit von mir, um meine Tage in Müßiggang hinzubringen, genug, er setzte mir mit Drohungen unbeschreiblich zu, da diese aber doch nichts fruchteten, züchtigte er mich auf die grausamste Art, indem er sagte, dass diese Strafe mit jedem Tage wiederkehren sollte, weil ich doch nur ein unnützes Geschöpf sei.
Die ganze Nacht hindurch weinte ich herzlich, ich fühlte mich so außer-

ordentlich verlassen, ich hatte ein solches Mitleid mit mir selbst, dass ich zu sterben wünschte. Ich fürchtete den Anbruch des Tages, ich wusste durchaus nicht, was ich anfangen sollte, ich wünschte mir jedwede Geschicklichkeit und konnte gar nicht begreifen, warum ich einfältiger sei, als die übrigen Kinder meiner Bekanntschaft. Ich war der Verzweiflung nahe.

Als der Tag graute, stand ich auf und öffnete, fast ohne dass ich es wusste, die Tür unsrer kleinen Hütte. Ich stand auf dem freien Feld, bald darauf war ich in einem Wald, in den der Tag kaum noch hineinblickte. Ich lief immerfort, ohne mich umzusehen, ich fühlte keine Müdigkeit, denn ich glaubte immer, mein Vater würde mich doch wieder einholen, und, durch meine Flucht gereizt, mich noch grausamer behandeln.

Als ich aus dem Wald wieder heraustrat, stand die Sonne schon ziemlich hoch, ich sah jetzt etwas Dunkles vor mir liegen, welches ein dichter Nebel bedeckte. Bald musste ich über Hügel klettern, bald durch einen zwischen Felsen gewundenen Weg gehen, und ich erriet nun, dass ich mich wohl in dem benachbarten Gebirge befinden müsse, als ich anfing, mich in der Einsamkeit zu fürchten. Denn ich hatte in der Ebene noch keine Berge gesehen, und das bloße Wort Gebirge, wenn ich davon hatte reden hören, war meinem kindischen Ohr ein fürchterlicher Ton gewesen. Ich hatte nicht das Herz zurückzugehen, meine Angst trieb mich vorwärts; oft sah ich mich erschrocken um, wenn der Wind über mir weg durch die Bäume fuhr, oder ein ferner Holzschlag weit durch den stillen Morgen tönte. Als mir endlich Köhler und Bergleute begegneten und ich eine fremde Aussprache hörte, wäre ich vor Entsetzen fast in Ohnmacht gesunken.

Ich kam durch mehrere Dörfer und bettelte, weil ich jetzt Hunger und Durst empfand, ich half mir so ziemlich mit meinen Antworten durch, wenn ich gefragt wurde. So war ich ungefähr vier Tage fort gewandert, als ich auf einen kleinen Fußsteig geriet, der mich von der großen Straße immer mehr entfernte. Die Felsen um mich her gewannen jetzt eine andere, weit seltsamere Gestalt. Es waren Klippen, so aufeinander gepackt, dass es den Anschein hatte, als wenn sie der erste Windstoß durcheinanderwerfen würde. Ich wusste nicht, ob ich weitergehen sollte. Ich hatte des Nachts immer im Wald geschlafen, denn es war gerade zur schönsten Jahreszeit, oder in abgelegenen Schäferhütten. Hier traf ich aber gar keine menschliche Wohnung, und konnte auch nicht vermuten, in dieser Wildnis auf eine zu stoßen. Die Felsen wurden immer furchtbarer, ich musste oft dicht an schwindelerregenden Abgründen vorbeigehen, und endlich hörte sogar der Weg unter meinen Füßen auf. Ich war ganz trostlos, ich weinte und schrie, und in den Felsentälern hallte meine Stimme auf eine schreckliche Art zurück. Nun brach die Nacht herein, und ich suchte mir eine Moosstelle aus, um dort zu ruhen. Ich konnte nicht schlafen; in der Nacht hörte ich die seltsamsten Töne, mal hielt ich es für wilde Tiere, bald für den Wind, der durch die Felsen klage, bald für fremde Vögel. Ich betete, und ich schlief erst spät gegen Morgen ein. Ich erwachte, als mir der Tag ins Gesicht schien. Vor mir war ein steiler Felsen, ich kletterte in der Hoffnung hinauf, von dort den Ausgang aus der Wildnis zu entdecken, und vielleicht Wohnungen oder Menschen gewahr zu werden. Als ich aber oben stand, war alles, so weit nur mein Auge reichte, ebenso, wie um mich herum, alles war mit einem nebligen Duft überzogen, der Tag war grau und trübe, und keinen Baum, keine Wiese, selbst kein Gebüsch konnte mein Auge erspähen, einzelne Sträucher ausgenommen, die einsam und betrübt in engen Felsenritzen emporgeschossen waren. Es ist unbeschreiblich, welche Sehnsucht ich empfand, nur eines Menschen ansichtig zu werden, wäre es auch, dass ich mich vor ihm hätte fürchten müssen. Zugleich fühlte ich einen peinigenden Hunger, ich setzte mich nieder und beschloss zu sterben. Aber nach einiger Zeit trug die Lust zu leben dennoch den Sieg davon, ich raffte mich auf und ging unter Tränen, unter abgebrochenen Seufzern den ganzen Tag hindurch; am Ende war ich mir meiner kaum noch bewusst, ich war müde und erschöpft, ich wünschte kaum noch zu leben, und fürchtete doch den Tod.

Gegen Abend schien die Gegend um mich herum etwas freundlicher zu werden, meine Gedanken, meine Wünsche lebten wieder auf, die Lust zum Leben erwachte in allen meinen Adern. Ich glaubte jetzt das Gesause einer Mühle aus der Ferne zu hören, ich verdoppelte meine Schritte, und wie wohl, wie leicht wurde mir, als ich endlich wirklich die Grenzen der öden Felsen erreichte. Ich sah Wälder und Wiesen mit fernen angenehmen Bergen wieder vor mir liegen. Mir war, als wenn ich aus der Hölle in ein Paradies getreten wäre, die Einsamkeit und meine Hilflosigkeit schienen mir nun gar nicht fürchterlich.

Statt der erhofften Mühle stieß ich auf einen Wasserfall, der meine Freude freilich um vieles minderte; ich schöpfte mit der Hand einen Trunk aus dem Bach, als mir plötzlich war, als höre ich in einiger Entfernung ein leises Husten. Nie bin ich so angenehm überrascht worden, als in diesem Augenblick, ich ging näher und wurde an der Ecke des Waldes eine alte Frau gewahr, die auszuruhen schien. Sie war fast ganz schwarz

gekleidet und eine schwarze Kappe bedeckte ihren Kopf und einen großen Teil des Gesichtes, in der Hand hielt sie einen Krückstock.
Ich näherte mich ihr und bat um ihre Hilfe; sie ließ mich neben sich niedersetzen und gab mir Brot und etwas Wein. Als ich aß, sang sie mit kreischendem Ton ein geistliches Lied. Nachdem sie geendet hatte, sagte sie mir, ich möchte ihr folgen.
Ich war über diesen Antrag sehr erfreut, so wunderlich mir auch die Stimme und das Wesen der Alten vorkam. Mit ihrem Krückstock ging sie ziemlich behände, und bei jedem Schritt verzog sie ihr Gesicht so, dass ich anfangs darüber lachen musste. Die wilden Felsen traten immer weiter hinter uns zurück, wir gingen über eine angenehme Wiese, und dann durch einen ziemlich langen Wald. Als wir heraustraten, ging die Sonne gerade unter, und ich werde den Anblick und die Empfindung dieses Abends nie vergessen. In das sanfteste Rot und Gold war alles verschmolzen, die Bäume standen mit ihren Wipfeln in der Abendröte, und über den Feldern lag der entzückende Schein, die Wälder und die Blätter der Bäume standen still, der reine Himmel sah aus wie ein aufgeschlossenes Paradies, und das Rieseln der Quellen und von Zeit zu Zeit das Flüstern der Bäume tönte durch die heitere Stille wie in wehmütiger Freude. Meine junge Seele bekam jetzt zuerst eine Ahnung von der Welt und ihren Begebenheiten. Ich vergaß mich und meine Führerin, mein Geist und meine Augen schwärmten nur zwischen den goldenen Wolken.
Wir stiegen nun einen Hügel hinauf, der mit Birken bepflanzt war, von oben sah man in ein grünes Tal voller Birken hinein, und unten mitten in den Bäumen lag eine kleine Hütte. Ein munteres Bellen kam uns entgegen, und bald sprang ein kleiner behänder Hund die Alte an und wedelte, dann kam er zu mir, besah mich von allen Seiten, und kehrte mit freundlichen Gebärden zur Alten zurück.
Als wir vom Hügel heruntergingen, hörte ich einen wunderbaren Gesang, der aus der Hütte zu kommen schien, wie von einem Vogel, es sang also:

›Waldeinsamkeit,
Die mich erfreut,
So morgen wie heut
In ewger Zeit,
O wie mich freut
Waldeinsamkeit.‹

Diese wenigen Worte wurden beständig wiederholt; wenn ich es beschreiben soll, so war es fast, als wenn Waldhorn und Schalmei ganz in der Ferne durcheinanderspielen.

Meine Neugier war außerordentlich gespannt. Ohne dass ich auf den Befehl der Alten wartete, trat ich mit in die Hütte. Die Dämmerung war schon eingebrochen, alles war ordentlich aufgeräumt, einige Becher standen auf einem Wandschrank, fremdartige Gefäße auf einem Tisch, in einem glänzenden Käfig hing ein Vogel am Fenster, und er war es wirklich, der die Worte sang. Die Alte keuchte und hustete, sie schien sich gar nicht wieder erholen zu können, bald streichelte sie den kleinen Hund, bald sprach sie mit dem Vogel, der ihr nur mit seinem gewöhnlichen Lied Antwort gab; übrigens tat sie gar nicht, als wenn ich zugegen wäre. Während ich sie so betrachtete, überlief mich mancher Schauer, denn ihr Gesicht war in einer ewigen Bewegung, indem sie dazu wie vor Alter mit dem Kopf schüttelte, so dass ich durchaus nicht wissen konnte, wie ihr eigentliches Aussehen beschaffen war.

Als sie sich erholt hatte, zündete sie ein Licht an, deckte einen ganz kleinen Tisch und trug das Abendessen auf. Jetzt sah sie sich nach mir um, und hieß mir einen von den geflochtenen Rohrstühlen nehmen. So saß ich ihr nun dicht gegenüber und das Licht stand zwischen uns. Sie faltete ihre knöchernen Hände und betete laut, indem sie ihre Gesichtsverzerrungen machte, so dass es mich beinahe wieder zum Lachen gebracht hätte; aber ich nahm mich sehr in Acht, um sie nicht zu erbosen.

Nach dem Abendessen betete sie wieder, und dann wies sie mir in einer niedrigen und engen Kammer ein Bett an; sie schlief in der Stube. Ich blieb nicht lange munter, ich war halb betäubt, aber in der Nacht wachte ich einige Male auf, und dann hörte ich die Alte husten und mit dem Hund sprechen, und den Vogel dazwischen, der im Traum zu sein schien, und immer nur einzelne Worte von seinem Lied sang. Das machte mit den Birken, die vor dem Fenster rauschten, und mit dem Gesang einer entfernten Nachtigall ein so wunderbares Gemisch, dass ich nicht dachte ich sei erwacht, sondern, als fiele ich nur in einen anderen noch seltsameren Traum.

Am Morgen weckte mich die Alte, und wies mich bald nachher zur Arbeit an. Ich musste spinnen, und ich begriff es auch bald, dabei hatte ich noch für den Hund und für den Vogel zu sorgen. Ich lernte mich schnell in die Wirtschaft finden, und alle Gegenstände umher wurden mir bekannt; nun war mir, als müsste alles so sein, ich dachte gar nicht mehr daran, dass die Alte etwas Seltsames an sich habe, dass die Wohnung abenteuerlich und von allen Menschen entfernt liege, und dass an dem Vogel etwas Außerordentliches sei. Seine Schönheit fiel mir zwar immer auf, denn seine Federn glänzten mit allen möglichen Farben, das schönste Hellblau und das brennendste Rot wechselten an seinem Hals und Leib, und wenn er sang, blähte er sich stolz auf, so dass sich seine Federn noch prächtiger zeigten.

Oft ging die Alte aus und kam erst am Abend zurück, ich ging ihr dann mit dem Hund entgegen, und sie nannte mich Kind und Tochter. Ich wurde ihr endlich von Herzen gut, wie sich unser Sinn denn an alles, besonders in der Kindheit, gewöhnt. In den Abendstunden lehrte sie mich lesen, ich fand mich leicht in die Kunst hinein, und es wurde nachher in meiner Einsamkeit eine Quelle von unendlichem Vergnügen, denn sie hatte einige alte geschriebene Bücher, die wunderbare Geschichten enthielten.

Die Erinnerung an meine damalige Lebensart ist mir noch bis jetzt seltsam: Von keinem menschlichen Geschöpf besucht, nur in einem so kleinen Familienzirkel einheimisch, denn der Hund und der Vogel machten denselben Eindruck auf mich, den sonst nur längst gekannte Freunde hervorbringen. Ich habe mich nie wieder auf den seltsamen Namen des Hundes besinnen können, sooft ich ihn auch damals nannte.

Vier Jahre hatte ich so mit der Alten gelebt, und ich mochte ungefähr zwölf Jahr alt sein, als sie mir endlich mehr vertraute, und mir ein Geheimnis preisgab. Der Vogel legte nämlich an jedem Tage ein Ei, in dem sich eine Perle oder ein Edelstein befand. Ich hatte schon immer bemerkt, dass sie heimlich in dem Käfig suchte, mich aber nie genauer darum gekümmert. Sie trug mir jetzt das Geschäft auf, in ihrer Abwesenheit diese Eier zu nehmen und in den fremdartigen Gefäßen wohl zu verwahren. Sie ließ mir meine Nahrung zurück, und blieb nun länger aus, Wochen, Monate; mein Rädchen schnurrte, der Hund bellte, der wunderbare Vogel sang und dabei war alles so still in der Gegend umher, dass ich mich in der ganzen Zeit keines Sturmwindes, keines Gewitters erinnere. Kein Mensch verirrte sich dorthin, kein Wild kam unserer Behausung nahe, ich war zufrieden und arbeitete mich von einem Tag zum andern hinüber. – Der Mensch wäre vielleicht recht glücklich, wenn er so ungestört sein Leben bis ans Ende fortfahren könnte.

Aus dem wenigen, was ich las, bildete ich mir ganz wunderliche Vorstellungen von der Welt und den Menschen, alles war von mir und meiner Gesellschaft hergenommen: Wenn von lustigen Leuten die Rede war, konnte ich sie mir nicht anders vorstellen als den kleinen Spitz, prächtige Damen sahen immer wie der Vogel aus, alle alte Frauen wie meine wunderliche Alte. Ich hatte auch von Liebe etwas gelesen, und spielte nun in meiner Fantasie seltsame Geschichten mit mir selbst. Ich dachte mir den schönsten Ritter von der Welt, ich schmückte ihn mit allen Vortrefflichkeiten aus, ohne eigentlich zu wissen, wie er nun nach allen meinen Bemühungen aussah – aber ich konnte ein rechtes Selbstmitleid verspüren, wenn er mich nicht wieder liebte; dann sagte ich lange rührende Reden in Gedanken auf, zuweilen auch wohl laut, um ihn nur zu gewinnen. – Ihr lächelt! wir sind jetzt freilich alle über diese Zeit der Jugend hinaus.

Es war mir jetzt lieber, wenn ich allein war, denn alsdann war ich selbst die Gebieterin im Haus. Der Hund liebte mich sehr und tat alles, was ich wollte, der Vogel antwortete mir in seinem Lied auf alle meine Fragen, mein Rädchen drehte sich immer munter weiter, und so fühlte ich im Grunde nie einen Wunsch nach Veränderung. Wenn die Alte von ihren langen Wanderungen zurückkam, lobte sie meine Aufmerksamkeit, sie sagte, dass ihre Haushaltung, seit ich dazugehöre, weit ordentlicher geführt werde, sie freute sich über mein Wachstum und mein gesundes Aussehen, kurz, sie ging ganz mit mir wie mit einer Tochter um.

›Du bist brav, mein Kind!‹ sagte sie einst zu mir mit einem schnurrenden Ton; ›wenn du so fortfährst, wird es dir auch immer gut gehen, aber nie gedeiht es, wenn man von der rechten Bahn abweicht, die Strafe folgt nach, wenn auch noch so spät.‹ – Während sie das sagte, achtete ich eben nicht sehr darauf, denn ich war in allen meinen Bewegungen und meinem ganzen Wesen sehr lebhaft; aber in der Nacht fiel es mir wieder ein, und ich konnte nicht begreifen, was sie damit hatte sagen wollen. Ich überlegte alle Worte genau, ich hatte wohl von Reichtümern gelesen, und am Ende fiel mir ein, dass ihre Perlen und Edelsteine wohl etwas Kostbares sein könnten. Dieser Gedanke wurde mir bald noch vertrauter. Aber was konnte sie mit der rechten Bahn meinen? Ganz konnte ich den Sinn ihrer Worte noch immer nicht fassen.

Ich war jetzt vierzehn Jahr alt, und es ist ein Unglück für den Menschen, dass er seinen Verstand nur darum bekommt, um die Unschuld seiner Seele zu verlieren. Ich begriff nämlich wohl, dass es nur auf mich ankomme, in der Abwesenheit der Alten den Vogel und die Kleinodien zu nehmen, und damit die Welt, von der ich gelesen hatte, aufzusuchen. Zugleich war es mir dann vielleicht möglich, den überaus schönen Ritter anzutreffen, der mir immer noch im Gedächtnis lag.

Anfangs war dieser Gedanke nichts weiter als jeder andere Gedanke, aber wenn ich so an meinem Rad saß, so kam er mir immer gegen meinen Willen zurück, und ich verlor mich so in ihm, dass ich mich schon herrlich geschmückt sah, und Ritter und Prinzen um mich herum. Wenn ich mich so vergessen hatte, konnte ich ordentlich betrübt werden, wenn ich wieder aufschaute, und mich in der kleinen Wohnung antraf. Übrigens, wenn ich meine Geschäfte tat, kümmerte sich die Alte nicht weiter um mein Wesen.

An einem Tag ging meine Wirtin wieder fort, und sagte mir, dass sie diesmal länger als gewöhnlich ausbleiben werde, ich solle ja auf alles ordentlich achtgeben und mir die Zeit nicht lang werden lassen. Ich nahm mit einer gewissen Bangigkeit von ihr Abschied, denn es war mir, als würde ich sie nicht wiedersehen. Ich sah ihr lange nach und wusste selbst nicht, warum ich so verängstigt war; es war fast, als wenn mein Vorhaben schon vor mir stände, ohne mir dessen deutlich bewusst zu sein.

Nie zuvor habe ich den Hund und den Vogel mit einer solchen Emsigkeit gepflegt, sie lagen mir näher am Herzen, als sonst. Die Alte war schon einige Tage abwesend, als ich mit dem festen Vorsatz aufstand, mit dem Vogel die Hütte zu verlassen, und die sogenannte Welt aufzusuchen. Es war mir eng und bedrängt zu Sinne, ich wünschte wieder dazubleiben, und doch war mir der Gedanke widerwärtig; es war ein seltsamer Kampf in meiner Seele, wie ein Streiten von zwei widerspenstigen Geistern in mir. In einem Augenblick kam mir die ruhige Einsamkeit so schön vor, dann entzückte mich wieder die Vorstellung einer neuen Welt, mit allen ihren wunderbaren Mannigfaltigkeiten.

Ich wusste nicht, was ich aus mir selber machen sollte, der Hund sprang mich unaufhörlich an, der Sonnenschein breitete sich munter über die Felder aus, die grünen Birken funkelten: Ich hatte die Empfindung, als wenn ich etwas sehr Eiliges zu tun hätte, ich griff also den kleinen Hund, band ihn in der Stube fest, und nahm dann den Käfig mit dem Vogel unter den Arm. Der Hund krümmte sich und winselte über diese ungewohnte Behandlung, er sah mich mit bittenden Augen an, aber ich fürchtete mich, ihn mit mir zu nehmen. Dann nahm ich noch eins von den Gefäßen, das mit Edelsteinen angefüllt war, und steckte es zu mir, die übrigen ließ ich stehen.

Der Vogel drehte den Kopf auf eine wunderliche Weise, als ich mit ihm zur Tür hinaustrat, der Hund strengte sich sehr an, mir nachzukommen, aber er musste zurückbleiben.

Ich vermied den Weg zu den wilden Felsen und ging in die entgegengesetzte Richtung. Der Hund bellte und winselte immerfort, und es rührte

mich recht inniglich, der Vogel wollte einige Mal zu singen anfangen, aber da er getragen wurde, musste es ihm wohl unbequem fallen.
So wie ich weiter ging, hörte ich das Bellen immer schwächer, und endlich hörte es ganz auf. Ich weinte und wäre beinahe wieder umgekehrt, aber die Sucht etwas Neues zu sehen, trieb mich vorwärts.
Schon war ich über Berge und durch einige Wälder gekommen, als es Abend wurde, und ich in einem Dorf einkehren musste. Ich war sehr müde, als ich in die Schenke trat, man wies mir eine Stube und ein Bett an, ich schlief ziemlich ruhig, nur dass ich von der Alten träumte, die mir drohte.
Meine Reise war ziemlich eintönig, aber je weiter ich ging, desto mehr ängstigte mich die Vorstellung von der Alten und dem kleinen Hund; ich dachte daran, dass er wahrscheinlich ohne meine Hilfe verhungern müsse, im Wald glaubte ich oft, die Alte würde mir plötzlich entgegentreten. So legte ich unter Tränen und Seufzern den Weg zurück; sooft ich ruhte, und den Käfig auf den Boden stellte, sang der Vogel sein wunderliches Lied, und ich erinnerte mich dabei recht lebhaft des schönen verlassenen Aufenthalts. Wie die menschliche Natur vergesslich ist, so glaubte ich jetzt, meine vormalige Reise in der Kindheit sei nicht so trübselig gewesen wie meine jetzige; ich wünschte wieder in derselben Lage zu sein.
Ich hatte einige Edelsteine verkauft und kam nun nach einer Wanderschaft von vielen Tagen in einem Dorf an. Schon beim Eintritt wurde mir wundersam zumute, ich erschrak und wusste nicht worüber; aber bald erkannt ich mich, denn es war dasselbe Dorf, in welchem ich geboren war. Wie wurde ich überrascht! Wie liefen mir vor Freuden, wegen tausend seltsamer Erinnerungen, die Tränen über die Wangen! Vieles war verändert, es waren neue Häuser entstanden, andere, die man damals erst errichtet hatte, waren jetzt verfallen, ich traf auch Brandstellen; alles war weit kleiner, gedrängter als ich erwartet hatte. Unendlich freute ich mich darauf, meine Eltern nun nach so manchen Jahren wiederzusehen. Ich fand das kleine Haus, die wohlbekannte Schwelle, der Griff der Tür war noch ganz so wie damals, es war mir, als hätte ich sie nur gestern angelehnt. Mein Herz klopfte ungestüm, ich öffnete sie hastig – aber ganz fremde Gesichter saßen in der Stube umher und stierten mich an. Ich fragte nach dem Schäfer Martin, und man sagte mir, er sei schon vor drei Jahren mit seiner Frau gestorben. – Ich trat schnell zurück, und ging laut weinend aus dem Dorf hinaus.
Ich hatte es mir so schön vorgestellt, sie mit meinem Reichtum zu über-

raschen; durch den seltsamsten Zufall war das nun wirklich geworden, wovon ich in der Kindheit immer nur träumte – und jetzt war alles umsonst, sie konnten sich nicht mehr mit mir freuen, und das, worauf ich immer am meisten im Leben gehofft hatte, war für mich auf ewig verloren.
In einer angenehmen Stadt mietete ich mir ein kleines Haus mit einem Garten, und nahm eine Aufwärterin zu mir. So wunderbar, wie ich es vermutet hatte, kam mir die Welt nicht vor, aber ich vergaß die Alte und meinen ehemaligen Aufenthalt etwas mehr, und so lebt ich im Ganzen recht zufrieden.
Der Vogel hatte schon seit lange nicht mehr gesungen; ich erschrak daher nicht wenig, als er in einer Nacht plötzlich wieder anfing, und zwar mit einem veränderten Lied. Er sang:

›Waldeinsamkeit
Wie liegst du weit!
O dich gereut
Einst mit der Zeit. –
Ach einzge Freud
Waldeinsamkeit!‹

Ich konnte die Nacht hindurch nicht schlafen, alles wiederholte sich in meinen Gedanken, und mehr als jemals zuvor fühlt ich, dass ich Unrecht getan hatte. Als ich aufstand, war mir der Anblick des Vogels zuwider, er sah immer zu mir hin und seine Gegenwart ängstigte mich. Er hörte nun mit seinem Lied gar nicht wieder auf, und er sang es lauter und schallender, als er es sonst gewohnt gewesen war. Je mehr ich ihn betrachtete, desto mehr ängstigte er mich; ich öffnete endlich den Käfig, steckte die Hand hinein und fasste seinen Hals, herzhaft drückte ich die Finger zusammen, er sah mich bittend an, ich ließ los, aber er war schon gestorben. – Ich begrub ihn im Garten.
Jetzt wandelte mich oft eine Furcht vor meiner Aufwärterin an, ich dachte an mich selbst zurück, und glaubte, dass sie mich auch einst berauben oder wohl gar ermorden könne. – Schon lange kannte ich einen jungen Ritter, der mir überaus gefiel, ich gab ihm meine Hand – und hiermit, Herr Walther, ist meine Geschichte beendet.«
»Ihr hättet sie damals sehn sollen«, fiel Eckbert hastig ein »ihre Jugend, ihre Schönheit, und welch einen unbeschreiblichen Reiz ihr ihre einsame Erziehung gegeben hatte. Sie kam mir vor wie ein Wunder, und ich

liebte sie ganz über alles Maßen. Ich hatte kein Vermögen, aber durch ihre Liebe kam ich zu diesem Wohlstand, wir zogen hierher und unsere Verbindung hat uns bis jetzt noch keinen Augenblick gereut.«

»Aber über unser Schwatzen«, fing Bertha wieder an, »ist es schon tiefe Nacht geworden – wir wollen uns schlafen legen.«

Sie stand auf und ging zu ihrer Kammer. Walther wünschte ihr mit einem Handkuss eine gute Nacht, und sagte: »Edle Frau, ich danke Euch, ich kann mir Euch recht vorstellen, mit dem seltsamen Vogel, und wie Ihr den kleinen Strohmian füttert.«

Auch Walther legte sich schlafen, nur Eckbert ging noch unruhig im Saal auf und ab. – »Ist der Mensch nicht ein Tor?« fing er endlich an; »ich bin erst die Veranlassung, dass meine Frau ihre Geschichte erzählt, und jetzt gereut mich diese Vertraulichkeit! – Wird er sie nicht missbrauchen? Wird er sie nicht anderen mitteilen? Wird er nicht vielleicht, denn das ist die Natur des Menschen, eine unselige Habsucht nach unseren Edelsteinen empfinden, und deswegen Plan anlegen und sich verstellen?«

Es fiel ihm ein, dass Walther nicht so herzlich von ihm Abschied genommen hatte, wie es nach einer solchen Vertraulichkeit wohl natürlich gewesen wäre. Wenn die Seele erst einmal zum Argwohn gespannt ist, so trifft sie auch in allen Kleinigkeiten Bestätigungen an. Dann warf sich Eckbert wieder sein unedles Misstrauen gegen seinen wackeren Freund vor, und konnte sich doch nicht davon abhalten. Er schlug sich die ganze Nacht mit diesen Vorstellungen herum, und schlief nur wenig.

Bertha war krank und konnte nicht zum Frühstück erscheinen; Walther schien sich nicht daran zu stören und verließ auch den Ritter ziemlich ungerührt. Eckbert konnte sein Betragen nicht begreifen. Er besuchte seine Gattin, sie lag in einer Fieberhitze und sagte, die Erzählung in der Nacht müsse sie auf diese Art angespannt haben.

Seit diesem Abend besuchte Walther nur selten die Burg seines Freundes, und wenn er auch kam, ging er nach einigen unbedeutenden Worten wieder weg. Eckbert wurde durch dieses Betragen äußerst gepeinigt; er ließ sich zwar gegen Bertha und Walther nichts davon merken, aber jeder musste doch seine innerliche Unruhe an ihm gewahr werden.

Mit Berthas Krankheit wurde es immer bedenklicher. Der Arzt wurde ängstlich, die Röte von ihren Wangen war verschwunden, und ihre Augen wurden immer glühender. – An einem Morgen ließ sie ihren Mann an ihr Bett rufen, die Mägde mussten sich entfernen.

»Lieber Mann«, fing sie an, »ich muss dir etwas erzählen, das mich fast um meinen Verstand gebracht hat, das meine Gesundheit zerrüttet, so eine unbedeutende Kleinigkeit es auch an sich scheinen möchte. – Du weißt, dass ich mich nie, sooft ich von meiner Kindheit sprach, trotz aller angewandten Mühe auf den Namen des kleinen Hundes besinnen konnte, mit welchem ich so lange umging; an jenem Abend sagte Walther beim Abschied plötzlich zu mir: ›Ich kann mir Euch recht vorstellen, wie Ihr den kleinen Strohmian füttert.‹ Ist das Zufall? Hat er den Namen erraten, weiß er ihn und hat er ihn mit Vorsatz genannt? Und wie hängt dieser Mensch dann mit meinem Schicksal zusammen? Zuweilen kämpfe ich mit mir, als ob ich mir diese Seltsamkeit nur einbilde, aber es ist gewiss, nur zu gewiss. Ein gewaltiges Entsetzen befiel mich, als mir ein fremder Mensch so zu meinen Erinnerungen half. Was sagst du, Eckbert?«

Eckbert sah seine leidende Gattin mit einem tiefen Gefühl an; er schwieg und dachte nach, dann sagte er ihr einige tröstende Worte und verließ sie. In einem abgelegenen Gemach ging er in unbeschreiblicher Unruhe auf und ab. Walther war seit vielen Jahren sein einziger Umgang gewesen, und doch war dieser Mensch jetzt der einzige in der Welt, dessen Dasein ihn drückte und peinigte. Es schien ihm, als würde es ihn froh und leicht machen, wenn nur dieses einzige Wesen aus seinem Weg gerückt werden könnte. Er nahm seine Armbrust, um sich zu zerstreuen und auf die Jagd zu gehen.

Es war ein rauer stürmischer Wintertag, tiefer Schnee lag auf den Bergen und bog die Zweige der Bäume nieder. Er streifte umher, der Schweiß stand ihm auf der Stirn, er traf auf kein Wild, und das vermehrte seinen Unmut. Plötzlich sah er sich etwas in der Ferne bewegen, es war Walther, der Moos von den Bäumen sammelte. Ohne zu wissen, was er tat, legte er an, Walther sah sich um, und drohte mit einer stummen Gebärde, aber währenddessen flog der Bolzen ab, und Walther stürzte nieder. Eckbert fühlte sich leicht und beruhigt, und doch trieb ihn ein Schauder zu seiner Burg zurück; er hatte einen großen Weg zu machen, denn er hatte sich weit hinein in die Wälder verirrt. Als er ankam, war Bertha schon gestorben; sie hatte vor ihrem Tod noch viel von Walther und der Alten gesprochen.

Eckbert lebte nun eine lange Zeit in der größten Einsamkeit; er war schon sonst immer schwermütig gewesen, weil ihn die seltsame Geschichte seiner Gattin beunruhigte, und er irgendeinen unglücklichen Vorfall, der sich ereignen könnte, befürchtete: Aber jetzt war er ganz in sich zusammengefallen. Die Ermordung seines Freundes stand ihm unaufhörlich vor Augen, er lebte unter ewigen inneren Vorwürfen.

Um sich zu zerstreuen, begab er sich zuweilen in die nächste große Stadt, wo er Gesellschaften und Feste besuchte. Er wünschte durch irgendeinen Freund die Leere in seiner Seele auszufüllen, und wenn er dann wieder an Walther zurückdachte, so erschrak er vor dem Gedanken, einen Freund zu finden, denn er war überzeugt, dass er nur unglücklich mit jedwedem Freund sein könne. Er hatte so lange mit Bertha in einer schönen Ruhe gelebt, die Freundschaft Walthers hatte ihn so manches Jahr hindurch beglückt, und jetzt waren beide so plötzlich dahingerafft, dass ihm sein Leben in manchen Augenblicken mehr wie ein seltsames Märchen, als wie ein wirklicher Lebenslauf erschien.

Ein junger Ritter, Hugo, schloss sich an den stillen betrübten Eckbert, und schien eine wahrhafte Zuneigung für ihn zu empfinden. Eckbert fand sich auf eine wunderbare Art überrascht, er kam der Freundschaft des Ritters umso schneller entgegen, je weniger er sie vermutet hatte. Beide waren nun häufig beisammen, der Fremde erbot Eckbert alle möglichen Gefälligkeiten, einer ritt fast nicht mehr ohne den anderen aus; in allen Gesellschaften trafen sie sich, kurz: sie schienen unzertrennlich. Eckbert war immer nur für kurze Augenblicke froh, denn er fühlte es deutlich, dass ihn Hugo nur aus einem Irrtum liebe; jener kannte ihn nicht, wusste seine Geschichte nicht, und er fühlte wieder denselben Drang, sich ihm ganz mitzuteilen, damit er versichert sein könne, ob jener auch wahrhaft sein Freund sei. Dann hielten ihn wieder Bedenken und die Furcht, verabscheut zu werden, zurück. In manchen Stunden war er so sehr von seiner Nichtswürdigkeit überzeugt, dass er glaubte, kein Mensch, für den er nicht ein völliger Fremdling sei, könne ihn seiner Achtung würdigen. Aber dennoch konnte er nicht widerstehen. Auf einem einsamen Spazierritte erzählte er seinem Freund seine ganze Geschichte, und fragte ihn dann, ob er wohl einen Mörder lieben könne. Hugo war gerührt, und versuchte ihn zu trösten; Eckbert folgte ihm mit leichterem Herzen zur Stadt.

Es schien aber seine Verdammnis zu sein, gerade in der Stunde des Vertrauens Argwohn zu schöpfen, denn kaum waren sie in den Saal getreten, als ihm beim Schein der vielen Lichter die Mienen seines Freundes nicht gefielen. Er glaubte ein hämisches Lächeln zu bemerken, es fiel ihm auf, dass er nur wenig mit ihm spreche, dass er mit den Anwesenden viel rede, und seiner gar nicht zu achten scheine. Ein alter Ritter war in der Gesellschaft, der sich immer als Gegner Eckberts gezeigt, und sich oft nach seinem Reichtum und seiner Frau auf eine eigene Weise erkundigt hatte; zu diesem gesellte sich Hugo, und beide sprachen

eine Zeitlang heimlich, während sie auf Eckbert zeigten. Dieser sah jetzt seinen Argwohn bestätigt, er glaubte sich verraten, und eine schreckliche Wut bemeisterte sich seiner. Indem er noch immer hinstarrte, sah er plötzlich Walthers Gesicht, alle seine Mienen, die ganze, ihm so wohlbekannte Gestalt, er sah noch immer hin und war überzeugt, dass niemand als Walther mit dem Alten spreche. Sein Entsetzen war unbeschreiblich; außer sich stürzte er hinaus, verließ noch in der Nacht die Stadt, und kehrte nach vielen Irrwegen auf seine Burg zurück.
Wie ein unruhiger Geist eilte er jetzt von Gemach zu Gemach, kein Gedanke hielt ihm stand, er verfiel von entsetzlichen Vorstellungen auf noch entsetzlichere, und kein Schlaf kam in seine Augen. Oft dachte er, dass er wahnsinnig sei, und sich nur selbst durch seine Einbildung alles erschaffe; dann erinnerte er sich wieder der Züge Walthers, und alles wurde ihm immer mehr ein Rätsel. Er beschloss eine Reise zu machen, um seine Vorstellungen wieder zu ordnen; den Gedanken an Freundschaft, den Wunsch nach Umgang hatte er nun auf ewig aufgegeben.
Er zog fort, ohne sich einen bestimmten Weg vorzusetzen, ja er betrachtete die Gegenden nur wenig, die vor ihm lagen. Als er im stärksten Trab seines Pferdes einige Tage so fortgeeilt war, sah er sich plötzlich in einem Gewinde von Felsen verirrt, in denen sich nirgend ein Ausweg entdecken ließ. Endlich traf er auf einen alten Bauer, der ihm einen Pfad, einem Wasserfall vorüber, zeigte: Er wollte ihm zur Danksagung einige Münzen geben, der Bauer aber schlug sie aus. – »Was gilt's«, sagte Eckbert zu sich selbst, »ich könnte mir wieder einbilden, dass dies niemand anderes als Walther sei.« – Und derweil sah er sich noch einmal um und es war niemand anders als Walther. – Eckbert spornte sein Ross so schnell es nur laufen konnte an, durch Wiesen und Wälder, bis es erschöpft unter ihm zusammenbrach. – Unbekümmert darüber setzte er nun seine Reise zu Fuß fort.
Er stieg träumend einen Hügel hinauf; es war, als wenn er ein nahes munteres Bellen vernahm, Birken säuselten dazwischen, und er hörte mit wunderlichen Tönen ein Lied singen:

»Waldeinsamkeit
Mich wieder freut,
Mir geschieht kein Leid,
Hier wohnt kein Neid,
Von neuem mich freut
Waldeinsamkeit.«

Jetzt war es um das Bewusstsein, um die Sinne Eckberts geschehen; er konnte nicht herausfinden, das Rätsel nicht lösen, ob er jetzt träume, oder ehemals von seinem Weib Bertha geträumt habe; das Wunderbarste vermischte sich mit dem Gewöhnlichsten, die Welt um ihn herum war verzaubert, und er keines Gedankens, keiner Erinnerung mächtig.
Eine krummgebückte Alte schlich hustend mit einer Krücke den Hügel heran. »Bringst du mir meinen Vogel? Meine Perlen? Meinen Hund?« schrie sie ihm entgegen. »Siehe, das Unrecht bestraft sich selbst: Niemand anderes als ich war dein Freund Walther, dein Hugo.«
»Gott im Himmel!« sagte Eckbert still vor sich hin – »in welcher entsetzlichen Einsamkeit hab ich dann mein Leben verbracht! »
»Und Bertha war deine Schwester.«
Eckbert fiel zu Boden.
»Warum verließ sie mich so tückisch? Sonst hätte alles gut und schön geendet, ihre Probezeit war ja schon vorüber. Sie war die Tochter eines Ritters, die er bei einem Hirten erziehen ließ, die Tochter deines Vaters.«
»Warum habe ich diesen schrecklichen Gedanken immer innegehabt?« rief Eckbert aus.
»Weil du in früher Jugend deinen Vater einst davon erzählen hörtest; er durfte seiner Frau wegen diese Tochter nicht bei sich erziehen lassen, denn sie war von einem anderen Weib.«
Eckbert lag wahnsinnig und verscheidend auf dem Boden; dumpf und verworren hörte er die Alte sprechen, den Hund bellen, und den Vogel sein Lied wiederholen.

DIE UNBEKANNTE

VON AUGUSTE DE VILLIERS DE L'ISLE-ADAM

An jenem Abend war die elegante Welt von Paris vollzählig in der Italienischen Oper versammelt. Man gab »Norma«. Es war die Abschiedsvorstellung von Maria Felicita Malibran. Nachdem die letzten Töne des Gebetes von Bellinis »Casta diva« verklungen waren, erhob sich das ganze Auditorium, um die Sängerin durch begeisterten Applaus wieder und immer wieder vor den Vorhang zurückzurufen. Man warf ihr Blumen, Schmuck, Lorbeerkränze zu. Der Schwanengesang der fast sterbenden Künstlerin hatte aller Herzen tief bewegt und ihr unsterblichen Ruhm gesichert.
Auf einem der in der Mitte befindlichen Orchestersessel saß ein noch sehr junger Mann, dessen ausdrucksvolle Gesichtszüge eine entschlos-

sene und stolze Seele verrieten. Er schien ganz hingerissen vor Bewunderung für die unvergleichliche Sängerin und applaudierte ihr so heftig, dass seine Handschuhe zerrissen.
Keiner in der Pariser Lebewelt kannte diesen jungen Herrn. Er sah nicht wie ein Provinzbewohner aus, schien vielmehr ein Fremder zu sein. Sein Anzug war vielleicht etwas zu neu, aber er war von feinstem Stoff und von tadellosem Schnitt und Geschmack. Seine ganze Erscheinung machte einen eleganten und anziehenden, aber zugleich einen etwas fremdartigen Eindruck. Man hatte das Gefühl, als passe er nicht ganz in diese Umgebung, als gehöre er an die frische Luft, an die Sonne, in die Einsamkeit; jedenfalls hatte er etwas Außergewöhnliches – aber – ist Paris nicht die Stadt des Außergewöhnlichen?
Wer war dieser junge Mann, und wie kam er hierhin?
Er war ein noch sehr junger Landedelmann, der seine Eltern früh verloren hatte, und der letzte eines edlen Geschlechtes. Er hatte vor drei Tagen seinen in Cornwallis gelegenen einsamen Herrensitz verlassen und war nach Paris gereist.
Er hieß Graf Felicien de la Vierge; er war Besitzer des Schlosses Blanchelande in der Niederbretagne. Er hatte es zu Hause nicht mehr ausgehalten. Er fühlte sich von einem brennenden Lebensdurst, einer fast fieberhaften Sehnsucht ergriffen, den Höllenpfuhl von Paris kennen zu lernen. Da hatte er sich auf den Weg gemacht und war jetzt am Ziel. Da er übrigens erst am Morgen in Paris angekommen war, sah er noch frisch und gesund aus, und seine großen Augen leuchteten in ungetrübtem Glanz.
Dies war der erste Abend seiner Jugend! Er war zwanzig Jahre alt. Es war sein Eintritt in das Leben der Welt, in den berauschenden Wirbel der Vergnügen und der Laster des großen Sündenbabels. Ein freundlicher Zufall hatte es gefügt, dass er gerade recht kam, um den Schwanengesang der Malibran, dieser Sängerin ohnegleichen, zu hören.
Wenige Augenblicke hatten ihm genügt, sich an die Pracht des Hauses, an den Glanz seiner Umgebung zu gewöhnen. Aber schon die ersten Töne der großen Sängerin hatten ihn tief ergriffen. Er vergaß seine Umgebung. Der eigentümliche Charakter des Landes, in dem der Graf erzogen wurde, die Einsamkeit seiner Wälder, der die Klippen umsausende raue Wind, das Rauschen der Bergströme und die ganze wilde Natur hatten aus diesem jungen Mann einen Poeten gemacht, und ihm war, als brächte der Klang der wunderbaren Stimme der Malibran ihm Grüße aus der Heimat und flüsterte ihm die Bitte zu, bald dahin zurückzukehren.

Während er hingerissen von seiner Begeisterung der Künstlerin applaudierte, blickte er zufällig in die Höhe und vergaß dann plötzlich, die Hände zusammenzuschlagen, er starrte unbeweglich aufwärts.
In einer der Balkonlogen war soeben eine junge Frau von hervorragender Schönheit erschienen. Sie blickte auf das Theater. Die feinen, edlen Züge ihres verlorenen Profils waren von der rötlichen Dämmerung der Loge umgeben. Sie sah aus wie eine Florentiner Camé in ihrem Medaillon. Sie war sehr bleich; ihr volles braunes Haar war mit einer Gardenie geschmückt; sie stützte die schöngebildete Hand auf die Balustrade des Balkons. Sie schien ganz allein zu sein. In dem Ausschnitt des Leibchens ihres reich mit kostbaren Spitzen verzierten schwarzen Moireegewandes steckte ein kranker Edelstein, ein bewunderungswürdiger großer Opal in goldener Fassung. Einsam und wie es schien gleichgültig auf den Saal herabblickend, schien sie die Welt vergessen zu haben und sich ganz dem Zauber hinzugeben, den die Musik auf sie ausgeübt hatte.
Der Zufall wollte, dass, während ihr Blick gleichgültig über die Menge glitt, ihr Blick plötzlich dem des jungen Mannes begegnete.
Hatten sie sich vorher gekannt? Nein – wenigstens nicht auf dieser Erde. Aber die, denen es gelungen war, das Geheimnis unserer Vergangenheit zu enthüllen, mögen darüber entscheiden, ob diese beiden Wesen sich nicht dennoch in einem früheren Leben gekannt und einander besessen hatten, denn dieser eine Blick hatte sie beide davon überzeugt, dass sie zusammengehörten. Der Blitz erleuchtet plötzlich mit grellem Schein die Wogen des nächtlichen Meeres und zugleich die fern am Horizont sichtbaren silbernen Linien der Fluten. So war auch der Eindruck dieses einen Blickes in dem Herzen dieses jungen Mannes kein abgegrenzter, es war das zauberhafte, intime Aufleuchten einer anderen Welt, die sich ihm plötzlich enthüllte.
Er schloss die Augenlider, als wolle er den Blick dieser blauen Augen, die sich so tief in die seinen gesenkt, darin bewahren; dann versuchte er es, dem ihn überwältigenden Schwindel zu widerstehen. Er erhob das Auge zu der Unbekannten.
Ihr Blick ruhte immer noch auf ihm; es war, als ob diese schöne Frau sein Inneres durchschaue und als ob dies eine ganz natürliche Sache sei. Felicien fühlte, dass er erbleichte. Wie in einer Halluzination hatte er plötzlich die Empfindung, als ob zwei weiche Frauenarme ihn zärtlich umschlängen. Es war um ihn geschehen! Ihm war, als tauche durch das Wunder einer beinahe göttlichen Magie das Bild dieser schönen Frau in

den Spiegel seiner Seele, als inkarniere es sich mit ihm. Er fühlte, dass sie zu ihm gehörte, dass sie seine erste, unvergängliche Liebe sei.

Die junge Frau entfaltete ihren Fächer, dessen schwarze Spitzen ihre Lippen berührten. Sie schien sich wieder ganz in das Anhören der Musik zu vertiefen. Im Begriff, das Opernglas auf ihre Loge zu richten, ließ Felicien plötzlich die Hand sinken, ihm war, als ob dies eine Unschicklichkeit sein würde.

»Weil ich sie liebe,« sagte er sich.

Ungeduldig erwartete er das Ende des Aktes. Wie sollte er es anstellen, ihren Namen zu erfahren, mit ihr zu sprechen? Er kannte keinen Menschen. Ob er morgen in das Büro der Oper ging, um dort Erkundigungen einzuziehen? Aber wenn sie keine Abonnentin war und nur gelegentlich für eine Vorstellung einen Platz genommen hatte? Die Stunde eilte, die holde Vision würde verschwinden. Nun wohl, sein Wagen würde dem ihren zu folgen haben. Es schien ihm, als ob es kein anderes Mittel gäbe. Das weitere würde sich dann von selbst finden. In seiner großartigen Naivität tröstete er sich mit dem Gedanken: »Wenn sie auch mich bemerkt hat, wenn sie mich liebt – und sie tut es – dann wird sie mir ein Zeichen geben.«

Der Vorhang fiel. Felicien verließ den Saal sehr rasch und ging in das Peristyl, wo er vor den dort aufgestellten Statuen auf- und abging. Sein Kammerdiener näherte sich ihm, er flüsterte ihm einige Verhaltungsmaßregeln in das Ohr. Der Diener zog sich in eine Nische zurück, von wo aus er aufmerksam die das Theater verlassenden Damen beobachtete. Der aus dem Theater dringende Lärm des Applauses und der der Sängerin dargebrachten Ovation verstummte bald, wie aller Beifall dieser Welt. – Man stieg die große Treppe hinab. Felicien blickte aufmerksam in die Höhe, wo, an den dort aufgestellten kolossalen zwei Marmorvasen vorbei, der Strom der Menge herabfloss. Er wartete.

Er würdigte weder die strahlenden Gesichter der in reichem Schmuck und mit Blumen im Haar an ihm vorübergleitenden Mädchengestalten, noch die von langen, rauschenden Seidengewändern und köstlichen Hermelinmänteln umhüllten schönen Damen eines Blicks.

Aber allmählich verlor sich diese ganze elegante Gesellschaft, ohne dass die junge Frau erschienen wäre.

Sollte sie an ihm vorübergegangen sein, ohne dass er sie erkannt hätte? Nein, das war unmöglich. Ein alter, gepuderter Diener in einem großen Pelz stand immer noch wartend im Vestibül. Auf den Knöpfen seiner schwarzen Livree leuchteten die Eppichblätter einer Herzogskrone.

Plötzlich erschien sie auf der obersten Stufe der schon einsam gewordenen Treppe. Sie war allein. Schlank und hoch, in einem Mantel aus schwarzem Samt und das Haar von einer Spitzenmantille umhüllt, schritt sie, die schmale, behandschuhte Hand leicht auf das Geländer stützend, langsam die Marmortreppe hinab. Sie bemerkte Felicien, der, kein Auge von ihr lassend, neben einer Statue stand, aber sie nahm keine Notiz von ihm.

Unten angekommen, trat der alte Diener an sie heran und sie wechselte ein paar leise Worte mit ihm. Der Lakai verneigte sich ehrfurchtsvoll und zog sich dann rasch zurück. Einen Augenblick später hörte man das Geräusch eines rasch davoneilenden Wagens. Sie verließ das Vestibül und stieg nun, immer noch allein, die äußere Treppe des Theaters herab. Felicien nahm sich kaum Zeit, seinen Kammerdiener heranzuwinken.

»Kehren Sie allein in das Hotel zurück.«

Einen Augenblick später befand er sich auf dem Platz vor der Italienischen Oper und nur wenige Schritte von der Dame entfernt. Das Publikum hatte sich schon in den angrenzenden Straßen verlaufen, das Geräusch der sich entfernenden Wagen wurde immer schwächer.

Es war im Oktober. Die Nacht war klar, der Himmel von Sternen übersät. Die Unbekannte schritt langsam und so, als ob sie des Gehens wenig gewohnt sei, des Weges dahin. Sollte er ihr folgen? Es musste sein, er entschloss sich rasch dazu. Der Herbstwind führte ihm einen matten, von der Dame ausgehenden Ambraduft entgegen, und er vernahm deutlich das Rauschen ihres Moireekleides auf dem Asphalt der Straße.

Vor der Rue Mortigny blieb sie einen Augenblick stehen, als ob sie sich orientieren müsse, und bog dann in die ziemlich verödete und schlecht erleuchtete Rue Grammont ein.

Plötzlich hielt der junge Mann inne. Ein Gedanke durchzuckte sein Gehirn. Vielleicht war sie des Weges unkundig und eine Fremde? Vielleicht würde sie einen der nächsten Wagen heranwinken, der sie dann auf immer von ihm trennen würde? Er würde dann morgen und alle darauffolgenden Tage trostlos suchend durch die Straßen der Stadt irren, ohne sie wiederzufinden. Welch eine Aussicht! Dieser Gedanke erregte ihn so sehr, dass er darüber alle Gebote der Schicklichkeit vergaß. Er überholte die junge Frau an der Ecke der dunklen Straße, dann wandte er sich rasch um; alles Blut wich aus seinen Wangen – und er stützte sich an dem gußeisernen Pfeiler der Straßenlaterne, als er sie ehrfurchtsvoll grüsste und in sympathischer, beinahe kindlich naiver Weise sie anzureden wagte:

»Gnädige Frau,« sagte er, »Sie wissen es, ich habe Sie heute abend zum ersten Mal gesehen. Da ich fürchten muss, Ihre Spur zu verlieren und Sie dann vielleicht niemals wiederzusehen, bin ich gezwungen, zu Ihnen zu sprechen – ich muss es –,« seine Stimme zitterte vor Erregung. »Ich liebe Sie,« fuhr er leise fort, »und wenn Sie gleichgültig an mir vorübergehen, werde ich sterben, ohne je wieder einer Frau ein solches Geständnis zu machen.«

Sie blieb stehen, schlug den Schleier zurück und sah Felicien forschend an. Nach einem Augenblick des Schweigens sagte sie dann mit einer Stimme, deren Wohlklang einen berückenden Reiz hatte: »Mein Herr, das Gefühl, das Sie bleich und zitternd vor mir erscheinen lässt, muss in der Tat ein tiefes sein, da Sie sich dadurch berechtigt glauben, den Schritt zu tun, den Sie eben gewagt. Ich fühle mich jedoch keineswegs beleidigt davon. Fassen Sie sich und sprechen Sie offen zu mir wie zu einer Freundin.«

Felicien war über diese Antwort nicht erstaunt, es erschien ihm ganz natürlich, dass ein so ideales Wesen ihm in idealer Weise antworte.

Die Umstände ihrer Begegnung waren in der Tat so eigentümlicher Art, dass sich alle beide daran zu erinnern hatten, dass sie von der Art seien, die die Gesetze der Schicklichkeit macht, und nicht von der, die sich ihnen sklavisch unterwirft. Das, was die Alltagsmenschen Schicklichkeit nennen, ist nur eine servile, beinahe affenhafte Nachahmung dessen, was von höher organisierten Naturen unter gewissen Umständen für richtig erachtet worden ist.

Er ergriff die ihm freundlich dargebotene Hand, neigte sich über sie und küsste sie mit einem Ausbruch naiver Zärtlichkeit.

»Wollen Sie mir die Blume schenken, die Sie heute Abend im Haar getragen haben?«

Die Unbekannte nahm schweigend die bleiche Blume unter dem ihr Haar verhüllenden Spitzenschleier weg und reichte sie Felicien.

»Und nun Adieu! Adieu für immer,« sagte sie.

»Adieu,« stotterte er, »Sie lieben mich also nicht? Ach, Sie sind verheiratet?« rief er plötzlich.

»Nein.«

»Frei? O, Gott sei Dank!«

»Dennoch müssen Sie mich vergessen. Es muss sein, mein Herr.«

»Aber Sie sind mir teurer als das Leben! Ich kann nicht mehr ohne Sie sein, kann nur in der Luft leben, in der Sie atmen. Ich verstehe nicht, was Sie mir da sagen. Ich soll Sie vergessen? Und warum?«

»Weil ich das Opfer eines schweren Missgeschickes bin. Es würde Sie zu Tode betrüben, wenn ich es Ihnen gestehen wollte, das ist unnötig.«
»Welches Unglück vermöchte zwei Menschen, die sich lieben, voneinander zu trennen?«
»Mein Unglück.«
Als sie diese Worte aussprach, schloss sie die Augen.
Die Straße war absolut einsam und verlassen. Sie waren vor einem Tor angekommen, das zu einem eingeschlossenen Platz, einer Art traurigen Gartens, führte; es war weit geöffnet und schien ihnen seine Zuflucht anzubieten.
Felicien umfasste sanft ihre Taille, was sie geschehen ließ, und wie ein verwöhntes, geliebtes Kind, das seinen Willen haben muss, führte er sie in das Dunkel dieses verschwiegenen Ortes.
Das berauschende Gefühl des Knisterns der starren Seide, die er unter seiner Hand fühlte, erregte ihn so sehr, dass er kaum dem leidenschaftlichen Wunsch widerstehen konnte, sie an sich zu ziehen und einen Kuss auf ihre Lippen zu drücken. Er wurde Herr dieser Versuchung, aber er fühlte sich von einem Schwindel erfasst, der ihm die Sprache raubte.
»Mein Gott, wie ich Sie liebe,« war alles, was er mit zitternder Stimme stammelte.
Da neigte das junge Weib ihr Haupt auf die Brust dessen, der sie liebte, und sagte in bitterem, verzweiflungsvollem Ton: »Ich verstehe Sie nicht. Ich sterbe vor Scham. Ich höre Ihre Worte nicht! Ich würde Ihren Namen nicht verstehen, Ihren letzten Seufzer nicht vernehmen! Ich höre das Pochen Ihres Herzens nicht, das meine Stirn, meine Augenlider bewegt. Sehen Sie nicht die furchtbaren Qualen, die ich erdulde? Ich bin ... ach! Ich bin taub!«
»Taub!« rief Felicien, von einem furchtbaren Schrecken ergriffen und von Kopf bis zu den Füßen zitternd.
»Ja. Seit Jahren. O, die menschliche Wissenschaft ist ohnmächtig gegen dieses Leiden und vermag es nicht, mich von der Qual der tiefen Stille zu erlösen, die mich umhüllt. Ich bin taub wie der Himmel, taub wie das Grab, mein Herr. Ich möchte den Tag verfluchen, an dem mir dieses Leid widerfahren. Aber es ist nichts daran zu ändern. Also, lassen Sie mich.«
»Taub,« wiederholte Felicien, der von dieser ihm unglaublich erscheinenden Offenbarung ganz vernichtet schien und außerstande war, über das nachzudenken, was er sagte. »Taub?«
Dann rief er lebhaft: »Aber Sie waren doch heute Abend in der Italienischen Oper – Sie haben der Malibran Beifall zugeklatscht?«

Er hielt inne, da er dachte, dass sie ihn nicht verstehen könne. Ihr Geständnis erschien ihm so furchtbar, dass es ihm beinahe lächerlich vorkam.

»In der Italienischen Oper?« antwortete sie, selbst lachend. »Sie vergessen, dass ich Muße gehabt, den Ausdruck der Gefühle auf den Gesichtern zu studieren. Wäre ich die Einzige, die dieses Studium gemacht hat? Wir armen Menschen müssen uns in das fügen, was das Schicksal über uns verhängt, es ist unsere Pflicht, das Beste daraus zu machen. Diese edle Künstlerin verdiente es wahrlich, dass ich ihr ein Zeichen der Sympathie gab. Meinen Sie nicht? Und dann: Mein Beifall bedeutete ihr mehr als der der enthusiastischsten Dilettanten. Ich bin selbst früher Musikerin gewesen.«

Bei diesen Worten sah Felicien sie ganz verwirrt an und, sich zu einem Lächeln zwingend, sagte er: »O, wollen Sie mit einem Herzen spielen, das Sie bis zur Verzweiflung liebt? Sie behaupten, dass Sie meine Worte nicht verstehen, und dennoch antworten Sie mir?«

»Ach,« sagte sie, »Sie wundern sich darüber, weil Sie das, was Sie mir sagen, für rein persönlich halten, mein Freund, und Sie sind ganz aufrichtig. Dennoch sind Ihre Worte mir nicht neu. Sehen Sie, mir ist, als sprächen Sie in einem Dialog mit mir, von dem ich im Voraus alle Antworten weiß. Das ist mir seit Jahren so gegangen, es ist immer dasselbe. Es ist eine Rolle, die ich spiele, deren Phrasen mir mit wahrhaft schrecklicher Notwendigkeit vorgeschrieben sind. Ich bin dieser meiner Rolle so sicher, dass, wenn ich Sie erhörte – und das würde ein Verbrechen sein –, wenn ich mein trauriges Los nur wenige Tage mit Ihrem Geschick vereinigen wollte, dann würden Sie jeden Augenblick die schreckliche Mitteilung vergessen, die ich Ihnen gemacht. Ich würde in Ihnen die Illusion erwecken, genau so viel zu geben wie jede andere Frau, das versichere ich Ihnen. Bedenken Sie, dass die gleichen Umstände dieselben Worte diktieren und dass der Ausdruck der Gesichter meist mit diesen übereinstimmt. Sie würden mir kaum glauben, dass ich Ihre Worte nicht verstanden habe, so sehr würde ich es verstehen, sie zu erraten und von Ihren Lippen zu lesen. Denken wir also nicht mehr daran. Ich bitte Sie darum.«

Diesmal fühlte er sich tief erschreckt. »Ach,« sagte er, »woher nehmen Sie das Recht, mir so grausame Dinge zu sagen? Wenn es wirklich so ist, wie Sie behaupten, so bin ich dennoch bereit, mein Los mit Ihnen zu teilen, und wenn es das ewige Schweigen bedeuten sollte. Warum mich von Ihrem Unglück ausschließen, da Sie Ihr Glück mit mir geteilt haben würden? Meine Liebe wird Ihnen Ersatz bieten für alles, was Sie entbehren müssen.«

Die junge Frau zitterte, sie sah Felicien mit strahlenden Augen an.

»Wollen Sie mir Ihren Arm reichen und ein wenig mit mir diese dunkle Straße heraufgehen? Wir wollen uns einbilden, dass es Frühling sei und dass wir in hellem Sonnenschein durch eine Allee von schattigen Bäumen wandelten. – Auch ich habe Ihnen etwas mitzuteilen, was nach Ihnen niemals wieder das Ohr eines Mannes von mir vernehmen wird.«

Die beiden Liebenden, deren Herz unter der Last einer unerträglichen Traurigkeit seufzte, gingen nun Hand in Hand, wie zwei Kinder.

»Hören Sie denn,« sagte sie, »Sie, der Sie den Klang meiner Worte vernehmen können. Wie konnte es geschehen, dass ich, als Sie mich anredeten, sofort fühlte, dass es in keiner unlauteren Absicht geschah, warum habe ich Ihnen geantwortet, wissen Sie es? Nur deshalb, weil ich die Wissenschaft errungen, in den Gesichtszügen und den Bewegungen anderer die Gefühle zu erkennen, die die Handlungen der Menschen bestimmen; es ist ganz natürlich, aber etwas ganz Besonderes ist es, dass ich die Fähigkeit besitze, die Tiefe und den Wert der Gefühle dessen, der zu mir spricht, mit unendlicher Genauigkeit und Sicherheit bestimmen zu können. Als Sie sich entschlossen, zu tun, was Sie selbst eine Taktlosigkeit nennen würden, als Sie mich ohne weiteres anredeten, da war ich vielleicht die einzige Frau, die im selben Augenblick die wirkliche Bedeutung Ihrer Worte erfassen und würdigen konnte.

Ich habe Ihnen vorurteilslos geantwortet, weil es mir schien, als leuchte von Ihrer Stirn das unbekannte heilige Zeichen, das jene Auserlesenen verkündet, deren Geist sich nicht von den Leidenschaften verdunkeln und beherrschen lässt, sondern dem vielleicht alle Emotionen des Lebens zur Vervollkommnung dienen, und die sich ihr Ideal nicht rauben lassen. Nun aber, mein Freund, will ich Ihnen mein Geheimnis enthüllen. Das traurige Verhängnis, das mein irdisches Glück zerstörte und mich so schwer getroffen hat, hat dennoch dazu gedient, mich innerlich freizumachen. Es hat mich befreit von jener geistigen Taubheit, der die Mehrzahl der Frauen zum Raub geworden ist. Es hat meine Seele für die Offenbarungen jener ewigen Dinge empfänglich gemacht, die den meisten meines Geschlechtes verschlossen sind. Sie verdanken der Schärfe ihres Gehörs nur die Fähigkeit, das Äußerliche des zartesten und reinsten Glücks zu verstehen, aber der innerlichste, intensivste Genuss bleibt ihnen verschlossen. Sie gleichen den Hesperiden, jenen Hüterinnen der herrlichsten Früchte, deren Zauberkraft sie selbst niemals kennen lernen. Ach, ich bin taub ... aber sie! Was hören sie denn? ... Was hören sie aus den an sich gerichteten Liebesworten anderes heraus als ein verwirrtes Geräusch, das in Einklang ist mit dem Gesichtsausdruck dessen, der zu ihnen spricht? So geschieht es, dass sie nur den äußeren Klang der Worte vernehmen, während der tiefe, innere, geheime Sinn ihnen verloren geht und sie sich damit begnügen, die Absicht zu erkennen, ihnen schmeicheln zu wollen, was ihnen völlig genug ist. Versuchen Sie es, einer von ihnen die unendliche Tiefe der Liebe und Leidenschaft, deren Naturen wie die unsere fähig ist, klarzumachen. Wenn Ihre Worte bis zu ihrem Gehirn gelangen sollten, werden sie dort einen anderen Sinn annehmen, wie eine reine Quelle getrübt wird, wenn sie durch einen Sumpf fließt. So dass in Wirklichkeit sie die Frauen sind, die nicht verstanden haben. Sie sagen, das Leben vermöge es nicht, zu ideale Träume zu erfüllen, man verlangt zu viel davon. Ach, als ob das Leben nicht von den Lebenden gemacht würde.«

»Mein Gott,« murmelte Felicien.

»Ja,« fuhr die Unbekannte fort, »die Frauen entschlüpfen dieser Beschaffenheit ihrer Natur, ich meine der geistigen Taubheit, kaum, es sei denn, dass es um den Preis eines so ungeheuren Lösegeldes geschähe, wie ich es zahlen musste. Ihr Männer glaubt die Frauen von einem Geheimnis umgeben, weil sie sich nur in Handlungen auszudrücken verstehen. Sie erscheinen euch rätselhaft, und gerade das schmeichelt den Frauen, und sie sind stolz darauf und legen es euch nahe, das Rätsel ihres Wesens zu erraten. Der Mann fühlt sich geschmeichelt, der erwartete Errater ihres Geheimnisses zu sein, er zerstört sein Leben, um eine Sphinx von Stein zu heiraten. Keinem fällt es ein, daran zu denken, dass ein Geheimnis, so schrecklich es sein möge, dem Nichts identisch ist, solange es nicht offenbart wird.«

Die Unbekannte hielt inne.

»Ich bin heute Abend traurig,« fuhr sie dann fort, »und ich will Ihnen gestehen, aus welchem Grund ich es bin. Ich beneide meine Mitschwestern nicht mehr um das, was sie besitzen, nachdem ich mich davon überzeugt habe, welchen Gebrauch sie davon machen. Ach, ich selbst hätte es vielleicht nicht besser gemacht. Aber nun sind Sie gekommen, Sie, den ich geliebt haben würde. Ich sehe, ich erkenne Sie, ich lese Ihre Seele aus Ihren Augen. Sie bieten mir Ihr Herz und Ihre Hand an, und ich kann dieses köstliche Geschenk nicht annehmen.«

Die junge Frau verbarg ihr Gesicht in den Händen.

»Oh,« antwortete ganz leise und mit Tränen in den Augen Felicien, »aber ich würde doch den Hauch deiner Lippen küssen dürfen, verstehe mich doch! Das Schweigen unserer Liebe wird sie noch reiner und göttlicher machen. Meine Leidenschaft wird durch dein Leiden, durch das gemeinschaftlich getragene Unglück nur wachsen. Geliebtes Weib, gib dich mir zu eigen, lebe für mich!«

Sie blickte ihn mit von Tränen überfluteten Augen an und legte dann leise die Hand auf seinen Arm.

»Sie werden selbst zugeben müssen, dass es unmöglich ist,« sagte sie freundlich und bestimmt. »Hören Sie mich bis zum Schluss an. Ich will Ihnen alles sagen, Ihnen mein ganzes Inneres offenbaren ... danach werde ich nie mehr zu Ihnen sprechen. Sie werden mich niemals wiedersehen, aber ich möchte nicht von Ihnen vergessen werden.«

Sie sprach leise und mit bewegter Stimme und ging, das Haupt auf die Schulter des jungen Mannes gestützt, langsam neben ihm her:

»Zusammen leben, sagen Sie! Sie vergessen, dass, wenn die Erregung der Flitterwochen vorüber ist, das Leben einen schlichten, intimen Charakter annimmt, in dem das Bedürfnis, sich einander schrankenlos mitzuteilen, ein unüberwindliches ist. Für viele, die sich geheiratet haben, kommt dann der grausame Augenblick, wo sie erkennen, dass sie sich ineinander getäuscht haben, und sie müssen nun die Strafe dafür ertragen, dass sie einander nicht besser zu kennen getrachtet und sich durch trügerische Qualitäten täuschen ließen, die im wirklichen Leben nicht standhalten. »Keine Illusionen mehr,« sagten sie und verbergen hinter einem trivialen Lächeln die schmerzliche Verachtung und die Verzweiflung, die sie über eine so herbe Enttäuschung empfinden.

Sie können es nicht begreifen, dass sie erhielten, was sie begehrt hatten. Sie wollen es nicht glauben, dass – außer dem Gedanken, der alles verwandelt – auf dieser Welt alles nur Illusion ist. Dass jede Leidenschaft, die nur auf gegenseitigem sinnlichem Wohlgefallen beruht, bald jedem, der sich ihr ergibt, bitter wie der Tod wird. Studieren Sie aufmerksam Ihre Mitmenschen, und Sie werden sehen, dass ich recht habe.

Was aber sollte aus uns werden, wenn jener verhängnisvolle Augenblick käme? ... Ich würde den Blick Ihrer Augen haben – aber den Klang Ihrer Stimme nicht kennen. Sie würden mir Ihr Lächeln schenken, aber ich würde Ihre Worte nicht vernehmen, ach, und ich fühle es, dass Sie nicht reden würden wie die anderen.

Ihre einfache Seele wird sich gewiss mit größter Lebhaftigkeit ausdrücken, nicht wahr? Die Musik Ihrer Worte wird alle Nuancen Ihres

Gefühls verraten. Die unaussprechliche Musik, die in der Stimme des Geliebten verborgen ruht, diese Musik, die uns betört und erbleichen lässt – ich würde dazu verdammt sein, sie niemals zu vernehmen. Ach! Jener große Beethoven, der auf die erste Seite seiner göttlichen Sinfonie die Worte schrieb: »So schlägt das Schicksal an die Pforte!« er hat den Ton jedes einzelnen Instrumentes gekannt, ehe ihn dasselbe Schicksal erreichte, dessen Opfer ich geworden!
Während er komponierte, vernahm sein Geist die Töne seiner Musik. Aber ich Unglückselige! Wie könnte ich mich je des Klanges Ihrer Stimme erinnern, mit dem Sie mir zum ersten Mal gestehen würden: Ich liebe dich?«
Als er diese Worte gehört, war Felicien sehr still geworden, sie hatten ihn mit Grauen erfüllt.
»Oh,« rief er dann, »bedenke, was du tust, Geliebte, indem du mich in solches Elend stürzest. Ich habe schon mit einem Fuß die Schwelle des Paradieses überschritten, und nun willst du die zur Glückseligkeit führende Pforte vor mir verschließen. Bist du denn die gefährlichste Versucherin? ... Mir scheint beinahe, als leuchte in deinen Augen ein freudiger Stolz, mich in das Elend gestürzt zu haben.«
»O du,« sagte sie, »glaube es mir, ich werde dich niemals vergessen. Wie wäre es möglich, vorher geahnte Worte zu vergessen, selbst wenn man ihren Klang nicht gehört hat?«
»Geliebte, du zerstörst mein schönstes Hoffen, denn du allein bist mein Glück. Wenn wir vereint leben könnten, so würden wir alles Leid gemeinsam tragen. Würde unsere Liebe uns nicht den Mut geben, dem Schicksal Trotz zu bieten? O, lass dich erbitten! Sei mein.«
Mit einer unerwarteten, aber fein weiblichen, unnachahmlichen Bewegung bot sie ihm den Mund zum Kuss, und ein paar Sekunden lang ruhten ihre Lippen aufeinander.
»Freund! Ich sage Ihnen, dass es unmöglich ist. Es würden Stunden der Melancholie kommen, wo mein Gebrechen Sie reizen würde und wo Sie Gelegenheit suchen würden, es noch lebhafter zu empfinden! Sie würden es nicht vergessen können, dass ich taub bin, würden es mir nicht vergeben, das versichere ich Ihnen. Sie würden ganz von selbst dazu kommen, nicht mehr mit mir zu sprechen, in meiner Nähe stumm zu sein, nur durch eine Bewegung der Lippen mir zu sagen, dass Sie mich lieben, aber der Klang Ihrer Stimme würde das tiefe Schweigen um uns nicht unterbrechen. Sie würden vielleicht dazu kommen, sich schriftlich mit mir zu verständigen, und das würde sehr quälend für mich sein.

Nein, nein, es ist unmöglich. Ich darf mein Leben nicht in solcher Weise entwerten. Ich darf meine Seele nicht gegen die Ihre eintauschen. Und dennoch sind Sie der mir vom Schicksal bestimmte Mann. Gerade deshalb aber ist es meine Pflicht, mich Ihnen vorzuenthalten. Ich will Ihren Namen nicht wissen ... Ich will ihn nicht lesen. Adieu! ... Adieu! ...«

Man hatte die Ecke der Rue Grammont erreicht. Eine herrschaftliche Equipage hielt dort, und Felicien erkannte beim Schein der Wagenlaternen den alten Diener, den er schon im Vestibül des Theaters gesehen hatte. Die junge Frau winkte ihm. Er öffnete die Tür des Wagens.

Sie entzog Felicien ihren Arm und schlüpfte leicht wie ein Vogel in den Wagen, der rasch davonrollte. Einen Augenblick später war er verschwunden.

Der Graf kehrte am anderen Tag in sein Schloss zurück. Man hat nie wieder von ihm gehört.

Jedenfalls konnte er sich rühmen, bei seinem ersten Eintritt in das Leben einer Frau begegnet zu sein, die den Mut hatte, ihre Meinung auszudrücken.

EDGAR ALLAN POE

ALONE

From childhood's hour I have not been
As others were – I have not seen
As others saw – I could not bring
My passions from a common spring
From the same source I have not taken
My sorrow – I could not awaken
My heart to joy at the same tone –
And all I lov'd – I lov'd alone –
Then – in my childhood – in the dawn
Of a most stormy life – was drawn
From ev'ry depth of good and ill
The mystery which binds me still –
From the torrent, or the fountain –
From the red cliff of the mountain –
From the sun that 'round me roll'd
In its autumn tint of gold –

From the lightning in the sky
As it pass'd me flying by –
From the tunder, and the storm –
And the cloud that took the form
(When the rest of Heaven was blue)
Of a demon in my view –

Erläuterungen

Aldermänner – Ältermann, Vorsitzende von Handelsniederlassungen
Contreband-Artikel – beschlagnahmte Güter
Eidolon – Abbild, Trugbild
Grand'Maman – Oma, Großmutter
Kaninchen au-chat – Kaninchen nach „Katzenart"
Katafalk – Gerüst der Aufbewahrungsstätte von Toten
Malstroms/Mosköstrom – Gezeitenstrom zwischen den Lofoten und Norwegen
Maisons de Santé – Heilanstalten, Nervenklinik, damals „Irrenanstalt"
Mosken – unbewohnte Inselgruppe nahe der Lofoten
porphyrnes – purpurnes
Sakalaven – Volksgruppe aus Madagaskar
Staketzaun – Staketenzaun, Holzzaun aus länglichen Stangen
Tscherkessen – kaukasisches Volk
Whist – Englisches Kartenspiel aus dem 17. Jahrhundert

Übersetzer:

Edgar Allan Poe – Der Rabe, übers. von Hedwig Lachmann
Edgar Allan Poe – Morella
Edgar Allan Poe – Die Maske des roten Todes, übers. von Wilhelm Cremer
Edgar Allan Poe – Das System des Dr. Pech und Prof. Feder, übers. von Gisela Etzel
Edgar Allan Poe – Metzengerstein, übers. von Wilhelm Cremer
Edgar Allan Poe – In der Tiefe des Malstroms, übers. von Wilhelm Cremer
Alexander Puschkin – Pique Dame, Übers. unbekannt
Gustavo Adolfo Bécquer – Das Miserere, übers. von Ottokar Stauf von der March

August Justus Mordtmann – Der Untergang der Carnatic,
Rudyard Kipling – Meine selbsterlebte, wahre Geistergeschichte, Übers. unbekannt
Frédéric Boutet – Ein moderner Geist, übers. von Hanns Heinz Ewers
Edward Bulwer-Lytton – Das Gespensterhaus, Übers. unbekannt
Pierre Mille – Das Totenschiff, übers. von Maria Ewers
Nikolai Gogol – Wij, der Fürst der Dämonen, Übers. unbekannt
Washington Irving – Sleepy Hollow, Übers. unbekannt
Auguste de Villiers de l´Isle-Adam – Die Unbekannte, übers. von Hanns Heinz Ewers